# Envoûtement

Cara Lynn Shultz

# Envoûtement

DARKISS

*Collection :* DARKISS

*Titre original :*
SPELLBOUND

*Traduction de l'américain par* JULIETTE BOUCHERY



*Photos de couverture*
*Lampadaire :* © ROYALTY FREE/ISTOCK
*Pont :* © JON BOYES/ROYALTY FREE/GETTY IMAGES


83-85 boulevard Vincent-Auriol, 75646 PARIS CEDEX 13.
Service Lectrices — Tél. : 01 45 82 47 47
www.harlequin.fr
ISBN 978-2-2802-5498-4 — ISSN 2109-7631

*Loi n° 49-956 du 16 juillet 1949 sur les publications destinées à la jeunesse.*

*Pour Grandma. Je t'aime*

# 1

La pire épreuve que je connaisse, c'est de débarquer pour son premier jour dans un nouveau lycée. C'est encore plus dur si on doit se faire accompagner. Peu importe par qui, son père, sa mère ou une tante en bigoudis, on sera forcément mort de honte. Moi, pour commencer mon année de *junior*[1] dans un lycée privé aux frais d'inscription absurdement élevés au cœur du quartier le plus chic de Manhattan, je suis arrivée accompagnée par ma petite cousine. Une gamine, une *freshman* de première année.

Heureusement, j'aimais beaucoup Ashley. Nous ne nous voyions pas souvent mais nous restions en contact permanent par mail. Tout de même, si je me basais sur les codes de conduite de mon lycée de Keansburg dans le New Jersey (un lycée qui n'était ni privé, ni situé dans un quartier chic), les *juniors* ne traînaient pas avec les êtres inférieurs des petites classes. C'était un peu comme d'enfiler un collier de bacon pour sortir avec des végétariens : cela faisait mauvais genre.

Le problème venait de ma tante Christine, qui tenait beaucoup à ce que j'arrive en avance pour mon premier jour et qui craignait que je ne me perde en route.

1. Dans les lycées américains, les élèves sont des *freshman* la première année, des *juniors* la deuxième et des *seniors* la troisième année, qui correspond à la terminale française.

Elle me pressait de venir vivre avec elle depuis que ma mère était morte un an plus tôt, me laissant seule avec Henry, mon beau-père, chez qui le taux d'alcool oscillait entre « ravagé » et « comment fait-il pour survivre ? » Au mois de juin, son style si personnel de conduite avait failli me coûter la vie, et je m'étais décidée à accepter l'invitation de tante Christine, mais pour l'été seulement.

Sauf que finalement, ma rentrée à Keansburg s'était mal passée, et j'étais revenue vivre chez tante Christine.

Pour aller de chez ma tante à la Vincent Academy, c'est tout simple : on tourne à gauche sur Park Avenue, la rue la plus chère de la planète au mètre carré, et c'est tout droit. Je voyais mal comment j'aurais réussi à me perdre, mais je ne me sentais pas le droit de protester. Ma tante avait été plus que cool : elle m'avait délivrée de Henry et accueillie chez elle en me disant « Viens me parler chaque fois que tu en ressentiras le besoin » au lieu de m'étouffer sous le poids de sa compassion.

Ce matin-là, en poussant la porte du bel appartement de notre tante, ma cousine Ashley trépignait déjà d'excitation.

— Emma ! Tu es prête ? Ton premier jour, c'est trop génial. Tu aimes ton uniforme ?

Elle était adorable avec ses joues roses et ses boucles rousses retenues par un bandeau noir. Une poupée miniature, 1 m 50 tout au plus — avec les boucles. Je lui ai rendu son sourire. Comment ne pas aimer Ashley ? Elle rayonnait d'optimisme, et je voulais bien parier qu'en quatorze années, elle n'avait pas commis une seule action vraiment méchante.

En même temps, je m'étais si bien habituée à ce qu'on me tienne à l'écart que son enthousiasme me bousculait un peu, je le trouvais presque louche. Et si personne au lycée n'aimait Ashley, justement ? Cela expliquerait qu'elle soit si contente d'avoir une alliée. Mais si on ne savait pas apprécier une adorable choupette comme Ashley, la Vincent Academy serait un lieu cauchemardesque ! Non, c'était ridicule, je m'inventais des problèmes, je commençais à paniquer.

Avec un sourire hésitant, j'ai lissé mon chemisier blanc et mon kilt bleu, vert et noir : le fameux uniforme, identique à celui d'Ashley.

— A toi de me dire : je suis comment ?

— Tu es superbe, gazouilla-t-elle, mais pourquoi les manches longues ? Il fait super chaud ! Tu n'as pas un chemisier à manches cou…

Elle s'arrêta net, les joues pivoine sous ses cheveux de feu.

— Excuse-moi… J'avais oublié la cicatrice.

La longue et très visible balafre sur mon bras, séquelle de l'accident de voiture. Merci encore, Henry ! Comme Ashley semblait réellement catastrophée, je me suis hâtée de la rassurer.

Elle avait toujours eu de l'admiration pour moi. Parce que j'avais deux ans de plus qu'elle ? C'était pourtant elle qui vivait à Manhattan, et moi quasiment à la campagne. Eh bien, aujourd'hui, la souris des villes prenait sous son aile la souris des champs.

Au moment du départ, tante Christine m'a glissé un billet de vingt dollars, « au cas où ». Sur le trottoir devant l'immeuble, je me suis rapprochée d'Ashley pour lui demander en confidence :

— Alors, le lycée est comment ? Je sais ce que dit la brochure, tous les élèves ou presque sont acceptés dans les meilleures universités et ainsi de suite, mais au quotidien, l'ambiance est comment ?

J'espérais de tout mon cœur que ce serait comme dans ces séries télévisées sur les adolescents de Manhattan qui sont tous riches, vivent des conflits déchirants et veulent tous devenir des stars. Dans un tel milieu, je n'aurais aucune difficulté à passer inaperçue ! Mon unique ambition était de survivre aux deux prochaines années ; ensuite, je partirais à l'université, le plus loin possible. En Sibérie peut-être.

— L'ambiance ? « Select », pouffa ma petite cousine. C'est juste un autre mot pour dire que les études y coûtent une somme astronomique. C'est l'école mixte la plus exclusive de Manhattan, nous sommes comme un îlot coupé du monde réel, un univers parallèle. Les élèves de Vince A ont tendance à rester entre eux.

— Je vois.

Quelle déception ! Je voyais s'envoler mes chances de me fondre dans le décor. Bien, dans ce cas, il me fallait préparer une histoire pour expliquer mon arrivée. Je le dis à Ashley ; comme elle ne comprenait pas pourquoi je voulais cacher que j'étais de Keansburg, il fallut lui expliquer le contexte, et surtout l'article du journal de mon ancien lycée sur les dangers de l'alcool au volant, article qui insistait tant sur mon accident et l'alcoolisme de Henry. Un article remarquable. L'auteure visait l'école de journalisme de l'université Columbia et j'avais fait les frais de son ambition : grâce à elle, les élèves qui ne connaissaient pas déjà toute l'histoire avaient pu la lire en première page. Résultat, il suffisait de taper mon nom et celui de Keansburg sur Google pour tomber sur « L'alcool : la terrible expérience de la lycéenne

Emma Connor ». Non, merci ! Je dirais à mes nouveaux camarades que je venais de Philadelphie.

En chemin, Ashley me donna les infos de base. Position sociale des élèves à part, la Vincent Academy ressemblait à n'importe quel autre lycée. La proviseure portait des tailleurs horribles, les uniformes étaient insupportables par temps chaud, les plats servis à la cafète repoussaient les limites de l'effroyable, mais je fus heureuse d'apprendre que les *juniors* et *seniors* avaient le droit de sortir déjeuner.

Nous traversions la 86e Rue quand Ashley ouvrit les bras dans un grand geste théâtral en s'écriant :

— Tremble, mortelle, en découvrant ton cachot !

Je découvris une belle demeure qui n'avait rien perdu de son élégance lors de sa conversion en lycée. Quatre étages seulement, mais tout de même un bâtiment plus massif et imposant que ses voisins : un peu comme une brute au milieu d'un groupe de vieilles dames. Un trac épouvantable s'empara de moi, je regrettai tout à coup d'avoir quitté l'enfer que je connaissais pour un autre, peut-être pire. Mon premier coup d'œil à mon nouveau lycée venait de réussir le tour de force de me faire regretter Keansburg.

Plantées sous le lustre du somptueux hall d'entrée, nous ressemblions à deux petites fourmis. A ma droite, la porte du secrétariat où j'allais devoir me présenter. Ici et là, quelques élèves qui semblaient poser pour la brochure du lycée : deux ou trois filles assises sur des sièges sortis tout droit d'un musée et penchées sur de gros livres de cours ; quelques garçons en uniforme (pantalon noir, chemise blanche, cravate desserrée) affalés sur le bel escalier de bois sculpté ou poussant la porte à deux battants qui menait à une cour intérieure.

La Vincent Academy était l'une des rares écoles privées mixtes de Manhattan ; à ce stade, je me demandais si je devais considérer cela comme une chance. Ces filles complétaient leurs uniformes d'escarpins ou de bottes d'un luxe inouï ! A travers ma frange trop longue, j'abaissai un regard atterré sur mon collant noir et mes vieux mocassins. J'allais me faire lyncher, c'était couru d'avance. Cette blonde au faux bronzage orangé près de la porte de la cour : elle parvenait à parer d'une aura glamour le simple geste d'ouvrir son livre de math. Elle portait des boucles d'oreilles en diamant, et moi trois minuscules anneaux d'argent achetés à Hot Topic. En solde.

Eh bien, positivons ! En fait, la mixité du lycée m'arrangeait : je ne cherchais pas de petit copain (ils ont la mauvaise habitude de s'intéresser à vous et poser des questions personnelles) ; si toutes mes futures camarades ressemblaient à celle-ci, je ne serais même pas dans la course. Plus les autres seraient spectaculaires, mieux je parviendrais à rester dans l'ombre.

Ashley m'entraîna vers les bureaux. Dans son regard, je vis qu'elle avait senti ma panique et que je la décevais un peu. Je me forçai donc à lui sourire en faisant mine de me trancher la gorge du bout de l'index. Son éclat de rire me réconforta un peu ; tête haute, j'entrai dans le bureau.

— Mademoiselle Connor ?

La femme qui trônait à l'accueil avait le regard gris acier, des cheveux gris tirés en arrière, un chandail gris... La petite plaque posée sur le bureau me fit ouvrir des yeux ronds : elle s'appelait Mme Gray ! Non, en regardant mieux, c'était Mme Gary mais cela revenait quasiment au même. Jusqu'où poussait-elle son thème, de quelle couleur étaient ses dessous ?

— Je… enfin, oui, je suis Emma Connor, comment le saviez-vous ?

— Vous êtes la seule élève qui me soit inconnue, et nous n'attendons qu'une nouvelle aujourd'hui. Voici votre emploi du temps.

Je réprimai une plainte. J'avais oublié que je débarquais dans un établissement minuscule. A Keansburg, nous étions huit cent cinquante élèves ; Vincent Academy n'en comptait que deux cents, je ne parviendrais jamais à passer inaperçue.

La brave dame se montrait de plus en plus gentille, mais je n'étais vraiment pas en état d'apprécier. Elle me donna une feuille, m'expliqua que mon premier cours de la journée se tenait au troisième étage et que je trouverais mon casier au sous-sol. Elle regrettait ce dernier point, ces casiers mal situés étaient toujours les derniers attribués : on les donnait aux nouveaux venus comme moi ou aux petits *freshman*.

— Restez où vous êtes et souriez, m'ordonna-t-elle tout à coup.

Je ne l'écoutais qu'à moitié, plongée dans l'étude de mon emploi du temps. Comme je ne réagissais pas, elle s'écria sèchement :

— Mademoiselle Connor !

Je levai les yeux et vis qu'elle s'était retranchée derrière un gros appareil beige. Un flash m'aveugla et je l'entendis dire :

— Vous pourrez passer prendre votre carte d'élève après le déjeuner. Tenez, remplissez ces formulaires.

Furieuse, je pris les papiers qu'elle me tendait. Ma photo allait être géniale, totalement sexy. La Dame Grise me donna encore plusieurs petites cartes jaunes en m'expliquant que je devais en remettre une à chacun de mes professeurs. C'est alors que je compris que je ne couperais pas à l'effroyable rituel enduré par tout nouvel élève : le moment où le professeur souriant lance à la classe : « Et maintenant, accueillons… ! » Non, je vous en supplie, ne m'obligez pas à me présenter. Ne me faites pas le coup de « parlez-nous un peu de vous » !

*Bonjour, je suis Emma. En gros, je suis orpheline et ma vie ressemble à une mauvaise série télévisée. J'avais six ans quand mon père est parti sans laisser d'adresse, quatorze ans quand mon frère jumeau est mort. Peu après, ma mère est tombée malade et elle est morte à son tour… quand j'avais quinze ans. Tous ceux que j'aime meurent, c'est une fatalité. En juin, mon beau-père a jeté sa voiture contre un poteau télégraphique ; naturellement, j'étais à bord. Maintenant, j'habite avec ma tante. Grâce à mon crétin de beau-père, tous mes amis d'avant m'ont lâchée, je n'ai plus que ma petite cousine. Je tiens encore un journal intime auquel je confie mes espoirs et mes angoisses, ma couleur préférée est le violet et j'adore les bébés carnivores.*

Les dents serrées, j'ai signé tout ce qu'on me donnait et je suis allée retrouver Ashley, qui m'a tout de suite pris mon emploi du temps pour voir le nom de mes professeurs.

— Du lundi au mercredi, ton programme est quasiment identique. Ah, tu as M'sieur D. en chimie, tout le monde l'aime bien. Il veut qu'on l'appelle m'sieur D.

parce qu'il a un nom imprononçable. Oh ! mauvaise nouvelle, Mme Dell ! Tiens, regarde, on sera dans le même cours !

Comment ? Faites excuse, il y a forcément une erreur, nous ne sommes pas dans la même année. Je me penchai pour voir de quelle matière il s'agissait et lus « latin ». *Latin ?* Oui, on m'avait bien mise en cours de latin *freshman.*

Jusque-là, je ne m'étais pas préoccupée des matières que j'allais étudier, et j'avais oublié que le cursus de la Vincent Academy comprenait deux années de latin. Catastrophe ! Ashley levait les yeux vers moi, rayonnante. Pour ne pas gâcher son plaisir, je murmurai avec gentillesse :

— Bon, dans ce cours-là au moins, j'aurai une copine.

Elle m'a offert son fabuleux sourire et entraînée au sous-sol découvrir mon casier, dans un couloir étroit près du labo de chimie et de la chaufferie. Au donjon, avec les trolls ! Le casier voisin devait appartenir à Freddy, le tueur des rêves. Puis elle m'a quittée en lançant :

— Bon, je file. On se retrouve en cours de latin, c'est le dernier de la journée. Quoi, il y a un problème ?

Il y en avait un, effectivement. Je venais de penser au déjeuner. Ici, la cafétéria était si petite que chaque année déjeunait séparément. Comment lui expliquer que sa grande cousine ultra-cool mourait de frousse à l'idée de manger toute seule ?

— Oh ! rien, ai-je lancé avec un sourire joyeux. J'ai cru avoir oublié quelque chose.

— Bon, à tout à l'heure. Tu vas détester le latin mais Mme Dell a une moustache ; quand elle dit les mots qui se terminent en « ibus », ça claque au vent, ça fait une distraction.

Je l'ai serrée sur mon cœur en soufflant « merci » dans ses boucles rousses. Sur la troisième marche de l'escalier, elle s'est retournée et tout à coup, elle m'a semblé très mûre pour ses quatorze ans.

— Tout va bien se passer.

Elle a dit cela avec une conviction surprenante, puis elle a filé dans les étages en balançant sa sacoche. Au bout du couloir, un panneau indiquait la sortie de secours. Un instant, j'ai sérieusement envisagé la fuite.

— Ne sois pas ridicule, Emma, ai-je chuchoté, tout haut pour me donner du courage. Ça ne peut pas être pire que la vie auprès de Henry.

J'ai enfoui mes cahiers dans mon casier et claqué la porte métallique en m'écriant :

— Et c'est parti !

Tante Christine avait raison, finalement, c'était un bon calcul d'arriver en avance. Dans ma première salle de cours, je ne trouvai que le professeur, Mme Urbealis, à qui je remis son carton jaune. Son accueil fut parfait, chaleureux mais pas trop, elle me dit de m'asseoir où je voulais. Comme elle me semblait intelligente, j'osai lui demander :

— Sérieusement, où est-ce que je devrais me mettre ?

A Keansburg, je prenais toujours la troisième place de la deuxième rangée. Mes camarades inconnus avaient déjà choisi leurs places dans cette salle, sans doute dès l'année précédente, et ils n'apprécieraient pas de devoir en changer pour moi. Mme Urbealis me jeta un sourire sagace.

— Eh bien, si j'étais vous, je me placerais ici.

Elle désignait la dernière place de la dernière rangée ; c'était tout à fait moi. Heureuse d'être si bien comprise, je lui fis un sourire reconnaissant et m'assis en disposant mes affaires devant moi. Mme Urbealis s'était replongée dans ses notes, personne d'autre ne se montrait ; je me mis à dessiner distraitement sur la couverture de mon cahier. Je me disais que New York ne serait peut-être pas si épouvantable. Il devait bien y avoir une raison pour laquelle tant de gens du monde entier rêvaient de s'installer ici. Ce ne serait pas comme Keansburg où je connaissais tout le monde et me sentais tout de même affreusement seule.

Sauf que je retombai brutalement sur terre en voyant les yeux. Les yeux que je venais de dessiner, à la place des cercles et des spirales que je traçais habituellement quand je griffonnais au hasard. Une grappe d'yeux à vous donner le frisson. Le couloir s'était animé, on entendait des voix, des bruits de pas. Mes petits camarades arrivaient ! Vite, je rabattis la couverture pour la cacher et, discrètement, je les regardai entrer.

Ils étaient tous… lisses et lustrés. Moi qui me demandais où ils se trouvaient juste avant la cloche, tout devenait subitement très clair : aux toilettes, pour les derniers réglages. Les garçons comme les filles semblaient sortir d'un salon de beauté avec leurs cheveux très lisses ou leurs boucles soigneusement décoiffées ; malgré moi, je levai la main pour tâter mon épi, soulagée de le trouver rabattu pour une fois. Brave petit, ai-je pensé en le tapotant avec approbation.

La cloche retentit, Mme Urbealis leva les yeux et demanda le silence.

— Bonjour, tout le monde. Nous en étions restés à Tammany Hall et les manœuvres politiques du maire de New York. Page 106.

J'ouvris mon livre d'histoire trop neuf dans un craquement assourdissant. A travers le rideau de mes cheveux, je sentis tous les regards se braquer sur moi.

— Oui, nous avons une nouvelle élève, Emma Connor, ajouta la prof d'une voix détachée.

*Je vous en prie, je vous en prie, ne m'obligez pas à venir au tableau pour me présenter…*

— Faisons en sorte qu'elle se sente bien ici. Montrons-lui comment nous accueillons les nouveaux à la Vincent Academy.

Comment, il y avait une formule spéciale ? Un rituel ? Un bizutage ? Son sourire chaleureux ne me rassura guère, mais personne ne sauta sur ses pieds pour m'imposer d'épreuve initiatique.

Par chance, le cours suivant se tenait dans la même salle, ce qui me permit de rester à ma place. Quand la cloche retentit, la fille assise juste devant moi ne se leva pas non plus, mais se retourna avec un large sourire.

— Salut, moi, c'est Jenn. Ça va, ta première journée ?

Elle semblait agréable, tout à fait le genre de fille que j'aurais apprécié à Keansburg. Mes amies de là-bas m'avaient toutes lâchée, soit parce qu'elles avaient peur de Henry, soit parce qu'elles craignaient pour leur image si elles traînaient avec un tel concentré de tragédie familiale. Sur la fin, on ne m'invitait plus nulle part. Si je venais tout de même, je récoltais automatiquement le rôle de rabat-joie de service, autrement dit la capitaine de soirée.

— Jusqu'ici, tout va bien, ai-je répondu en m'efforçant d'imiter l'insouciance de son sourire.

— Tu viens de loin ?

— De Philadelphie.

Je respirai à fond avant de me lancer dans mon numéro.

— Mes parents, enfin, ma mère…

Oui, si quelqu'un devait être muté à l'étranger, pourquoi pas ma mère ? Faisons un geste pour la parité !

— Ma mère a dû s'expatrier, ils avaient besoin d'elle à l'agence de Tokyo. Je n'avais pas envie d'y aller alors maintenant, j'habite chez ma tante.

Comme Jenn semblait prête à tout gober, j'enchaînai avec beaucoup d'assurance :

— Voilà, la famille est partie s'installer là-bas, mais je ne parle pas japonais. Ils ont des lycées anglophones, bien sûr, mais je n'avais vraiment pas envie…

Ma voix s'éteignit. Jenn ne m'écoutait plus, son regard s'était fixé sur mon pendentif.

— Oh ! c'est quoi ?

Instinctivement, ma main se referma sur le médaillon d'argent. Il portait un motif comme un blason médiéval, et je l'adorais.

— Mon frère me l'a offert il y a des années en disant qu'il me porterait chance. Pour la chance, je ne sais pas, je trouve juste qu'il est cool.

— Oui, vraiment cool. Original.

Le geste qu'elle fit pour rejeter en arrière ses longs cheveux châtains révéla son propre collier de brillants, probablement authentiques. Devinant qu'elle attendait un compliment, je m'enthousiasmai et j'eus bien raison car elle me proposa aussitôt de déjeuner avec elle et ses copines.

La cloche retentit, le prof de math entra et demanda le silence. Mme Urbealis m'avait laissée tranquille ; M. Agneta ne cessa de m'interroger tout au long du cours. A quoi consacrait-on la somme hallucinante qu'avait payée ma tante pour m'inscrire ici ? Sûrement pas au programme de math car j'eus l'impression de me retrouver dans un cours de l'année précédente. Je ne donnai que des bonnes réponses, c'est dire. Sous le choc, je me demandai même si ce déménagement allait se révéler positif, en fin de compte !

Jenn et moi, nous étions encore ensemble au cours suivant mais je la perdis de vue dans la bousculade à la sortie. Comme je ne savais pas où aller, je m'aplatis contre une cloison pour laisser passer la foule des élèves et sortis mon emploi du temps. Où était ce fichu numéro de salle…

— Alors, la petite nouvelle… On a besoin d'un coup de main ?

Une voix masculine. En levant les yeux très, très haut, je croisai le regard bleu d'un très, très grand blond.

— Euh, oui, merci… La salle 201 ?

— J'y vais aussi. Je t'accompagne.

D'un geste avantageux, il a lissé sa cravate rouge en ajoutant :

— Toujours prêt à voler au secours d'une demoiselle en détresse.

— Ah ? Merci.

J'aurais aimé qu'on m'éclaire : c'était de la bêtise ou un humour bizarre et décalé ? Gênée, je lui ai emboîté le pas et, pour faire tout de même un effort, j'ai ajouté :

— Au fait, je m'appelle Emma.

— C'est un *vrai* plaisir de te rencontrer, Emma, a-t-il répondu avec un sourire entendu.

D'accord, c'était de la bêtise. Il ressemblait au séducteur d'une série télévisée pour les ménagères ; il me rappelait aussi les documentaires animaliers, c'était son petit air de félin prêt à bondir sur sa proie. Je ne m'étais jamais autant fait l'effet d'un caribou.

— Et toi, tu es… ? ai-je hasardé.

Nous descendions lentement, pris dans la cohue des élèves ; je dus me tordre le cou pour lever la tête vers lui.

— Attends, tu me demandes mon nom ?

Monsieur avait changé de sourire. Un peu dépassée, je répondis bêtement :

— Je ne devrais pas ?

— Je suppose que tu n'es pas de New York ?

Ce petit air protecteur, un peu méprisant… En sentant sa main se poser sur ma hanche, je fis un tel bond en arrière qu'il n'osa pas insister.

— Non, je suis de Philadelphie.

— Je comprends mieux ! Si tu étais de New York, tu te serais forcément arrangée pour savoir. Et moi, je t'aurais forcément remarquée.

Le sourire n° 1 était de retour, et il s'adressait directement au troisième bouton de mon chemisier. Oh ! génial : mon premier jour et je venais d'attirer l'attention du plus éhonté… Le masculin du nom « allumeuse » existe-t-il ? Pourquoi la vie m'en voulait-elle à ce point ?

Enfin, je vis la porte de la salle de cours et m'esquivai avec un merci rapide. Bien entendu, il gardait pour la fin la plus minables de ses répliques :

— Tout le plaisir était pour moi.

J'avais déjà entendu la phrase « déshabiller quelqu'un

du regard », sans jamais assister au processus ; ce type avait un véritable scanner à la place des yeux. Je repérai Jenn et fus enchantée de voir qu'elle m'avait gardé une place à côté d'elle, tout au fond de la salle. Je courus m'y réfugier et elle me présenta ses amis, Kristin Thorn, la blonde à reflets repérée dès mon arrivée, et Francisco Fernandez, un brun au sourire amical. Francisco me plut tout de suite, mais Kristin me détailla de la tête aux pieds comme si j'étais en haillons et non vêtue d'un uniforme identique au sien.

— Alors c'est toi, la nouvelle.

Une accusation plutôt qu'une question. Puis elle rejeta ses longs cheveux en arrière en me foudroyant du regard. Conciliante, je me suis efforcée de sourire.

— Oui, salut, moi c'est Emma.

— Alors en fait, pourquoi tu es partie de… là où tu étais ?

Elle me sortait le grand jeu : reniflement impatient, nouvelle manœuvre des cheveux, nouveau regard de dégoût. Instinctivement, j'ai levé la main pour m'assurer que mon épi ne s'était pas relevé.

— Philadelphie.

Jenn venait de répondre à ma place, en jetant un regard un peu inquiet à sa copine.

— Quoi, ta famille t'a mise à la porte ?

Sourire insultant, encore les cheveux, croisement ostentatoire des pieds. Tiens, des semelles rouges, oui, je ne rêvais pas, elle portait bien des escarpins Christian Louboutin. A bout, j'ai décidé de passer à l'attaque.

— Dis-moi, tu as un trouble obsessionnel compulsif qui t'oblige à tripoter tes cheveux tout le temps ?

J'ai imité son geste, soutenu le regard meurtrier de ses yeux bleu de glace et enchaîné :

— Tu vas te mettre à compter les lames du parquet, ou à envoyer des messages codés aux extraterrestres ? Non, crois-moi, fais-toi soigner, il est encore temps.

Je prenais une voix douce et sincère, comme si je m'inquiétais vraiment pour cette fille qui avait, pour une raison qui m'échappait, décidé de me détester. Il faut dire qu'après ma rencontre avec le Grand Blond Sans Neurones, j'étais à bout de patience.

Un garçon venait de s'asseoir juste devant moi ; il riait sous cape, ce qui signifiait que tous mes voisins avaient pu entendre mon petit discours. Oh ! génial, moi qui voulais me fondre dans le décor… Est-ce que je pouvais encore demander un transfert à l'autre bout du pays ?

— Je vais bien. Ne t'avise même pas de penser à moi.

Kristin me montra une rangée de dents éblouissantes ; je suppose qu'elle souriait, mais l'effet était assez inquiétant dans son visage trop bronzé.

— Je veux juste dire que ton arrivée fait un peu… bizarre, non ? Pourquoi débarquer fin septembre ? Pourquoi ne pas attendre la fin du trimestre ? Ça ne tient pas debout. Au fond, tu es ici pourquoi ?

— Parce que ma mère a accepté un poste à Tokyo et moi, je suis restée aux Etats-Unis avec ma tante Christine. Christine *Considine*, ai-je précisé.

Car ma tante était un personnage important dans l'établissement. Si le Grand Blond pouvait jouer au jeu de « Tu devrais me connaître », pourquoi pas moi ?

J'avais marqué un point : elle sembla surprise, mais cela ne l'empêcha pas de remonter à l'assaut.

— Mais tu viens d'où, en fait ?

— Jenn te l'a dit. Philadelphie.

Ses lèvres à la brillance vinyle esquissèrent une moue méprisante.

— Mon frère est interne près de Philadelphie. Tu étais à quelle école ?

— Oh ! ce n'était pas un internat, tu ne connaîtrais pas.

Oh ! non, pitié, pourquoi ne m'étais-je pas mieux préparée ? J'aurais eu le temps de bétonner mon histoire, me choisir un lycée… mais avec ma chance, je serais justement tombée sur celui de son frère

— Eh bien, Emma, dis-nous tout !

Cette façon de prononcer mon nom, comme si elle recrachait du lait tourné…

— C'était Delbarton ? Pingry ?

Vite, je passai en revue le peu que je savais de Philadelphie. La Cloche de la liberté, l'équipe des Phillies, le fromage à tartiner… Oui, bravo, Emma, le lycée Tartiné au Poivre, cela passerait très bien. Puis un souvenir de cours d'histoire de primaire me revint et je lançai :

— Congress Academy.

Philadelphie, siège du premier congrès des treize Colonies américaines en 1774… Quand Kristin fronça le nez, le diamant du piercing de sa narine gauche jeta un éclair.

— Je ne connais pas, décréta-t-elle d'un ton définitif.

— C'est un petit établissement. Très exclusif.

— Et c'est où ?

— Tout près du centre.

Faisais-je le bon choix ? Dans certaines villes, le centre

est le bastion de la haute et, dans d'autres, c'est le quartier le plus déshérité. J'étais allée une fois à Philadelphie en voyage scolaire mais je ne me souvenais de rien.

— Je n'ai jamais entendu parler d'une Congress Academy dans le centre de Philadelphie. Il faudra que je demande à mon frère. Il saura si c'est un lycée correct.

Et elle me regarda d'un air satisfait, comme si elle venait de remporter une victoire.

— Au fond, Kristin, qu'est-ce que tu en as à faire ?

La voix, décontractée, agréable, venait du garçon assis devant nous. Il se retourna vers nous, accoudé au dossier de son siège ; à ma grande surprise, Kristin vira au rouge pivoine et protesta :

— Je n'en ai rien à faire, je…

— Tu fais ta peste, comme d'habitude, repartit tranquillement mon voisin. Moi, je la connais, cette école. Nous avons joué contre eux.

Un bref instant, son regard plongea dans le mien et mon pouls s'emballa aussitôt. Quel choc ! J'avais déjà croisé des garçons craquants mais lui… c'était une star. Ces yeux verts aux longs cils noirs, ces yeux étincelants braqués droit sur les miens…

— Je peux même te dire, précisa-t-il avec un sourire bizarre, que la Congress Academy a une *très* bonne équipe.

Ce fut plus fort que moi, je lui rendis son sourire. Son regard descendit d'un cran ; pendant une fraction de seconde, je crus que c'était Grand Blond, le Retour, puis je vis que ce n'était pas mon décolleté qui l'intéressait mais mon pendentif. Ses yeux revinrent aux miens avec une expression indéfinissable, s'y attardèrent le temps d'un nouveau vertige, puis le garçon aux yeux de star se détourna brusquement et reprit la position exacte qu'il venait de quitter, effondré sur sa chaise, les jambes étendues en travers du passage.

# 2

Le cours d'anglais était le dernier de la matinée, le moment tant redouté du déjeuner était arrivé. Jenn voudrait-elle encore s'asseoir avec moi après mon accrochage avec sa copine ? Ou serais-je le plat principal, avec Kristin dans le rôle du vautour déchirant ma chair pantelante ? Ce fut Francisco qui vola à mon secours : au son de la cloche, il s'écria aussitôt :

— Hé, la nouvelle, tu déjeunes avec nous ?

Il me souriait sans se préoccuper du regard furieux de Kristin, et c'est en la regardant bien en face que je répondis :

— D'accord, merci !

Moi qui comptais être la fille invisible, l'anonymat n'était déjà plus une option. Pour rester discrète, il aurait fallu accepter de jouer les carpettes et cela, il n'en était pas question. J'avais su tenir tête à Henry, je n'allais pas me laisser intimider par une petite princesse de Manhattan !

Francisco et moi, nous nous sommes dirigés vers la cafétéria d'un pas tranquille ; devant nous, Kristin et Jenn dévalaient l'escalier à toute allure, certainement pour pouvoir se disputer en toute intimité. Francisco prenait bien son temps et me posait une foule de questions, sans doute pour les laisser prendre de l'avance car dès qu'elles eurent disparu, il lança sur un tout autre ton :

— Ne laisse pas Kristin te gâcher la vie.

— C'est quoi, son problème ? Je ne lui ai rien fait.

— Ce n'est pas indispensable de lui faire quelque chose. Quand elle était bébé, elle a tourné des publicités pour les couches et bizarrement, ça lui a donné l'idée qu'elle était mieux que tout le monde. A mon avis, elle est toujours en couche dans sa tête. Il y a des gens qui ne grandiront jamais.

J'éclatai de rire ; avec beaucoup d'entrain, Francisco entreprit de m'exposer la situation.

— Le fond du problème, c'est Anthony : ils n'arrêtent pas de se quitter et de se remettre ensemble. A mon avis, elle t'a prise en grippe dès qu'il t'a sorti le grand jeu sur le seuil de la salle d'anglais. C'est bien, Emma, tu affirmes ton style dès le premier jour.

— Il s'appelait Anthony ? Il avait l'air vexé que je ne sache pas son nom.

C'était sorti tout seul. L'instant d'après, je me serais donné des claques : si Anthony était le meilleur copain de Francisco, je venais de me griller auprès de mon dernier allié. Je fus très soulagée quand il éclata de rire en s'écriant :

— Oui, je vois ça d'ici ! Son Altesse ne s'épanouit pas dans l'anonymat. Tu l'as descendu en plein vol ?

— On peut dire ça comme ça…

Il semblait enchanté. Enfin, quelqu'un de normal !

— Francisco, c'était qui, l'autre garçon ? Celui qui a fait taire Kristin ?

Le garçon aux yeux verts, celui qui savait que je mentais au sujet de Philadelphie ; j'avais très envie d'en savoir davantage sur lui mais malheureusement, mon nouvel ami se contenta de protester :

— Appelle-moi Cisco, comme tout le monde !

Je n'ai pas répété ma question : nous arrivions à la cafétéria sur les talons de Jenn et Kristin, et j'entendais cette dernière siffler :

— Tu crois qu'il la connaissait déjà ? Elle a changé de lycée pour le harceler ?

Francisco leva les yeux au ciel en me soufflant :

— Il faut toujours qu'elle dramatise tout. Tiens, un avertissement : elle est la reine du club d'art dramatique alors si tu avais l'intention d'auditionner pour la pièce de fin d'année…

— Je ne vois pas pourquoi je me donnerais cette peine. On nage déjà en plein théâtre.

Les salles de cours m'avaient semblé tout à fait ordinaires mais la cafétéria me surprit. Quel contraste avec celle de Keansburg ! Ici, pas de tables de Formica rayées mais de beaux meubles massifs et de hautes fenêtres. Je me souvins que le lycée était installé dans une ancienne demeure de millionnaire. Le stress m'avait coupé l'appétit ; je saisis au hasard un thé glacé et un sandwich emballé de Cellophane, fis la queue derrière Cisco et m'assis près de lui. Lorsque Jenn vint s'installer en face de moi, je l'accueillis d'un sourire… qu'elle me rendit. Ouf !

— C'est toi, Emma ? Moi, c'est Austin. Alors, tes premières impressions de Vince A ?

La question venait d'un petit roux installé à ma droite. Quelques taches de rousseur, un sourire cordial, bonne impression a priori.

— Oh ! tout est cool, ai-je soupiré. Le lycée, c'est un peu pareil partout.

— Tu penses t'inscrire à un club ? Nous aurons

besoin de volontaires pour la Nuit du film d'épouvante, fin octobre.

En parlant, il tripotait sa cravate ; je fus un peu étonnée de voir que celle-ci portait un motif copié sur le blason de l'établissement. Avec un sourire d'excuse, je répondis :

— Non, probablement pas. Je n'ai pas de hobby particulier, j'aime courir mais c'est à peu près tout.

Par chance, ma tante habitait tout près de Central Park. Quand je courais, mon cerveau se vidait, j'oubliais tout ce qui n'était pas le vent sur ma figure et le bitume sous mes pieds…

Austin saisit la balle au bond.

— Nous n'avons pas une vraie équipe de course, juste un groupe de footing, mais tu devrais les rejoindre. Vince A n'est pas très axée sur le sport, nous sommes surtout branchés sur la réussite académique, mais…

Son petit discours se serait sans doute prolongé assez longtemps si des éclats de voix n'étaient pas venus détourner notre attention. Avec un ensemble parfait, tous les élèves se tournèrent vers la table du fond, au moment où le garçon mystère de mon cours d'anglais sautait sur ses pieds en repoussant son plateau vide. Le plateau glissa en travers de la table et tomba sur le plancher dans un horrible fracas. Quand il rabattit sa chaise contre la table, le choc résonna dans le silence subit qui s'était abattu sur la salle ; sans regarder personne, il saisit une sacoche grise posée à ses pieds et sortit à grands pas. Un instant plus tard, sa chaise bascula à son tour sur le sol.

Des murmures s'élevèrent de toutes les tables. Le garçon contre qui il s'était énervé se retourna, fou de rage ; son regard se heurta au mien, je reconnus Anthony et sans savoir pourquoi, je me sentis affreusement gênée. Je n'étais pourtant pas la seule à le dévisager !

— Oui, le sport n'est pas très valorisé ici mais nos équipes progressent. Je siège au conseil des élèves et une des choses que j'essaie d'obtenir…

C'était Austin, pas du tout déconcerté par la scène à laquelle nous venions d'assister. Autour de nous, les conversations reprenaient peu à peu leur niveau normal ; abasourdie, j'ai soufflé :

— Attends une seconde ! Qu'est-ce qui vient de se passer ?

— Comment ? a-t-il demandé, l'air sincèrement surpris.

— Mais enfin… !

J'agitai la main vers la table des garçons sans trouver les mots pour exprimer l'évidence.

— Oh ! ça ! C'est l'équipe de basket, ils sont un peu primaires. Il y a plusieurs bons éléments, si seulement ils ne se faisaient pas suspendre à tout bout de champ. Celui-là, surtout. Un caractère de chien.

Il fit un geste vague vers la porte par laquelle le mystérieux garçon aux yeux verts s'était engouffré.

— Qui est-ce ?

— Brendan. Brendan Salinger.

Il lâcha ce nom avec une petite moue. Bien, je savais déjà son nom, c'était un début. Je recommençais à disséquer mon sandwich (poulet mayonnaise… Révoltant) quand je m'aperçus que notre petit échange avait attiré l'attention de Kristin. A mi-voix, elle lâcha :

— Autrement dit, elle se jette à la tête d'Anthony et Brendan en même temps ? Quelle pouffiasse !

Que dire ? Je me suis contentée de lever les yeux au ciel. Anthony, c'était le degré zéro de la séduction mais Brendan… Brendan m'intriguait. Je me suis donc retournée vers Austin avec mon plus beau sourire.

— Alors, raconte ! C'est quoi, son problème ? Tu n'as pas l'air de l'aimer beaucoup.

— Il est O.K. Bon, il m'agace parce qu'il peut tout se permettre. Si c'est Salinger, c'est autorisé.

Il poussa un bref soupir et revint à son idée fixe : maintenant, il cherchait des volontaires pour le grand bal de Thanksgiving. Ma curiosité n'était pas satisfaite, loin de là, mais je me suis plongée dans les discussions de mes voisins en faisant de mon mieux pour participer intelligemment. Si je perdais ma place dans ce groupe, l'alternative était de déjeuner seule, ou de devoir me replier au CDI. C'est ce que j'avais dû faire pendant les dernières semaines à Keansburg : j'avalais mon sandwich debout entre les rayons poussiéreux des sciences appliquées, là où personne n'allait jamais. C'était horrible mais tout de même préférable aux questions perpétuelles des curieux. Ton beau-père va aller en prison ? Il a toujours été alcoolique ? Pourquoi tu as ce pansement sur le bras ? Tu ne termines pas tes frites ? Mieux valait encore mettre mes écouteurs et rester seule dans mon coin.

Je me concentrai si bien sur mon réseau social que j'en oubliai d'aller chercher ma carte d'élève. Je n'avais plus vraiment le temps, je devais foncer en cours de chimie mais là non plus, je ne voulais pas commettre de faux pas ; je l'ai donc prise au vol, sans même la regarder. Par chance, le labo se trouvait juste à côté de mon casier de gremlin ; je me suis précipitée, en mettant les freins au moment de paraître sur le seuil. Cette matière me posait un problème épineux parce que les expériences de chimie se conduisent en tandem. Comment allais-je me trouver un équipier ?

Assise à l'écart des autres, j'ai repéré une fille aux cheveux tricolores : longueurs très noires, racines blondes et pointes fuchsia. Retranchée dans un coin, elle était plongée dans une liasse de papiers mal cachée par son livre de cours. Le tulle noir qui dépassait de son kilt d'uniforme le faisait bouffer comme un tutu. Elle m'a plu tout de suite.

Quand je me suis approchée d'elle, elle a semblé surprise, puis son regard gris (souligné au crayon rouge) a scruté le mien avec beaucoup de sérieux. Gravement, elle a tendu son index à l'ongle verni de noir comme pour tester la température de l'air qui nous séparait.

— Tu as une énergie positive.

Je haussais les épaules en souriant quand j'ai remarqué les breloques occultes à son cou, ses doigts et ses oreilles. C'était la sorcière du lycée, il y en a toujours une. Au même instant, elle a remarqué mon pendentif et, oubliant momentanément son rôle, elle s'est écriée avec un grand sourire :

— Ça, c'est vraiment cool. Je peux voir ?

Spontanément, elle a tendu la main pour effleurer le blason.

— Il est beau. J'ai toujours aimé ce dessin. Au fait, je suis Angelique. Angelique Tedt.

Très intéressée, j'allais lui demander où elle avait déjà vu mon pendentif quand une voix familière nous a interrompues. Celle de Kristin, qui se crut obligée de siffler :

— En fait, ce n'est pas Angelique, c'est *Angela*.

Elle était assise deux rangs derrière moi. J'eus envie de demander à Angelique de lire mon avenir : cette fille insupportable finirait-elle par avoir ma peau ? Pour l'heure, je lui ai tourné le dos en lançant, à haute et intelligible voix :

— Contente de te rencontrer, *Angelique.*

En insistant bien sur le nom de guerre de ma nouvelle équipière de labo. Elle aurait pu me demander de l'appeler Chamallow, je n'aurais pas hésité.

Angelique me sourit et se replongea dans ses papiers. Maintenant que j'étais installée près d'elle, je voyais qu'il s'agissait de sortilèges imprimés à partir d'un site Internet wicca. Cela ne me dérangeait pas : tant qu'elle ne me demandait pas de piquer des produits chimiques au labo pour ses potions, elle pouvait exprimer son style à sa façon.

Le cours commença. Moi, je pensais surtout au moment où je pourrais retrouver Ashley et l'interroger sur Brendan ! Enfin, par simple curiosité. Je le trouvais intéressant, sans plus.

Le moment tant attendu arriva. Le temps de me laisser tomber sur le siège qu'elle m'avait réservé en salle de latin, ma cousine me bombardait déjà de questions.

— Alors, ça se passe comment ? Les cours sont difficiles ? Tu as vu des garçons qui te plaisent ? Et le lycée, il te plaît ? Et les garçons ?

— Ce n'est pas mal, ai-je répondu avec prudence. Il s'est passé une chose assez bizarre…

Je lui ai raconté comment Brendan était intervenu pour me sortir d'affaire alors que j'étais en difficulté avec Kristin. Tout en jetant un regard furtif à la ronde pour m'assurer que personne ne nous écoutait, j'ai soufflé :

— Il sait très bien que je raconte n'importe quoi, pour Philadelphie.

Je crus que les mirettes bleues d'Ashley allaient jaillir de leurs orbites.

— Non ! Et il t'a défendue ! a-t-elle hurlé en me lançant une grande claque sur le bras.

La classe entière s'est retournée pour nous regarder, j'aurais voulu fondre sur place et m'écouler par les rainures du plancher. Avec un regard furtif vers la prof, j'ai chuchoté :

— Oui, et maintenant, tu te tais.

Mme Dell ne semblait rien entendre. Ashley baissa tout de même un peu la voix.

— C'est dingue ! Brendan est trop, trop cool. Il dégage cette aura de loup solitaire, un peu voyou. Tu sais qu'il ne traîne jamais avec les autres ? L'année commence à peine mais il a déjà été suspendu de l'équipe de basket à cause d'une bagarre. Il joue tout de même pour le plaisir après les cours, et laisse-moi te dire que c'est le meilleur.

Ashley me jeta ces infos à la tête en vrac, à toute vitesse. Elle avait donc suivi un cours sur Brendan ? Je pouvais copier ses notes ? Il y avait une session de rattrapage ?

— Il fait le DJ dans des soirées, un peu partout. Sa mère est au conseil d'administration avec tante Christine, alors c'est lui qui anime les soirées du lycée. Sa mère l'oblige à le faire, c'est sa punition quand il fait des siennes. Et si je comprends bien, il en fait souvent !

Je réussis enfin à placer un mot.

— Comment sais-tu tout cela ? Tu n'es au lycée que depuis trois semaines.

— Oh ! il a été suspendu pendant le premier match de l'année et comme ça a fait toute une histoire, tout le monde parlait de lui. C'est le joueur de l'autre équipe qui a commencé mais Brendan l'a mis K.-O. d'un seul coup de poing. Mais même sans ça, tu l'as *vu* ? Il est irrésistible !

Elle réussit à se taire au moins dix secondes, puis revint chuchoter à mon oreille :

— Et tu ne sais pas la meilleure ? L'année dernière, Kristin lui a proposé de sortir avec elle et il a refusé tout net. Il ne la supporte pas.

Mon adorable cousine ricanait de satisfaction.

— Il paraît qu'il lui a ri au nez, lui a fait le signe « peace » avec les doigts et l'a plantée là sans un mot.

— Oh ! très froid. Glacial.

Je voyais tout à fait le tableau : cette fille si satisfaite d'elle-même, mon ennemie jurée dès la première seconde, dans cet instant d'humiliation totale. Cela me fit un bien fou. Tout bas, je confiai :

— Si je pouvais avoir la photo de la scène, j'en ferais mon fond d'écran.

— On ira les regarder s'entraîner dans la cour, ils font un basket juste après les cours. Il est incroyable, tu vas l'adorer.

Moi, traîner après les cours pour regarder les garçons s'entraîner au basket ? Ça y est, Austin, j'ai trouvé une activité extrascolaire dans laquelle je pourrais m'investir.

A la cloche, je sautais sur mes pieds pour sortir quand Ashley me retint.

— Euh, je ne voudrais pas te vexer mais il faudrait revoir un peu ton look.

Elle me regarda sous le nez, pouffa joyeusement et reprit :

— Enfin, si Brendan Salinger t'a remarquée dès le premier jour…

— Il ne m'a pas *remarquée*, enfin, pas comme tu penses.

Et puis, si j'allais dans la cour, c'était pour regarder, rien de plus. Faire les vitrines sans entrer dans le magasin. Vu le niveau de sophistication des filles de ce lycée, je n'étais tout simplement pas dans la course et un garçon comme Brendan ne me jetterait pas un second regard. Je soupirai :

— J'étais juste un prétexte. Comme il trouve Kristin odieuse, il a eu envie d'aider la petite nouvelle à lui tenir tête. Il ne se souvient déjà plus de moi, et cela me convient très bien !

L'air déterminé, Ashley secoua la tête, sortit de sa sacoche un petit échantillon couvert de paillettes et, sans prévenir, m'inonda d'un parfum sucré à vomir.

— Ashley ! On dirait des pets de licorne !

Sans tenir compte de mes protestations, elle me traîna vers les toilettes en sortant un gloss à lèvres de son sac. Je mis dix bonnes minutes à m'échapper, et je parvins à m'en tirer avec juste un soupçon de mascara ; enfin, nous sommes descendues dans la grande cour intérieure qui séparait le bâtiment principal de l'annexe. Ashley avait vu juste, une bande de garçons jouait au basket ; une forme de basket assez particulière où tous les coups semblaient permis. Bousculades, chutes… et c'était Kristin qui comptait les points.

— Onze à huit, lançait-elle d'un petit ton supérieur au moment où nous arrivions.

Elle avait roulé sa jupe d'uniforme pour montrer ses cuisses, son regard brillait, braqué sur Anthony et Brendan ; j'eus tout de suite envie de lui lancer ma sacoche à la figure. Cisco avait raison, il y a des gens qui, quoi qu'ils fassent, sont tout simplement insupportables.

Brendan, en revanche… Brendan dribblait le ballon

d'une main en repoussant de l'autre ses cheveux noirs de son front ; pivotait, passait comme par magie entre deux adversaires. Il ne portait plus son uniforme mais un T-shirt blanc et un short ; chaque fois qu'il faisait une passe ou tentait un panier, son T-shirt se soulevait. Le dévorer des yeux, moi ? Bien sûr, comment faire autrement ? Ses cheveux retombaient perpétuellement dans ses yeux mais il semblait tout voir. Cerné, il bondit très haut, passa le ballon à Anthony. Tiens ? Ils avaient dû se réconcilier.

Dès qu'il ne fut plus au cœur de l'action, ses incroyables yeux verts se posèrent sur moi. Ashley fut la seconde à s'en apercevoir et malgré son exubérance naturelle, elle réussit à garder son calme cinq bonnes secondes. Tout bas, en essayant de parler sans bouger les lèvres (un échec total), elle articula :

— Non, pitié, Brendan te regarde…

— Je sais…

Surtout, rester cool, ne trahir aucun trouble. Ses yeux comme deux émeraudes braqués sur moi derrière sa tignasse noire… pour moi, le temps s'arrêta ; pas pour lui car quand le ballon arriva de nulle part, il l'attrapa d'instinct, pivota sur lui-même et marqua un panier. Puis, avec beaucoup d'aisance, il cueillit le ballon au vol et se tourna de nouveau vers moi. J'eus droit à un petit sourire, un coup de menton en guise de salut ; je lui souris aussi, une sensation très inhabituelle au creux de l'estomac, et je détournai les yeux en faisant mine de chercher quelque chose dans mon sac.

— Ashley, viens, on s'en va !

— Surtout pas ! Attends la fin, on ira lui parler !

A voir sa tête, elle vivait la plus belle aventure de sa jeune existence. Je sentis la panique me gagner.

— Non ! On s'en va tout de suite.

Je lui saisis le bras. Quelques instants plus tard, nous nous retrouvions sur le trottoir devant le lycée. Je me mis à marcher très vite ; inquiète, Ashley trottait près de moi.

— Ecoute, Emma... Je ne peux pas me mettre à ta place, avec tout ce que tu as encaissé...

— Tais-toi !

Je m'en voulus tout de suite. Ashley n'y était pour rien et, sans elle, cette journée aurait été beaucoup plus difficile. C'était juste que je ne supportais pas de parler de certaines choses, avec qui que ce soit.

— Quoi, qu'est-ce que j'ai dit ?

Ce petit air blessé... J'ai fondu.

— Ce n'est pas toi, c'est moi ! Il y a des moments où je ne suis pas très à l'aise... En fait, pour tout te dire, je suis mal quasiment tout le temps.

Comment expliquer ce que je ressentais ? Ma jolie petite cousine n'avait pas encore été effleurée par l'ombre d'un vrai malheur. De nervosité, je me mis à gratter mon vernis à ongles, déjà passablement écaillé. Bien, j'allais faire un effort pour m'expliquer, je lui devais bien cela.

— Voilà : je ne pense pas que ce soit une bonne idée de craquer pour un garçon auprès de qui je n'ai pas la moindre chance. Je ne sais même pas encore comment je vais m'en sortir question copines : Kristin me déteste pour une raison que je n'ai même pas envie de comprendre, elle réussira peut-être à braquer les autres contre moi. Le vrai problème, c'est que... ça ne s'est pas très bien passé, chaque fois que j'ai été vraiment proche de quelqu'un.

Dans le regard d'Ashley, je lus une compassion et une sagesse surprenantes pour une fille de quatorze ans.

— Emma, bien sûr que tu te sens mal ! Mais si, par moments, tu recommences à te sentir normale, si quelque chose t'apporte un peu de bonheur, ça ne voudra pas dire que tu as oublié ta mère ou Ethan. Ou que ces dernières années épouvantables n'ont pas eu lieu. Mais rends-toi compte : ici, tu va pouvoir être juste Emma. Pas Emma-qui-a-un-beau-père-horrible, Emma-à-qui-il-n'arrive-que-des-malheurs, celle dont tout le monde parle dans son dos : juste Emma ! Ta mère voudrait que tu sois heureuse, ton frère aussi.

— Tu as raison.

Je fis un gros effort pour ravaler le chagrin qui me prenait à la gorge chaque fois que je pensais à ma mère ou à mon frère, morts à moins d'un an l'un de l'autre. Pour dire quelque chose, je lançai :

— Je ne comprendrai jamais pourquoi ma mère a décidé d'épouser Henry quand elle a su qu'elle était malade. Il l'avait demandée en mariage au moins dix fois mais c'est le diagnostic du cancer qui lui a fait dire oui.

Ashley me surprit une fois de plus en répondant aussitôt :

— Elle voulait s'assurer qu'il y aurait quelqu'un pour s'occuper de toi. Elle ne voulait pas que tu te retrouves toute seule.

J'ai failli hurler : mais je *suis* toute seule ! Les dents serrées, je me suis mise à courir sur ce fichu trottoir de Manhattan. Au lieu de me suivre, Ashley, mon adorable Ashley, s'est arrêtée net en s'écriant :

— Sérieux ! Donne-toi un peu d'air. Si tu ne le fais pas pour toi, fais-le pour eux !

Je suis revenue sur mes pas, un peu penaude.

— Je sais que tu as raison, Ash. Je le sais dans ma tête, mais c'est plus difficile de me convaincre ici.

— Au niveau du soutien-gorge ?

Ce petit air coquin ! Je me surpris moi-même en éclatant de rire. Aussitôt, elle enchaîna :

— Tu ne m'as pas montré ta carte. Fais voir !

Trop contente de parler d'autre chose, j'ouvris ma sacoche et lui tendis la petite carte plastifiée.

— Aïe ! Sérieusement, Emma, ça craint !

— A ce point ? Fais voir.

La catastrophe. Je ressemblais à la candidate d'une émission de relooking… *avant*. La photo m'avait saisie au moment où je levais les yeux, mâchoire pendante. Grâce au flash trop brillant, j'étais livide, appelez-moi Zombie Girl. Bon, c'était tout de même une excellente photo de mon pendentif, on distinguait très bien le blason.

Très ennuyée, Ashley a murmuré :

— Désolée pour cette carte horrible.

— C'est toi, la carte horrible !

Elle a levé les yeux au ciel en riant malgré elle.

— Tu fais toujours ça ?

C'était une manie stupide qui datait de l'école primaire, Si par exemple maman disait « A table ! Eteignez la télé ! », Ethan et moi, nous répondions à l'unisson : « C'est toi, la télé ! » Et elle riait en secouant la tête, comme pour dire qu'avec les jumeaux, il ne fallait pas chercher à comprendre. Comme je souriais à ce souvenir, Ashley m'a regardée d'un air sagace.

— Toi, tu vas t'en sortir. A demain !

Nous étions devant l'immeuble de ma tante. Une journée de passée, plus que 168 à tenir.

# 3

Deux semaines s'écoulèrent, deux semaines et demie... Je pris l'habitude de cocher les jours dans mon agenda comme un bagnard. Le temps ne passa pas plus vite pour autant.

Je ne savais jamais sur quel pied danser avec Jenn : certains jours, elle me parlait chaleureusement, d'autres fois, elle se recroquevillait à sa place, tête basse, en faisant comme si je n'existais pas. Sans doute redoutait-elle de se mettre Kristin à dos.

Cisco, lui, était toujours présent et toujours agréable. Nous devenions de vrais amis et grâce à lui, j'avais toujours quelqu'un à qui parler à la cafétéria. Oui, bien sûr, Austin me parlait aussi mais lui, il cherchait juste à me recruter pour je ne sais quel comité de bénévoles.

Angelique, ma partenaire de chimie, refusait de déjeuner au lycée ; quand il faisait beau, nous sortions quelquefois toutes les deux prendre quelque chose dans le quartier et nous promener une petite heure. Nous nous entendions vraiment très bien, ce que certains de nos petits camarades admettaient mal : ils ne supportaient pas son côté original (un jour, elle avait expliqué à un professeur qu'elle ne pouvait pas rendre un devoir à cause de la phase de la lune).

Elle m'avait généreusement proposé de recopier toutes ses notes, un formidable bonus car elle était l'une des meilleures de la classe. Et boursière ; résultat, les snobs du lycée la traitaient comme si elle arrivait tout droit d'une léproserie et non d'un immeuble de la Xe Avenue. Personnellement, plus je la côtoyais, plus elle me plaisait, et comme certains de ses détracteurs ne m'avaient pas encore adressé la parole, mon choix était vite fait. Pour couronner le tout, elle m'avoua un jour qu'elle exagérait ses croyances pour le simple plaisir de provoquer les autres.

— Ils ne connaissent rien à rien, je peux leur raconter les bobards les plus énormes et ils marchent à tous les coups. Tu verrais leur tête !

Ce jour-là, nous mangions des *knish* sur un banc de Central Park. Elle enchaîna :

— Je suis vraiment une sorcière, et ma mère aussi, mais ce n'est pas du tout comme ce qu'on voit dans les films. D'accord, il existe vraiment des sorcières qui cherchent à faire le mal, ma mère en a croisé quelques-unes, mais la plupart sont tout à fait positives ! Moi, je vois les auras et je perçois les énergies, mais je ne vais pas te mentir, j'adore mettre les moutons du lycée mal à l'aise. Quelquefois, j'invente des histoires rien que pour les faire flipper.

Le même après-midi, au labo, elle réussit haut la main son expérience et expliqua avec le plus grand sérieux qu'elle entendait la voix des produits chimiques. Puis elle me lança un clin d'œil en douce.

Grâce à elle, j'ai vite rattrapé mon retard. Les cours n'étaient pas particulièrement difficiles à Vince A, juste très compétitifs. Je me donnais tout de même à fond pour mes études car j'avais décidé que je voulais figurer sur la liste des meilleurs élèves, et aussi pour faire plaisir à ma tante… n'importe quoi pour oublier mon obsession pour Brendan.

Devinez qui figurait régulièrement au tableau d'honneur ? Brendan Alexander Salinger. Et Austin qui le considérait comme un crétin primaire…

Mon deuxième jour, en le voyant entrer à grands pas en cours d'anglais, mon cerveau avait tout simplement cessé de fonctionner. Il était incroyable, irrésistible avec ses cheveux noirs en pétard, sa chemise à moitié sortie de son pantalon, sa cravate mal nouée. Sur un autre, ce look aurait fait négligé, sur lui… on aurait dit qu'il était tombé du lit directement sur le plateau d'une pub pour les jeans.

Ses yeux verts lumineux s'étaient rivés aux miens, ce que j'avais interprété comme une invitation à dire « Salut ». En retour, j'avais eu droit à un bref coup de menton et il s'était laissé tomber à sa place sans un mot. La claque ! Par la suite, quand il entrerait en cours (généralement en retard mais sans jamais écoper de la moindre réprimande), une sorte de fatalité était à l'œuvre : j'allais systématiquement lever les yeux au mauvais moment, croiser son regard… et baisser la tête sur mon Shakespeare, tiraillant mon pendentif et lisant et relisant le même vers une bonne dizaine de fois. Je ne parvenais à me détendre qu'une fois qu'il s'installait en me tournant le dos.

Ce scénario se rejouait chaque jour, comme un cercle de l'enfer oublié de Dante. Je ne comprenais même pas pourquoi il me faisait autant d'effet ! Heureusement, en dehors du cours d'anglais, c'était facile de l'éviter. Je n'allais plus regarder les garçons jouer au basket après les cours, j'avais expliqué à Ashley que je n'avais pas le temps : j'envisageais de rejoindre l'équipe de course à pied et je devais travailler mon endurance en faisant du jogging dans le parc. Elle trouvait cette idée ridicule.

— Ce n'est pas une équipe, ils ne font aucune compétition. C'est un club. Le Running Club, ça ne s'invente pas. Ils ne font rien d'autre qu'aller au parc et courir en rond.

— Tu plaisantes ?

Incrédule, je me représentai les filles du lycée trottant dans les allées du parc en talons aiguilles. *A mon coup de sifflet ! Il y a un sac Vuitton caché dans le périmètre. Il sera pour la première qui le trouvera !* Et elles s'éparpilleraient au signal, leur loulou de Poméranie sous le bras…

Je formais donc une équipe de course à pied à une personne. Chaque jour, je quittais le lycée par la porte du gymnase, stratégie qui me permettait d'éviter à la fois Brendan et Anthony. Je tenais beaucoup à les éviter tous deux mais pour des raisons très différentes : je redoutais de me jeter à la tête de Brendan et de vomir sur Anthony.

Après deux semaines et demie de « Dis donc, elle est à croquer, la nouvelle ! » et « Quand est-ce que tu me donnes ton numéro ? » Anthony finit par me coincer sur le seuil du cours d'anglais.

— Qu'est-ce qu'une fille chaude bouillante comme toi fait à traîner avec une folle comme Angela ?

Ses yeux bleus très froids me détaillaient de la tête aux pieds, il s'appuyait au montant de la porte, le bras en travers du passage.

— Elle s'appelle Angelique, corrigeai-je froidement. Et elle n'est pas folle.

— Attends, Emily, je sais qui est ta tante ! Ne perds

pas ton temps avec cette paumée, je peux te présenter ceux qu'il faut connaître.

— Je préfère la connaître, elle. Au moins, elle sait comment je m'appelle.

— Oh ! allez, tu ne vas pas rater ta chance de profiter de tout ça.

Stupéfiant : il passait ses paumes sur sa poitrine musclée. Ensuite, il voulut écarter ma frange de mes yeux ; furieuse, je rabattis sa grosse main d'une claque et là, son sourire devint très méchant.

— Je te conseille de faire gaffe. Ce n'est pas moi que mes parents ont abandonnée chez ma tante pour pouvoir vivre leur vie. Je ne sais pas si tu mesures ta chance que je t'adresse la parole.

C'est là qu'il m'a fait un immonde clin d'œil en ajoutant tout bas :

— Quand tu te seras décidée… préviens-moi.

Avant que je ne puisse réagir, il est parti s'asseoir à sa place. Même sa démarche était arrogante.

J'entendais M. Emerson dans l'escalier derrière moi. Vite, je suis entrée à mon tour en lançant une moue éloquente à Cisco et en m'efforçant d'éviter le regard de Brendan. Génial : pour une fois qu'il arrivait en cours à l'heure, il assistait à ma dispute avec son copain.

— Qu'est-ce qu'il te voulait ? me glissa Cisco.

Je me penchais pour lui répondre quand M. Emerson entra, traînant les pieds et toussant lamentablement. Voilà au moins dix jours qu'il traînait un mauvais rhume. Condition qui s'accordait mal avec les sonnets de Shakespeare ! Il voulut lire quelques vers mais s'étouffa dans une nouvelle quinte. J'avais un peu pitié de lui mais franchement, il était assez répugnant. Il finit par reprendre son souffle, mais décida de nous faire lire à sa place.

— Vous, dit-il en tendant le doigt vers Austin avant de se moucher de nouveau. Page tinquante-gatre.

Austin eut l'air très content d'être choisi. Lui, du moment qu'on lui demandait de participer ! Avec un enthousiasme un peu inquiétant, il s'est penché sur le deuxième sonnet.

— *Lorsque quarante hivers feront siège à ton front…*

Il déclamait avec une emphase ridicule. J'ai réprimé un soupir, jeté un regard à la ronde… et croisé le regard fixe d'Anthony, qui se lécha langoureusement les lèvres. Révoltant. Je me suis hâtée de détourner les yeux ; pour éviter toute mauvaise surprise, le plus sûr était encore de regarder par la fenêtre. Pour une fois, il faisait grand soleil. J'ai eu une envie terrible de sécher le reste des cours. Il faisait un temps idéal pour courir et j'avais besoin d'échapper quelques heures au lycée.

Sur un nouveau soupir, je me suis perdue dans la contemplation de mes fourches. Voilà des mois que j'aurais dû aller chez le coiffeur. Pourquoi, mais pourquoi Anthony s'intéressait-il à moi ? J'étais mille fois moins présentable que les petites princesses de la classe.

Austin avait terminé de massacrer son sonnet. M. Emerson demanda un volontaire pour lire le suivant et Kristin leva aussitôt la main. Elle avait une telle envie de se faire mousser qu'elle s'étirait comme une folle vers le plafond, une seule fesse sur sa chaise. Lorsque M. Emerson agita une main molle dans sa direction, elle lui offrit un petit sourire modeste, se leva (Austin était resté à sa place), rejeta ses cheveux en arrière et se lança. En déclamant comme une tragédienne du XIXe siècle, et en mettant une émotion dingue dans chaque mot. A côté de la sienne, la lecture d'Austin avait été un modèle de sobriété. Atterrée, morte d'ennui, je me suis effondrée sur ma table.

— *Te puis-je comparer à un beau jour d'été ?*

Elle insistait sur les mots à tort et à travers. Cisco a fait semblant de se tirer une balle dans la tête ; j'ai pouffé puis, découragée, je me suis de nouveau intéressée à mes cheveux.

— Emma Connor.

Je me suis redressée d'un bond. M. Emerson avait les yeux braqués sur moi, je venais de me faire surprendre aux abonnés absents.

— Hein ? Je veux dire, oui, m'sieur ?

— Je vous demande de lire le sonnet XXIX. Et levez-vous, je vous prie.

Il partit dans une affreuse quinte de toux. Vite je tournai les pages… Oh ! non, pas celui-là ! Je ne savais pas ce que le thème avait pu signifier pour Shakespeare, mais ce poème me parlait au niveau le plus intime. Il ne faudrait surtout pas laisser ma voix se fêler sur le mot « solitaire ».

J'ai respiré à fond et me suis levée en tenant mon livre devant moi comme un bouclier. Négligemment, j'ai mis le poing devant mes lèvres pour m'éclaircir la gorge, en exagérant juste ce qu'il fallait — une petite manœuvre qui me valut un rire discret de la part de mes camarades. Puis je me suis mise à lire d'une voix ferme :

— *Lorsque, en disgrâce aux yeux du Sort et des humains*
*Je me prends à pleurer mon exil solitaire*

*Harcelant le ciel sourd de gémissements vains*
*Maudissant mon destin quand je me considère…*

Devant moi, Brendan a changé de position : il s'est tourné de côté, la joue posée sur ses bras croisés, et m'a fixée à travers ses longs cils noirs. Des cils qui devaient être doux comme du velours. Ma voix s'est éteinte, je suis restée prise dans son regard vert… un instant seulement, puis une sorte de panique intérieure m'a saisie. Troublée, les mains crispées sur mon livre, je me suis replongée dans mon texte ; je sentais toujours le regard émeraude de Brendan sur moi, mais je me concentrais de toutes mes forces sur les vers imprimés. Pourtant, vers la fin du sonnet, une impulsion bizarre m'a poussée à chercher de nouveau ce regard et je lui ai adressé les deux derniers vers.

— *Ton amour rappelé m'apporte tels trésors*
*Que pour celui des rois ne veux changer mon sort.*

Voilà, c'était fini. Je me suis rassise en lissant ma jupe plissée. Brendan restait tourné vers moi, il me fixait toujours. Le bonheur ? Eh bien, non : il m'avait traitée comme une pestiférée et ce regard m'était tout à fait insupportable. Les yeux rivés à ma page, j'ai attendu qu'il se détourne. Enfin, ce fut plus fort que moi : j'ai relevé la tête, plongé dans son regard. Il a cligné des paupières, lentement, comme un chat. Son visage, qui depuis deux semaines et demie se figeait comme du béton chaque fois qu'il me voyait, s'est adouci. J'aurais même juré que je l'avais vu ébaucher un sourire.

M. Emerson toussa à fendre l'âme et désigna un autre lecteur. Je détournai les yeux, et Brendan se remit face au tableau.

*
* *

Cet après-midi-là, à Central Park, *Carousel* de Blink-182 était en tête de ma playlist. Je courais vite, en respirant à pleins poumons l'air piquant de l'automne. Je commençais à m'habituer à sentir, en plus des odeurs de feuilles mortes et de terreau, les effluves des stands de hot dogs et de bretzels qui se succédaient dans les allées du parc.

Tout en courant, je fredonnais en pensant à Cisco et Angelique, mes nouveaux amis. Jenn aussi était cool, même s'il y avait des jours où elle n'adressait la parole à personne. J'imaginais aussi des tableaux plaisants, par exemple Kristin faisant une réaction allergique à ses séances d'UV, se transformant définitivement en orange...

Puis j'ai fermé les yeux un instant en pensant au cours d'anglais et à ce sonnet auquel je m'étais identifiée. Pendant ma lecture, quelques secondes, j'avais réellement été cette proscrite réconfortée dans sa solitude par le souvenir d'un grand amour. Comme j'aurais aimé savoir ce que l'on ressentait quand on avait près de soi quelqu'un d'unique, capable de vous faire oublier toutes les épreuves ! Capable de vous ouvrir la porte du bonheur...

A bout de souffle, je m'arrêtai court. Emportée par mes pensées, j'étais allée très loin : je me retrouvais à Bethesda Fountain, un de mes coins préférés du parc. Aujourd'hui pourtant, la fontaine somptueuse me laissait indifférente, je ne voyais qu'un visage, des yeux verts. Des yeux qui ne me détestaient pas, malgré l'attitude distante de leur propriétaire.

— Mais pourquoi est-ce que je pense à toi tout le temps, ai-je murmuré. Brendan, à quoi tu joues ?

Adossée à un lampadaire, je cherchais à maîtriser mon souffle et mes pensées quand, au-dessus de ma tête, la lumière a vacillé. Tiens… ? J'ai levé les yeux vers le globe incandescent ; pendant quelques secondes, il a brûlé avec une intensité inouïe, puis il y a eu un crépitement brutal. Un peu effrayée, j'ai reculé, à l'instant précis où l'ampoule éclatait. Des fragments ont claqué contre le verre plus épais du cache, une odeur âcre m'a arraché une grimace. Comme le crépuscule semblait sombre tout à coup ! La nuit tombait, il était l'heure de rentrer.

# 4

— Emma, je peux te demander quelque chose ?

C'était le lendemain, à la cafétéria ; Cisco se penchait vers moi en parlant très bas, sur le ton de la confidence. Ce garçon était vraiment adorable : aussi riche que les autres, il n'avait pas une once de snobisme. J'ai répondu sur le même ton :

— Oui, bien sûr. Oh ! regarde... Même les sandwichs sont cauchemardesques, regarde cette laitue, je préférerais manger ma serviette.

Frémissante d'horreur, je lui ai montré la feuille livide que je venais d'extraire de mon sandwich mais il a refusé de se laisser distraire.

— Rejoins-moi dans la cour quand tu auras fini de manger.

Désabusée, j'ai contemplé l'amas de confettis pâteux émietté sur mon plateau.

— Je crois bien que j'ai terminé.

Nous sommes sortis ensemble, mais il n'a rien dit de plus tant qu'il a cru qu'on pouvait nous entendre. Son manège commençait sérieusement à m'intriguer ! Quand il a estimé que nous étions suffisamment isolés, il s'est planté devant moi, le dos un peu voûté et les mains enfoncées dans les poches de son pantalon.

— Tu fais quoi, demain soir ?

Ah. C'était peut-être idiot de ma part mais je ne m'y

attendais pas du tout. Pas de la part de Cisco en tout cas ! De ma voix la plus désinvolte, j'ai répondu :

— Vendredi ? Oh ! pas grand-chose. J'irai peut-être voir un film avec ma cousine, pourquoi ?

— Eh bien…

Son attitude était bizarre, il semblait à la fois très inquiet et très déterminé.

— Voilà : le groupe de mon copain Gabe… *mon petit copain Gabe* joue demain dans un bar. Tu veux venir ? Moi, j'y vais avec ma cousine et quelques copains. Viens, ce sera cool.

— Oh ! tu… C'était donc ça !

Quel soulagement ! Cisco était une crème, et très séduisant avec ses épais cheveux bruns et ses yeux chocolat si chaleureux mais moi… Eh bien, même si ça me dérangeait de me l'avouer, je m'intéressais à un autre.

— Tu as l'air soulagée, a-t-il glissé avec un sourire.

— Pour être tout à fait franche, j'ai cru que tu allais me demander de sortir avec toi et… je suis en vacances. Je veux dire, en vacances des garçons.

Je parlais trop, trop vite, c'était nerveux.

— Après tout, on s'entend bien, tu sais que je t'apprécie énormément, et tu faisais tous ces mystères en voulant me parler loin des autres…

— Ma chérie, tu es adorable mais pas du tout mon genre !

J'ai fait semblant d'être vexée, nous avons éclaté de rire et je me suis écriée spontanément :

— C'est génial quand on peut se parler franchement et tout se dire !

Il a approuvé de la tête, une réelle affection dans le regard. Sérieux tout à coup, il a lancé :

— C'est juste que je ne veux pas que les autres s'intéressent à mes affaires. Ma vie sentimentale ne regarde que moi et… je ne sais pas si tu connais le vocabulaire du vestiaire des garçons ? On dit « c'est tellement gay » pour dire que c'est nul, ou « pas homo » pour dire « pas question ». Ce n'est pas du tout l'ambiance dans laquelle tu peux faire ton *coming-out* !

— C'est horrible, ai-je compati.

Comme je le comprenais ! Et comme j'étais touchée qu'il ait senti qu'il pouvait se confier à moi.

— Ecoute, je vais demander à ma tante mais je suis à peu près sûre que je pourrai venir.

— C'est cool !

L'air tout content, il m'a donné une adresse et son numéro de portable. Nous devions nous retrouver à l'angle de la III$^{e}$ Avenue et de la 91$^{e}$ Rue.

En rentrant avec Ashley ce soir-là, je lui ai annoncé que je sortais le lendemain avec Cisco et ses copains. J'avais un peu peur de la vexer : depuis mon arrivée, nous nous retrouvions tous les week-ends pour voir un film ou jouer au billard. Si elle avait prévu quelque chose avec ses propres copines, elle m'invitait toujours à les rejoindre et là, je ne pouvais pas lui rendre la pareille. D'ailleurs, quand elles avaient prévu quelque chose de leur côté, je les laissais généralement entre elles. Je trouvais ses amies tellement plus gamines qu'elle !

Mon adorable cousine a juste eu l'air triste une fraction de seconde, puis elle s'est ressaisie.

— Cool ! C'est bon pour toi de sortir, et Francisco n'est pas mal du tout.

— Attends, non, ce n'est pas…

— Pourquoi pas, il est craquant ! Beau gosse, une belle carrure de sportif et en plus, il est super gentil. La gentillesse, ça compte !

— Je suis tout à fait d'accord avec toi mais on est amis, sans plus.

Ashley se ficherait de savoir qu'il préférait les garçons, mais je ne pouvais pas me permettre de le lui dire. L'info ne m'appartenait pas, et elle aurait pu tout révéler, sans penser à mal.

— Bref, tu crois que tante Christine sera d'accord ?

Je ne m'attendais pas à sa réponse : une énorme crise de rire. Cela dura si longtemps que je finis par perdre patience.

— Mais quoi, explique !

— Tu plaisantes ? s'est-elle écriée à travers les larmes qui laissaient des traînées iridescentes de maquillage sur ses joues. Tante Christine sera folle de joie de te voir sortir avec quelqu'un d'autre que moi. Tu te rends compte ? Tu vas carrément te coucher après 21 heures pour une fois ! Je t'en prie, Emma, tu vis comme une vieille dame ! Bientôt, tu t'inscriras aux tournois de bingo.

— Bon, d'accord, j'ai compris…

— Encore un peu et tu te mettais à chiper les sachets de sucre dans les restaurants…

Trop contente de me taquiner, elle a continué sur le même registre jusqu'à la porte de l'immeuble de ses parents, sur la 62e Rue.

Ce soir-là, pendant que je débarrassais la table (ma tante avait commandé un repas indien à emporter), je me suis décidée à aborder le sujet.

— Tante Christine ? Un garçon de ma classe m'a invitée demain soir…

— Quel garçon ?

Elle me posa la question distraitement, sans cesser de sonder les profondeurs du cocktail qu'elle faisait tourner dans son verre. Autrefois, mon oncle George et elle buvaient chaque soir un cocktail à la santé l'un de l'autre ; maintenant qu'elle était veuve, elle maintenait la tradition. Elle préparait toujours deux verres et n'en buvait qu'un seul.

— Cisco, répondis-je. Je veux dire Francisco Fernandez.

— Je connais la famille, bien sûr.

D'un geste distrait, elle lissa ses boucles brunes.

— Sa mère est absolument charmante. Sa sœur et sa cousine sont aussi passées par la Vincent Academy. Le jeune Francisco ? Aucun problème.

Puis elle m'a regardée, et demandé :

— Je suis censée te dire à quelle heure tu dois rentrer ?

— Euh… je ne sais pas.

Et pour cause. J'étais encore si petite à la mort de ma mère ; on ne fait pas la tournée des boîtes de nuit à quinze ans. Avec Henry, c'était tout l'un ou tout l'autre, soit il ne me fixait aucun couvre-feu, soit j'avais ordre de rentrer à la maison immédiatement après les cours. Si bien que je ne tenais aucun compte de ses instructions.

Tante Christine et moi, nous nous somme dévisagées, puis elle a décidé :

— Voilà ce qu'on va faire. Si l'un des autres te dit à quelle heure ils doivent rentrer, tu répondras : « Même chose pour moi. »

— Merci, tante Christine, ai-je dit, tout étonnée.

Elle a haussé les épaules et dit gaiement :

— Jusque-là, tu n'as rien fait pour perdre ma confiance !

Je te laisserai de l'argent sur le meuble de l'entrée. Tu t'achèteras un chemisier ou ce que tu voudras.

Je me suis précipitée pour l'embrasser.

— Merci !

Elle sentait merveilleusement bon. J'ai reconnu Beautiful, de Estée Lauder.

Le lendemain, en cours de latin, je fixais si attentivement les aiguilles de l'horloge que je n'ai pas raté une seule étape de leur tour du cadran. 2:51. 2:52. 2:53. 2;52. Quoi ? 2:52 ? L'aiguille reculait ? Je me suis frotté les yeux. Non, le temps ne s'était pas mis à passer à rebours, plus que six minutes et je pourrais sortir. Ashley et moi, nous irions m'acheter un chemisier neuf. Cela tombait vraiment bien, je n'avais pas grand-chose à me mettre. Une fois ma décision prise de venir chez tante Christine, j'avais fait mes bagages très vite et je n'étais jamais retournée chercher ce que j'avais laissé à Keansburg. Je supposais qu'entre-temps, Henry avait vendu toutes mes affaires, et fourré tous mes souvenirs dans des sacs-poubelle. De temps en temps, je cherchais un chemisier ou un sweat et je m'apercevais que je l'avais oublié au linge sale, ou dans ma penderie.

A la cloche, j'ai jailli de mon siège pour me précipiter vers le sous-sol et mon casier. Je devais me trouver sur la III^e^ Avenue à 20 heures précises ; si je ratais le coche, comme je n'avais pas de portable, les autres ne pourraient pas me joindre pour me dire où les retrouver.

J'avais eu un portable, comme tout le monde. Un très joli portable violet, chargé à bloc de mes sonneries préférées, mais je l'avais oublié à Keansburg, lui aussi. Dans son chargeur, sur la table de nuit. Sur le moment, je l'avais à peine regretté. Depuis le temps qu'il ne sonnait plus !

Le shopping avec Ashley, c'était fun, même si elle fit tout pour me dissuader d'acheter le chemisier noir tout simple que je voulais, avec des manches longues et un décolleté carré. Moi, je trouvais qu'il serait parfait avec un jean. Je n'avais encore jamais vu les autres en civil, je veux dire sans leur uniforme, et ce serait la première fois qu'eux-mêmes me verraient habillée autrement. C'était délicat et je préférais ne pas prendre de risques.

— Oh ! allez, celui-ci irait tellement bien avec tes yeux !

Elle eut beau me supplier, et me mettre sous le nez toutes sortes de couleurs vives, ce fut le noir.

Nous sommes rentrées d'un pas tranquille, en admirant les vitrines des boutiques de luxe de Madison Avenue. Sans savoir pourquoi, j'ai pensé à Brendan en me demandant ce qu'il faisait de ses vendredis soir. Il avait forcément une petite amie… ou même plusieurs. Ashley disait qu'il était DJ à ses moments perdus ; il passerait probablement la soirée à faire pulser un club select où l'on n'entrait que sur invitation, tandis que des filles au look de mannequin se bousculaient pour effleurer sa manche. Comme je les comprenais !

Cette situation était… détestable, je n'avais jamais éprouvé cela, pas même pour mon premier petit copain, quand j'étais *freshman*. Je ne fantasmais pas sur le fait de sortir avec lui, ou de glisser les mains dans ses cheveux en désordre (enfin, pas beaucoup) ; j'étais juste avide d'en savoir plus à son sujet. Je voulais tout connaître de lui, ses groupes et ses films préférés, sa façon de voir le monde. Savoir si ses pensées dérivaient quelquefois vers moi, comme les miennes dérivaient vers lui. Il était présent en moi en permanence. Si présent que je venais d'oublier pendant plusieurs minutes l'existence de ma petite cousine.

— Il m'a fait un clin d'œil. Je t'assure ! gazouillait-elle de sa petite voix haut perchée.

Mon subconscient avait dû suivre un peu mieux que moi : j'ai compris qu'elle parlait d'un garçon plus âgé qu'elle voyait deux fois par semaine à l'étude.

— Et sur Facebook, il n'arrête pas de m'envoyer des baisers, ce genre de trucs. C'est ridicule, personne ne fait ça ! Il est tellement… craquant.

Le temps d'arriver chez tante Christine, elle m'avait donné tous les détails… et l'homme de ses rêves n'était autre que le Grand Blond, la Tache universelle, l'horrible Anthony. A ses yeux, il était le plus grand triomphe de l'humanité depuis l'invention des soutiens-gorge push-up.

— Ash, je ne voudrais pas te faire de la peine, mais pas plus tard qu'hier, il…

Comment lui dire cela sans lui donner l'impression que je lui faisais de l'ombre ?

— … il faisait du plat à une fille de ma classe. Il a très mal réagi quand elle l'a envoyé paître. Hargneux. Pas cool.

— Oh ! non, il n'est pas méchant, soupira-t-elle, rêveuse.

Elle sortit de l'ascenseur en tourbillonnant sur elle-même. De plus en plus inquiète, j'insistai :

— Je crois que si, justement. Pas net en tout cas.

Ashley posa sur moi un regard grave, presque froid.

— Il me plaît, d'accord ? J'ai encore le droit ? Et puis on se parle sur Facebook, ce n'est pas la fin du monde !

Je connaissais ce ton buté, c'était de famille. Maman

me l'avait légué, et Ashley l'avait hérité de son père, qui était le frère de ma mère. Tempête en vue ! Avec un soupir, j'ai glissé ma clé dans la serrure. J'allais devoir ouvrir l'œil et parer à la casse.

— Je pense juste que tu ne devrais pas…

Je n'ai même pas eu le temps de terminer ma phrase. Avec un de ces hurlements dont elle avait le secret, Ashley s'est précipitée vers la table de la cuisine.

— Enfin !

Elle s'était emparée d'un objet posé à côté de la salière Waterford. J'ai piaillé à mon tour :

— Un portable ?

Un petit Post-it était glissé sous la salière.

> *« J'ai pensé qu'il t'en faudrait un. Le jeune homme du magasin l'a programmé pour moi. N'appelle pas la Chine et amuse-toi bien ce soir. Baisers, tante Christine »*

— Elle est géniale, je l'adore, ai-je murmuré en retournant le petit appareil brillant entre mes mains.

— Il était temps que tu aies un portable ! s'est exclamée Ashley en feuilletant le mode d'emploi. Vite, appelle-moi pour que j'aie ton numéro. Et tu me feras un texto ce soir pour me dire s'il s'est passé quelque chose avec Cisco.

Pour la centième fois, j'ai voulu lui expliquer que je ne sortais pas avec Cisco. Sans m'écouter, elle m'a poussée vers la porte de ma chambre.

— Mais qu'est-ce que tu attends, il faut te préparer !

Il m'a fallu près de deux heures. J'ai terminé en lissant mes cheveux au fer. Ça n'a pas été facile, mais j'ai fini par obtenir un rideau parfaitement homogène. Restait le problème de ma frange dix fois trop longue… qui avait tout de même un avantage puisque son poids aplatissait mon épi rebelle. J'ai tenté une raie sur le côté en épinglant les cheveux sur ma tempe.

Ashley me regardait faire avec beaucoup de plaisir. Pas étonnant qu'elle croie que je sortais avec Cisco : je me donnais beaucoup de mal, exactement comme si c'était un rendez-vous. Allez savoir pourquoi ? Il me semblait que je devais absolument être jolie ce soir. Sans doute parce que j'avais le trac, je voulais qu'on m'accepte, qu'on m'apprécie ; je voulais faire partie de la bande.

— Moins de noir aux yeux, a décrété Ashley.

Assise par terre au pied de mon lit, mon maquillage éparpillé autour de moi, je travaillais penchée vers le miroir en pied fixé à ma porte. Le menton sur mon épaule, Ashley a repris :

— Tu devrais oser un peu de couleur, un vert ou un rose vif pour aviver ton regard. C'est ton meilleur atout.

— Tu parles, ai-je grogné en ajoutant encore du noir et en frottant pour obtenir un look *smoky*. Toute la famille a les yeux bleus sauf moi. Moi, je n'ai que des yeux marron bien ordinaires.

— Non, ils sont beaux, je t'assure.

Ses yeux cristallins brillant de joie, elle s'est jetée sur mon lit en lançant ses jambes en l'air.

— Ils ne sont pas marron, ils sont plus clairs. Pas noisette non plus, attends, je vais trouver un nom pour cette couleur. Vison ! Oui, c'est ça, ils sont couleur vison.

Elle riait comme une folle. Je me suis mise à rire aussi en criant :

— C'est toi, le vison !

Elle m'a jeté un coussin à la tête, puis son regard s'est posé sur le réveil, à mon chevet, et elle s'est redressée d'une détente, affolée.

— Mais dépêche-toi ! Il est déjà 7 h 20, il te faudra au moins trente-cinq minutes pour aller là-bas à pied.

Pour tout ce qui touchait au timing, je faisais entièrement confiance à Ashley, la New-Yorkaise de toujours. Moi, je ne m'en sortais pas : comme j'allais partout à pied, je croyais toujours être à cinq minutes de l'endroit où je devais me rendre. Je me trompais, bien entendu, et je passais mon temps à courir. C'était tout de même un comble : au moment où je venais enfin de décrocher mon pré-permis de conduire, je me retrouvais parachutée à Manhattan, où personne ne conduisait. Tante Christine n'avait même pas le permis.

Je me suis précipitée sur le placard, j'ai sorti mes bottes noires d'un carton non encore déballé, je les ai enfilées par-dessus mon jean et je me suis tournée vers ma cousine.

— Je suis comment ?

Ashley me détailla avec beaucoup d'attention.

— Retire ton pendentif. Il gâche la ligne de ton décolleté.

Je me suis tournée vers le miroir. Elle n'avait pas tort, mais je ne retirais jamais mon pendentif. C'était un cadeau de mon frère, et à peu près tout ce qui me restait de lui. En guise de compromis, j'ai caché le médaillon sous mon chemisier ; on ne voyait plus que le fine chaîne d'argent.

— C'est mieux ?

— Beaucoup mieux. Ne bouge pas.

Sa main plongeait déjà dans sa sacoche, en ressortait avec un petit flacon.

— Ah, non ! ai-je hurlé en reculant.

Je me souvenais encore du parfum sucré vomitif dont elle m'avait aspergée la dernière fois.

— C'est pas le même, a-t-elle soupiré en me tendant le flacon.

Prudemment, j'ai reniflé. D'accord, celui-ci était beaucoup mieux. Il sentait même très bon, une fragrance légère, presque ensoleillée. Je hochai la tête, approbatrice, et la laissai actionner le piston.

— Maintenant, tu sens bon, déclara Ashley, satisfaite. Parce qu'avant… ouh, là, là !

Je courus l'embrasser et pris une grande respiration en lissant mon chemisier neuf.

— Bon, je ferais bien d'y aller.

# 5

Il faisait froid. Serrée dans mon blouson de cuir, je remontais la III$^{e}$ Avenue d'un pas vif en regrettant de n'avoir pas pris une écharpe. Ou même un manteau bien chaud ! Je ne connaissais pas encore les caprices de la météo new-yorkaise, où on peut bouillir un jour et grelotter le lendemain.

En arrivant en vue de la 91$^{e}$ Rue, j'ai sorti mon portable neuf pour vérifier l'heure. Huit minutes de retard, autant dire que j'étais en avance et pourtant, le trottoir était désert. Me faisait-on une mauvaise blague ? Cisco était-il caché quelque part, mort de rire de voir la loseuse de service plantée là à attendre des copains qui ne viendraient jamais ? Et moi qui venais de passer une heure sur mes cheveux ! Je crois bien que ce furent les minutes les plus longues de mon existence.

— Hé, *chica* !

Ouf ! Francisco arrivait, flanqué de trois amis. Rouge de soulagement, je brandis mon nouveau portable.

— Regarde !

— Ça y est, tu as découvert la technologie ?

Il me prit l'appareil des mains en riant et appela son propre numéro pour le mettre à la mémoire.

— Je te présente ma cousine Samantha, ajouta-t-il aussitôt, et son petit copain Omar. Ils se sont échappés de Vince A l'an dernier. Et voilà Derek, un copain. Lui, il est à Sainte-Agnès, un lycée de garçons.

Désinvolte, il me désignait ses compagnons, une fille minuscule, un peu plus plus âgée que nous, et deux garçons, un brun et un blond. Quand je leur dis « salut », mon souffle fit un petit nuage blanc.

— Nous attendons encore quelqu'un, enchaîna Cisco en me donnant un petit coup de coude dans les côtes. Tiens, j'ai pensé à toi.

Il a sorti de sa poche une petite carte plastifiée et me l'a tendue, très content de lui.

— Un permis de conduire ?

— Plus exactement le permis de ma sœur, celle qui a l'âge de commander des boissons alcoolisées. Tu as là son permis d'apprentissage, elle a eu le permis définitif depuis. Tu lui ressembles un peu alors ce soir, tu seras Angie Marie Fernandez. J'avais oublié de te demander si tu avais une fausse carte d'identité.

— Bon, d'accord, je suis Angie Marie. Tiens, ça tombe bien, je suis toujours Poissons.

Je souriais un peu jaune en étudiant la photo du permis. Angie était brune aussi mais à part cela, nous ne nous ressemblions pas du tout. Le vrai problème, c'était que je paniquais un peu à l'idée d'aller dans un bar. Préoccupée par ces pensées, je n'ai pas tout de suite réalisé que le retardataire était arrivé. Quand j'ai repéré la silhouette qui traversait tranquillement la rue pour nous rejoindre, mes yeux se sont arrondis comme des Frisbee. Par chance, personne ne me regardait à cet instant précis, tous les regards étaient braqués sur…

Je fus subitement très contente d'avoir soigné mon look. A la Vincent Academy, en uniforme, Brendan était le garçon le plus irrésistible du lycée. Dans la rue et dans ses propres fringues, il devenait le garçon le plus irrésistible de Manhattan. De tous les Etats-Unis ! Il était absolument et radicalement mon genre, ce qui n'arrangeait pas du tout mes affaires ! Il portait un T-shirt sombre par-dessus un autre T-shirt gris à manches longues, avec un bracelet de cuir ; son sweat noir était jeté sur son épaule comme s'il faisait un temps normal d'automne et pas un froid polaire. Comme toujours, ses cheveux partaient dans tous les sens : un désordre réel, pas le look regardez-ce-que-j'arrive-à-faire-avec-du-gel. Je voulais bien parier qu'il ne possédait pas un seul produit en dehors de son shampooing. Il a salué Cisco d'une de ces étreintes à un bras qui semblent avoir cours à Manhattan entre les copains vraiment proches. Des amis vraiment proches, Cisco et Brendan ?

Quand il s'est penché pour embrasser Samantha sur la joue, j'ai instantanément bouilli de jalousie. (Bon, il la connaissait forcément du lycée puisqu'elle était encore à Vince A l'année précédente.) Et enfin, ses yeux verts se sont braqués sur moi et j'ai entendu, de très loin, la voix de Cisco s'écrier :

— Brendan ! Est-ce que tu as seulement rencontré Emma ?

Sans me quitter des yeux, il a répondu :

— Pas officiellement, non.

— Salut…

J'ai voulu la jouer désinvolte, mais ma voix s'est fêlée au milieu du mot. Son regard était très grave, mais il souriait aussi, un petit sourire aux lèvres.

— Salut, Emma.

Cisco nous a rassemblés et entraînés un peu plus loin,

vers un petit bar qui ne payait pas de mine avec son enseigne de néon rouge clignotante. Les « grands » sont passés sans encombre ; mon tour venu, je me suis plantée devant le videur en brandissant mon faux permis de conduire. Il a levé les yeux au ciel en me faisant signe de passer. Je me suis retrouvée dans une salle sombre et bruyante, pleine de lycéens qui vidaient des pichets de bière bon marché et de vieux qui jouaient aux cartes autour d'une bouteille de whisky. La sono passait un vieux tube des Green Day, le sol était couvert de pelures de cacahuètes ; j'ai glissé sur ce tapis mouvant et manqué m'affaler devant tout le monde et mourir d'humiliation. Discrètement, j'ai gratté les coquilles collées à mon talon avant de rejoindre mon groupe, déjà aligné le long du bar. Cisco saluait un garçon brun, craquant à souhait, qui devait être son ami Gabe.

— Merci, c'est super d'être venus, disait ce dernier avec chaleur. Je vous préviens, on n'est pas géniaux mais tant qu'on ne se fait pas huer, tout devrait bien se passer. C'est toi, Emma ? Cisco parle beaucoup de toi, mais en bien.

Il était absolument charmant et semblait en proie à un trac monstre. Je lui ai souri en ripostant :

— Ce sont des mensonges. Je l'ai payé pour faire ma com'.

Il a éclaté d'un grand rire, mais son angoisse a vite repris le dessus. Le visage soucieux, il a répété :

— J'espère seulement que vous n'attendez pas des merveilles. On n'est pas des vrais pros.

L'accueil de Gabe m'avait mise à l'aise, mais quand je me suis tournée vers le bar, j'ai vu que le seul tabouret libre était tout au bout, juste à côté de Brendan. Pour gagner du temps, j'ai demandé :

— Tu joues quoi, dans le groupe ?

— Je suis batteur. Tu sais, ce groupe, c'est juste pour le fun, on est plutôt mauvais. Bon, j'ai besoin de me donner du courage, c'est ma tournée. Tequila pour tout le monde !

Tout le monde était partant, bien sûr. Dans le brouhaha approbateur, personne n'a remarqué mon silence. Ce n'était pas que je ne buvais jamais ; j'avais avalé mon quota de bière tiède dans les soirées de Keansburg. Seulement, depuis l'accident, ça ne passait plus. Dans les fêtes, je tenais un verre à la main, histoire de montrer que j'étais encore fréquentable, mais je ne le vidais pas. Et je n'étais jamais, au grand jamais, entrée dans un bar. Keansburg était un petit bourg, les barmen connaissaient tous les mineurs par leur prénom.

Ce barman-ci alignait déjà les shots, en les remplissant avec brio ; je me suis perchée sur le tabouret vide près de Brendan avec un regard furtif à la ronde et, comme personne ne me regardait, j'ai saisi mon verre, jeté son contenu par-dessus mon épaule, et mordu dans la rondelle de citron comme le faisaient les autres. Discrètement, je me suis retournée pour voir si j'avais inondé quelque chose (ou quelqu'un) ; une étoile liquide brillait sur le plâtre clair du mur.

— Bon, je vais faire la balance. A tout à l'heure ! a lancé Gabe avec son fabuleux sourire. Sérieusement, on est nuls, mais ne partez pas avant la fin !

Dès qu'il s'est éloigné, je me suis penchée devant Brendan et Samantha pour demander à Cisco :

— Ils sont vraiment nuls à ce point ou c'est le prochain Blink-182 ?

— Ils sont mauvais. Gabe est génial mais le groupe…

— Tu exagères ! protesta Samantha.

Puis, comme Cisco braquait sur elle un regard sévère, elle a concédé :

— Enfin, si, ils sont assez épouvantables, à part Gabe. Emma, prépare-toi à saigner des oreilles.

Les doigts crochus, elle a imité un grincement d'ongles sur le tableau noir ; j'ai fait la grimace en riant. Près de moi, Brendan appelait le barman du geste en lui tendant une carte de crédit noire.

— La prochaine tournée est pour moi.

Le barman accepta la carte avec respect. Sans paraître remarquer sa réaction, Brendan commanda :

— Tequila, ou ce qu'ils veulent.

Puis il me jeta un regard par-dessus son épaule.

— Qu'est-ce que tu prends ?

Toi, torse nu, ai-je pensé. C'était insupportable : dès qu'il m'adressait la parole, j'avais l'impression que ma tête explosait. Que venait-il de me demander ? Ah, oui, ce que je voulais boire.

— Oh ! je ne sais pas, une bière, n'importe quoi.

Mon petit air nonchalant n'était pas très réussi : mes mains trahissaient ma nervosité, elles tiraillaient mon pendentif, le faisaient coulisser sur sa chaîne. Gênée, je le fis de nouveau glisser sous mon chemisier.

— Qu'est-ce que c'est ? a-t-il demandé en montrant sa propre gorge.

— Oh ! rien, juste un médaillon.

Si je lui donnais une vraie réponse, il allait m'interroger sur mon frère, ma famille… Il savait déjà que je mentais, pas question qu'il découvre pourquoi ! Quand il s'est penché vers moi, j'ai senti son shampooing, très frais, un parfum de pluie de printemps. Il m'a glissé tout bas :

— Rien ne t'oblige à boire. Je me fiche… enfin, personne ne te trouvera bizarre.

M'avait-il vue jeter ma tequila ? Il ne semblait pas me trouver nulle pour autant. Le barman revenait justement avec un nouveau plateau de petits verres ; Brendan a pris le mien et l'a placé devant lui en murmurant avec un sourire en coin :

— Il ne faut pas gâcher du bon alcool. Ou plutôt une tequila assez médiocre.

Sans me quitter des yeux, il a vidé le petit verre d'un trait. Eh bien, je boirais une bière ce soir, histoire de me refaire une image. Cela servirait au moins à me calmer les nerfs. D'un commun accord, nous avons pivoté sur nos tabourets pour suivre les préparatifs sur la scène. Le dos appuyé au bar, j'ai cherché un moyen de relancer la conversation.

— Donc, tu connais bien Cisco ?

— Nous sommes au lycée ensemble, a-t-il répondu, très pince-sans-rire. A la Vincent Academy. Tu connais ?

Il me souriait, à bout portant. J'ai dû perdre un peu la tête car je me suis écriée :

— C'est toi, la Vincent Academy !

Il a éclaté d'un grand rire.

— Qu'est-ce que ça veut dire, ça ?

— Je n'en ai pas la moindre idée !

Est-ce que je venais vraiment de sortir cette vieille blague au beau Brendan ? Moi qui voulais me faire bien voir ! Sans cesser de sourire, il m'a demandé :

— Le groupe de Gabe, c'est ton genre de musique ?

— Je ne sais même pas ce qu'ils jouent. Gabe n'arrête pas de répéter qu'ils sont mauvais, alors je dirais que non. Je suis comme ça, je n'écoute que de la bonne musique.

Il était peut-être temps de me taire ? Avant de me griller complètement ?

— Tu n'étais pas si loin du compte en parlant de Blink-182.

D'un geste machinal, il a repoussé ses cheveux en arrière ; les mèches noires sont retombées dans un style qu'un autre que lui aurait passé trois heures à réaliser. Le souffle un peu court, j'ai répondu :

— Dans ce cas, ils vont peut-être me plaire. J'adore Blink.

— Moi aussi. Tu connais leurs vieux tubes ?

— Comme *Dude Ranch*, ou des morceaux encore plus anciens ?

Ses yeux verts ont jeté un éclair.

— Aha ! Je vois que nous sommes musicologue ?

— Oh ! non. Je ne connais pas tout, et je suis incapable de jouer d'un instrument, mais *Buddha*, c'est l'un de mes CD préférés. J'y reviens toujours et chaque fois, je craque pour une chanson différente et je la passe en boucle.

— C'est quoi, ta préférée, en ce moment ?

— *Carousel*.

J'allais en dire davantage quand je me suis ravisée. J'étais en train de lui livrer des informations très intimes ! Au bout de dix minutes de conversation, je venais de lui avouer qu'une chanson sur la solitude et l'amour non payé de retour se trouvait en tête de ma playlist. Il allait me trouver pathétique.

J'ai avalé une gorgée de bière et, en le regardant droit dans les yeux, j'ai lancé d'une voix calme et ferme :

— La ligne de basse est géniale mais les paroles…

Il sembla sur le point de répliquer, se ravisa à son tour et lâcha :

— Regarde, ils vont commencer.

Les musiciens faisaient leur entrée. Le chanteur-guitariste du groupe, un grand maigre avec des boucles mal teintes en rouge, a hurlé dans le micro :

— Ici Broken Echo, vous voulez du rock'n roll ?

La salle n'a guère manifesté d'enthousiasme, les seules acclamations se sont élevées de notre petit groupe. Gabe semblait assez gêné, et ses joues ont viré au rouge pivoine quand l'autre garçon s'est lancé dans un riff de guitare affreusement faux. Le faisait-il exprès, ou était-ce de l'humour au second degré ? Non, le visage tragique du pauvre batteur disait assez que leur petit concert venait de prendre un très mauvais départ.

La suite n'a fait que confirmer cette première impression. Gabe avait un réel talent mais le guitariste gâchait tout. Il prenait des poses grotesques, tirait la langue, faisait les cornes avec ses doigts à la moindre occasion. Le premier morceau n'était pas terminé qu'on avait déjà envie qu'il se taise.

Au milieu de la deuxième chanson (un tube complètement massacré de My Chemical Romance), Brendan s'est penché vers moi en s'accoudant au bar. Le souffle coupé, j'ai levé la tête vers lui. Il a articulé à mon oreille :

— En chimie tout à l'heure, Cisco m'a dit que Gabe meurt d'envie de créer son propre groupe mais Kenny — c'est le clown qui nous casse les oreilles — compte sur lui pour Broken Echo et Gabe hésite à le laisser tomber.

Je me suis mise à rire, parce que le guitariste ressemblait vraiment à un clown avec ses cheveux ridicules.

En même temps, le souffle tiède de Brendan effleurait mon oreille et je fondais sur place. Incapable d'articuler un pensée cohérente, je me suis contentée de hocher la tête. Son bras était toujours dans mon dos, et je me tenais toute raide sans oser m'appuyer contre lui.

J'ai fini par trouver le courage de me laisser aller en arrière — un petit peu. Il a retiré son bras… mais seulement pour se retourner le temps de passer une commande. Sans un mot, il m'a tendu une autre bière. Attendez, se préoccupait-il de moi au point de remarquer que j'avais terminé la première ? Sachant que je ne pourrais pas me faire entendre dans la clameur de Broken Echo, j'ai articulé « Merci » et bu la première gorgée. Et Brendan s'est de nouveau appuyé au bar en étirant son bras derrière moi.

J'ai risqué un regard vers lui, et manqué imploser en découvrant qu'il me regardait aussi. Timidement, je lui ai souri, il s'est encore rapproché, son bras était maintenant, incontestablement, serré autour de mes épaules. Chers téléspectateurs, ma période de relâche des garçons est officiellement terminée.

Deux morceaux plus tard, Brendan tapotait le rythme sur mon bras et j'avais l'impression que mon cœur était relié directement à la ligne de basse. Chaque fois qu'il se penchait pour me dire quelque chose ou rire de mes commentaires, la ligne de basse dans mon cœur virait au *hardcore*.

Le set s'est terminé sur un solo assourdissant de Kenny, la guitare maudite. Recroquevillée sur mon tabouret, j'ai grimacé de douleur et Brendan m'a couvert les oreilles de ses mains. Le concert enfin terminé, nous avons hurlé le nom de Gabe, en plein délire — à la grande déconfiture de Kenny. Puis les projecteurs de la petite scène se sont éteints, le juke-box a redémarré ; Brendan et moi, nous nous sommes tournés vers les autres.

— On fait quoi maintenant ? demanda Samantha en criant pour se faire entendre. Si on allait au Met ? Je veux voir qui est là ce soir. Allez, viens, Omar, ce sera bien.

Son petit copain a fait semblant de s'étrangler.

— Je n'y suis jamais allé quand j'étais encore à Vince A, je ne vais pas commencer maintenant !

— Moi, je veux bien, a lancé Cisco en regardant sa montre. J'ai le temps, Gabe doit tout remballer et rapporter sa batterie chez lui. Je le retrouverai plus tard.

Un peu hésitante, j'ai osé demander :

— C'est quoi, le Met ?

— Enfin, le Met, quoi ! a beuglé Derek sur le ton de l'évidence. Le Metropolitan Museum of Art.

— C'est là que vous traînez ? C'est ouvert à une heure pareille ?

L'écran de mon portable neuf affichait 22 h 30. Cisco a secoué la tête en me toisant avec compassion.

— On traîne à côté. Il y a une grande paroi vitrée, on peut voir à l'intérieur, les sarcophages égyptiens, les sculptures. C'est méga-cool.

— D'accord, je suis partante.

A Keansburg, on traînait derrière le gymnase ; les élèves de Vince A préféraient le voisinage des œuvres d'art inestimables. Et leur pièce de fin d'année, elle était réalisée par Martin Scorsese ?

Nous sommes sortis dans le froid, et Cisco s'est rangé à côté de moi en laissant les autres prendre un peu d'avance. Devant, j'entendais Brendan interroger Samantha sur Columbia, où elle faisait ses études de commerce. Un vent glacial s'était levé, j'ai serré mon blouson de cuir autour de moi en m'efforçant de ne pas grelotter de façon trop voyante.

— Alors, mademoiselle Connor, on se fait de nouveaux amis ? a demandé Cisco avec un large sourire.

Comme souvent quand je ne suis pas très à l'aise, j'ai préféré passer à l'attaque.

— Et vous, monsieur Fernandez ? Comment se fait-il que je n'aie jamais su que vous étiez amis, tous les deux ?

— On est amis, oui, mais plutôt en dehors du lycée. A Vince, il reste dans son coin, tu l'as sûrement remarqué. On était ensemble dans tous les cours l'an dernier et il a été le premier à découvrir que je suis gay.

— C'est arrivé comment ?

Une nouvelle rafale a traversé mon blouson. Autant chercher à se réchauffer avec une feuille de papier !

— Tu n'es pas avec moi en chimie, tu aurais su qu'on fait équipe. L'an dernier, Brendan m'a vu avec Gabe au Warped Tour. Je lui ai demandé de garder ça pour lui et il l'a fait. Il n'y a pas eu d'avant et après la grande révélation, rien n'a changé.

— Bravo. C'est un mec bien.

— Je confirme. Et tu sais quoi ? Il m'a posé plein de questions sur toi. Je suis sûr que s'il est venu ce soir, c'est uniquement parce que tu serais là. Je ne sais pas si tu te rends compte que tu es la seule fille du lycée à n'avoir pas tenté sa chance auprès de lui ?

De saisissement, j'ai piaillé :

— Il est venu pour *moi* ? Tu me fais marcher ! Mais pourquoi tu ne m'as pas dit qu'il venait ? Qu'est-ce qu'il a dit exactement ?

Très satisfait de ma réaction, il s'est exclamé en riant :

— Comment voulais-tu que je te prévienne ? C'était juste cet après-midi, en chimie, et tu n'avais pas de portable. Je lui ai dit que tu sortais avec nous ce soir et qu'il n'avait qu'à venir te poser ses questions en personne. Enfin, Emma, tu le couves des yeux, il fallait bien que je fasse quelque chose !

Horrifiée, je me suis caché le visage… en regardant Cisco entre mes doigts gelés.

— Je suis transparente à ce point ?

— Sincèrement, non. J'ai juste remarqué parce que je suis à côté de toi en anglais. Ce n'est pas comme si tu allais couper une mèche de ses cheveux pour lui construire un autel.

Mort de rire, les mains jointes, il s'est incliné en psalmodiant d'une voix haut perchée :

— Brendan, mon héros. Brendan, mon rêve ! Je t'aime, je veux porter tes bébés ! Nous aurons au moins douze enfants et nous les habillerons chez Natalia.

Je lui ai lancé une grande claque sur le bras. Pas du tout démonté, il m'a demandé d'un air entendu :

— Alors, ça s'est passé comment ? Vous aviez l'air très détendus, tous les deux, au bout du bar.

J'ai cherché comment formuler ce que j'avais ressenti. Tant que je ne regardais pas Brendan, j'avais le sentiment de discuter avec un ami de toujours ; dès que je croisais ses yeux incroyables, il me semblait évident que nous n'avions rien à faire ensemble.

— Je me sens… très à l'aise avec lui. Et c'est bizarre parce que… enfin, regarde-le ! Il est spectaculaire, et moi…

— Toi, en tout cas, tu le regardes. Tout le temps !

Puis il a cessé de me taquiner pour souffler :

— Gaffe ! Il arrive.

Brendan revenait vers nous ; le vent faisait tourbillonner ses cheveux.

— Je vous retrouve au Met. Je vais m'arrêter prendre de l'eau, quelques bières. Emma, tu veux quelque chose ?

— Moi ? Oh ! un thé glacé, merci.

J'avais déjà avalé deux bières, c'était plus que ma dose. Je ne voulais pas rentrer déchirée chez tante Christine.

Brendan me toisa ; j'étais plantée là, toute frissonnante dans mon blouson trop léger. Il retira son sweat noir et me le tendit.

— Tiens.

— Mais… tu auras froid, dis-je, médusée.

— Non, ça va pour moi. A tout de suite.

Les mains dans les poches, il s'est éloigné à grandes enjambées tranquilles vers un petit magasin encore ouvert au coin de la rue. Moi, j'ai vite enfilé le sweat par-dessus mon blouson. Mes mains disparaissaient entièrement dans les manches, et je me suis tout de suite sentie mieux.

Nous avons traversé la Ve Avenue et nous sommes entrés dans Central Park. Une imposante structure blanche se dressait devant nous : le Met. Nous l'avons contourné en gravissant un long talus herbeux ; il y avait de l'animation sur le flanc du bâtiment, un groupe s'agitait à l'orée d'un bosquet et je ne tardai pas à reconnaître certaines des silhouettes. En premier lieu celle de Jenn qui vint vers nous en titubant, les bras grands ouverts, une bouteille de deux litres de soda au citron vert à la main.

— Emma ? Tu es là ? Mais tu ne sors jamais !

Elle articulait mal, il y avait des taches sur son pull

blanc au décolleté plongeant. Elle me mit sa bouteille sous le nez ; l'odeur de vodka était si puissante qu'elle me fit tourner la tête.

— Oh ! Non, merci.

Je n'avais pas su maîtriser mon mouvement de recul. Surprise, assez vexée, Jenn retourna vers les autres. Je plissai les yeux pour essayer de distinguer, sous les arbres, d'autres visages — Kristin était là et… elle me souriait. Comme je la dévisageais, bouche bée, elle agita la main, le visage rayonnant. Instinctivement, j'allais lui faire signe à mon tour quand j'ai réalisé que son regard était dirigé sur un point derrière moi. Elle ne m'avait même pas vue ; c'est uniquement quand celui qu'elle accueillait avec tant de chaleur s'est placé près de moi qu'elle s'est aperçue de ma présence. Et son regard est devenu glacial.

Brendan a jeté un bras autour de mes épaules, l'autre autour de celles de Cisco. Il tenait à la main une petite bouteille de thé glacé qu'il tapotait contre ma joue ; le contact du verre, assorti à une nouvelle rafale, m'a fait frissonner.

— Merci ! me suis-je écriée en saisissant la bouteille. Je te dois combien ?

— Tu plaisantes ?

Il prit une bouteille d'eau minérale dans le sachet de plastique posé à ses pieds et la fit tinter contre mon thé glacé. A l'intérieur du sac, je vis un gros pack de bière. Les yeux dans les yeux, Brendan me dit :

— A la tienne.

Puis il donna les bières à Cisco, qui s'éloigna en levant le pouce avec un clin d'œil. J'espérai de tout mon cœur que Brendan n'avait rien remarqué ! J'ai demandé :

— Pas de bière pour toi ?

— Pour toi non plus.

— Oui, je n'avais pas envie…

Qu'allait-il penser de moi ? Quand on a des doutes, le plus sûr est de poser des questions.

— Mais toi, pourquoi… ?

— Pour rien, lâcha-t-il en haussant les épaules. C'est juste que tu allais te sentir bizarre si tu étais la seule à ne pas boire.

Quel choc, et que c'était attendrissant ! Il venait de régler mon plus gros problème en société avec une simple bouteille de Poland Spring. Intimidée, j'ai murmuré :

— Merci… C'est vraiment gentil à toi.

— Pas de souci.

D'un geste amical, il a rabattu la capuche de mon sweat.

— Tu as plus chaud maintenant ?

— Beaucoup plus !

La capuche me tombait sur le nez, je ne voyais plus rien. Je l'ai relevée en riant, de mes mains entièrement enfouies dans les manches, et, d'un ton désinvolte, j'ai lancé :

— Alors, c'est quoi, cette soirée de films de Halloween, la semaine prochaine ?

En fait, je savais déjà tout sur la question : Austin avait tout organisé et il m'en rebattait les oreilles depuis des semaines. Je voulais surtout savoir si Brendan y serait ; dans ce cas, cela vaudrait peut-être le coup de m'y rendre ?

Il n'eut pas le temps de me répondre. Il y avait une agitation subite du côté du bosquet ; Kristin riait comme une folle, les yeux braqués sur Brendan tandis que Anthony léchait dans son cou du sel mouillé à la tequila.

— Le bar est ouvert ! cria-t-elle en tendant la bouteille vers nous, et en répandant encore du sel sur son cou… et même un peu plus bas.

L'invitation s'adressait manifestement à une personne bien précise, et le regard possessif qu'elle posait sur Brendan me mit hors de moi.

— A cinquante pas des plus grandes œuvres d'art de l'histoire, entourée d'une foule de gens, notre Kristin fait un *body shot*.

Je me mordis la lèvre en redoutant de m'être montrée trop garce. A mon grand soulagement, Brendan se contenta de rire.

— Elle est nulle, lâcha-t-il avec une indifférence parfaite. Dis-moi : où allais-tu traîner, avant ? Près de la Cloche de la liberté ?

Il s'était détourné de Kristin pour me dévisager avec gravité. Prise de court, j'ai bredouillé :

— Non, c'est un monument historique, on ne peut pas…

— Où, alors ? A ton lycée magique à l'angle de la rue des Contes et de l'avenue Fiction ?

Il me scrutait en souriant. Que dire ? Il savait pertinemment que mon histoire était aussi fausse qu'une rencontre de catch…

Je cherchai une explication crédible.

— Tu n'es pas obligée de me le dire tout de suite, lança-t-il alors, mais je serais content que tu m'expliques un jour.

— Pourquoi est-ce que tu y tiens tant ?

D'accord, il m'avait soutenue le premier jour, et d'accord, il se montrait adorable ce soir mais, entre les deux, il y avait ces deux semaines où il m'avait ignorée de la façon la plus insultante. Et moi, tout à coup, je devais lui faire le récit de ma vie ?

— Pourquoi ne pas me parler de toi ? insista-t-il. Tu ne me fais pas confiance ?

Que faire, lui dire la vérité ? « Oui, justement, faire confiance me pose un énorme problème ? » Je m'étais déjà beaucoup livrée à lui ce soir. Sans le savoir, Cisco me tira d'affaire : il choisit ce moment stratégique pour nous appeler en faisant de grands signes. Quand nous l'avons rejoint près de la paroi de verre du Met, il se penchait sur Austin, effondré dans l'herbe et complètement comateux.

— Je crois qu'on ferait bien de le mettre dans un taxi.

Le tableau m'impressionnait un peu mais Cisco souriait, donc cela ne devait pas être très grave. Tout de même, il n'était pas beau à voir, notre délégué de classe, celui qui passait ses déjeuners à tenter de me convaincre de rejoindre un club, n'importe quel club, y compris le SADD, ce programme d'éducation contre les dangers de l'alcool. Encore à midi ! Sauf que là, il était plutôt dans le rôle de l'ado sur l'affiche.

— Je te donne un coup de main, proposa Brendan.

Sans effort apparent, il a soulevé notre petit camarade. Sa gentillesse m'a surprise : lui et Austin n'étaient pas précisément amis, je me souvenais encore de la façon dont ce dernier avait parlé de lui le premier jour.

— Maman ? C'est l'heure ? a-t-il bredouillé.

— Oui, mon pote, c'est l'heure d'aller en cours, répondit Cisco avec un sourire. A tout de suite, Emma.

Ils négociaient la descente du talus quand Jenn reparut, complètement euphorique, en agitant sa bouteille quasi vide.

— Qu'est-ce que vous… Attends, ils s'en vont ?

Elle a avalé la dernière lampée, jeté un regard égaré autour d'elle. L'absence d'Austin a semblé la frapper en plein cœur, mais elle a vite retrouvé le sourire.

— De toute façon, je le revois demain. Nous allons patiner ensemble au Wollman Rink !

Elle croyait sans doute chuchoter sa confidence ; en fait, elle était si soûle qu'on l'entendait à vingt mètres à la ronde.

Ennuyée pour elle, je lui ai pris le bras.

— C'est cool que vous alliez patiner.

J'étais persuadée qu'elle ne parviendrait pas à sortir de son lit. Accrochée à moi, elle a négocié un demi-tour difficile en proposant :

— Viens, on va aller avec… Ah, non, attends une minute.

Même dans son état, elle avait noté le regard meurtrier de Kristin. Un peu plus près de nous, Anthony était en grande discussion avec un garçon beaucoup plus petit que lui appelé Frank, qui était en math avec moi. La conversation semblait virer à la dispute.

— Je crois bien qu'Anthony va tabasser Frank, m'a confié Jenn avec tristesse. Ils n'ont pas arrêté de se lancer des piques. C'est dommage, Frank est craquant.

Inquiète, je cherchai Cisco et Brendan des yeux. Je ne voulais pas rester seule avec ces gens ! Où étaient mes amis ? Car je pouvais compter Brendan parmi mes amis, n'est-ce pas ? Il était temps de préparer ma sortie : j'ai pris mon téléphone, regardé l'heure et demandé à Jenn :

— Tu dois être rentrée à quelle heure ?

Jenn a haussé les épaules et dévalé le talus à toute allure en hurlant :

— Cisco !

Incapable de s'arrêter à temps, elle a fauché notre ami en plein vol et ils ont roulé dans l'herbe, enchevêtrés. Au même instant, Anthony a crié quelque chose que je n'ai pas compris, mais le son de sa voix m'a suffi. Sans instructions conscientes de ma part, mes pieds se sont mis à reculer, et la douleur s'est réveillée dans ma balafre au bras, pourtant cicatrisée depuis longtemps. Henry avait la gifle facile quand il avait bu ; face à ses brusques colères, j'avais développé un radar infaillible pour sentir quand les choses se gâtaient. J'ai dévalé le talus à mon tour pour aider Cisco à se relever.

— Tu vas bientôt partir retrouver Gabe ?

Du coin de l'œil, je surveillais l'évolution de la dispute. Anthony criait des insultes sous le nez de Frank ; Kristin et sa bande s'étaient écartés pour leur laisser le champ libre mais je l'ai vue sortir son portable pour les enregistrer. Elle ricanait.

— Oui, pourquoi ? me demanda Cisco.

— J'ai juste… envie de me tirer d'ici avant que ça ne tourne vraiment mal, ai-je avoué avec un geste vers le bosquet.

— Anthony fait des histoires ? Celui-là, c'est une manie.

Je m'en doutais ! Bon, c'était décidé, il n'était pas question qu'il s'approche d'Ashley à moins d'un kilomètre. Quant à moi, je devais m'échapper d'ici au plus vite. Je me suis retournée vers les lumières de l'avenue en demandant :

— Où est Brendan ?

— Nous n'avons pas trouvé de taxi, il en a appelé

un et il m'a renvoyé ici pour m'assurer que tout allait bien pour toi.

Son sourire m'a fait rougir. Quant à Brendan… j'en oubliais presque mon envie de partir au plus vite. Quel garçon adorable…

Un véritable rugissement m'a arrachée à mon attendrissement. Le visage déformé par la rage, Anthony poussa violemment Frank qui partit en arrière, heurta un arbre et glissa à terre — pour se relever aussitôt et se jeter sur son agresseur en le poussant à son tour de toutes ses forces. Il aurait aussi bien pu pousser un mur car Anthony n'a pas reculé d'un pouce. C'est là que le Grand Blond aux Humeurs Noires a lancé le premier coup de poing. Frank lui arrivait à l'oreille, il était deux fois moins large, mais il l'a frappé en plein ventre, de toute sa puissance, et le malheureux s'est plié en deux, la bouche ouverte sur un cri muet. Et Anthony ne s'est pas contenté de si peu : d'un grand coup de *ranger*, il l'a fait basculer à terre et s'est jeté sur lui en lui assenant un nouveau coup de poing — en pleine figure. Le son écœurant du choc m'a fait reculer en réprimant un cri.

Que faire, qui appeler ? Personne n'allait donc arrêter le massacre ? Si, justement, quelqu'un se décidait à intervenir : une silhouette est passée en flèche devant moi et s'est jetée droit dans la mêlée. Il m'a fallu deux bonnes secondes pour reconnaître Brendan. Vivement, il a tiré Anthony en arrière ; puis, le tenant par le col (autant pour le maîtriser que pour l'aider à tenir debout car l'imbécile était ivre), il lui a crié :

— Arrête ! C'est quoi, ton problème ?

Ce fut un grand soulagement de voir Frank se redresser.

Son nez était en sang, et je me suis demandé comment il allait expliquer ce cocard spectaculaire, au lycée.

— Mêle-toi de tes affaires, grondait Anthony d'une voix pâteuse.

La poussée d'adrénaline de la bagarre semblait avoir usé toutes ses réserves. Il a réussi à se dégager, mais il est tombé brutalement sur le derrière dans l'herbe humide. Brendan lui a tourné le dos et il est allé aider Frank à se relever.

— Ça va aller ?

A l'inverse d'Anthony, la bagarre semblait avoir dessoûlé Frank. Il a tâté son nez, fait tomber les feuilles mortes de son blouson, et jeté un regard noir à Anthony.

— Oui, dit-il d'une voix brève. On terminera ça une autre fois.

Brendan m'a surprise, une fois de plus : cette manifestation de machisme l'a mis hors de lui. D'une voix d'instituteur de maternelle, un jour particulièrement éprouvant, il a clamé :

— Mais quels gamins ! C'est complètement stupide !

Furieux, Frank s'est éloigné à grands pas, Anthony le suivait d'un regard haineux ; Brendan est allé se pencher vers lui et s'est mis à lui chuchoter à l'oreille. Il lui disait sans doute sa façon de penser car Anthony l'a écouté quelques instants d'un air morose, et lui a subitement jeté une bordée d'insultes. Sur quoi il a enfin réussi à se remettre sur ses pieds et il est parti en titubant rejoindre Kristin qui, pour la première fois, avait l'air inquiète.

Voilà, c'était terminé. Je me suis aperçue que je tremblais. Je détestais la violence, et cette révélation de la véritable nature d'Anthony me mettait très, très mal à l'aise. Quel contraste avec le charmeur qui plaisait tant à ma petite cousine ! A bout, je me suis tournée vers Cisco pour lui glisser :

— Je rentre. Dis au revoir à tout le monde pour moi.

— Tout le monde, ou seulement *lui* ?

Sans me laisser le temps de répondre, il a ajouté :

— Le voilà, tu pourras le lui dire toi-même.

J'ai suivi son regard : Brendan revenait vers nous d'un pas nettement plus rapide que sa démarche nonchalante habituelle.

— Bon, fin de l'histoire. Anthony et Frank se sont disputés à l'entraînement, et ils sont assez crétins pour se garder rancune. Anthony a dit un truc sur la mère de Frank ; normal, venant de lui. Bref, il ne se passera rien de plus ce soir.

Il avait résumé la situation en nous regardant tour à tour. Il s'est tu et ses yeux émeraude se sont braqués sur moi.

— Tu t'en vas ?

— Oui, je dois rentrer, c'est l'heure.

Cela m'ennuyait de lui mentir mais le moment semblait mal choisi pour me lancer dans de grandes explications. J'ai terminé mon thé glacé d'un trait, en frissonnant. Brendan s'est contenté de hocher la tête.

— Je t'accompagne jusqu'au taxi.

Nous sommes retournés dans la rue. Il ne disait plus rien. Sur le trottoir de la Ve Avenue, comme il cherchait un taxi des yeux, j'ai dit, pour dire quelque chose :

— C'était gentil de raccompagner Austin.

Le charme était rompu, la connivence envolée. Tout à coup, je ne savais plus quoi lui dire et ma petite phrase était sortie avec une courtoisie assez distante. Sur le ton de l'évidence, il m'a répondu :

— C'était la moindre des choses. C'est ton ami, non ?

— Je suppose.

— Il est toujours à côté de toi à la cafète.

Attendez, on arrête tout une seconde. Si Brendan avait porté Austin jusqu'au taxi… c'était pour moi ? Il s'intéressait suffisamment à moi pour remarquer qui s'asseyait près de moi à table ? Et surtout… Croyait-il que je sortais avec Austin ? Non, sûrement pas, mais avant que je ne puisse éclaircir la question, il m'a demandé, un peu brusquement :

— Anthony t'a fait peur ?

— Non.

Un mensonge évident. J'ai tenté de sauver la face.

— Enfin, si, un peu. Je ne supporte pas…

— Je ne le laisserais pas te faire de mal.

Il chuchotait presque. Abasourdie, je me suis tournée vers lui… et j'ai trouvé son visage à quelques centimètres du mien. Eblouie, j'ai basculé dans les profondeurs de ce regard stupéfiant. La lumière dorée du réverbère dansait dans ses prunelles ; j'avais vaguement conscience d'un crépitement, le réverbère sifflait, s'éteignait par saccades. Puis l'ampoule a claqué, et dans la pénombre, le regard de Brendan m'a semblé encore plus intense. Il s'est penché encore plus près ; moi, j'ai fait ce que je mourais d'envie de faire depuis le début de la soirée : j'ai levé les mains et effleuré son T-shirt.

Je frissonnais de nouveau mais ce n'était pas de froid ou d'angoisse. Il allait m'embrasser, cette fois il allait vraiment m'embrasser. En contrepoint de la puanteur soufrée du réverbère grillé, j'ai retrouvé la fragrance de son shampooing…

Puis tout s'est arrêté. Sans raison apparente, sans

explication, il s'est redressé en faisant signe à un taxi qui remontait lentement l'avenue. Affreusement gênée, je me suis écartée de lui.

— Je… merci, tiens, je te rends…

Je me débattais pour retirer son sweat.

— Garde-le, il fait froid.

Il avait parlé d'un ton impersonnel. La voiture s'est arrêtée devant nous, il m'a ouvert la portière, m'a souri. Puis il a tourné les talons et il est reparti.

# 6

J'ai dormi tard le samedi matin, mais j'étais tout de même épuisée au réveil. J'avais fait des rêves troublants, d'une clarté hallucinante. Des rêves incompréhensibles, un kaléidoscope d'images de moi, comme si je tournais les pages d'un album qui aurait englobé plusieurs siècles. Je m'étais vue dans une succession invraisemblable de costumes différents, avec un seul élément commun : je portais toujours mon pendentif.

Le défilé s'était arrêté net sur un tableau dans lequel je portais une robe longue, d'une étoffe assez fruste. Je soignais un rosier splendide qui grimpait à la façade de pierre d'un *cottage* pittoresque. Puis l'image s'était animée ; tout à coup, j'y *étais*, je sentais le poids de la robe et le parfum des roses. Sous mes doigts, je percevais la fraîcheur lisse de la fleur rouge à laquelle je retirais ses pétales fanés. Quand une épine a percé ma paume, la douleur a été bien réelle. J'ai sursauté, pressé la piqûre… et la vision a viré au cauchemar car le sang jaillissait littéralement, une flaque affreuse s'étendait à mes pieds. J'ai senti une chaleur bizarre sur ma poitrine, baissé les yeux et vu une tache écarlate s'élargir sur ma robe, imprégner l'étoffe rude…

Affolée, je palpais mon corps mais je ne trouvais pas la blessure ! Une voix familière m'appelait ; saisie, j'ai fait volte-face et trouvé mon frère Ethan, debout parmi les roses. Il n'était pas comme moi en costume médiéval, il portait ses vêtements habituels, jean, T-shirt et vieilles Converse. Tristement, il m'a dit :

— Emma, ça commence. Garde tes distances, ne va pas vers lui.

Comme sous le coup d'une secousse électrique, je me suis redressée dans mon lit. Je sentais la présence d'Ethan, toute proche, sa voix résonnait encore à mes oreilles, aussi réelle que le bourdonnement de la circulation quatre étages plus bas.

Voilà des semaines que je n'avais plus rêvé de lui. Quand cela m'arrivait, je cherchais toujours à me raccrocher à mes rêves, pour prolonger un peu l'illusion de l'avoir près de moi. J'ai repoussé cet effroyable cauchemar de toutes mes forces, sans parvenir à m'en défaire. D'où sortaient ces images horribles ? Est-ce que je me sentais coupable, inconsciemment ? Coupable d'avoir refusé de parler de mon frère à Brendan ?

Avec un énorme soupir, je me suis laissée retomber sur l'oreiller en me frottant les yeux. Mes bottes gisaient sur le flanc, une chaussette émergeait de mon jean roulé en boule au pied du lit… mais le sweat de Brendan était soigneusement plié sur le dossier de mon siège de bureau. Des images de la soirée me revenaient en désordre, entre le bonheur et l'angoisse. Mais… pourquoi avais-je les mains toutes noires ?

Quelle horreur, j'avais oublié de me démaquiller en rentrant hier soir ! Bouleversée par le presque baiser de Brendan, j'avais longuement écrit dans mon journal, puis j'étais tombée tout droit sur mon oreiller. Vite, de l'eau, que je reprenne figure humaine !

La vue de mon reflet m'arrêta net sur le seuil de la salle

de bains. Avec mon épi fièrement dressé, mes cheveux emmêlés et mes yeux de ragondin, je ressemblais à un mannequin gothique. Je me suis mise à rire puis, en creusant les joues, j'ai tenté une expression tourmentée. J'étais de trop bonne humeur ce matin ! La radio étanche rose de tante Christine était suspendue au robinet, j'ai trouvé un tube de Paramore et l'ai fredonné sous la douche. Puis, enroulée dans mon peignoir préféré, mes cheveux mouillés tirés en arrière par une grande pince, j'ai ouvert la porte pour retourner dans ma chambre... et je me suis trouvée nez à nez avec Ashley.

Ses yeux étincelaient d'excitation ; comme elle était déjà sur les nerfs, mon apparition subite lui a arraché un cri. De saisissement, j'ai manqué hurler aussi et, outrée, je me suis affaissée contre le montant de la porte.

— Qu'est-ce que tu... Ne me fais plus jamais une frayeur pareille !

— Excuse-moi ! J'ai oublié que tu avais un portable maintenant, et que je pouvais juste t'appeler. Je ne voulais pas téléphoner sur le fixe, j'avais peur que tante Christine ne me fasse subir tout un interrogatoire sur Cisco et toi...

— Ashley, pour la dernière fois, Cisco et moi, ce n'est pas...

— Bon, comme tu voudras. De toute façon, je voulais t'apprendre la bonne nouvelle face à face.

Un véritable petit tsunami de paroles, rien ne pouvait l'arrêter ou la détourner de son idée fixe. Fatiguée d'avance, je suis retournée dans ma chambre et elle m'a accompagnée en sautillant, sa queue-de-cheval rouge perchée très haut sur sa tête, comme un génie. Ma tante savourait son café du matin dans la cuisine ; j'ai glissé à Ashley de m'attendre une seconde et j'ai couru l'embrasser en m'écriant :

— Merci pour mon portable !

Elle m'a rendu mon étreinte avec tendresse, en reprenant aussitôt son attitude habituelle, cordiale mais un peu raide.

— Tu ne pouvais tout de même pas être la seule lycéenne des Etats-Unis à n'avoir pas de téléphone portable. Bien. Je suis contente qu'il t'ait plu. Va vite voir ce que veut ta cousine, cette petite est incroyablement obstinée quand elle a une idée en tête.

Elle riait. J'ai filé retrouver Ashley qui s'est écriée, comme s'il n'y avait eu aucune interruption :

— Bon, je veux tout savoir de ta soirée mais d'abord... tu ne devineras jamais, je suis folle : tu te souviens de ce que je t'ai dit à propos d'Anthony ?

Je n'eus pas le temps de protester qu'elle enchaînait :

— Il m'a encore contactée sur Facebook ! Il veut mon numéro !

Elle serrait son portable dans sa petite main, pour être prête à répondre dès la première seconde de la première sonnerie. En rassemblant tout mon courage, j'ai entrepris de démolir son joli rêve.

— Ash, je dois te dire quelque chose.

Comment lui présenter cela ? Depuis le premier jour, elle me soutenait à cent pour cent, et moi je m'apprêtais à raser son château en Espagne. Avec toute la douceur possible, j'ai décrit la scène à laquelle j'avais assisté la veille au soir. Elle m'a écoutée jusqu'au bout, abasourdie. En guise de conclusion, j'ai murmuré :

— Ce n'est pas quelqu'un de bien. A mon avis, tu ne devrais même plus lui adresser la parole.

— Ce n'est pas possible, déclara-t-elle. Tu dois penser à un autre Anthony.

— Il n'y en a pas douze à Vince A. Tu vois un autre Anthony qui soit blond, un *junior*, et qui joue au basket ?

— C'est peut-être Frank qui a commencé, a-t-elle suggéré, pleine d'espoir.

— Non, clairement pas. Et même s'il l'avait insulté, c'est Anthony qui a cogné le premier. Ash, je suis absolument désolée mais tu ne dois pas lui faire confiance.

Ce que je redoutais arriva : je l'ai vue relever le menton d'un air de défi.

— Et moi, je crois que tu exagères. Bon, tu as bien assisté à une dispute, mais tu en tires trop de conclusions. Ça se comprend, avec… enfin, avec tout ce qui t'est arrivé.

J'ai sérieusement envisagé cette éventualité. L'effet Henry colorait-il ma réaction ? Anthony était un garçon arrogant, qui avait le coup de poing facile, mais méritait-il vraiment d'être rangé dans la même catégorie qu'un alcoolique qui ne se contrôlait plus dès qu'il avait un verre dans le nez ? Qui me collait des claques quand je lui tenais tête ? Avec prudence, j'ai concédé :

— Je vois ce que tu veux dire mais toi, tu dois comprendre que j'ai une certaine expérience des gens violents. A mon avis, avec Anthony, tu dois faire très, très attention.

— Bon, on parle d'autre chose ?

Elle boudait, toute euphorie envolée, sa belle surprise gâchée. C'était horrible, de son point de vue. Elle avait cru qu'il lui arrivait une aventure extraordinaire, qu'un garçon irrésistible, une star de l'équipe de basket et l'un des êtres les plus cool de Vince A, l'avait remarquée, elle, une « petite », une *freshman* — et il avait fallu que moi, je vienne tout fiche en l'air.

— Allez, soupira-t-elle, parle-moi de ta soirée.

Elle se laissa tomber sur mon siège de bureau, sa main caressa machinalement mon ordinateur portable (encore un cadeau de tante Christine) ; je voyais bien qu'elle avait une envie folle de retourner sur Facebook voir si un nouveau message l'attendait. Dans un effort visible pour s'intéresser à mes amours, elle a lancé :

— Et toi, avec Cisco ?

— Je ne sais pas sur quel ton je dois te le dire, nous sommes juste amis. Mais ce sweat derrière toi… appartient à Brendan Salinger !

L'info a instantanément balayé sa mauvaise humeur.

— Quoi ?

J'ai fait oui de la tête, en me mordant la lèvre pour modérer un peu mon sourire. Electrisée, elle a sauté sur ses pieds, pris le sweat avec beaucoup de respect et l'a plaqué contre elle. Il lui tombait plus bas que les genoux.

— C'est une housse pour son scooter ? Il est géant !

— Pas vraiment, c'est toi qui n'es qu'une crevette.

J'ai éclaté de rire, elle m'a jeté le sweat à la tête. Puis, les yeux ronds, elle s'est penchée vers moi en articulant :

— Maintenant, tu me racontes tout !

Le reste du week-end m'a fait l'effet d'un océan à traverser, d'un désert à perte de vue. Tout mon être se tendait vers le moment où je retournerais au lycée et reverrais Brendan. J'ai passé le plus clair de mon samedi à m'avancer dans mon travail scolaire, j'ai même rendu un devoir d'histoire (par mail) une bonne semaine avant la date prévue. Décidément, les lacunes de ma vie privée allaient m'assurer des notes excellentes.

Grâce à tante Christine, je n'ai pas eu à me chercher d'autres distractions. Mes devoirs terminés, je me suis aventurée dans la cuisine et je l'ai trouvée à table, plongée dans une pile de menus de plats à emporter, le martini de l'oncle George à la main. Le samedi, elle buvait les deux cocktails.

— Tu as besoin d'une coupe, a-t-elle observé en levant les yeux vers moi. Tu commences à ressembler à la fille dans ce film que tu m'as obligée à regarder.

Je suis restée perplexe un instant, puis mes yeux se sont élargis d'horreur.

— Tu ne veux pas dire… *The Ring* ?

Incrédule, j'ai palpé mes cheveux. D'accord, ils étaient un peu longs et fourchus mais… à ce point ?

— Oui, c'est cela. Tu ressembles à la fille dans *The Ring*. Pas la blonde, celle qui est mouillée. Je refuse de te laisser te promener plus longtemps comme si tu allais ramper hors de mon téléviseur. Passe-moi le téléphone, je vais voir si Melissa peut te prendre demain après-midi. Il lui arrive de voir des clientes le dimanche, c'est une faveur spéciale, mais vu le monde que je lui envoie depuis des années, je pense qu'elle trouvera un petit moment pour toi.

J'ai décidé d'attribuer ses références cinématographiques aux martinis, et de jubiler en pensant que, quand je reverrais Brendan, j'aurais une nouvelle coiffure ! Tante Christine avait beaucoup de goût, j'étais sûre que son amie coiffeuse aurait la classe. Et ce rendez-vous occuperait encore quelques heures de mon week-end.

Le lundi matin, en arrivant au lycée, j'ai suspendu solennellement le sweat de Brendan dans mon casier. Il gardait encore une trace de son odeur, mêlée au charmant parfum dont m'avait aspergée ma cousine. J'ai posé la main sur la manche avec un soupir… et je l'ai laissée retomber en pouffant. Mon attitude était vraiment du plus haut comique, je ne voulais même pas savoir quelle tête je faisais, plantée là devant mon casier moisi de gremlin !

— Mon précieuuuux…, ai-je sifflé d'une voix étranglée, à la manière de Gollum.

De toute la matinée, j'ai été incapable de me concentrer plus de deux minutes d'affilée. En cours de math, je faisais machinalement courir mon stylo sur les anneaux de mon cahier à spirale (sans même chercher à suivre ce que racontait M. Agneta) quand Jenn s'est retournée d'un bond en plaquant brusquement sa main sur la mienne. Comme je la dévisageais, stupéfaite, elle a articulé d'une voix rauque :

— Trop. De. Bruit !

Elle avait les yeux rouges, le teint cireux. Inquiète, j'ai chuchoté :

— Ça va, toi ?

— La nuit a été longue.

Elle a fait la grimace et ajouté tout bas :

— Je t'ai vue ce week-end, non ?

— Oui, Jenn, vendredi soir au Met.

— Ah ? Je ne me souviens de rien.

Troublée, elle s'est retournée face au tableau… un instant plus tard, elle pivotait de nouveau vers moi.

— Attends, est-ce que j'ai fait des bêtises ?

— Je ne suis pas restée très longtemps…

A voir son expression, ce n'était pas ce qu'elle espérait entendre. J'ai fait une nouvelle tentative :

— Enfin, pendant que j'étais là, tu étais très bien. Enfin, assez bien. Tu t'amusais mais sans te ridiculiser. Tous les autres étaient plus ou moins soûls.

— Bon, j'aime mieux ça. Je déteste quand je ne me souviens de rien.

Elle s'est replongée dans son exercice. Quelques minutes plus tard, elle m'a jeté encore un coup d'œil par-dessus son épaule.

— Hé, ta coupe ! Elle est super.

— Oui, il y a quelque chose que vous souhaitez partager avec le reste de la classe ? a demandé M. Agneta de sa voix la plus acide.

Il nous toisait en tapotant sa craie contre le tableau.

— Non, m'sieur, avons-nous répondu en chœur.

— Eh bien, puisque vous avez terminé votre travail, mademoiselle Connor, vous pourriez peut-être nous résoudre cette équation ?

J'ai contemplé un fouillis de *x* et *y* et lancé avec espoir :

— Euh… pi ?

Je ne sais pas pourquoi il a semblé si en colère. Clairement, il valait mieux remettre notre discussion à plus tard.

Enfin, le cours d'anglais ! Toute frémissante d'anticipation, je me suis glissée à ma place. Cisco m'a fait un accueil chaleureux mais j'ai vu que Jenn était devenue verdâtre. Du coup, j'ai eu une illumination : voilà pourquoi elle restait si souvent tête basse, sans parler à personne ! La gueule de bois. De très fréquentes gueules de bois !

— Dites, j'ai vraiment besoin de prendre l'air, a-t-elle murmuré en se frottant les tempes. On sort déjeuner ?

Je n'ai pas eu le temps de lui répondre : Brendan arrivait, décontracté comme toujours, cheveux au vent, chemise pendante, cravate défaite. J'ai ressenti le frisson habituel, puissance dix ; dans un univers où je ne maîtrisais presque rien, je tenais enfin une certitude : il me plaisait vraiment *beaucoup*. Le mot n'était même pas assez fort pour décrire ce que j'éprouvais. Ce besoin ardent, cette… fringale, beaucoup plus intense que l'intérêt qu'on porte ordinairement à un garçon.

Tiens, finalement, je n'avais pas su, pour la Nuit du film d'épouvante. Brendan y serait-il, pourrions-nous y aller ensemble ? Et le bal de Thanksgiving…

Mon pied tapotait nerveusement le plancher, je mourais d'impatience de lui parler, et lui qui s'approchait tranquillement, sans se presser. Je me suis redressée, prête à lui dire bonjour ; sans un regard pour moi, il s'est laissé tomber sur son siège en étendant ses longues jambes devant lui comme s'il se prélassait sur le canapé de son salon.

J'ai ravalé mon bonjour. Autour de moi, plusieurs personnes avaient capté l'événement. Cisco s'est contenté de hausser les épaules, mais j'ai noté le regard satisfait de Kristin. De rage, j'ai ouvert mon cahier si brusquement qu'une page s'est déchirée.

L'heure qui suivit fut une véritable torture. J'aurais donné n'importe quoi, je me serais même proposée pour nettoyer le métro de New York avec une brosse à dents, pour pouvoir échapper à cette salle de cours. Je me suis surprise à fixer la nuque de Brendan, comme si je pouvais percer son cerveau pour y trouver la raison de son comportement. Chaque fois qu'il fourrageait distraitement dans ses cheveux, chaque fois qu'il se penchait en avant ou tripotait le petit anneau d'or qu'il portait à l'oreille, je réprimais une envie furieuse de lui jeter mon stylo à la tête.

A la cloche, il s'est penché pour ramasser sa sacoche. Sans l'avoir décidé, je me suis penchée aussi pour lui glisser :

— Brendan ?

Cette voix hésitante… je ne me reconnaissais plus, j'avais honte de moi. Il s'est figé, à demi tourné vers moi mais sans me regarder, et je me suis entendue lui souffler, du même ton piteux :

— J'ai ton sweat dans mon casier. Je l'aurais apporté en cours mais il n'entrait pas dans mon sac. Alors je l'ai laissé dans mon casier. Alors, bon, dis-moi ce que tu veux que je fasse, parce que…

Plaintive, insupportable… Faites-moi taire, quelqu'un ! Il a pivoté encore un peu vers moi mais ses yeux verts semblaient à peine me voir.

— Ah, oui, j'avais oublié. Mon casier est ouvert, tu n'as qu'à l'y laisser. Enfin, si tu as un moment. C'est le numéro 445. Merci.

Sur ces mots, il a hissé sa sacoche sur son épaule et il s'en est allé sans se retourner.

« Ah, oui, j'avais oublié » ! Je me suis sentie virer au rouge pivoine. En passant devant moi, Kristin se livrait à une imitation merveilleusement spirituelle :

— Parce que, enfin, il est dans mon casier et, comme il est dans mon casier, je me demandais…

Amanda et Kendall, ses esclaves, la suivaient en gloussant. Morte de honte, je leur ai tourné le dos. Cisco m'a lancé un petit sourire triste tandis que Jenn, abasourdie, me demandait :

— Pourquoi est-ce que tu as son sweat ? Je l'ai vu vendredi, moi ?

Trop contente de changer de sujet, j'ai lancé :

— Dis donc, tu ne t'es pas remise de ta soirée, ou quoi ? Tu as pourtant eu tout le week-end pour ça.

— Bien sûr, répliqua-t-elle, vexée, mais je suis sortie pour un brunch avec ma sœur dimanche, et on a fini par faire la tournée des pubs. Nos faux papiers sont trop géniaux.

— Austin était là ?

Comme elle semblait perplexe, j'ai précisé :

— Tu m'as dit que tu faisais du patin avec lui ce week-end.

— Voilà pourquoi il m'a laissé ce message bizarre !

Sa main pétrissait vaguement son ventre ; avec un soupir d'angoisse, elle s'est écriée :

— Il faut que je sorte d'ici ! On s'en va ?

Je ne demandais pas mieux. L'option la plus détestable à cet instant précis aurait été de me retrouver enfermée à la cafétéria avec *lui*. Je m'en voulais trop pour ma stupidité. Dire que j'avais réellement cru qu'il se passait quelque chose entre nous, quelque chose de tout à fait extraordinaire ! Comme le disait si bien ma cousine, je tirais trop de conclusions. Je me racontais des histoires, parce que j'avais trop faim de normalité, trop besoin de me sentir acceptée.

Je me fis tout ce raisonnement sur le chemin du McDo, préconisé par Cisco comme remède souverain contre la gueule de bois. Dès notre arrivée, Jenn s'est précipitée aux toilettes ; aussitôt, Cisco s'est penché vers moi.

— Dites-moi, mademoiselle Connor, pensez-vous qu'il ait saisi que son sweat se trouvait dans votre casier ?

Ses yeux brillaient d'humour. Vexée, j'ai froissé ma serviette de papier et la lui ai lancée à la tête. Il l'a esquivée sans la moindre difficulté avant de demander en riant :

— Sérieusement, qu'est-ce qui t'a pris ?

— Je ne sais pas ! me suis-je lamentée en me prenant la tête à deux mains. Je suis morte de honte ! J'ai voulu lui dire bonjour, il a fait comme si je n'existais pas et j'ai perdu les pédales. Quel crétin !

— Oui, il aurait pu se montrer un peu plus chaleureux. Vous aviez l'air de bien vous entendre, vendredi soir.

— Mais oui ! Il a failli m'embrasser. Enfin, je ne sais plus, je me suis probablement fait des idées.

— Je suis pourtant sûr que tu lui plais. Il ne sort jamais avec personne du lycée, il participe seulement aux soirées où il fait le DJ, je reste convaincu que tu étais son unique raison de venir vendredi soir. Ecoute, il a peut-être un problème qui n'a rien à voir avec toi.

Toute la gentillesse de Cisco ne suffit pas à me consoler. Que répondre ? Je me suis contentée de hausser les épaules en déchiquetant mes frites. Le simple fait de parler de Brendan me donnait mal à la tête. J'ai soupiré :

— On ferait bien d'aller chercher Jenn. C'est bientôt l'heure de retourner au lycée.

La pauvre avait passé presque toute l'heure du repas dans les toilettes. En retournant en cours, j'ai décidé de tourner la page. L'attitude de Brendan était grossière, inacceptable. Je ne voulais tout simplement plus penser à lui. J'ai fait en sorte d'arriver en cours de latin au dernier moment, histoire d'échapper aux questions d'Ashley, et dès la fin du cours, je me suis précipitée vers mon donjon pour chercher le fichu sweat et l'apporter au fichu casier de Brendan tout en haut du fichu quatrième étage. Tout en ouvrant mon cadenas, je marmottais tout bas tout ce que j'aurais aimé lui jeter au visage ; son sweat semblait me toiser d'un air moqueur. Comble de l'ironie, on avait glissé par la fente de mon casier un flyer pour la Nuit du film d'épouvante Moi qui avais tant rêvé d'y aller avec lui !

Méthodiquement, j'ai froissé le petit papier orange, j'ai saisi le sweat d'un geste méprisant et je suis montée au quatrième étage. Le cadenas de Brendan pendait, ouvert, à l'anneau de la porte métallique ; j'ai ouvert cette porte si brutalement qu'elle a rebondi sur le casier voisin et s'est refermée aussitôt. Il y a des jours comme cela. Avec plus de ménagement, j'ai ouvert une seconde fois et accroché le sweat. Un instant, j'ai eu envie de laisser un petit mot incendiaire, pour qu'il sache bien ce que je pensais de son attitude. Je me suis ravisée en décidant que mon attitude au moins serait irréprochable. Je me suis donc contentée de griffonner « Merci. Emma. » sur une feuille de carnet que j'ai posée sur l'étagère.

Voilà. *Game Over.* Avec un regard furtif à la ronde pour m'assurer que personne ne me voyait, j'ai fait un inventaire rapide des photos collées dans le casier. Brendan avec un garçon inconnu devant une table de mixage, deux photos de groupe dans Central Park, aucune de lui seul avec une fille. Cela me consolait un peu. Et tout au fond… j'ai senti mes yeux s'élargir démesurément en découvrant un petit croquis.

Un blason.

— Pas possible !

C'était sorti tout seul. Instinctivement, j'ai détaché mon pendentif pour mieux le comparer au dessin, mais j'étais déjà sûre du résultat. Ils étaient identiques.

J'avais cherché plusieurs fois à découvrir à quoi correspondait ce motif, mais les sites spécialisés ne m'avaient rien appris. « Je ne sais pas du tout ce qu'il représente, Coccinelle », m'avait dit Ethan, mon frère jumeau, en me l'offrant. « Mais il est beau, non ? » Oui, il était beau. Et j'avais les larmes aux yeux rien qu'en pensant à ce petit nom de « Coccinelle », le sobriquet de nos onze ans, quand nous nous étions tous deux retrouvés couverts de boutons de varicelle. Il m'avait traitée de Face de Coccinelle, je l'avais baptisé Tache ; cela avait un peu évolué par la suite. Quelques semaines seulement avant sa mort, Ethan était allé à un vide-grenier pour chercher des jeux vidéo vintage, et il était revenu avec ce pendentif.

— Il te ressemble. J'espère qu'il te portera chance, Coccinelle.

Ce pendentif avait beaucoup compté pour moi ; je croyais posséder un objet unique, uniquement connu de moi et d'Ethan, mon frère, mon héros. Cet imbécile de Brendan venait de tout gâcher. Il avait probablement copié ce dessin dans une bande dessinée, ou sur un tag au centre commercial le plus proche.

Les larmes me piquaient les yeux. J'ai claqué la porte du casier de Brendan et je suis partie comme une flèche. Loin de ce casier, ce lycée, loin de tout ce qui me faisait penser à lui.

# 7

Il ferait bientôt trop froid pour courir dans le parc, mais je tenais à m'offrir une dernière sortie avant de raccrocher mes baskets pour l'hiver. Je voulais me vider la tête.

Le vent piquait mes joues, mouillées par les larmes. Je courais de toute ma vitesse dans les feuilles mortes, et mes pensées ressemblaient à une ronde infernale, une boucle sans fin.

Alors en fin de compte, j'avais tout imaginé ? Mais pourtant, pourtant, je sentais encore le bras de Brendan sur mes épaules quand nous étions assis côte à côte au bar, j'entendais encore sa voix me dire qu'il ne laisserait personne me faire du mal. Et cette connivence si simple entre nous ! Quand il s'était penché vers moi au moment de nous quitter…

Dans les romans, on parle de lire des émotions dans les yeux de l'autre ; j'avais toujours trouvé cette idée invraisemblable mais, sur le moment, j'étais sûre d'avoir lu une émotion réelle dans les yeux émeraude de Brendan. Pourquoi était-il venu vers moi si c'était pour me tourner le dos dès le lendemain ? Je n'y comprenais rien, je savais seulement que je me sentais affreusement seule maintenant que le lien était brisé. Plus seule encore que pendant mes dernières semaines à Keansburg.

La nuit tombait très tôt à cette époque de l'année ;

au bout d'une petite heure, je dus prendre le chemin du retour. En me dirigeant vers la sortie de la 86e Rue, j'ai ralenti subitement en réalisant que j'allais passer tout près du Met. Et quand j'ai vu le bâtiment blanc si imposant, j'ai senti tout mon chagrin, toute ma rage m'étouffer de nouveau.

Ce fut insupportable. Je n'avais rien purgé. Il me fallait courir encore. Je suis donc repartie de plus belle. Ce paroxysme d'émotion aurait au moins un avantage : à ce rythme, je réussirais probablement à rentrer chez ma tante à l'heure pour le dîner ! J'ai filé vers la promenade qui longe l'East River, mais dès que j'ai vu briller l'eau noire du fleuve, j'ai senti la fatigue crouler sur moi. En quelques foulées, je me suis retrouvée au trot, puis à l'arrêt. A bout de forces, j'ai posé le pied sur le socle d'un lampadaire pour renouer mes lacets. Et les ténèbres se sont abattues sur moi.

— Qu'est-ce que…

Je me suis redressée d'un bond en levant la tête. Le lampadaire était d'un noir de suie, comme s'il venait d'imploser. Exactement comme celui de Bethesda Fountain, une semaine auparavant ! Et maintenant que j'y pensais, un autre réverbère avait grillé vendredi soir, au moment où Brendan m'appelait un taxi. Il devenait urgent que la ville de New York change de prestataire pour son éclairage public !

Remise de ma surprise, j'ai terminé de nouer mon lacet, retiré le casque de mon iPod, et rangé soigneusement l'appareil au fond de ma poche en écoutant le vent frapper les vagues du fleuve. Puis je me suis remise en marche en guettant d'éventuels bruits de pas. La nuit était tombée, j'étais seule et ma tante m'avait répété un bon million de fois que je ne devais jamais me laisser approcher par des inconnus. La promenade s'étirait devant moi, déserte sous l'éclairage jaune cru des réverbères ; mes baskets écrasaient sans bruit les feuilles mouillées de l'allée.

Un tel silence, cela devait être une denrée rare à Manhattan ! Je me faisais cette réflexion quand j'ai pris conscience d'un son, une sorte de crépitement mêlé à un chuintement bizarre. Le bruit a vite augmenté d'intensité, puis une explosion étouffée m'a fait sursauter, si violemment que mes pieds ont quitté le sol. Je n'avais pas réalisé à quel point mes nerfs étaient tendus ! Je ne voyais toujours rien ni personne mais une odeur amère, presque soufrée, agressait mes narines. Lentement, j'ai levé les yeux. Un autre réverbère venait de claquer. Cela devenait réellement… étrange.

Sans réfléchir, j'ai repris ma course, mais le chuintement bizarre me poursuivait. Un nouveau claquement m'a stoppée net, aussi brusquement que si je venais d'emboutir un mur. Une terreur sans nom et sans logique s'emparait de moi ; de très loin, comme s'il s'agissait d'une autre personne, je m'aperçus que je tremblais. Et maintenant, quatre lampadaires éteints me narguaient de leurs globes ternes et noircis. Derrière moi, la promenade s'enfonçait dans une nuit noire, malgré le reflet des lumières du Queens de l'autre côté du fleuve. Prudemment, comme si je marchais sur une corde raide, je me mis à reculer.

Le crépitement-chuintement-sifflement reprit… derrière moi. Je me retournai d'un élan : le réverbère suivant, celui sous lequel je devais passer pour rentrer chez moi, s'était mis à fumer. Il émettait un ronronnement rauque, guttural, avec une épaisse fumée noire, comme s'il brûlait de l'intérieur. Le sifflement grimpa vers les aigus ; instinctivement, je m'accroupis en me couvrant la tête de mes bras, à l'instant où le globe de verre dépoli explosait littéralement. Un bouquet de flammes, une pluie d'éclats de verre et de filaments ; un instant plus tard, le halo sur ma rétine s'évanouit, et les braises s'éteignirent en sifflant dans le tapis de feuilles humides.

Je n'entendais plus rien qu'un sanglot et un souffle … mon souffle. Sans l'avoir décidé, je me relevai et partis comme une fusée. Ma poitrine me brûlait, les sons me poursuivaient en sautant d'un lampadaire à l'autre, des sons invraisemblables, tout droit sortis d'un cauchemar. Craquements, chuintements, grondements, sifflements… j'étais cernée, des griffes invisibles cherchaient à me saisir ; je courais le long de l'East River comme si j'avais un démon à mes trousses, et chaque lampadaire explosait sur mon passage. J'étais comme une rafale de vent qui souffle une rangée de bougies.

J'atteignis l'extrémité de la promenade et débouchai dans la rue comme une comète. Dans un coup de Klaxon strident, un taxi pila juste devant moi. A cet instant, je préférais nettement être renversée par une voiture plutôt que rattrapée par les ténèbres !

Mes paumes claquèrent sur le capot jaune du taxi. Un bref instant, je croisai le regard du chauffeur ; en voyant mon visage, il eut un mouvement de recul. A bout de forces, hoquetante et sans souffle, j'achevai de traverser, me jetai dans la rue latérale et m'adossai à la pierre froide du bâtiment d'angle.

Il me fallut de longues secondes pour trouver le courage

nécessaire, mais je finis par tendre le cou pour revoir la promenade sinistre le long du fleuve, le tunnel noir et fumant qui avait failli se refermer sur moi. Ce que je vis me fit encore plus peur, si c'était possible, que tout ce qui m'était arrivé jusque-là : avec un ensemble parfait, tous les lampadaires se rallumèrent, et je ne vis plus rien que le tableau parfaitement banal de la pittoresque promenade de l'East River *by night*.

Eh bien, j'avais trouvé de quoi détourner mes pensées de Brendan ! Le lendemain, en cours d'anglais, c'est à peine si j'ai remarqué sa présence (enfin, tout de même un peu). Et bien sûr, j'étais parfaitement incapable de travailler. Au déjeuner, j'ai menti à Cisco et Jenn qui me demandaient pourquoi je ne disais rien.

— Je ne me sens pas bien. Je crois que je couve le rhume de M. Emerson.

Ma voix n'était pas enrouée, je n'avais pas la goutte au nez, mais ils n'ont pas relevé. Moi, je ne pensais qu'à la soirée que je comptais passer sur Google. La veille, en rentrant, j'étais dans un tel état de nerfs que je n'avais rien pu faire mais ce soir, j'étais déterminée à trouver une explication, à tordre le cou à cette énigme. Les lampadaires n'étaient peut-être pas aux normes, ou il y avait des retards dans la maintenance ? A moins que je ne sois en train de perdre la tête ; dans ce cas, le lien que j'avais cru déceler entre Brendan et moi était le premier symptôme.

J'arrivai la première en cours de chimie ; j'avais hâte de retrouver Angelique. Quand elle entra à son tour, au lieu de répondre à mon sourire, elle s'arrêta net avec une expression horrifiée. Supposant que Kristin préparait un mauvais coup, je me suis vite retournée mais pour une fois, la peste ne s'occupait pas de nous. Et le regard d'Angelique était braqué sur *moi*.

J'ai vu sa main se refermer sur l'un de ses pendentifs, elle a murmuré quelques mots, et s'est glissée à sa place près de moi avec prudence. Troublée, j'ai lâché un petit « salut » désinvolte. Sans répondre, elle a arraché une page de son cahier et griffonné « Appelle-moi ce soir ». Puis elle a retiré l'une de ses bagues, un anneau d'argent gravé de symboles, et me l'a tendue avec une telle gravité que je me suis hâtée de la passer à mon doigt.

Je n'ai pu téléphoner à Angelique que vers 17 heures. Ashley était montée avec moi ; toujours en mode toquade, elle tenait absolument à me détailler ses échanges de mails avec Anthony, sans me faire grâce d'un seul mot tendre et sans tenir compte de mes protestations. Elle voulait que je vienne dîner chez elle, mais le prétexte du rhume me tira de nouveau d'affaire.

Enfin seule, je m'assis sur mon lit pour appeler Angelique, qui décrocha à la première sonnerie.

— Angelique ? C'est Emma.

— Je sais, oui.

Impressionnée, je m'écriai :

— C'est dingue, tu es télépathe, en plus ?

— Non, ton nom s'est affiché.

Je me mordis la lèvre, contrariée d'avoir été si naïve.

— Alors, reprit-elle aussitôt, que t'est-il arrivé ?

— Comment ?

Je n'étais pas encore prête à jouer cartes sur table, mais à l'autre bout du fil, on ne plaisantait plus !

— Quand je suis entrée en cours tout à l'heure, c'était

comme s'il y avait un trou noir à ta place. Ou comme si toi, tu étais dans le noir.

Un horrible frisson m'a traversé le cœur. Renonçant à jouer au plus fin, je lui ai raconté mes démêlés avec les réverbères, et mon sentiment d'avoir déclenché les explosions.

— Dans ce cas, j'ai bien fait de te donner ma bague. Tu la portes ?

— Oui.

— Surtout, ne la retire pas, elle te protégera. Enfin, disons que c'est une précaution. Tu as vu les ampoules exploser au-dessus de ta tête mais, à mon avis, tu n'étais pas réellement en danger.

— Il y avait tout de même les éclats de verre ! Et aussi…

— Ce n'est pas sûr. Les globes n'ont peut-être pas réellement éclaté.

Elle s'interrompit un bref instant, pensive.

— Comment t'expliquer… A mon avis, c'est comme si le monde des esprits te disait « Je ne t'ai même pas touchée » en agitant les doigts sous ton nez, comme le ferait un sale môme. En beaucoup plus effrayant, bien sûr.

— Tu peux m'expliquer pourquoi le monde des esprits chercherait à me faire enrager ?

Sans m'écouter, elle a enchaîné :

— Techniquement, les esprits ne sont pas plus actifs à l'approche de Halloween mais nous pensons davantage à eux, ce qui leur donne une plus grande influence sur notre monde.

— Mais je ne crois pas aux fantômes !

— Si tu crois que ça change quelque chose !

Ah ? Bon. Elle précisa :

— Et puis, ce ne sont pas forcément des fantômes. Il

existe toutes sortes d'énergies, d'esprits et de forces que personne ne comprend réellement. Tu n'as pas vandalisé un lieu sacré ?

— Moi ? Nous sommes à *Manhattan*, Angelique ! Le lieu le plus sacré, c'est le magasin Bergdorf. Le pire que je puisse faire serait de porter du blanc après le 31 août !

— Ou le vernis à ongles qui était *in* l'année dernière ! Mais je ne comprends pas pourquoi le monde des esprits te montre du doigt de cette façon.

— Moi ? ai-je piaillé, horrifiée. Mais pourquoi ?

— C'est ce que je viens de dire. Bon, il pourrait y avoir une foule de raisons, tu es peut-être médium, ou on cherche à te mettre en garde…

— Je préfère ma propre explication : les services techniques de la ville ont laissé l'éclairage public se dégrader. Après tout, ce n'est pas la première fois que je vois des lampadaires s'éteindre au-dessus de ma tête.

Un silence subit à l'autre bout du fil ! Puis la voix d'Angelique, basse et troublée :

— Qu'est-ce que tu viens de dire ?

Un peu agacée par tant de drame, j'ai répondu :

— Que ce n'est pas la première fois ! Depuis la rentrée, cela m'arrive tout le temps et toujours de la même façon : les ampoules claquent et il y a une odeur de soufre.

— L'odeur de soufre indique généralement une influence négative. A première vue, je dirais qu'il s'agit d'un avertissement, et que c'est assez grave. L'être qui tente de t'avertir est obligé de générer beaucoup d'effets spéciaux pour attirer ton attention parce que, manifestement, tu refuses de l'entendre.

Je m'accrochai à ma housse de couette.

— Ça ne me plaît pas du tout, ce que tu dis…

— Pas de panique, je ferai un sort de protection pour toi vendredi. Le plus puissant possible ; après tout, c'est le week-end de Halloween. Si cet esprit est maléfique, le sort te protégera ; s'il ne l'est pas, s'il cherche juste à te mettre en garde… Enfin, il me semble que tu devrais tenir compte de son message. Apporte-moi un objet personnel et, surtout, dis-moi tout de suite s'il y a du nouveau. C'est vraiment passionnant, ce qui t'arrive !

— Je m'en passerais bien ! Je n'ai aucune envie de me retrouver possédée, ou coincée dans la quatrième dimension.

— Ne sois pas ridicule, a-t-elle répliqué, agacée.

Comme si la phrase « le monde des esprits te montre du doigt » était moins ridicule !

— Ecoute, voilà mon interprétation : je crois qu'un esprit, ou une force, tente d'entrer en contact avec toi. A première vue, il ne semble pas très bénéfique, mais dis-toi bien que les esprits s'expriment souvent de façon assez théâtrale, et rien ne prouve que celui-ci a de mauvaises intentions. Cela dit, fais tout de même attention à toi. Porte la bague.

Elle se tut quelques instants et ajouta, avec beaucoup moins d'assurance :

— Je suis surprise que tu ne croies pas aux fantômes, ou à l'occulte et la spiritualité. Je supposais…

— Non, je t'assure. Pourquoi as-tu cru ça ?

— Eh bien, déjà, ton pendentif…

— Un cadeau de mon frère. C'est juste un motif comme un autre.

Mais ce dessin, dans le casier de Brendan ?

— Comme un autre ? murmura Angelique. Mais pas du tout ! Il a un sens bien particulier. Je l'ai déjà croisé dans plusieurs livres. Je suis passée sur les textes qu'il illustrait, parce que je suis contre les sortilèges d'amour, mais je crois bien l'avoir vu dans un des livres de cours de ma mère. Elle est professeur d'études médiévales à Fordham. Et il figure aussi sur des sites Web. Des sites de magie noire, si tu veux tout savoir.

Elle s'interrompit pour prendre une grande inspiration, et assena avec beaucoup de conviction :

— Ton pendentif n'est pas anodin, même si nous ne savons pas encore ce qu'il signifie.

— Ecoute, si tu as des livres qui en parlent, j'aimerais bien les emprunter. Ce collier… j'y tiens beaucoup, j'aimerais connaître son histoire.

— Bien sûr, je vais voir ce que je peux t'apporter.

Il y a eu un nouveau silence, puis elle a repris, avec un peu de gêne :

— Pour ce qu'on disait tout à l'heure… Tu as été si gentille avec moi, j'ai cru que tu étais branchée sur l'occulte. Sensibilisée aux préjugés actuels contre les sorcières.

— C'est toi qui as été gentille avec moi. Au fond, je ne me préoccupais pas de tes croyances… jusqu'à ce qu'elles viennent me rendre service !

Elle s'est mise à rire. Nous avons encore discuté longtemps. Au moment de nous quitter, elle m'a rappelé de lui apporter un objet qui me soit très personnel… et recommandé de faire mon footing sur un tapis roulant.

Ce fut un soulagement de constater, les jours suivants, qu'aucun vol de sauterelles ne s'abattait sur moi sur le chemin du lycée. Pas une seule pluie de grenouilles. Quand je tournais le robinet des toilettes des filles, il ne coulait que de l'eau. C'était même réconfortant, dans un sens, que Brendan continue à m'ignorer : s'il avait changé de comportement, je me serais dit que le monde des esprits jouait avec mes nerfs.

Dès le lendemain, en cours de chimie, j'ai donné à Angelique la clé de la maison où nous vivions avec maman et Ethan, avant l'arrivée de Henry. Je l'avais accrochée à un ruban violet et elle me servait de marque-page pour mon journal intime. Un peu inquiète, j'ai demandé :

— J'y tiens beaucoup. Le sort ne va pas l'abîmer ?

— Pas du tout. L'idéal serait de nous servir de ton pendentif mais nous ferons avec la clé. Si nous avons besoin de sortir la grosse artillerie, nous pourrons toujours revenir au médaillon.

Sur quoi elle m'arracha plusieurs cheveux. Je dus plaquer la main sur ma bouche pour ne pas crier.

— Désolée, souffla-t-elle, contrite. J'aurais dû te prévenir. C'est juste que tout ça est si excitant !

— Je pouvais les arracher moi-même, ai-je ronchonné en me frottant la tête.

Tout en se confondant en excuses, elle a glissé mes cheveux dans une enveloppe qu'elle a refermée avec soin, en me jurant qu'à minuit le lendemain, je serais totalement protégée. Ou tout au moins que je ne risquerais plus de voir exploser des lampadaires sur mon passage. J'avais toujours un peu de mal à admettre ses théories mais c'était bon de sentir qu'elle se penchait sérieusement sur mes difficultés.

En rentrant avec Ashley ce soir-là, je lui ai tout raconté. Il me semblait qu'elle apprécierait mes démêlés avec le surnaturel. En tout cas, moi, j'ai apprécié sa réaction !

— C'est flippant ! J'ai déjà vu un réverbère s'éteindre au moment où je passais, mais jamais toute une rangée.

Ils étaient peut-être sur le même réseau et il y a eu un court-circuit ?

Son explication me plaisait décidément beaucoup. Nous discutions des complexités des circuits électriques, sujet auquel nous ne connaissions strictement rien, quand j'ai remarqué ses mains qui se pressaient l'une contre l'autre, comme elle le faisait toujours quand quelque chose l'angoissait.

— Ashley, qu'est-ce qui se passe ?

— Tu vas te mettre en colère.

— Mais non ! Je suis peut-être en train de perdre la tête mais je te promets que je ne me mettrai pas en colère. Dis-moi tout.

— Bon…

Et cela jaillit, dans un torrent exubérant :

— Je vois Anthony ce soir ! Je t'avais dit que nous discutions sur Facebook mais il est aussi venu me parler au CDI. Il m'a proposé une sortie ! Je ne voulais pas te le dire parce que tu le détestes, mais il est super gentil, je t'assure, et tellement craquant ! Tu ne m'en veux pas ?

Elle s'interrompit, mais seulement parce qu'elle était à bout de souffle. Avec toute la douceur dont j'étais capable, j'ai protesté :

— Ashley, je l'ai déjà vu se montrer odieux, plus d'une fois. Ce n'est pas un garçon bien, il ne mérite pas que tu t'intéresses à lui.

— Oh ! je lui ai parlé de la bagarre à Central Park, et il m'a expliqué que Frank avait insulté sa mère.

Elle triomphait.

— S'il défendait sa mère, c'était O.K. de se battre, non ?

— Ce n'est pas ce qu'on m'a dit. Et même si c'était le cas, il n'avait pas à démolir Frank comme il l'a fait.

— Emma, je suis heureuse ! Tu ne peux pas être heureuse pour moi ?

Elle me regardait de son air le plus attendrissant. Bien décidée à ne pas céder, j'ai insisté :

— Je ne lui fais pas confiance. Je voudrais juste que tu réfléchisses un peu.

— J'ai réfléchi. Il me plaît. Je vais sortir avec lui ce soir alors tu peux être contente et je te raconterai tout, ou pas.

Ennuyée (est-ce que je venais d'aggraver la situation en braquant ma petite cousine ?), j'ai demandé sans m'engager :

— Oncle Dan et tante Jess sont au courant ? Il est tout de même bien plus âgé que toi.

— Deux ans seulement, Em' ! J'ai dit aux parents que je sortais avec des amis. Ce n'est pas faux : je vais chez lui, il fait une fête pour Halloween après la soirée des films d'épouvante. Il y aura plein d'autres *juniors* de ta classe, si ça se trouve, tu y seras aussi !

— Je ne suis pas invitée, ai-je grogné.

Elle a rougi en murmurant un mot d'excuse.

— Ce n'est pas un problème, je t'assure, ai-je soupiré.

Une idée venait de me pincer le cœur. Brendan serait peut-être là, ce soir, chez Anthony ? Il s'amuserait peut-être avec tous nos camarades pendant que moi, je resterais à la maison comme une loseuse ? Je me sentais de nouveau isolée au possible, la soirée avec Cisco et les autres aurait pu se dérouler dans une autre vie. C'était étrange : la froideur de Brendan me faisait mal, physiquement, comme des milliers de petites aiguilles transperçant ma poitrine. Ce fut un effort de m'arracher à mes sombres pensées pour me concentrer sur le présent.

— Tu es sûre que ça ira ? Il se donne des airs de don Juan…

— Emma ! a protesté Ashley en levant les yeux au ciel. Je suis déjà allée à des fêtes ! Il ne va rien se passer !

— C'est ce qu'on dit toujours…

A minuit passé, tante Christine couchée, je me suis installée dans le salon dans son grand fauteuil fleuri. Angelique m'avait téléphoné pour me prévenir que son sortilège était en place, et que je sentirais peut-être une modification de mon énergie. J'étais de plus en plus convaincue que les fichus réverbères tombaient tout simplement en panne, mais curieusement, j'ai ressenti un net soulagement quand elle m'a ordonné de garder sa bague.

Seule à minuit, en tête à tête avec Google. Quelle soirée fabuleuse je passais. Surtout quand je la comparais à vendredi dernier ! Il y avait seulement une semaine, j'étais avec *lui*, nous parlions, il me faisait rire… D'accord, tout le monde ne pouvait pas se vanter comme moi d'avoir une authentique sorcière occupée à tisser des sortilèges pour le week-end de Halloween — mais cela ne remplaçait tout de même pas…

Que faisait Ashley ? Je jetais des regards de plus en plus fréquents à mon portable, que j'avais posé à portée de main. Je lui avais demandé de me téléphoner quand elle serait à la fête, pour me rassurer ; elle aurait déjà dû m'appeler.

Anthony était une brute, j'en avais la certitude. Une brute et un crétin. C'était sa faute si j'étais rentrée tôt la semaine précédente, en abrégeant ce qui resterait apparemment mon unique soirée avec Brendan.

Je travaillais sans conviction à un devoir sur le *Songe d'une nuit d'été* de Shakespeare. La télé était allumée ; tante Christine avait des centaines de chaînes et... bon, je l'avoue, je regardais un match. Depuis que je connaissais Brendan, je m'intéressais subitement au basket. Lamentable.

Je tapais lentement une citation du premier acte (il était question des tourments de l'amour) quand on frappa un coup léger à la porte. Saisie, je sursautai, les mains en suspens au-dessus du clavier. A une heure pareille ? C'était forcément une erreur.

Puis les coups se sont mis à pleuvoir sur le battant tandis qu'une petite voix appelait mon nom.

— Emma ? J'entends la télé... tu es là ?

Une petite voix qui semblait au bord des larmes. J'ai lancé mon ordinateur sur le canapé et je me suis précipitée pour ouvrir. Ma cousine se tenait sur le seuil, les bras ballants, les lèvres tremblantes et de grosses larmes rondes sur les joues. Atterrée, je l'ai attrapée aux épaules.

— Qu'est-ce qui se passe ? Tu vas bien ?

Elle ne répondait pas, ne m'expliquait rien. De plus en plus affolée, je l'ai entraînée dans le salon et installée sur le canapé ; assise là, toute droite, elle a éclaté en sanglots si violents qu'elle s'est mise à tousser. J'ai filé lui chercher un verre d'eau, je suis revenue m'asseoir près d'elle. Enfin, enfin, elle a prononcé ses premières paroles.

— Je me sens si bête !

— Mais dis-moi ce qui s'est passé !

Pour toute réponse, je n'ai eu qu'un nouveau flot de larmes. Folle d'inquiétude, j'ai crié :

— Ashley, dis quelque chose ! Je deviens dingue à ne pas savoir. Qu'est-ce qu'on t'a fait ?

— Je… je suis allée chez Anthony…

Elle se mordait les lèvres pour maîtriser sa voix.

— J'ai cru que j'étais… en avance parce qu'il n'y avait pas de musique, je n'entendais personne. Il devait y avoir une fête mais quand il a ouvert la porte, il était tout seul. Il m'a regardée de la tête aux pieds, et tirée à l'intérieur par le bras. Quand j'ai demandé où étaient les autres, il s'est mis à rire et il m'a donné un verre de vodka-orange. Un peu d'orange et énormément de vodka.

Elle ravala un nouveau sanglot. Moi, j'attendais la suite, sur des charbons ardents.

— J'ai essayé de faire la conversation, genre, « à quand le prochain match de basket ? » et tous les trucs dont on parlait sur Facebook. C'est tout juste s'il me répondait. Il est venu s'asseoir près de moi et je lui ai encore demandé où étaient les autres.

Sa voix s'est brisée. Je lui ai tendu la boîte de mouchoirs en papier de tante Christine ; elle en a pris un distraitement et l'a gardé à la main, comme si elle ne savait pas quoi en faire.

— Chez lui, c'est immense, tu sais ? Et il n'y avait vraiment personne d'autre que nous deux. Il s'est mis à me caresser le cou, je lui ai demandé d'arrêter…

J'ai dû faire un effort pour ne pas élever la voix.

— Et ensuite ?

— Il m'a dit : « Ne te fais pas plus bête que tu n'es. Tu sais très bien que la fête, c'est toi. »

Elle cracha cette phrase avec une grimace de dégoût.

— C'est trop nul, non ? Et il s'est mis à rire en me caressant la cuisse. Je l'ai repoussé, je lui ai dit de me laisser, mais il n'arrêtait pas de répéter : « Allez, je sais que tu es chaude », et « Tu sais que je peux me faire toutes les filles que je veux, tu devrais te sentir flattée ». Tu te rends compte ? Je n'avais même pas retiré mon blouson.

Elle baissait la tête, rouge de honte. Quand elle a levé les yeux vers moi, son joli visage était crispé de colère et d'humiliation.

— Il voulait me faire écarter les jambes. Alors je l'ai giflé. Et j'ai pris mon verre et je l'ai versé sur sa braguette.

Incroyablement fière d'elle, et folle de rage contre Anthony, je n'ai pu qu'articuler, les dents serrées :

— Bravo…

— Ce n'était pas une bonne idée, en fait, parce qu'il s'est mis en colère.

Glacée d'horreur, j'ai demandé :

— Il t'a fait du mal ?

— Oh ! non, pas comme tu penses, il s'est juste mis à me crier dessus. « Sale petite allumeuse, mocheté ! Tu vas payer ce canapé ! » Il m'a soulevée d'une main, il a pris mon sac de l'autre, et il m'a jetée dehors.

Tristement, elle contemplait son sac noir Betsey Johnson, son préféré, qui lui rappellerait désormais le pire moment de sa jeune existence. Puis elle a de nouveau posé sur moi ses yeux rougis.

— Emma, je suis désolée…

— Pourquoi est-ce que tu t'excuses ?

— Parce que tu avais raison.

— Ecoute, tu ne pouvais pas deviner à quoi tu t'exposais. Même moi qui ne lui faisais pas confiance, je pensais juste que tu allais à une fête qui risquait de dégénérer. Parce que j'avais traîné une fois avec sa bande, et je m'étais sentie un peu débordée. Je ne me doutais pas du tout qu'il te tendrait un tel traquenard.

J'avais beau faire mon possible pour la réconforter, elle se contentait de hausser les épaules, tristement, le regard vague. Le cœur serré, j'ai compris que c'était le moment fatidique, l'instant où son innocence s'envolait. Pas physiquement, bien sûr — une chance… —, mais dans le cœur. Après ce soir, son cœur serait moins tendre, elle jugerait le monde plus durement.

— C'est fini, maintenant, lui ai-je dit avec tendresse. Je t'assure. Tu te sentiras mieux demain.

Elle n'a pas eu l'air convaincue. Normal, je n'y croyais pas moi-même.

J'ai téléphoné à ses parents pour demander la permission de la garder avec moi pour la nuit, en expliquant qu'elle s'était disputée avec une de ses amies à la fête et qu'elle était dans tous ses états. Nous avons laissé un mot pour tante Christine pour la prévenir qu'elle avait une invitée, puis nous nous sommes repliées dans mon lit. Là, nous avons fantasmé sur toutes les mauvaises choses qui pourraient arriver à Anthony ; régulièrement, Ashley fondait de nouveau en larmes et je la consolais en lui répétant qu'elle n'était pas stupide, que ce n'était pas sa faute, qu'elle était réellement très jolie et que, non, tous les garçons n'étaient pas comme lui. J'ai fini par lui jurer que si j'avais vraiment une force surnaturelle à mes trousses, je la lancerais sur les traces d'Anthony. J'en étais presque à espérer que j'avais réellement un esprit malin dans mon arsenal.

# 8

Le lundi matin, nous avons repris le chemin du lycée après un week-end passé à aider les parents d'Ashley à distribuer des friandises aux gosses qui frappaient à leur porte, déguisés en squelettes ou en vampires. Ashley préférait rester chez elle, et je ne voulais pas la laisser seule. Devant le perron de la Vincent Academy, j'y suis allée de mon petit discours dopant.

— Dis-toi bien que tu ne verras même pas Anthony aujourd'hui. Vous ne vous croisez qu'en salle d'étude, il te suffit de ne pas y aller. Passe cette heure-là au CDI, ou va faire tes devoirs dans une salle vide.

Elle a hoché gravement la tête et gravi les marches avec courage. C'était un peu plus compliqué pour moi car j'allais me retrouver dans la même salle qu'Anthony.

J'ai passé une bonne partie de la matinée à le foudroyer du regard. Il n'a rien remarqué, je n'étais plus dans le champ de son radar depuis qu'il chassait des proies plus fraîches. J'étais furieuse, contre lui et contre moi-même : j'aurais dû empêcher Ashley d'aller chez lui. Oui, d'accord, elle était déterminée à y aller, coûte que coûte, mais c'était à moi de la protéger. Ces derniers temps, je pensais trop à Brendan pour m'occuper d'elle comme je l'aurais dû.

Nous sortions de la cafétéria quand, n'y tenant plus, j'ai glissé à Cisco :

— Il faut que je te dise ou je vais exploser…

— Ma belle, j'ai bien vu comment tu regardais Anthony. A ta place, moi aussi, je serais fou de rage.

— C'est un immonde… Attends, comment sais-tu pourquoi je lui en veux ?

Je me suis arrêtée net au milieu du couloir. Le flot des élèves peinait à nous contourner, nous commencions à créer un embouteillage ; discrètement, Cisco m'a entraînée en me glissant à l'oreille :

— Si ma petite cousine avait couché avec un type comme Anthony, et qu'il l'avait dit à tout le lycée, moi aussi, j'aurais envie de le tuer.

J'ai découvert ce que signifiait l'expression « sentir son sang bouillir dans ses veines ». Littéralement aveuglée par la colère, j'ai articulé :

— Ce n'est pas du tout ce qui s'est passé !

En quelques mots, je lui ai tout raconté, jusqu'à l'arrivée d'Ashley chez moi, à minuit passé, en larmes. Cette fois, c'est Cisco qui s'est arrêté net, atterré.

— Il est toujours en train de se vanter de ce qu'il a fait avec telle ou telle fille… « Je me suis fait une petite de la Dominican Academy. » « J'ai le ticket avec une étudiante de Dalton. »

Il imitait avec un talent surprenant l'attitude d'Anthony et son ton suffisant. Il a repris sa propre voix pour conclure :

— Maintenant, je me dis que soit il les a embobinées, soit il ment, tout simplement.

— En tout cas, cette fois-ci, il ment.

— Et Ashley, comment s'en sort-elle ?

— Quand je l'ai quittée ce matin, elle ne savait pas encore ce qu'il raconte sur son compte. Je verrai dans quel état je la retrouve en cours de latin. Je vais le tuer, je te jure. Ecoute, si tu entends qui que ce soit parler de cette histoire…

— Pas de souci. Je démentirai.

En voyant ma tête, Angelique a cru que son sortilège avait mal tourné.

— Il y a une telle colère, un tel bouleversement dans ton aura ! Je vais devoir tout recommencer.

Elle tendait déjà la main pour m'arracher quelques cheveux supplémentaires. Avec impatience, je me suis écartée en lui expliquant ce qui se passait.

— Il a dit ça sur ta petite cousine ?

Elle cherchait des yeux l'ignoble fumier. Puis elle s'est affaissée sur son siège en murmurant :

— Je ne peux rien lui faire. Tout ce que j'envoie à l'univers me revient au centuple. Attends, il y a bien une chose que nous pourrions tenter…

Elle se plongeait déjà dans les recettes rangées dans son cahier. Sincèrement touchée, je lui ai souri.

— Non, laisse. Mais je te remercie, tu es une vraie amie.

Elle m'a lancé un sourire joyeux — un instant plus tard, nous avons échangé une grimace en entendant Kristin, derrière nous, faire des bruits mouillés de baisers en insinuant :

— Il y a des hôtels pour ça !

Je me suis contentée de lui lancer un regard las. A ce stade, Kristin était bien le dernier de mes soucis !

Le cours me sembla interminable ; mais enfin, ce fut l'heure d'aller en latin. Dès le seuil de la salle, je cherchai Ashley des yeux. Elle avait dû traverser l'enfer aujourd'hui et j'avais hâte de la réconforter… en lui offrant par exemple un jeu de fléchettes avec une photo d'Anthony en guise de cible. Mais elle n'était pas à sa place et, pour une fois, ses copines ne pépiaient pas comme une volière : elles me guettaient en se jetant des regards gênés. Très inquiète, je me suis faufilée entre les tables pour les rejoindre.

— Où est-elle ? ai-je demandé sans préambule.

Une jolie petite brune appelée Catharine m'a répondu tout bas :

— Elle a demandé à rentrer parce qu'elle ne se sentait pas bien. En fait, elle est morte de honte.

Les yeux plissés de rage, j'ai répliqué :

— Anthony ment. Vous le savez, n'est-ce pas ?

— Oui ! Bien sûr qu'on sait, mais ça ne change rien pour elle ! Elle croit que toute notre promo la prend pour une moins-que-rien. Trois garçons lui ont fait des avances aujourd'hui… et le deuxième a dit à ses copains que c'était parce qu'il avait entendu dire qu'elle était vraiment bonne.

J'ai retrouvé cette sensation horrible, comme si mon sang bouillait. J'avais du coton dans les oreilles, la tête creuse et battante. Un peu effrayée par mon expression, la petite Catharine s'est hâtée d'ajouter :

— Tout le monde ne le croit pas mais… quelques-uns, oui.

Vanessa, l'autre rousse de la bande, s'est penchée vers nous pour chuchoter :

— Il a dit qu'elle était plus facile que l'école publique…

Après cela, je n'ai pas entendu un mot du cours de latin. J'avais uniquement conscience du tic-tac de la grosse horloge accrochée au-dessus du tableau et de la pulsation du sang dans ma propre tête. Quand la cloche a enfin sonné, cela m'a fait l'effet d'un hurlement ; j'ai instantanément saisi ma sacoche en sautant sur mes pieds.

— Tu vas chez Ashley ? m'a demandé Catharine. Tu lui diras de m'appeler ?

Son regard exprimait une inquiétude sincère.

— J'y vais, mais pas tout de suite, ai-je répondu à mi-voix.

Je me suis précipitée dans l'escalier sans me préoccuper de savoir qui je bousculais au passage. La porte à double battant de la cour s'est ouverte devant moi, comme soufflée par une explosion. Anthony, Frank et leur bande commençaient leur partie de basket. Quelque part dans un coin de ma tête, j'ai noté que Brendan n'était pas là.

J'ai laissé choir ma sacoche — en fait, je l'ai lancée sous le banc le plus proche — et je suis allée me planter au beau milieu de la partie. En passant devant Frank, je lui ai fait rater une passe ; de très loin, j'ai entendu sa voix :

— Hé ! On est en train de jouer !

Je ne me suis même pas retournée. Toute mon attention allait à Anthony.

Il me tournait le dos. Tout à coup, il m'a semblé immense, une vraie armoire à glace. Un vertige de frayeur m'a saisie mais j'ai crié son nom d'une voix ferme. Concentré sur le ballon, il a fait semblant de ne pas m'entendre ; à bout, j'ai hurlé :

— Anthony Caruso !

Quand le besoin s'en fait sentir, je suis capable d'envoyer des décibels. Saisi, il a fait un faux mouvement, le ballon lui a échappé ; furieux, il s'est tourné vers moi.

— Qu'est-ce que tu veux, toi ?

— Je veux que tu rétablisses la vérité au sujet de ma cousine.

Je parlais à haute et intelligible voix ; aux yeux des autres, je devais sembler très calme et très sûre de moi. Anthony, lui, s'est tout de suite énervé.

— Ta cousine ? C'est qui, ta cousine ?

Un groupe se formait autour de nous. Anthony parlait fort et sèchement ; bien plus fort et plus sèchement, j'ai répliqué :

— Ashley ! Le nom te dit quelque chose ? Celle sur qui tu racontes tes mensonges !

Il s'est mis à rire, fort et faux, en ajustant son T-shirt d'un air avantageux.

— Ouais, je veux bien dire tout ce que tu voudras ! Ce n'est pas comme si j'en étais fier. Elle était nulle !

Il riait toujours, un ricanement horrible et malfaisant. J'ai senti ce rire courir sur ma peau comme un grouillement d'insectes. Puis il a fait mine de se remettre à jouer ; et là, j'ai vu rouge.

— Ne t'avise pas de me tourner le dos, minable ! Menteur ! Ça t'arrange de frimer avec des *freshman*, des filles qui font trois têtes de moins que toi ! Comme ça, tu as l'impression d'être un vrai mec, je me trompe ?

Un petit rire jaillit du cercle des garçons, ce rire déplaisant qui vient du nez et trahit surtout de la gêne. Lentement, Anthony pivota vers moi et je vis que son expression avait changé. Il était effrayant.

— Ta cousine sait mieux que toi ce que c'est, un vrai mec. Fais-moi savoir quand elle voudra une autre séance.

Un instant, j'ai cru voir le visage de Henry se superposer à celui d'Anthony. Ils se ressemblaient : ils adoraient se sentir puissants et faire trembler des êtres sans défense. Eh bien, cela ne prenait pas avec moi. J'avais la fierté d'un kamikaze, il me ferait ce qu'il voudrait mais je ne reculerais pas. Les poings serrés, je lui ai hurlé au visage :

— Tu mens, elle t'a envoyé te faire voir ! Mais raconte-moi une autre histoire, Père Castor, j'adore les contes de fées !

Ce regard ! Cette fois, j'étais allée trop loin, il ne se contrôlait plus. Je devais renverser la tête en arrière pour le regarder en face ; je ne me suis pas démontée pour autant. Des deux mains, il a poussé au niveau des épaules, négligemment... mais avec une telle puissance que j'ai failli tomber à la renverse. A mon grand regret, j'ai reculé (seulement pour garder mon équilibre, et sans détacher mon regard du sien).

— Tu devrais faire attention à ce que tu dis, gamine...

Ce petit ton condescendant ! Comme s'il se faisait du souci pour moi ! Les mains sur les genoux, il s'est penché pour se mettre à hauteur de mon visage.

— ... parce que sinon, il va t'arriver des choses désagréables.

— Je n'ai pas peur de toi, ai-je répliqué. Dis la vérité, pour ma cousine. Avoue que tu n'as pas couché avec Ashley.

Ses yeux se sont plissés ; alors, j'ai su qu'il allait me bousculer de nouveau. Cette fois, j'ai bondi en arrière avant qu'il ne me touche. Merci, Henry, pour ces mois d'entraînement intensif. Ne rencontrant que le vide, Anthony a trébuché à son tour et j'ai entendu les garçons du groupe se moquer de lui et rire parce qu'il se faisait ridiculiser par une *fille*. Ce n'était pas bon pour moi : ils allaient le pousser à bout.

En arrivant dans la cour, je ne m'étais pas attendue à déclencher un pugilat, je voulais juste qu'Anthony admette publiquement qu'il mentait. A présent, je comprenais que j'aurais dû réfléchir à une stratégie avant d'aborder ce dangereux imbécile.

D'un coup d'œil rapide, j'ai voulu voir qui assistait à la scène. Eh bien, tout le monde, la population entière du lycée semblait s'être rassemblée dans la cour ! Et même Brendan : je l'ai vu émerger du bâtiment principal, ses écouteurs sur les oreilles, les yeux fixés sur son portable, inconscient de ce qui se jouait à quelques mètres de lui.

Puis la silhouette d'Anthony m'a bouché l'horizon. Vite, j'ai cherché une voie de repli. Cela devenait trop périlleux de rester. Si je pouvais m'éclipser sans perdre ma dignité, il était temps.

— Si j'ai couché avec ta petite salope de cousine, ce n'est pas ton affaire, Emma ! reprit-il furieusement.

Tiens, il se souvenait de mon prénom ? Il a enchaîné :

— C'est quoi, ton problème ? Tu n'as pas pu attendre ton tour ? Désolé, tu n'es pas mon genre !

— Bien sûr que non ! Parce que moi, je n'ai pas peur de toi.

Je ne pouvais pas baisser pavillon : je ne me le serais jamais pardonné, d'autant qu'Anthony m'aurait écrasée tout de même. Dans le groupe de ses équipiers, certains lui criaient de se calmer. J'entendis Frank lancer sans conviction :

— Laisse tomber, *man*. C'est une fille.

Le visage de ce pauvre type portait encore les marques des coups d'Anthony. A quelques pas de moi, une porte menait aux cuisines. J'ai reculé en cherchant la poignée à tâtons. Il m'a suivie, il me collait — et la fichue porte était verrouillée... J'étais prise au piège.

— Personne ne me parle comme ça.

Je ne pouvais plus rien faire à part tenter de ne pas lui montrer combien j'avais peur. Les gens comme lui se repaissent de la terreur des autres. Sèchement, j'ai ordonné :

— Dégage !

Ses copains avaient compris que cela menaçait de mal tourner. Des voix lui criaient d'oublier ça, de revenir jouer.

— Dégager ? Allons ! Tu as ce que tu voulais, non ? Tu as toute mon attention.

De nouveau, j'ai hurlé :

— Dégage !

Je devais être en train de perdre les pédales car je l'ai bousculé à mon tour. De toutes mes forces. Ce mur de muscles !

— Ne me touche pas, garce.

— Ah non ? Et qu'est-ce que tu vas me faire ?

Cette question, je l'ai tout de suite regrettée. J'ai vu la main d'Anthony s'élever, former un poing gigantesque, et je suis restée figée contre ma porte sans même essayer de me protéger. A cet instant, je ne pouvais que penser : « Vas-y, cogne-moi, tu seras renvoyé du lycée. »

Il n'a pas eu l'occasion de passer à l'acte. Un météore a fondu sur lui et il s'est abattu comme une masse. Quand j'ai ouvert les yeux, il était à terre, épinglé par Brendan qui lui serrait la gorge.

— Ne la touche pas, grondait ce dernier. Ne t'avise jamais de la toucher.

Etourdi, Anthony ne résistait pas. Tout s'était passé

un peu vite pour lui. Puis la lumière s'est faite ; outré, il s'est débattu en hurlant :

— Mais qu'est-ce qui te prend !

Le regard émeraude de Brendan flamboyait, son poing était levé, prêt à frapper. D'un genou, il maintenait Anthony qui se contorsionnait tout en essayant de reprendre son souffle.

— Tu ne la touches pas. Tu ne lui parles pas. Tu ne la regardes pas. Compris ?

— Mais c'est quoi, ton problème ? Elle est venue me chercher des poux !

Le temps d'un éclair, Anthony a tourné la tête pour me jeter le même regard de haine qu'un animal vicieux. D'une voix plus calme mais, curieusement, encore plus menaçante, Brendan a demandé :

— Des poux, vraiment ? Tu veux dire qu'Emma a fait quelque chose qui méritait que tu lui mettes ton poing dans la figure ?

Abasourdie, j'ai vu cette grosse brute d'Anthony bredouiller pour se justifier.

— Je n'allais pas la cogner ! Elle m'a cherché !

— A mon avis, c'est toi qui as cherché les embrouilles, comme d'habitude. C'était quoi, cette fois ?

— J'ai dit des trucs, pour déconner. Lâche-moi !

De toute évidence, Brendan avait l'avantage. Il était de loin le plus fort des deux, et Anthony le craignait. D'une voix implacable, faussement amicale, Brendan a répondu :

— Je ne peux pas te lâcher si tu as menti, mon pote. Dis clairement la vérité. Ou alors…

Il s'est penché, a collé son nez au nez d'Anthony et, d'une voix réellement impressionnante, il a conclu :

— … ou alors tu vas le regretter.

Sous le choc, j'assistais à la scène sans réagir, et la foule qui nous entourait semblait frappée de la même paralysie. De ma place, je voyais Kristin, en train de tout filmer avec son portable. Formidable, nous pourrions dès ce soir nous repasser ces moments si intenses sur YouTube.

— Oui, bon, je n'ai pas sauté Ashley…

Le regard d'Anthony me jetait des flammes, des missiles, des armes de destruction massive. Incapable de renoncer tout à fait, il s'est empressé d'ajouter :

— Mais j'aurais pu si j'avais voulu !

— Ce n'est pas ce que je veux entendre.

Brendan pesait sur Anthony de tout son poids. D'une voix étranglée, le grand blond a coassé :

— D'accord, d'accord, c'est comme elle a dit ! Libère-moi !

Brendan a secoué la tête, de l'air de dire « pauvre type » ; puis, il s'est relevé. A l'instant même où il a lâché la gorge de son adversaire, il l'a attrapé au col et redressé d'une seule traction. En montrant bien que c'était lui qui décidait de libérer Anthony, et non ce dernier qui lui échappait. Il l'a repoussé rudement, et Anthony a reculé en titubant.

— Et maintenant, disparais, a soupiré Brendan en lui tournant le dos

Humilié, Anthony a pris le temps de lisser son T-shirt, d'arranger son col déformé. Son regard a croisé le mien, il a fait un pas vers moi… un instant plus tard, je n'ai plus rien vu d'autre que le dos de Brendan et je l'ai entendu dire à voix basse :

— Tu essaies encore une fois de faire du mal à une fille, tu penses seulement à Emma, et tu es mort.

— Ah ? Ça aussi, c'est une promesse ?

Anthony s'efforçait de prendre un air faraud mais Brendan a répondu avec un sérieux absolu :

— C'est une garantie.

Ses poings se crispaient si fort que je voyais saillir ses jointures. En face de lui, Anthony ressemblait à un petit garçon qui fait un caprice. Avec un grand geste furieux, il a crié :

— Ce n'est pas terminé, mon frère ! Tu vas le regretter !

Et il est parti comme un fou, en lançant un grand coup de pied dans ma sacoche au passage. Une chance qu'elle n'ait rien contenu de fragile, tout aurait été pulvérisé.

Dès que la porte a claqué derrière lui, Brendan s'est tourné vers moi ; je n'avais pas bougé de ma place, toujours acculée à la porte close. Il s'est penché pour se mettre à mon niveau, il a glissé les doigts sous mon menton et, doucement, a fermé ma bouche. Puis il m'a sondée jusqu'à l'âme avant de murmurer :

— Ça va ?

J'ai hoché la tête. Ses doigts s'attardaient sur ma joue ; d'elle-même, ma main est venue effleurer la sienne. Nous sommes restés ainsi toute une éternité qui n'a sans doute duré que quelques secondes, mais la chaleur de sa peau s'est gravée en moi pour toujours. Lentement, sa main a glissé sur mon visage, pris en coupe mon menton… mes doigts se sont refermés sur les siens. Suspendue à son regard, j'ai senti son pouce caresser ma joue.

— Merci…

De très loin, j'ai entendu crier :

— Yo, ils vont le faire, là !

Nous sommes retombés sur terre, assez brutalement. J'ai pris conscience des voix et des rires qui s'élevaient tout autour de nous ; Brendan a tourné la tête comme s'il s'apercevait tout juste que nous avions un public. Nos mains se sont quittées.

— De rien, a-t-il murmuré.

Ensuite, il a toisé les élèves surexcités qui commentaient l'événement, et m'a demandé à mi-voix :

— Tu rentres ?

— Je vais chez ma cousine. Il faut qu'elle sache que sa réputation est sauve… et que des garçons se battent pour elle.

— Je ne me battais pas pour elle…

Il a souri, la flamme de ses yeux verts m'a brûlée. Alors que je le contemplais, troublée, ensorcelée, j'ai lu de la curiosité dans ses prunelles. Il a tendu la main, soulevé mon pendentif, et il l'a retourné délicatement entre ses doigts. Puis, soudain, il m'a saluée et a tourné les talons.

L'instant d'après, il s'engouffrait dans le bâtiment.

Abasourdie, je restai plantée là, point de mire de tous les regards. Mais dès que je recouvrai l'usage de mes jambes, je fonçai prendre ma sacoche restée sous le banc, traversai le hall comme un tourbillon et débouchai sur Park Avenue. Brendan avait disparu. Une fois lancée, je découvris que j'étais incapable de m'arrêter : alors, je courus jusqu'à l'immeuble d'Ashley.

Elle était déjà au courant. Catharine et Vanessa — qui avaient toutes deux assisté à la scène — lui avaient délivré un reportage en direct par SMS. Elle m'a sauté dans les bras et embrassée une bonne vingtaine de fois avant de se jeter sur son ordinateur portable pour repasser l'une des nombreuses vidéos déjà chargées sur Facebook.

— Il faut que tu voies ça. Regarde !

Elle exultait ; ses yeux bouffis de larmes étincelaient de plaisir.

— Non, merci.

J'étais passée à deux doigts de me faire démolir le portrait. Si je revoyais la scène, j'allais m'évanouir.

— Je n'en reviens pas. Tu as été incroyable !

Epuisée tout à coup, je me suis laissée tomber sur son lit en soupirant :

— J'en ai juste marre des gens comme lui qui se croient tout permis. Je ne pouvais pas laisser passer ça.

Comme elle me contemplait avec un sourire rayonnant, j'ai ajouté :

— Au moins, ta réputation est sauve.

La mienne, en revanche... Mon image allait beaucoup souffrir des événements de cette journée ; à présent, j'allais être considérée comme la fille qui traînait avec les sorcières et se bagarrait avec les garçons. Au fond, je m'en fichais un peu. Du moment que Brendan avait une bonne opinion de moi ! A cause de lui — et même s'il ne faisait aucun doute que, demain, je serais le sujet principal des conversations —, j'avais une hâte folle de retourner au lycée !

— J'angoisse, me confia Ashley avec un regard en coin.

Je comprenais son point de vue ! Nous n'étions plus qu'à vingt mètres de Vince A ; dans quelques instants, elle devrait affronter les regards et les commentaires du lycée tout entier. On allait la dévisager, parler d'elle derrière son dos, ressasser sans fin sa mauvaise expérience. Pourquoi faut-il qu'on devienne si intéressant aux yeux des autres quand on a subi un traitement injuste ? Avec conviction, j'ai déclaré :

— Tu vas très bien t'en sortir. Ce n'est pas toi qui as déclenché une bagarre dans la cour.

Mon petit stratagème a fonctionné à la perfection : elle a aussitôt oublié ses soucis pour se concentrer sur les miens.

— Que feras-tu si tu vois Anthony ? a-t-elle demandé avec inquiétude.

— Je vais surtout m'arranger pour ne pas le voir ! Angelique est d'accord pour déjeuner à l'extérieur aussi longtemps que je voudrai.

Il me semblait que si je ne mettais plus les pieds à la cafétéria et si je sortais du lycée par la porte de l'annexe, je pourrais faire en sorte de ne pas croiser Anthony en dehors des cours. Tant que nous étions sous le nez des professeurs, je ne risquais rien.

Nous traversions la rue quand j'ai remarqué une silhouette familière appuyée à une boîte postale à quelques mètres de l'entrée du lycée. C'était Brendan, métamorphosé par le bonnet de laine qui cachait sa tignasse. Ashley me lança un large sourire ; au même instant, une camarade de classe la vit et se précipita vers elle en piaillant :

— Je peux pas le croire, Anthony en a pris plein la… ! Quand je pense que Brendan en personne t'a défendue !

Elle riait comme une folle ; j'ai compris que nous avions eu tort de nous en faire : aujourd'hui et pour les jours à venir, Ashley serait la star de sa classe. Elle dut le sentir aussi : enchantée, elle me fit un clin d'œil et courut vers l'entrée avec sa copine. Au moment où la grande porte se fermait sur elle, elle se tourna pour crier à tue-tête :

— On se voit après les cours, Emma !

Brendan entendit mon nom, tourna la tête… et me fit ce petit salut du menton qui n'appartenait qu'à lui. Un trac épouvantable s'empara de moi. Il me dévisageait sans bouger, énigmatique. Ma main s'est refermée sur mon pendentif pour puiser du courage et je me suis dirigée vers lui.

De près, son expression était amicale mais elle me laissait tout de même un peu perplexe. Il semblait… troublé. Ou mélancolique ? Ne sachant que lui dire, je l'ai remercié de nouveau d'être intervenu. Pour une fois, son regard n'était pas voilé par un tourbillon de mèches noires, je découvrais la forme de son visage, un peu rosi par le froid, ses sourcils très sombres, expressifs… et j'affrontais la pleine puissance de ses yeux lumineux encadrés de longs cils noirs.

— Tu n'as pas à me remercier chaque fois que tu me vois.

Une émotion bizarre se leva en moi.

— Mais j'en ai envie.

Dans les étranges prunelles de Brendan, il me sembla voir… Quoi, d'ailleurs ? De l'espoir ? De la tristesse ? Un sentiment de fatalité ?

— Je suis juste content d'être arrivé au bon moment, expliqua-t-il. J'aurais même préféré être là un peu plus tôt.

Intimidée tout à coup, j'ai baissé la tête et il a refait le geste émouvant de la veille, en relevant mon menton de l'index pour pouvoir me regarder dans les yeux.

— Emma, il y a *autre chose* que tu voudrais me dire ?

Ce n'était pas un reproche, mais j'ai tout de même été secouée.

— Je… je devrais ?

— Apparemment pas, soupira-t-il. Bon, je suis juste content que tu n'aies rien.

Sur quoi, il a gravi les marches quatre à quatre et a disparu à l'intérieur. Médusée, je suis restée plantée sur le trottoir. Cela devenait une manie ! Ne sachant que faire d'autre, je suis entrée à mon tour. Le rattraper, exiger des explications ? Impossible ; il était plus que temps de descendre au donjon où j'avais mon casier. Une fois de plus, je me faisais l'effet d'un troll tapi sous un pont : un monstre inadaptable au monde des humains.

Je me hâtais vers ma première salle de cours quand j'ai entendu courir derrière moi. Instinctivement, j'ai fait volte-face en levant les poings. Des poings dont je ne savais absolument pas me servir, mais si c'était Anthony, venu se venger… ?

— Emma, tu ne m'as même pas appelé ! Il a fallu que j'apprenne tout sur Facebook !

Ce n'était pas Anthony mais Cisco, à la fois très inquiet et très heureux. Je me suis confondue en excuses.

— Tu négliges tes amis mais tu es une cousine extraordinaire, a-t-il déclaré. C'est pas trop tôt ! Quelqu'un qui se dévoue enfin pour remettre ce gorille à sa place !

Il applaudit, euphorique. Je m'inclinai avec un grand sourire de star en précisant avec modestie :

— On m'a donné un sacré coup de main !

— Tu peux le dire. J'aimerais avoir quelques précisions, d'ailleurs. Il se passe quelque chose avec Brendan ? Quelque chose dont tu ne m'aurais pas parlé ?

Le moment était venu de rendre des comptes ! J'étendis la main droite comme pour prêter serment devant un tribunal, en lançant :

— Jusqu'à l'instant où il a volé à mon secours, il ne

m'avait pour ainsi dire plus adressé la parole depuis plus d'une semaine. Je le jure !

Il était presque l'heure, il fallait filer vers nos salles de cours. Tout en trottant près de moi, Cisco a repris avec gourmandise :

— Je ne sais pas si je dois te croire. J'ai vu les vidéos ! Ce garçon a traversé la cour comme une fusée et Anthony a littéralement volé dans le décor. Impulsion chevaleresque ou sauvetage bien ciblé ?

J'ai haussé les épaules pour dire que je n'en savais pas plus que lui et je l'ai quitté pour me rendre en cours d'histoire. La cloche sonnait. J'ai foncé à ma place derrière Jenn. Elle me guettait ; elle a tout de suite pivoté sur sa chaise en articulant tout bas :

— Il faut qu'on parle !

J'ai acquiescé tout en plongeant le nez dans ma sacoche pour sortir mes affaires. Je ne voulais plus parler de cette fichue bagarre ni même penser à un événement aussi… trivial ! Plus rien ne m'intéressait en dehors des quelques mots échangés ce matin avec Brendan : il voulait que je lui dise *quelque chose,* mais quoi ? Qu'avais-je encore fait de travers ?

A la fin du cours, je n'ai pas pu échapper à Jenn qui n'a pas arrêté de me bombarder de questions sur le chemin de la salle d'anglais.

— Tu n'as pas eu peur ?

— Si, mais tout s'est passé très vite. J'étais folle de rage, je n'ai pas réfléchi, j'ai juste réagi.

— Tu avais prévenu Brendan à l'avance ?

— Bien sûr que non ! Je ne savais pas moi-même ce que j'allais faire, Jenn.

— Et Anthony a avoué qu'il mentait ! Ça, c'est un

véritable exploit. Comment as-tu su que tu pourrais le forcer à se rétracter ?

— Je ne le savais pas !

Jenn m'agaçait à la fin ! Elle me dévisageait, abasourdie, et comprenait lentement que j'avais agi sans préméditation.

— Donc, toi et Brendan... ?

Elle haussa les sourcils d'un petit air entendu. Je n'ai pas pu retenir un soupir rêveur. Nos noms allaient si bien ensemble ! *Brendan et Emma.* Mais il ne se passerait sans doute jamais rien entre nous — en tout cas, pas si je continuais à le contrarier sans savoir pourquoi ! Tristement, j'ai conclu :

— Non, Jenn, il n'y a pas de « Brendan et moi ».

En cours d'anglais, j'ai laissé choir ma sacoche près de ma table et je l'ai fouillée longuement, en disposant mes affaires devant moi avec un soin maniaque. L'objectif, bien sûr, était de me retenir de surveiller la porte et de guetter l'arrivée de Brendan. Quand il est entré, quelques minutes plus tard, la classe entière avait les yeux braqués sur nous. Personne n'avait assisté à notre petit tête-à-tête sur le trottoir, et ils voulaient tous voir comment nous allions nous aborder, au lendemain du grand jour. Pour eux, c'était une distraction comme une autre ; personnellement, j'aurais préféré qu'ils se passionnent pour le tricot, ou le bowling.

Brendan s'est dirigé vers sa place, les yeux baissés ; il a laissé tomber sa sacoche et s'est assis, de profil. Une force irrésistible m'attirait vers lui ; malgré moi, ma main a glissé en travers de ma table, mes doigts ont effleuré le dossier de son siège. Il a pivoté vers moi et il a murmuré :

— Ecoute, Emma…

— Bien, au travail, nous avons beaucoup à faire !

M. Emerson venait d'entrer, dans l'indifférence générale car Brendan et moi captions toute l'attention. Brendan s'est tourné vers le tableau, j'ai rivé mon regard à mon cahier. Mais je n'ai pas entendu un mot du cours.

Une heure plus tard, la cloche a sonné et Brendan est sorti comme une flèche, sans un mot pour moi.

J'aurais aimé avoir mon iPod pour pouvoir m'isoler de l'excitation malsaine qui nous entourait. Heureusement, Angelique se fichait totalement de cette histoire et, tout au long du déjeuner, elle n'a parlé que d'une chose : sa mère, de retour d'une conférence à Georgetown, était d'accord pour me prêter des livres sur le symbolisme médiéval. J'ai fait de mon mieux pour écouter ma camarade de classe : Angelique avait parlé de moi à sa mère, et le Pr Evelyn Tedt était tout à fait certaine que mon pendentif jouait un rôle clé dans les incidents survenus récemment. Comme si j'étais en mesure de m'intéresser à ce qui, chez moi, provoquait l'explosion des réverbères alors que je ne réussissais pas à gérer la banalité de mon quotidien ?

Le mercredi matin, j'étais au bout du rouleau. Sous mes yeux, ce n'étaient plus des cernes mais des poches. Je passais mes nuits à me retourner dans mon lit ou à faire des cauchemars. Cette fois, j'avais rêvé que je marchais dans le New York des années 1900. Je parcourais les rues sales dans une robe longue au corsage ajusté, les cheveux relevés sous un chapeau orné de plumes. Détail curieux, j'étais blonde. Je me dépêchais, chargée d'une grande et lourde boîte, quand la ficelle du paquet a arraché la grosse broche épinglée à mon revers ; la broche a roulé sur le pavé, j'ai voulu courir la ramasser mais mon fardeau était trop encombrant. Je ne savais pas ce que contenait cette boîte, seulement que c'était précieux et que je ne pouvais pas la poser à terre.

Tout à coup, je me suis retrouvée devant une belle demeure. Le fleuve Hudson se reflétait dans les larges fenêtres de sa façade blanche… des fenêtres qui se déformaient à la chaleur des flammes orange qui se tordaient à l'intérieur. Quand les vitres ont éclaté, la force de l'explosion m'a arraché mon chapeau, des fragments à demi fondus se sont abattus à mes pieds, mais je suis restée à ma place, sans un mouvement de recul, battue par le souffle brûlant du brasier. Comme si je montais la garde.

— Tu n'es pas en sécurité auprès de lui. Tu ne peux pas garder tes distances ?

La voix d'Ethan ! Et sa main qui empoignait la mienne. Il cherchait à m'entraîner et, dans sa hâte, il me serrait trop fort, la bague de diamant à mon doigt me meurtrissait la main.

— Non ! Je dois… !

Je me suis précipitée dans la maison en feu. J'ai senti la chaleur de l'incendie sur ma peau, une chaleur insoutenable. Les flammes se sont élevées le long de ma jupe… puis le feu s'est glissé dans mes cheveux. Je me suis réveillée en sursaut, hurlant et me griffant le visage.

Autrement dit, la nuit avait été difficile et mon cauchemar me hantait encore. Pourquoi me jeter dans une maison en feu, même dans mes rêves ? Cela n'avait aucun sens mais ces images refusaient de s'effacer, et je les trouvais toujours aussi troublantes.

Une fois au lycée, la série noire a continué : Brendan n'était pas en cours d'anglais. Un bref instant, j'ai espéré qu'il était malade. Je m'en suis tout de suite voulu pour cette mauvaise pensée, mais cela m'aurait réconfortée de savoir qu'il avait une raison absolument incontournable de rater cette occasion de me voir.

Mon humeur s'est un peu améliorée en chimie, quand Angelique m'a chuchoté de la retrouver à son casier après les cours. Je suis montée à l'heure dite, en pensant qu'elle avait de la chance : son casier se trouvait dans le couloir ensoleillé du troisième. Elle m'attendait ; j'ai ouvert de grands yeux quand elle m'a tendu une serviette de cuir contenant deux énormes volumes anciens et un gros livre de poche tout neuf.

— Je n'ai pas besoin de te dire d'en prendre soin. Celui-ci, c'est *Symboles et Mythes,* un très bon ouvrage de référence, et voici les *Légendes médiévales* de Hadrian. Fais très attention, c'est une antiquité et il lui manque des pages. Et celui-ci…

Avec délectation, elle soupesa l'épais livre rouge vif.

— … c'est *Sortilèges pour la nouvelle sorcière.* Au cas où tu serais intéressée.

Je l'ai remerciée de tout mon cœur et j'ai pris le chemin du retour, écrasée sous mon fardeau. J'aurais eu besoin d'un sérieux coup de main pour tout rapporter à la maison mais, malheureusement, Ashley était partie dès la fin des cours avec ses copines. En arrivant, j'étais complètement éreintée mais je me suis aussitôt fait un café, que j'ai emporté dans ma chambre en disant à tante Christine que j'avais des tonnes de devoirs et que je devais me concentrer.

Assise en tailleur sur mon lit, les trois livres disposés

devant moi, j'ai d'abord ouvert *Symboles et Mythes*, parce qu'il me semblait le plus sérieux. Assez impressionnée, j'ai commencé à tourner les pages, un peu au hasard. Il y avait beaucoup d'illustrations, en noir et blanc, assez ternes, et toute une section sur les armoiries et les blasons. J'ai retiré mon pendentif et l'ai posé à côté du volume pour pouvoir comparer ; plusieurs fois, j'ai cru voir le même motif mais, en regardant mieux, je trouvais toujours des différences.

Mon médaillon représentait un bouclier orné d'une licorne ; derrière le bouclier se croisaient une épée et une rose. Pour la première fois, je remarquai que la fleur commençait à se faner : un de ses pétales tombait comme une larme. En face, sous l'épée, on voyait un croissant de lune flanqué d'une petite étoile. Le dos du pendentif était lisse à part quelques éraflures et traces de chocs. Il devait vraiment être très ancien. Avec tendresse, j'ai effleuré ses reliefs en me demandant comment j'avais pu penser un seul instant qu'un si bel objet venait d'un centre commercial.

Passionnée, tout à coup, j'ai repris mes recherches avec davantage de méthode et enfin, à la page 307, j'ai trouvé la reproduction exacte de mon pendentif. Très émue, j'ai lu le paragraphe qui s'y rapportait.

> *Le blason d'Aglaeon remonte au XII^e^ siècle. Vers 1150, Archer, comte d'Aglaeon, imposa ce motif en remplacement des armoiries d'origine de sa famille, deux épées croisées derrière une licorne. D'après la tradition, il aurait choisi le symbole de la fleur fanée, touchante dans sa fragilité, après l'assassinat de son épouse, lady Gloriana. Ce seigneur maniait aussi bien la plume que*

*l'épée ; après la tragédie, il écrivit (nous reproduisons ici une version traduite de l'anglais archaïque de l'époque) :*
*Ma bien-aimée n'est plus, me reste le chagrin*
*Ma rose, la plus belle entre toutes les roses*
*Larmes, suivez les pas de l'exclu pérégrin*
*Et vous les fleurs, pleurez pour cette mort sans cause.*

Je ne sais pas pourquoi ce petit texte me toucha autant. C'était peut-être l'idée des fleurs pleurant la mort tragique de la jeune comtesse ? Maintenant, je savais ce que symbolisait mon pendentif : l'amour, un amour tendre et sincère, brutalement tranché par la mort.

Je poursuivis ma lecture.

*Cette altération du blason familial fut mal reçue car la jeune épouse assassinée n'était pas de noble extraction. Un mariage avantageux avait été arrangé pour le jeune comte, qui repoussa la demoiselle de grande famille à laquelle on le destinait pour épouser une paysanne, Gloriana. Celle-ci fut soupçonnée par la suite de l'avoir ensorcelé.*

C'était tout. Je rangeai avec soin le volume dans la serviette de cuir et, fortifiée par un second café, je me tournai vers les *Légendes médiévales*. J'avais hâte de savoir s'il y était question de la triste histoire d'Archer et Gloriana.

Ce volume exigeait encore plus de précautions que le premier car la reliure de cuir partait en lambeaux. On devinait combien elle avait dû être belle ; un motif délié courait tout autour, on distinguait encore la grappe de fruits gravée dans un angle. En ouvrant le livre, je vis qu'il manquait effectivement des pages, et que d'autres ne tenaient presque plus. Il n'y avait pas de table des matières, je me suis donc mise à picorer, lisant un paragraphe ici et là. La prose était belle, bien qu'un peu pompeuse à mon goût.

Il commençait à faire sombre. J'ai allumé ma lampe et me suis perdue avec plaisir dans des récits où il était question de princes, de dragons et de sorciers… Parfois, je me passionnais pour une histoire et j'étais déçue de voir que la fin manquait. Les heures passaient…

J'avais presque oublié ce que je cherchais quand un nom me sauta aux yeux. Fascinée, je posai ma tasse et me mis à lire.

# 9

## LA LÉGENDE DU SEIGNEUR D'AGLAEON ET DE LA PAYSANNE

Archer d'Aglaeon faisait l'envie de tous. Ceux qui ne jalousaient pas ses immenses richesses enviaient sa force, son talent de faiseur de vers ou la beauté de son visage. A force d'être entouré, fêté, adulé, il avait laissé l'orgueil s'insinuer dans son cœur ; mais cet orgueil était son unique défaut car il était généreux et juste, et traitait avec bonté les serfs qui travaillaient dur sur ses terres.

La jeunesse d'Archer fut vouée aux occupations habituelles d'un garçon de son rang ; il chassait avec ses amis sur son immense domaine, goûtait les meilleurs vins, les meilleures viandes, et courtisait les plus belles dames du royaume.

Pourtant, les années passant, son père, le seigneur Alistair, le pressa de prendre femme et d'engendrer un héritier. Il le pressa en vain ; car Archer, après les avoir beaucoup recherchées, était las des dames de la cour. Leur conversation trop étudiée l'impatientait, elles étaient à ses yeux toutes semblables, aucune n'éveillait le feu de son cœur.

Pour contenter son père, il fréquenta bien certaines d'entre elles mais sa lassitude se mua vite en dégoût. Convaincu qu'il ne trouverait jamais femme capable de le surprendre et d'aiguiser sa passion, il accepta, en désespoir de cause et pour apaiser le courroux d'Alistair, le mariage que celui-ci arrangea pour lui avec dame Eleanor, la fille de Charles, comte de Keane. Eleanor était très belle mais il la trouvait fort stupide, et il ne tarda pas à la haïr quand il découvrit qu'elle était également méchante. Un soir, il la vit frapper au visage une petite servante dont la seule faute était d'avoir retiré trop tôt son hanap de la table.

Quelques semaines avant la noce, Archer partit à cheval pour une promenade solitaire. Le cœur lourd, il erra longtemps sans prendre garde aux chemins qu'il prenait et, vers le soir, tomba par hasard sur une pauvre maisonnette ; curieusement, la masure était nichée dans un éblouissant foisonnement de fleurs. Là, devant la porte, une jeune fille soignait les rosiers… En entendant le pas de son cheval, elle leva les yeux et, rougissante, lui fit la révérence.

Elle était belle, d'une beauté qui le toucha au cœur. Les dames trop apprêtées le laissaient désormais froid, tandis que cette jouvencelle, simple comme une fleur sauvage, avec son visage lisse et frais et cette chevelure noire qui tombait librement jusqu'à sa taille, l'émut… Il mit pied à terre, lui parla, et sentit bientôt que, bien que privée de toute éducation, elle était intelligente et bonne.

Le beau seigneur devisa avec elle avec tant de bienveillance que la jeune fille oublia vite sa timidité et lui répondit hardiment. Comme Archer admirait son jardin, elle désigna furtivement l'une des roses et, tendant vers lui ses mains en coupe, elle s'écria en riant :

— Malgré toutes vos richesses, vous ne verrez jamais rien de plus beau que ce que je possède là !

Archer la supplia de lui montrer une telle merveille :

c'était une coccinelle. Surpris, il allait se moquer mais la jeune fille reprit avec beaucoup de gravité :

— Vous n'êtes pas émerveillé par cette petite créature ? Elle vole, nous ne le pouvons pas. Son vêtement brillant est rouge vif taché de noir, nous sommes pâles et sans attrait et devons nous vêtir de riches étoffes pour égaler son élégance. Si vous ne percevez pas la splendeur posée là au creux de ma main, comment saurez-vous voir aucune autre beauté ?

Saisi, Archer lui demanda son nom et voulut savoir quand son père serait au logis.

— Je m'appelle Gloriana, dit-elle. Mon père rentrera au coucher du soleil.

— Eh bien, dis-lui qu'Archer d'Aglaeon reviendra ce soir pour lui parler.

La tenue et le harnais d'Archer révélaient sa qualité, mais la jeune fille ne s'était pas doutée qu'il était le comte d'Aglaeon lui-même, seigneur de toute la contrée. Quand, confuse, elle lui demanda pardon de s'être adressée à lui aussi librement, il lui sourit en assurant qu'elle ne l'avait pas offensé.

Le soir même, il demanda au vieux John, le père de Gloriana, la main de sa fille en mariage. D'abord incrédule, le paysan tomba dans un profond abattement. S'il avait eu de l'ambition, cette proposition l'aurait comblé ; mais il aimait tendrement sa fille, et il était lui aussi suffisamment intelligent pour deviner ce qui l'attendait à la cour. Toutes les grandes familles du royaume n'auraient de cesse de l'humilier. La tendresse que le seigneur prétendait lui vouer résisterait-elle à cette épreuve ? Ne finirait-il pas par blâmer Gloriana pour l'opprobre qu'elle attirerait sur lui ? La maltraiterait-il ? La répudierait-il, même ? Le seul luxe des pauvres était de se marier par amour ; or, par sa flambée de passion, le seigneur retirait ce choix à sa fille adorée.

Le vieux John se résigna et dit au seigneur qu'il accédait à sa demande. Troublé par la tristesse de l'homme, et sentant que celui-ci n'approuvait pas cette union, Archer résolut de sonder le cœur de la jeune fille. S'il souhaitait l'épouser, n'était-il pas juste qu'il lui témoigne le même respect qu'à une grande dame en la courtisant de son mieux ?

Le paysan ne fut pas seul à réprouver le projet d'Archer. Lorsqu'il sut que son fils voulait renoncer au grand mariage préparé pour lui, Alistair ne se sentit plus de colère. Il craignit aussi pour la vie d'Archer : l'affront que ce dernier infligeait à la puissante famille de dame Eleanor était une véritable trahison. Il déploya donc tous ses efforts pour dissuader son fils de commettre une telle folie, mais Archer s'obstina. En courtisant la jeune Gloriana, il avait pourtant appris une chose susceptible de faire reculer les plus courageux : la petite paysanne pratiquait des rituels païens. Elle était, pour dire le mot si redouté, une sorcière. Fou d'amour, il n'en conçut que plus d'admiration pour elle et porta fièrement autour de son cou le sachet d'herbes rares qu'elle lui avait offert pour sa protection.

L'histoire fit scandale, on chuchota qu'Archer avait perdu l'esprit, ou qu'il était tout bonnement ensorcelé. Abandonner dame Eleanor, le plus beau parti du royaume, pour une paysanne hérétique, cela passait l'entendement. Archer refusa de prêter l'oreille à la moindre critique ; plus il découvrait l'originalité et la fière générosité de Gloriana, plus son amour pour elle grandissait. Enfin, le couple fut marié par un bon moine lors d'une cérémonie secrète, et Archer se retrouva au ban de la société.

Retranché dans son domaine, isolé de tous ses pairs, il ne souffrit pas d'être banni de la cour car il filait un amour tendre et sincère avec sa jeune épouse. Ivre de bonheur, il lui offrait robes et joyaux qu'elle repoussait en riant : son seul désir était d'apprendre, de découvrir les trésors cachés des livres et la sagesse des anciens. Elle qui n'avait jamais su lire écrivit bientôt des poèmes aussi raffinés que ceux de son époux.

Leur immense félicité augmenta encore quand Gloriana leur donna un fils. Seule ombre à leur joie, le refus qu'opposa le cardinal quand fut venu le moment de baptiser l'enfant. Il donnait pour prétexte l'insulte faite à la puissante famille des Keane, fort influente dans l'Eglise. Archer eut peur : l'idée lui vint que la rumeur de l'hérésie de Gloriana était peut-être arrivée jusqu'aux oreilles du prince de l'Eglise, et il ne connut plus un instant de repos. Craignant pour la vie de sa femme et de son enfant, il décida de se rendre lui-même auprès du cardinal afin de l'inviter à séjourner chez lui. Une fois sous leur toit, une fois qu'il se serait entretenu avec Gloriana, le prélat ne pourrait que reconnaître que l'âme de la jeune femme était pure.

Il résolut d'aborder la question ouvertement, de faire valoir que sa femme cherchait le savoir et non le pouvoir, qu'elle était pétrie de lumière et ne pratiquait pas la magie noire. Car il savait que si Gloriana était déclarée hérétique, même le nom d'Aglaeon ne lui serait pas une protection suffisante face aux foudres de l'Eglise.

Ce fut une réelle souffrance pour lui de quitter le chevet de Gloriana. L'accouchement avait été difficile, la mère et l'enfant souffraient d'une mauvaise fièvre. Cerné de dangers, Archer en vint à espérer que sa femme avait de réels pouvoirs, car elle saurait ainsi se guérir, guérir leur fils et se préserver du danger. Avec douceur, Gloriana lui expliqua qu'elle était impuissante et le jeune père partit, la mort dans l'âme, mais poussé par la terreur de voir son fils mourir avant le baptême, ce qui le condamnerait à passer l'éternité dans les limbes.

Gloriana ne devait jamais revoir son époux. Lorsque Charles, le père d'Eleanor l'éconduite, apprit que la paysanne adoratrice de la lune avait donné un héritier à la maison d'Aglaeon, sa colère ne connut plus de bornes. Sa propre fille n'osait plus se montrer à la cour ; elle mourrait vieille fille car aucun seigneur ne voudrait d'une femme aussi gravement humiliée. Tandis qu'Archer chevauchait, plein d'espoir, pour présenter sa requête au cardinal, Charles envoya des mercenaires à Aglaeon avec ordre de se glisser dans le château sous le couvert de la nuit pour assassiner la comtesse.

Cette nuit-là, Gloriana fut réveillée par Mary, sa jeune servante : « Ils viennent vous prendre, lui murmura-t-elle. Je crains qu'ils ne vous fassent du mal. Sauvez-vous ! » Effrayée, Gloriana lui remit son enfant en la suppliant de l'emporter en lieu sûr. Affaiblie comme elle l'était, elle redoutait trop de ne pas pouvoir sauver elle-même son petit. Elle ordonna à Mary de se réfugier dans la maisonnette aux rosiers, abandonnée depuis qu'elle résidait au château.

— Dis à mon père de partir sans attendre chez nos cousins, chuchota-t-elle. Cours, ne m'attends pas, je te retrouverai à notre métairie.

Vite, elle posa un dernier baiser sur le front de son enfant et Mary s'enfuit, leste comme une oiselle. Saisissant au vol le poème commencé le matin même, Gloriana s'aventura à son tour hors de sa chambre. Elle atteignit les communs sans encombre ; là, elle eut fort à faire pour soulever la barre et faire glisser les verrous d'une petite porte donnant sur les jardins. Quand le battant s'ouvrit enfin, elle se crut sauvée car elle pensa qu'on ne la chercherait pas dans ce recoin de la grande demeure.

Las, le sort était contre elle — car après avoir parcouru la maison comme un ouragan, ce fut justement là que les mercenaires de Charles se regroupèrent pour se concerter. Dès qu'ils virent la frêle jeune femme, ils se ruèrent sur elle et lui transpercèrent le cœur de leurs dagues. Elle mourut parmi les roses, les yeux levés vers le croissant de lune.

Aiguillonné par l'inquiétude, Archer revint dès le lendemain de sa visite au cardinal, et trouva son château mis à sac. Le cœur serré de terreur, il se précipita, soulevant les tapisseries déchirées et enjambant les meubles brisés, vers la chambre de sa bien-aimée. Tous les serviteurs s'étaient enfuis. Personne pour lui dire quel malheur s'était abattu sur sa maison. Il ressortit, sauta sur son cheval, et parcourut son domaine au galop en criant le prénom de sa femme. Vers le soir, désespéré, il prit le chemin de la masure — celle devant laquelle il avait vu Gloriana pour la première fois.

Là, il trouva son fils, sain et sauf, bien soigné par Mary, la petite servante, qui lui raconta en pleurant comment sa maîtresse l'avait chargée de mettre l'enfant en lieu sûr. La comtesse aurait dû les rejoindre ; Mary l'avait attendue. En vain. Archer la remercia d'avoir sauvé l'enfant et lui demanda de demeurer là. Quant à lui, il devait savoir le sort de son épouse.

Il retourna donc au château, parcourut de nouveau les

salles et les galeries ; puis, comme si son propre cœur l'attirait vers son malheur, il descendit au jardin.

Et là, parmi les roses, il trouva sa chère épouse assassinée.

Agenouillé près d'elle, il pleura en serrant ses mains glacées entre les siennes. Un parchemin taché de sang glissa de ses doigts blêmes ; il le ramassa et lut le dernier poème, inachevé, de sa rose.

*Comme une pierre lisse j'allais me durcir*
*Quand par un soir éclatant de l'été*
*Un beau destin a fondu sur moi pour me dire*
*Dans quel but et pour qui je vivrais*
*Je donnerai ma vie et aussi bien mon âme*
*Pour t'épargner le trouble ou le chagrin*
*A toi, pour toi, mon cœur, mon amour et ma flamme*
*Je te livre pour faire qu'il te plaît*

Fou de douleur, Archer souleva le corps sans vie dans ses bras et l'emporta vers la maison aux roses. Là, la servante Mary l'aida à donner à la jeune morte une humble sépulture. Car le cardinal avait refusé de se laisser fléchir ; il accusait la jeune femme de pratiques obscures et menaçait son époux de la livrer à l'Inquisition. Aucun prêtre n'accepterait désormais de l'inhumer en terre consacrée ; elle devait donc reposer sous le rosier de leur première rencontre.

Eperdu de chagrin, Archer ne voulait pas revoir son père. Il choisit de se réfugier dans la famille de Mary où il passa ses journées à pleurer son amour et à chérir le petit Alexander. Une obsession s'était emparée de lui : cette union qu'on lui reprochait, il voulait la jeter à la face du monde. Il décida de redessiner son blason, celui d'une des plus grandes maisons du royaume, pour en faire un monument à son amour perdu. Il prit sa dague et la fit fondre, et de ce métal, il façonna un médaillon sur lequel il grava le nouveau motif.

Autant la jeune Mary était bonne, autant son père était un être retors et manipulateur. Un grand seigneur vivait maintenant sous son toit, et il était bien décidé à tourner la situation à son profit. Un jour, il vint trouver Archer et lui dit que s'il était prêt à y mettre le prix, il pouvait l'aider à retrouver son épouse. Archer promit tout, terres et richesses ; l'homme lui répondit que le prix à payer serait peut-être encore plus élevé mais le jeune veuf balaya toutes les objections en jurant qu'il était prêt à donner tout ce qu'on lui demanderait pour que sa rose lui soit rendue.

Le soir même, il suivit son tentateur jusqu'à une petite cabane de pierre au milieu d'une forêt. En entrant dans la clairière, les chevaux se cabrèrent et refusèrent d'approcher davantage. Le père de Mary mit pied à terre et resta près des montures, en expliquant que si quiconque pouvait réunir Gloriana et Archer, ce serait la femme qui vivait sous ce toit.

« Voilà donc la magie noire que tant d'hommes redoutent », pensa Archer en frappant trois coups à la porte. Une affreuse vieille lui ouvrit, une cape sale jetée sur ses maigres épaules voûtées ; son œil droit était laiteux et aveugle.

— Je t'attendais, coassa-t-elle. Que cherches-tu, l'amour ? Une jolie femme ?

— Celle que je cherche est ma femme, la plus belle et la plus noble.

— Elle avait le pouvoir en elle, n'est-ce pas ?

Elle frottait ses mains parcheminées l'une contre l'autre en contemplant l'homme éperdu à sa porte.

— Elle connaît certains sortilèges…

La vieille l'interrompit brutalement en crachant :

— Elle ne connaît plus rien, elle n'est plus parmi les mortels. Pourtant, je veux t'aider. As-tu un objet ayant appartenu à Gloriana ?

Archer fut troublé d'entendre le prénom de sa bien-aimée sur ces lèvres méchantes, mais il était allé trop loin pour reculer. Depuis le drame, il portait sur son cœur le poème de Gloriana, sa dernière preuve d'amour. Sans un mot, il le tendit à la sorcière qui le lut avidement ; son œil unique étincelait de joie mauvaise.

— Elle t'a donné son âme, c'est écrit ! ricana-t-elle. Cela a force de contrat. Je peux t'aider !

Alors, elle fit entrer Archer dans son antre et lui expliqua qu'elle ne ramènerait pas Gloriana du monde des défunts. En revanche, lorsque la mort fondait sur un innocent avant l'heure, son âme restait souvent liée à la terre sans pouvoir prendre son envol. Elle devinait que Gloriana, âme imprégnée de magie et inquiète pour la sécurité de son fils, s'attardait ici-bas. Elle se proposait donc de la maintenir dans cette errance jusqu'à ce que l'enveloppe mortelle d'Archer succombe à son tour. Ils renaîtraient alors ensemble, et leur destinée les réunirait dans une autre vie.

— Ton âme souffre, affirma-t-elle en se léchant les lèvres. Quelle importance de la revoir dans cette vie ou dans la suivante ?

Après quelques instants de réflexion, Archer accepta ce marché. Il lui sembla que de cette façon, sa chère rose et lui-même se soustrairaient aux dangers qui les cernaient de toutes parts. Leur bonheur leur serait rendu et ils vivraient ensemble, vieilliraient ensemble, mourraient et seraient réunis au paradis où ils passeraient l'éternité dans les bras l'un de l'autre. Il en vint même à désirer ardemment la mort, pour hâter l'avènement de ce bonheur.

— Mais comment la reconnaîtrai-je ? demanda-t-il.

La vieille répondit que des signes leur seraient donnés, suffisamment clairs pour que des êtres comme eux ne s'y trompassent point ; et le premier de ces signes serait la force irrésistible de l'attirance qu'ils ressentiraient l'un pour l'autre. Archer exigea des garanties, un élément concret, indiscutable ; il devait avoir la certitude que la femme qu'il tiendrait dans ses bras serait bien sa rose. L'affreuse vieille protesta, discuta, et accepta enfin de faire en sorte que l'épouse d'Archer revienne à lui porteuse d'un symbole : son blason recréé, avec la rose pleurant son pétale.

— Tu es satisfait ? Ce signe, le dernier des fous serait capable de le reconnaître. Tu ne pourras récuser ta tendresse quand elle portera ton blason.

La douleur n'avait pas vaincu l'orgueil d'Archer : il exigea encore de la sorcière que son âme revienne à la vie dans sa propre descendance. Son héritier devrait avoir l'intelligence, la force, la beauté et aussi la richesse. Pour Gloriana, il ne demanda qu'une chose : qu'elle soit légère et rapide, afin de pouvoir toujours échapper au danger.

— Et ce sont là toutes tes conditions ? s'enquit la sorcière. Tu ne veux rien de plus ?

Le contrat fut scellé et elle se mit à l'œuvre. Quand le liquide noir de son chaudron se mit à frémir, elle froissa le poème de Gloriana dans sa main griffue et prononça d'une voix terrible :

— *Notre accord est conclu, fondé sur le contrat*
*Tracé par la main froide de la jeune morte*

*Quand ce seigneur franchira la dernière porte*
*Son tendre amour perdu vite il retrouvera.*

Archer vit le précieux parchemin tomber en cendres, brûlé par les flammes bleues qui jaillissaient de la paume de la sorcière. Avec précaution, elle en versa les cendres dans le chaudron qui bouillonna furieusement. Puis elle saisit une dague, arracha le médaillon des mains d'Archer et le griffa au revers à trois reprises. D'infimes fragments de métal tombèrent encore dans le chaudron, qui siffla de plus belle.

Elle saisit alors la main d'Archer et, dans un affreux rire triomphant, déchira de sa dague la paume du jeune seigneur. Son sang tomba à grosses gouttes dans le chaudron ; le liquide noir s'apaisa aussitôt, devint lisse et luisant comme la soie. Alors, au moyen d'une cuiller sculptée dans un os, la vieille remplit de ce sérum un bol gris aux contours irréguliers. Epouvanté, Archer crut reconnaître un crâne coupé en deux et évidé. La sorcière lui tendit la potion en lui ordonnant de boire ; il lutta contre le vertige qui s'emparait de lui, obéit, et entendit scander :

— *Garde leurs âmes liées dans ta poigne*
*Qu'elles se retrouvent par ce blason*
*Mais chaque fois qu'elles se rejoignent*
*La mort vient après la passion/*

— La mort ? cria-t-il, horrifié par les derniers mots de la formule. Mais qu'as-tu fait ! C'est une vie entière que je te demande, la vie qu'on nous a volée.

Sous ses yeux, le visage parcheminé de la vieille changea. Son menton devint lisse, son œil laiteux limpide, son regard brilla d'un éclat jaune. D'un élan, son corps contrefait se redressa et Archer vit devant lui un jeune homme à la beauté féline, enveloppé dans une grande cape parcourue d'ondes de feu. Horreur, la sorcière était un serviteur du diable…

— Tu aurais dû y penser avant de fermer la porte du ciel à ta bien-aimée, se moqua le beau démon.

Il rit, et ses dents apparurent, aiguës comme celles d'un chat.

— Tu aurais dû te préoccuper davantage de son âme. Mais ne crains rien, pauvre égoïste, tu la reverras ! Encore et encore, et chaque fois, elle portera ton précieux blason ! Et de toute éternité, tu revivras la terrible douleur de la perdre !

— Non ! hurla Archer en tombant à genoux. Je t'en prie, accorde-nous une vie. Une vie entière ensemble !

Le démon éclata d'un rire cruel ; Archer le supplia, encore et encore, longtemps, mais rien n'y fit. Par son inconscience, il avait condamné son âme ainsi que celle de sa rose à un cycle éternel et tragique. Comme il l'avait souhaité, ils seraient liés par-delà la mort… mais chaque fois qu'ils se retrouveraient, leur bonheur serait brisé et son amour lui serait repris.

*Si ton amour porte l'emblème de ta Maison*
*Prends garde car ce lien sera rompu de force*
*Ensorcelé d'amour à perdre la raison*
*Le temps vous est compté dès la première amorce*
*Si tu veux du malheur un jour vous libérer*
*Sache qu'il te faudra une âme généreuse.*

# 10

C'était tout. Les trois pages suivantes manquaient et l'histoire s'arrêtait là, au milieu d'un poème. Survoltée, je refermai le livre et saisis mon portable pour appeler Angelique. L'heure s'afficha… 1 h 10 du matin ! Je lisais depuis des heures. Etait-ce l'effet du café ou l'adrénaline ? Je ne ressentais aucune fatigue.

Quand je voulus m'étirer, en revanche, mon cou émit un craquement sinistre ; j'avais les jambes lourdes et le dos douloureux. Je sautai sur mes pieds et me mis à arpenter ma chambre pour me délasser et tenter de faire le point.

Bon, je venais de lire un conte. Un mélange savant de romantisme et d'épouvante, éventuellement fondé sur un fait historique : le changement de blason décidé par le comte d'Aglaeon après l'assassinat de sa femme. Quant au reste… Je ne devais surtout pas me laisser impressionner : juste avant de me plonger dans cette histoire, j'avais parcouru des fables traitant de sorciers et de chevaliers, d'innocentes demoiselles et de dragons. Un fatras invraisemblable, surtout les dragons.

J'avais beau tenter de me raisonner, l'effet extraordinaire du récit ne s'estompait pas. C'était une sensation indescriptible, comme si chacun de mes nerfs vibrait, comme si je me réveillais d'un long sommeil, comme si je tombais pieds joints dans la réalité après avoir vécu dans un songe.

Est-ce que je déraillais ? Mon pendentif était sans doute ancien, il s'y rattachait effectivement une légende, ou plutôt une « tradition », comme le disait de façon si rassurante le premier livre que j'avais consulté, mais cela n'allait pas plus loin. Il n'était surtout pas question de « destinée », de « fatalité », voire de « malédiction » ! Ethan était tombé sur ce médaillon par hasard ; il avait eu la chance de trouver un objet rare dans un vide-grenier et voilà tout. Imaginer que mon pendentif, par je ne sais quelle magie noire, me désignait pour jouer un rôle tragique dans une histoire d'amour maudit… c'était totalement absurde ! D'autres femmes l'avaient porté, autour du cou, comme moi, ou en broche, comme dans mon rêve… quand il était tombé juste avant que je ne meure dans l'incendie…

Reprenons. D'autres femmes l'avaient porté et je ne savais rien d'elles ; cela ne signifiait pas que leur histoire s'était mal terminée. Quant aux trois griffures au dos du médaillon, elles ne pouvaient avoir été faites par un démon au fond d'une forêt.

Je tournais dans ma chambre, en proie à une fébrilité incontrôlable. Bon, d'accord ! Admettons l'impossible une minute, mais allons au bout du raisonnement. Si je portais bien le blason légendaire d'Aglaeon, s'il avait bien fait son chemin jusqu'à moi, sa propriétaire légitime… j'étais censée me croire liée, au-delà des siècles, à *Brendan* ? Brendan l'Indécis ? J'éclatai de rire en imaginant Archer se présentant à la porte de sa rose, débordant de tendresse et d'admiration… et faisant mine de ne pas la reconnaître le lendemain quand elle cherchait à lui montrer la beauté d'une coccinelle !

Coccinelle… Mon rire s'étrangla. Un souvenir venait de me glacer : j'entendais encore mon cher Ethan me dire, en m'offrant le pendentif : « J'espère qu'il te portera chance, Coccinelle. » Sans regarder ce que je faisais, j'ai raflé ma tasse sur la table de chevet, et mes mains tremblaient si fort que j'ai renversé le fond de café froid sur moi.

Avec une exclamation excédée, je me suis précipitée dans la salle de bains pour mouiller le coin d'une serviette et tamponner les taches qui s'étalaient sur mon débardeur. Mon reflet dans le miroir me fit peur : avec mon regard terrifié et mes cheveux en bataille, je commençais réellement à ressembler à l'âme réincarnée d'une sorcière paysanne. Sauf que ma vie n'était pas un conte ! Oui, pendant quelques années, j'avais connu le bonheur… puis mon frère adoré était mort d'une méningite. Et ma mère était tombée malade à son tour, elle avait épousé ce sinistre crétin de Henry… Mauvais calcul, mon parâtre avait manqué me tuer en conduisant en état d'ivresse et, maintenant, j'affrontais une méchante petite princesse de Manhattan, tout en habitant chez ma tante Christine, qui m'avait recueillie… Tante Christine, ma marraine. Elle se comportait en tout point comme une bonne fée. Alors, sans blague, moi, je vivais vraiment un fichu conte de fées ?

— Tu serais une comtesse, puisque Gloriana a épousé un comte…

Voilà, je devenais folle, je disais n'importe quoi… et je sentais bien que je commençais à croire à l'impossible. Le cœur tambourinant, je me suis aspergé le visage d'eau fraîche et j'ai tenté d'évaluer calmement la situation.

La légende parlait des signes grâce auxquels le seigneur et sa dame pourraient se reconnaître ; quels signes avais-je pu repérer, à part mon attirance tout à fait démesurée pour Brendan ? Dès que je me suis posé la question, les réponses sont tombées comme une pluie de météores. Brendan était intelligent, très intelligent même, et Archer avait demandé l'intelligence lors de sa réincarnation. Il s'appelait Brendan *Alexander* Salinger — Alexander comme le fils d'Archer. Quant à moi, j'étais plutôt rapide, comme devait l'être Gloriana pour échapper au péril. Brendan était également très fort, il avait renversé ce monstre d'Anthony d'une pichenette. Il était beau, incroyablement beau, et sa famille était vraisemblablement très riche (cela dit, c'était le cas de presque tous les élèves du lycée).

En fait, le signe le plus stupéfiant de tous, c'était cette reproduction du blason dans son casier. Tremblante, je me suis cramponnée au lavabo en me demandant ce que ce motif pouvait représenter pour Brendan. S'intéressait-il à l'occulte, avait-il vu ce motif dans un livre comme je venais de le faire ou était-ce… le blason de sa famille ?

— Les lampadaires, c'était vraiment un avertissement, comme le pense Angelique ?

J'ai scruté mon visage dans le miroir, ma frange brune, le grain de beauté sous mon œil droit. Un visage tout à fait ordinaire ! Tout en moi était ordinaire.

A cet instant, la lumière de la salle de bains s'est mise à clignoter, l'intensité a diminué…

Au secours ! Mes nerfs ont lâché, je me suis enfuie comme un lièvre. Dans ma chambre, je me suis jetée à plat ventre sur mon lit et me suis agrippée à ma couette, me refusant à regarder par la porte ouverte pour voir si, de nouveau, une force surnaturelle grillait une ampoule pour m'envoyer un incompréhensible message.

Le premier choc passé, j'ai relevé lentement la tête, risqué un coup d'œil… La lumière de la salle de bains brillait sereinement.

— Cette fois, tu es bonne pour l'asile. Ta pauvre tante va te faire enfermer dans une cellule capitonnée. Tu te mets à croire aux contes de fées et à voir des messages partout, tu te crois même condamnée à je ne sais quel destin tragique… Et en plus, tu parles toute seule.

Je tirai la couette sur ma tête. J'étais fatiguée, un point c'est tout. Je n'avais plus mon bon sens parce que je dormais mal ces derniers temps… à cause de ces rêves bizarres où je vivais à d'autres époques. Où, vêtue d'une robe d'autrefois, je m'occupais d'un rosier et me retrouvais couverte de sang. Où mon frère me mettait en garde contre un certain garçon. Où je mourais, chaque fois.

Je pressai mon oreiller sur mon cœur de toutes mes forces. Tendue comme je l'étais, le moindre son me semblait assourdissant, même la circulation plutôt calme à cette heure, même mon propre souffle. Je n'allais certainement pas dormir de la nuit. A bout, j'ai rejeté ma couette, sauté de mon lit et je suis allée, par défi, éteindre la lumière de la salle de bains. Puis je me suis recouchée, mon ordinateur portable sur les genoux, et j'ai tapé « rêves de réincarnation » dans le moteur de recherche.

Plus d'un million de réponses ! Le premier site qui m'a semblé un peu sérieux expliquait :

« Le souvenir de vies antérieures peut se manifester

au niveau subconscient dans le sommeil. Il est plus vraisemblable que les images que vous voyez sont glanées dans des films ou des émissions de télévision… En fin de compte, seul celui qui rêve peut déterminer s'il retrouve réellement des éléments d'une vie antérieure ou s'il souffre d'un mental surexposé aux médias de masse… » … « S'il s'agit bien d'une vie antérieure, il faut tenter de tirer le message au clair. Pour la plupart des adhérents de la théorie de la réincarnation, l'âme revient pour apprendre une leçon nécessaire, ou pour expier une mauvaise action commise dans une autre vie. Une fois libérée, l'âme pourra continuer à exister sur un autre plan… »

J'ai cliqué sur quelques autres sites, sans rien trouver qui puisse confirmer qu'un démon aurait lié mon âme à un cycle éternel de renaissances et de morts violentes. L'écran devenait flou, mes paupières s'alourdissaient ; j'ai éteint l'ordinateur et laissé tomber ma tête douloureuse sur l'oreiller en me tournant vers le réveil à mon chevet. 5 h 46 ! Je devais être en cours dans moins de trois heures.

Blottie sous ma couette, les yeux grands ouverts dans le noir, je ne savais plus comment me détendre. Une part de moi avait très envie de dormir ; mais l'autre, dominante, était terrifiée de ce que je pourrais rencontrer dans mes rêves. Chaque fois que je m'assoupissais, cette angoisse me propulsait brutalement à la conscience.

Je finis par m'endormir alors que l'immeuble en face émergeait comme un vaisseau gris des brumes de l'aube. Quand la sonnerie du réveil vrilla mes oreilles, ce fut comme si on soulevait mes paupières avec un pied-de-biche. La première chose que je vis fut un épais brouillard, des gouttes de pluie qui roulaient sur les vitres. J'allais encore vivre une journée formidable.

Ashley n'avait pas envie d'attendre sous la pluie ; elle monta me chercher, et ouvrit des yeux ronds en voyant ma tête.

— Salut… Je n'ai pas très bien dormi.

En mettant bout à bout mes brefs moments d'inconscience, j'avais dû cumuler quatre-vingt-dix minutes de sommeil. Aux petits soins, ma tante me fit du thé en fulminant contre « la charge vraiment excessive de travail scolaire ». J'avais effectivement étudié, cette nuit, mais pas pour le lycée.

Bientôt, la pluie cessa mais le brouillard persista, froid et sinistre ; avec sa gentillesse habituelle, tante Christine me donna un billet de vingt dollars tout neuf pour que nous puissions prendre un taxi.

— Cela me fait mal au cœur de te voir charrier tant de livres, soupira-t-elle en voyant la serviette qui contenait les livres d'Angelique.

La portière du taxi était à peine claquée qu'Ashley fouillait dans sa sacoche et me tendait un stick anticernes.

— Je te jure, on dirait que tu sors d'un tournoi de boxe.

Atterrée, je me contemplai dans le petit miroir. Mes yeux n'étaient plus simplement cernés, ils avaient l'air pochés. Je n'avais pas trop pris la peine de me coiffer avant de partir ; heureusement, Ashley avait également une petite brosse dans son sac. Les nœuds étaient particulièrement tenaces, ce matin ; je finis par me faire une natte et me couvrir la tête avec une vieille casquette de base-ball. Quant à l'anticernes, c'était un désastre : le produit, choisi pour la peau très claire d'Ashley, ne me convenait pas du tout. On aurait dit des plaques de craie. Horrible. Découragée, je lui rendis son miroir.

— Tu as une mine épouvantable, dit-elle avec beaucoup de conviction. Excuse-moi, mais…

— Pas de problème, j'avais remarqué. Enfin, c'est jeudi, plus qu'une journée à tenir avant le week-end.

— Tu as vraiment passé la nuit à étudier ?

Moi non plus, je n'y aurais pas cru un seul instant.

— Non. Je me suis lancée dans un projet et…

Je laissai ma voix s'éteindre, trop fatiguée pour mentir davantage. Quoique, au fond, ce n'était pas tout à fait un mensonge…

Le taxi se trompa d'adresse et nous déposa un peu trop loin. Nous dûmes marcher, moi, traînant les pieds, Ashley, portant mon fardeau de livres et s'efforçant de m'encourager. Lorsque le lycée émergea du brouillard, mon cœur fit un bond et se serra aussitôt. Adossé à la boîte postale humide, la capuche de son blouson tirée sur son front, Brendan était de retour. Il surveillait la direction opposée. La direction par laquelle j'arrivais habituellement ? Avec un regard entendu, ma petite cousine me planta là et se rua vers l'entrée en lançant à haute et intelligible voix :

— A tout à l'heure, Emma !

Il s'est retourné, son visage s'est illuminé… mais il a vite changé d'expression en voyant ma tête. Gênée, j'ai baissé les yeux, très heureuse d'avoir ma vieille casquette pour cacher un peu les dégâts.

— Emma, salut !

Il a rejeté sa capuche en arrière en écartant ses cheveux humides de son front.

— Dis, tu te sens bien ?

— Je me suis couchée tard. Je… lisais ?

Je ne sais pas pourquoi cela sortit comme une question. Duc tac au tac, il répliqua :

— Tu « lisais », c'est comme ça que disent les jeunes d'aujourd'hui ?

Et aussi simplement que cela, la connivence se réinstalla entre nous. Où étais-je allée me fourvoyer cette nuit ? Nous étions *nous*, pas des personnages de légende ! Je voyais mal un type solennel comme le seigneur Archer en train de taquiner sa Gloriana. Le cœur léger, tout à coup, je lui ai tiré la langue ; une réaction qui manquait sans doute de maturité, mais j'étais trop fatiguée pour faire mieux.

— Emma, je t'attendais pour te demander quelque chose, seulement, tu m'as mis en retard pour mon premier cours. Typique. Tu ne fais que me créer des ennuis. On se voit en cours d'anglais, d'accord ?

Alors que je vacillais encore sous l'effet de son sourire, il a gravi les marches et m'a ouvert la porte ; je me suis retrouvée dans le hall d'entrée, un peu étourdie, en sachant que je n'avais plus que trois minutes pour descendre à mon casier et filer au troisième étage pour mon premier cours. Je me suis écroulée à ma place à l'instant même où la cloche sonnait.

Une fois de plus, les cours défilèrent sans que j'en capte un mot. Je dus répéter à Jenn que je ne me sentais pas bien ; cette fois au moins, ma tête confirmait mes dires. J'étais dans un état bizarre, éreintée et pourtant galvanisée par une idée fixe : arriver en cours d'anglais, découvrir ce que Brendan voulait me dire. Voulait-il copier mes notes, m'emmener au cinéma, m'entraîner dans un amour maudit ?

Les heures passèrent avec une lenteur effroyable ; enfin, le moment tant attendu arriva ! Enfin, je pus me détendre ! D'un instant à l'autre, Brendan s'avancerait vers moi, je retrouverais l'éclat de ses yeux verts et son petit sourire secret…

Il arriva en retard, bien entendu, un bref instant avant que M. Emerson n'entre dans la salle. J'eus droit à un salut du menton, un sourire… et il s'installa face au tableau. Attendez… il me tournait le dos ? Sans un mot ? Cela l'amusait de jouer avec mes nerfs ?

Folle de rage, j'ai lancé un grand coup de pied dans son bureau. C'est parti tout seul, je n'ai même pas réfléchi. Comme j'avais des semelles de caoutchouc, ça n'a pas fait grand bruit mais la table a glissé de plusieurs centimètres en avant. Il s'est retourné, stupéfait mais narquois. Je lui ai jeté un regard mauvais ; sans un mot, il a tendu la main, vivement, et m'a pincé le genou. Saisie, j'ai poussé un petit cri et lui ai jeté mon stylo à la tête ; il a éclaté de rire.

Notre agitation n'avait pas encore attiré l'attention de M. Emerson, qui disposait ses notes sur son bureau. Avec beaucoup de sérieux, Brendan murmura :

— Je vois, tu cherches encore la bagarre !

Avant que je ne puisse répondre, il se pencha vers moi et ajouta :

— Je serai absent cet après-midi et demain, alors essaie de ne pas déclarer de guerres, ou de faire la peau à tous les *juniors*.

— J'allais juste tabasser quelques petits *freshman*, ai-je répliqué sur le même ton. Je peux très bien le faire sans toi.

— Bon, d'accord, juste des *freshman*.

Il rit encore ; la classe entière, fascinée, suivait notre échange.

— Bon, écoute…

M. Emerson sortait ses lunettes de leur étui, nous n'avions plus que quelques secondes. Brendan a soufflé :

— Je voudrais vraiment te parler, d'accord ? Mais sans public. C'est quel numéro, ton casier ?

— Huit. J'ai une chance folle : il est au sous-sol.

— Nul !

Je hochai la tête, tout à fait d'accord avec lui mais un peu dépassée par les événements. La violence était donc le bon choix ? C'était la solution pour débloquer les situations ? Si je donnais un coup de pied dans le bureau de Mme Dell, je relèverais ma moyenne en latin ?

M. Emerson commença son cours. Excédée par le poids des regards de toute la classe, j'essayais de me concentrer quand Jenn me lança un coup de coude en me montrant son cahier. Elle venait de griffonner : « Pourquoi tu ne m'as rien dit ? »

Je cherchai mon stylo pour lui répondre, mais je l'avais jeté sur Brendan et ne pouvais plus le récupérer sans attirer l'attention du prof. Jenn me tendit l'un des siens. Sous son message, je griffonnai « Il n'y a RIEN à dire !!! », en soulignant bien le « rien ». Aussitôt, elle ajouta : « Arrête, ce n'est plus un secret. »

Le contexte ne se prêtait pas aux grandes explications et, d'ailleurs, je ne savais pas jusqu'où je voulais me confier. Je ne pus que hausser les épaules ; frustrée, elle me lança un regard qui signifiait : « On en reparlera. »

A la cloche, Brendan fila comme une fusée. Je descendis à mon casier, ne trouvai personne, et patientai pendant dix des précieuses minutes prélevées sur l'heure de la pause déjeuner. Seulement voilà, il ne se montra pas. Normal. Encore un week-end d'enfer en perspective, j'allais penser à lui tout le temps en me demandant de quoi il voulait me parler.

La pluie me retint à la cafétéria mais, en esprit, je voguais librement en plein ciel entre les contes de fées et les amours maudites. Comme je ne déjeunais plus au lycée depuis quelque temps, je n'étais pas au fait des derniers développements. Je découvris que Kristin et Anthony avaient déserté leurs tables respectives pour rejoindre celle des élèves les plus cool du lycée. J'étais parvenue à éviter tout contact avec Anthony jusqu'ici, mais la salle était petite et nos regards ne tardèrent pas à se heurter. Il articula une insulte, je lui lançai un regard torve. Cela aurait pu durer longtemps car nous ne voulions détourner les yeux ni l'un ni l'autre, mais j'entendis qu'on parlait de lui à ma table. Sur un dernier regard de mépris, je me désintéressai de lui pour tendre l'oreille.

Sa défaite face à Brendan, et le fait qu'il ait avoué qu'il mentait au sujet de ma cousine, semblait avoir déclenché une réaction en chaîne : toute la classe passait en revue la liste de ses conquêtes en s'interrogeant sur leur réalité. J'entendis le nom de Kristin (« Elle, c'est sûr »), et ne pus m'empêcher de me demander pourquoi elle revenait toujours vers lui, après qu'il avait expliqué très publiquement jusqu'où elle était prête à aller.

Un peu étourdie par la fatigue et le feu croisé des opinions, j'ai terminé ma boisson énergétique et demandé à Cisco :

— Kristin et Anthony, c'est quoi, leur histoire, au fond ?

— Elle s'est jetée sur lui dès qu'elle l'a vu, le premier

jour de notre année de *freshman*. Elle était folle de lui et ne faisait aucun effort pour le cacher. Au fond, rien n'a changé. De loin en loin, il revient vers elle, puis il la plaque de nouveau. Elle marche à tous les coups.

Il secoua la tête, désabusé.

— Les Thorn font partie de l'aristocratie new-yorkaise, et elle s'est mis en tête qu'il fallait avoir le même genre de pedigree pour mériter son attention.

— Tout de même, la façon dont Anthony la traite… Elle doit bien se douter qu'il la ridiculise !

— Apparemment pas. Elle est même très satisfaite de son image, et elle a réussi à s'entourer d'une petite coterie de crétins qui sont du même avis. Bref, Anthony reste son dieu, quoi qu'il fasse. Je ne l'ai vue craquer que pour un seul autre garçon. Tu devines qui ?

Je levai les yeux au ciel.

— Il s'agit de qui je pense ?

— Gagné ! Mais lui, il ne peut pas la voir en peinture, et Miss Monde lui en veut… mais elle a encore espoir.

— Pourtant, Kristin et Anthony sont de nouveau ensemble ?

— Plus ou moins. Je pense qu'ils se sont surtout alliés contre un ennemi commun.

Son regard appuyé montrait clairement que, cet ennemi, c'était moi. J'ai laissé tomber ma tête dans mes mains. Au fond, pourquoi m'inquiéter d'une hypothétique malédiction ? Ces deux-là auraient ma peau avant les vacances de Pâques.

Evidemment, Angelique ouvrit de grands yeux en me voyant entrer en traînant les pieds en labo de chimie.

— Tes livres sont dans mon casier, ai-je soupiré

en m'asseyant près d'elle. J'ai lu toute la nuit… ce qui explique ma mine resplendissante.

— Tu as découvert quelque chose. Quelque chose a changé, je le sens.

Non, on ne la faisait pas à Angelique. J'avais du mal à me faire une opinion sur la réincarnation et les amants maudits mais je commençais à avoir beaucoup de respect pour la perspicacité de ma nouvelle amie.

— J'ai découvert la signification de mon pendentif et, franchement, je ne sais pas comment réagir. Dans un sens, cela expliquerait beaucoup de choses, seulement, si j'y crois, je n'ai plus qu'à partir à l'asile. Les pièces s'ajustent les unes aux autres et donnent un puzzle trop invraisemblable.

— Je comprends.

Ses lèvres très rouges firent une moue judicieuse.

— Imagine que tu assembles un puzzle sans l'image sur le couvercle.

Je hochai la tête : l'analogie était bien choisie.

— Ce serait difficile, non ? Mais au fur et à mesure que tu avancerais, tu te ferais plein d'idées différentes du tableau final. L'image que tu obtiendrais en fin de compte ne serait pas du tout celle du départ.

— Tu as raison ! Je croyais assembler une nature morte avec une jatte de fruits et je me retrouve face à une scène de bataille médiévale !

Comme elle semblait perplexe, j'ai soupiré :

— Je te mettrai des marque-pages. Si tu as le temps, jette un coup d'œil et dis-moi ce que tu en penses.

M'sieur D. entrait dans la salle. Je ne pus résister au besoin d'ajouter tout bas :

— Et tu sais quoi ? Je commence à croire que quelqu'un

cherche réellement à me mettre en garde… ou à me dire quelque chose d'important.

Le seul souvenir de la lampe vacillante de la salle de bains me donnait la nausée. Très excitée, Angelique a soufflé :

— J'en étais *sûre* !

Puis elle s'est renfrognée, la joue posée sur sa main comme une gamine boudeuse.

— J'aimerais bien qu'un esprit entre en contact avec moi…

— Non, ai-je murmuré en retour. Ça ne te plairait pas, je peux te le garantir.

— Je lirai ça ce soir, promit-elle. Laisse ton casier ouvert, j'irai chercher les livres pendant l'étude.

Après le cours de chimie, je suis passée par mon casier pour retirer mon cadenas et j'ai trouvé un mot glissé dans la fente.

*Emma*

*Je serai de retour samedi. J'aimerais te voir, si tu veux bien. Il faudrait qu'on parle sans que le lycée au grand complet soit à l'écoute.*

*Brendan*

*P.S. S'il te plaît, ne tabasse personne aujourd'hui.*

Il me laissait son numéro. Le post-scriptum me fit sourire. Tout en pliant précieusement la petite feuille et en la glissant dans ma sacoche, je me demandai quand j'allais devoir lui téléphoner. Juste après les cours ? Demain matin ? Je n'eus pas à me poser la question bien longtemps : de retour chez moi, je m'étendis sur mon lit, disposai mes devoirs devant moi… et m'endormis aussitôt, le nez dans mon livre de latin.

# 11

Quand je me suis réveillée, il était 8 heures. Panique à bord, où était mon téléphone ? Sautant aussitôt de mon lit, j'ai fouillé frénétiquement ma sacoche, puis déversé tout son contenu sur mon oreiller. Pas de portable.

— Mais où est-ce que… ?

Là, en pleine vue sur ma table de chevet. Les mains tremblantes, j'ai lissé le petit mot de Brendan et composé son numéro en m'efforçant de reprendre mon souffle. Mince, sa boîte vocale ! Voilà, c'était mon tour de parler.

— Salut, Brendan. C'est Emma. Je n'ai rien prévu ce samedi, on pourrait se voir. Je suis d'accord, nous devrions… parler. Euh, à tout à l'heure peut-être. Bon. Au revoir.

Nul, nul, nul ! Quel message débile ! Aussitôt, je me posai les questions qui font mal : avait-il choisi de ne pas décrocher ? Regrettait-il de m'avoir donné son numéro ?

J'ai voulu me calmer les nerfs sous la douche et, bien entendu, j'y étais encore quand il a rappelé. Son message crépitait de parasites, mais le simple fait d'entendre sa voix dans mon portable me donna le frisson.

— Emma ? Brendan. Ecoute, je n'ai pas de réseau ici. Retrouve-moi samedi au coin de la 79e Rue et de la Ve Avenue, j'y serai à 18 heures. Fais-moi un texto si c'est possible pour toi. A samedi.

Je décidai de ne parler à personne de ce… — je n'osais

même pas appeler cela un rendez-vous. De toute façon, Angelique et moi avions d'autres chats à fouetter. Aujourd'hui, nous devions déjeuner ensemble pour faire le point.

Il y avait deux pizzérias près du lycée ; je choisis la moins courue, pour être sûre de ne pas croiser d'autres élèves du lycée. Au moment d'entamer notre conseil de guerre, Angelique semblait beaucoup moins sûre d'elle que d'habitude.

— J'ai lu l'histoire d'Aglaeon. Comment dire… Tu as l'impression d'être Gloriana ?

— J'ai surtout l'impression d'être folle à lier.

— Emma, Gloriana était une paysanne, et il me semble qu'Archer ne tenait pas du tout à la voir revenir sous les traits d'une demoiselle de la bonne société.

Elle se tut un instant, retira machinalement un de ses anneaux d'argent et le fit tourner sur la table en formulant ses objections :

— Ta tante fait partie du conseil d'administration du lycée, elle est invitée à toutes sortes d'événements culturels. Et ta mère a un super job à Tokyo. Tu n'es pas franchement de l'étoffe dont on fait les paysans !

Je respirai à fond en espérant qu'elle me pardonnerait mes mensonges. Pour l'instant, Cisco était le seul à connaître la réalité peu reluisante de mon passé. Le moment était venu de tout dire à Angelique.

— Ecoute… il n'y a pas de maman à Tokyo. Je suis venue m'installer ici après avoir eu quelques problèmes…

Je roulai ma manche, lui montrai ma cicatrice. Elle tomba des nues puis me laissa m'expliquer sans m'interrompre. Sans entrer dans les détails les plus pénibles, je lui racontai pourquoi je m'étais retrouvée à la charge de Henry, et comment son alcoolisme m'avait expédiée chez ma tante.

— Eh ben… Je comprends que tu n'aies pas eu envie d'en parler, dit-elle enfin. Mais tu es ici pour de bon, n'est-ce pas ?

— Autant que je sache, jusqu'au départ à l'université. Si on ne me met pas à la porte avant parce que je suis nulle en latin.

Non seulement elle me pardonnait, mais elle ne semblait pas pressée de me perdre ! Cela me fit chaud au cœur. Sans s'attarder sur mes révélations (et sans relever ma lamentable petite boutade), elle reprit son raisonnement.

— Disons que tu passes la qualification paysanne, si je puis dire. Et partons du principe que tu es une âme réincarnée. Je n'y connais pas grand-chose mais je crois que tu es censée avoir des épisodes de déjà-vu.

— J'ai entendu parler du phénomène ; ça ne m'arrive jamais, ai-je répondu, très soulagée.

— Et des rêves bizarres où tu retournerais dans une autre époque ?

— Euh… oui, dans ce genre-là.

Le temps était venu de lui décrire le rêve où je brûlais dans l'incendie de la grande maison blanche, et aussi le tout premier, celui où j'étais vêtue comme au Moyen Age. Elle a réfléchi quelques instants.

— C'est une histoire très belle, tragique. Il se peut qu'elle n'ait rien à voir avec toi mais je dois dire que ce rêve ressemble fort à un souvenir de Gloriana…

Je frémis en revoyant les fleurs tachées de sang. Très décidée, tout à coup, Angelique a lancé :

— Au fond, on peut régler la question très simplement !

Il te suffit de retirer ce fichu pendentif, et Archer2000 ne pourra tout simplement pas te retrouver. Tu rencontreras un autre garçon ; à mon avis, ils sont tous plus ou moins interchangeables. Donne-moi le collier.

Elle tendit la main. Instinctivement, je saisis mon pendentif et secouai la tête.

— Allez, Emma ! Je sais que tu y tiens mais réfléchis une seconde. Vraiment, ce serait tenter le sort !

— Mais est-ce qu'on peut seulement lutter contre un sort pareil ? ai-je objecté, incapable de désarmer.

Elle m'a jeté un regard contrarié puis, apparemment frappée par une idée subite, elle m'a dévisagée.

— Ton frère… il se montrait *très* protecteur ?

Je pensai à ce jour où j'étais tombée de vélo et m'étais cassé la cheville ; Ethan avait envoyé un voisin chercher de l'aide et, pendant ce temps, il était resté près de moi, me rassurant et me faisant écouter de la musique pour me divertir de la douleur. Une autre fois, il s'était battu avec son ami Ted, qu'il adorait, parce que ce dernier m'avait enfermée dans le placard de l'entrée…

— Oui…

— Et si c'était lui qui cherchait à te mettre en garde ? Tous ces incidents bizarres, ces lumières qui s'éteignent sur ton passage ? Il cherche peut-être à te faire passer un message… Et moi, je l'ai bâillonné avec mon sort de protection ! Enfin, je suppose, puisqu'il ne s'est rien passé depuis.

Cela tenait debout. Ce fut comme si on venait d'attacher un boulet à chacune de mes chevilles. D'une toute petite voix, j'ai soufflé :

— Je l'ai vu, j'ai entendu sa voix. Ethan était là, dans mes rêves.

— Qu'est-ce qu'il a dit ? s'est aussitôt écriée Angelique.

— Il a dit « Ça commence ».

— Et… ?

— Et rien d'autre ! Je me suis réveillée.

— Il fallait me le dire plus tôt !

Elle abattit sa paume sur la table dans un grand claquement de bagues.

— Voilà, ça explique tout ! C'est lui, il cherche à te préserver.

J'ouvris la bouche pour protester mais rien ne vint. Cette idée complètement démente sonnait juste. Les larmes me piquèrent les yeux, la douleur sourde et familière m'étreignit la poitrine.

— Tu crois vraiment que mon frère… ?

Où qu'il soit, Ethan cherchait-il à me contacter ? Voyant que je pleurais, Angelique se radoucit aussitôt.

— Oui, je comprends, c'est bouleversant pour toi… mais il faut tout de même tirer cette question au clair parce que, si nous avons raison, ta situation est réellement inquiétante. « Ça commence »… Quand t'a-t-il dit cela ?

Ethan était venu dans mon premier rêve, le soir de la sortie au Met avec Brendan et les autres. Le soir où Brendan m'avait prêté son sweat et où nous avions parlé comme si nous nous connaissions depuis toujours. Cette nuit-là, j'avais rêvé qu'un coup de couteau en plein cœur me vidait de mon sang. Cela, je n'avais pas le courage d'en parler à Angelique. Pas encore en tout cas.

J'avais déjà parcouru un sacré chemin : j'admettais l'éventualité d'une réincarnation (moi, une paysanne sorcière du XII$^{e}$ siècle ?) et j'avais énoncé à haute et intelligible voix que, oui, les lampadaires explosaient sur mon passage et que j'entendais mon frère mort me parler dans mes rêves. Mais aller jusqu'à mettre à l'ordre du jour la théorie selon laquelle Brendan Salinger serait mon âme sœur réincarnée ?

Je choisis de mentir.

— Je ne me souviens pas.

— Il y a un rapport avec Brendan, n'est-ce pas ?

Décidément, elle était perspicace (ou télépathe ?) ! Sans prendre garde à ma surprise, elle ajouta, pensive :

— Cela expliquerait pourquoi il s'est senti obligé de voler à ton secours lundi, alors qu'il te connaît à peine.

J'évitai de répondre directement, en soulevant une autre objection :

— Si Ethan cherche à me mettre en garde, cela signifie qu'on peut encore éviter la tragédie, non ? Si tout était réglé d'avance, cela ne vaudrait pas la peine.

Angelique hocha la tête avec gravité.

— Je crois bien que tu as raison. Et j'aimerais beaucoup comprendre pourquoi, après tant de générations de Gloriana ou d'Emma maudites, tu aurais une chance d'échapper au maléfice.

— Parce que l'univers me doit bien un peu de bonheur ?

Angelique secoua la tête, implacable.

— Je trouve juste que beaucoup d'éléments surnaturels gravitent autour de toi. Les rêves, les avertissements... et même le fait de m'avoir rencontrée, moi, et d'avoir pu découvrir l'origine du sortilège. C'est comme si une force en toi luttait contre la malédiction.

— Je ne vois pas, ai-je soupiré, désabusée. Je suis quelqu'un d'ordinaire.

— Si tu étais une sorcière, ce serait plus logique. Les maléfices ont moins de prise sur nous.

— Mais je te l'ai dit, je ne suis pas du tout branchée sur l'occulte. Je ne crois même pas aux fantômes.

Je réfléchis un instant et avouai :

— Enfin, je ne sais plus ce que je crois.

Elle me dévisagea avec attention.

— Tu es peut-être née avec certains pouvoirs ? Tu as pu hériter certains… disons certaines capacités. Avec la réincarnation, certains attributs se transmettent de vie en vie. Et si tu avais hérité des pouvoirs de Gloriana ?

Je levai les yeux au ciel. Ma vie m'avait enseigné une chose : je n'avais aucune prise sur l'existence !

— Permets-moi d'en douter !

— Parce que, maintenant, tu comptes jouer les sceptiques ? Demande à ta tante !

— Attends, tu me vois : « Salut, tante Christine, je sais que j'ai le sourire de ma mère ; est-ce qu'elle avait aussi des pouvoirs surnaturels que j'aurais pu hériter ? Ou est-ce que je dois remercier mes vies antérieures pour mes fichues *capacités ?*

— En tout cas, si tu étais une sorcière, cela expliquerait pourquoi tu as ta chance de te défendre. Ce serait un sacré coup de pouce pour nous.

Elle disait « nous » en toute sincérité. Je m'en voulus de m'être moquée de ses propositions : Angelique était dans mon camp, elle me soutenait de toutes ses forces. Je tentai de formuler des excuses mais elle m'interrompit en demandant :

— Il t'est déjà arrivé de savoir à l'avance ce qui allait se passer ? C'est un trait courant chez les sorcières « nées ». Le plus souvent, cela se manifeste dans la petite enfance ; on le fait tout naturellement, parce qu'on ne sait pas encore que c'est exceptionnel.

Bêtement, je plaisantai :

— Si j'avais eu ce pouvoir, je m'en serais servie pour gagner au loto.

— Cela ne marche pas comme ça, Em' ! Essaie de te souvenir. Les pouvoirs peuvent se manifester dans la vie de tous les jours, à travers des faits insignifiants apparemment — comme de savoir qui téléphone au moment même où la sonnerie résonne, ou…

— Mais même si je… Attends ! Les pages manquantes ! Le poème à la fin de la légende d'Archer parlait de se libérer du maléfice, il était question d'une âme généreuse ou je ne sais plus quoi.

Angelique approuva et cita d'un trait :

— « Si tu veux du malheur un jour vous libérer/ Sache qu'il te faudra une âme généreuse. »

— Waouh ! Quelle mémoire !

— Photographique, confia-t-elle. C'est pour ça que j'ai de si bonnes notes.

Veinarde… Elle enchaîna :

— Tu as raison, le dernier poème semble bien indiquer qu'il existe un moyen de rompre le sortilège. Le mot « généreuse » semble suggérer qu'il faut renoncer à quelque chose, ou faire un sacrifice.

Un sacrifice ? Elle se hâta de préciser :

— Pas un sacrifice humain ! Enfin, j'en doute. Ecoute, je vais demander à ma mère de nous trouver un autre exemplaire de ce livre. Ce ne sera pas évident, parce qu'il est très rare, mais nous avons besoin de lire la fin de ce poème.

Elle m'a toisée en silence quelques instants, et a conclu :

— Emma, Brendan est concerné, c'est certain ; j'attendrai juste que tu te l'avoues à toi-même avant de t'en reparler.

Elle avait dit cela d'un ton tout à fait prosaïque, en appuyant même sur « Brendan » avec un peu d'ironie, comme pour se moquer de l'importance que je lui donnais. Troublée, je me suis contentée de brandir mon portable sous son nez pour lui montrer l'heure. Nous allions devoir retourner au lycée en quatrième vitesse !

Sur le chemin du retour, tout en trottant près de mon amie, je pensais à *l'autre* avertissement d'Ethan : « Tu n'es pas en sécurité auprès de lui. Tu ne peux pas garder tes distances ? » Eh bien, maintenant, je connaissais la réponse, et c'était non.

# 12

Bien entendu, le samedi soir, je suis arrivée en retard. A mon premier rendez-vous avec Brendan ! La veille au soir, j'avais mis le turbo sur mes devoirs pour ne plus avoir à m'en préoccuper de tout le week-end ; j'avais même consacré une heure supplémentaire au latin, ma « *matierus horribilis* »... En fait, je cherchais surtout à éviter de ressasser jusqu'à l'obsession le fait que j'allais passer du temps, seule, avec Brendan.

J'avais toute la journée pour me préparer mais bien entendu, au dernier moment, j'ai douté de mes choix. Ce pantalon ou bien celui-ci ? Le pull noir léger avec les bottes ? Ou avec mes Vans gris ? J'étais de plus en plus fébrile, et mon indécision allait me coûter cher car je serais obligée de courir pour arriver à l'heure. Comme il faisait très doux pour la saison, mon mascara coulerait et je serais horrible.

J'ai couru comme le vent, et chaque impact de ma semelle sur le pavé scandait une syllabe de la litanie qui se déroulait en boucle dans ma tête : *cet-te-fois-ci-c'est-pour-de-vrai.*

Arrivée sur la 79e Rue, je ralentis et sortis mon portable pour vérifier l'heure. Dix-huit minutes de retard ! Mais Brendan était là, affalé contre le poteau de pierre de l'entrée du parc. Franchement, il ne se tenait jamais droit sur ses deux jambes ? Il tenait un sachet de papier kraft comme ceux que donnent les restaurants de plats à emporter. Un peu essoufflée, j'ai lancé :

— Salut !

— Je commençais à croire que tu ne viendrais pas.

Il souriait, mais pas tant que cela. Gênée, j'avouai franchement :

— Je suis désolée. Etre à l'heure me pose un vrai problème.

Discrètement, je lissais de la main mes cheveux emmêlés par la course. Ma phrase sembla le laisser perplexe.

— Tu n'aimes pas être à l'heure ?

— Non ! Je veux dire… J'adorerais être à l'heure mais je n'y arrive pas. Depuis que je suis à New York, je suis incapable d'évaluer le temps qu'il faut pour aller d'un endroit à un autre. Comme je fais tout à pied, il me semble que ça ne prendra que cinq minutes, mais en fait…

Son sourire s'élargit ; il semblait trouver mes excuses penaudes assez comiques. D'un mouvement souple de chat, il s'arracha à son poteau en lâchant :

— Viens, on y va.

— Où donc ?

— Dans le parc. Je connais un endroit qui va te plaire.

Surprise, je jetai un regard à la ronde. Il dut croire que j'avais peur car il se hâta de me rassurer :

— Cet endroit de Central Park est très sûr et, de toute façon, tu es avec moi. Tu m'as vu avec Anthony ? J'assure !

Il prenait un petit air bravache, pour plaisanter. J'ai hoché la tête en riant, nous sommes entrés dans le parc et il m'a montré, au loin, un édifice de pierre perché sur un promontoire rocheux, une sorte de château de légende fièrement dressé sur fond de soleil couchant.

— C'est un de mes coins préférés. Belvedere Castle. C'est là que nous allons dîner.

Nous avons gravi un sentier et débouché sur une esplanade dallée. Le château fantaisiste se dressait sur l'un des points les plus élevés de Central Park ; de là, on dominait toute l'étendue de verdure sertie dans les gratte-ciel. Brendan me laissa admirer le panorama quelques instants, puis il m'entraîna dans un escalier qui menait à une petite baie de roche entourée d'une barrière. Au-delà de cette clôture, le rocher formait un large rebord, puis c'était la falaise à pic et le plongeon vers un étang scintillant.

— Regarde, c'est un observatoire, dit-il en tendant la main vers la tour la plus haute. Et là, en bas, tu vois l'amphithéâtre ? C'est là qu'on joue des pièces de Shakespeare, en plein air, chaque été. J'ai pensé que tu aimerais voir ça, après… le cours d'anglais. Tu apprécies Shakespeare, non ? Il m'a semblé, quand tu as lu… enfin, le poème… le sonnet.

Brendan hésitant, Brendan bredouillant des phrases maladroites ? Stupéfiant ! Et bien entendu, cela ne dura pas : il eut un petit sourire — comme s'il se moquait de lui-même —, laissa choir son sachet de l'autre côté de la clôture et la franchit d'un bond éblouissant.

— Hé ! protestai-je. On n'a sûrement pas le droit d'aller là-bas ! S'ils ont mis une clôture…

— Les gardiens font leur ronde plus tard dans la soirée. Viens, la vue est beaucoup plus belle d'ici.

Résignée, je tentai de franchir la clôture à mon tour :

une tentative qui manqua de grâce et se solda par un échec.

— Tu permets ?

En riant un peu, il glissa la tête sous mon bras et me souleva, sans effort apparent, par-dessus l'obstacle. J'eus l'impression qu'il me gardait dans ses bras un peu plus longtemps qu'il n'était strictement nécessaire, avant de me poser en douceur sur la table de roche. Comment ai-je réagi ? En faisant un effort surhumain pour avoir l'air de trouver la situation parfaitement naturelle ! Négligemment, je me suis avancée un peu pour évaluer la profondeur du gouffre qui s'ouvrait devant nous. Finalement, j'avais bien fait de choisir mes Vans, qui adhéraient bien au rocher ; mes bottes m'auraient précipitée droit dans le vide comme des rollers.

— Je suppose que le seul moyen de ressortir d'ici est de passer de nouveau par-dessus la clôture ?

— On peut aussi faire le tour du château.

Commodément adossé à la falaise, il me montrait l'étroite corniche qui enserrait la base de l'observatoire. Avec ou sans Vans, on ne me ferait jamais passer par là ! Sans faire de commentaire, je me suis assise en tailleur près de lui. La vue était absolument extraordinaire ; l'étang scintillait sous les derniers feux du soleil, les lumières s'allumaient dans les buildings, le couchant colorait le ciel comme un vitrail. Emerveillée, j'ai murmuré :

— C'est beau. Je ne connaissais pas du tout cet endroit. Je viens courir dans le parc presque tous les jours, mais je ne pense pas à lever les yeux.

Le beau visage de Brendan s'épanouit de satisfaction. Content, il ouvrit son sachet.

— Tu veux un rouleau de printemps ?

— Merci.

Je me suis mise à savourer, me demandant quand il comptait aborder le sujet dont il voulait me parler. Après un long silence, il a lancé :

— Il ne fait pas froid, ce soir.

Posément, il a retiré son sweat. Pitié ! En dessous, il portait un T-shirt à manches longues du même vert que ses yeux. Encore un silence, puis il a ajouté :

— Je craignais que les rochers soient humides.

Il s'est laissé aller en arrière, appuyé sur un coude. A bout, j'ai soupiré en levant les yeux au ciel.

— Quoi ? a-t-il demandé, très surpris. Il ne fait pas froid du tout ! Les vacances de Noël sont dans un mois et demi, normalement l'étang devrait déjà être gelé.

— C'est de ça que tu voulais me parler, tranquillement et sans public ? Du baromètre ?

Il s'est redressé, enjoué.

— Très bien, Emma ! Tu préfères qu'on parle de toi quand tu te prends pour The Rock ?

Bon, encore une fois, j'aurais mieux fait de me taire. Avec un sourire absolument éblouissant, Brendan enfonça le clou.

— Mais à quoi pensais-tu, Emma, en provoquant Anthony ? Tu sais pourtant de quoi il est capable. L'autre soir, au Met, tu t'es enfuie comme un lapin.

— Je… Ce n'était pas pareil. J'étais si furieuse que je n'ai même pas réfléchi.

— Tu peux le dire ! Cela dit, je trouve génial que tu aies sorti tes griffes pour défendre ta petite cousine. « Raconte-moi une autre histoire, Père Castor »… J'ai adoré !

Il citait la phrase avec gourmandise. Un peu dépassée, j'ai baissé les yeux.

— Tu es adorable, Emma.

Moi, adorable ? Avais-je bien entendu ? Il roula sur le dos en riant et se mit à contempler le ciel du crépuscule, les mains croisées sous sa nuque. Sans me regarder, il précisa :

— Surtout quand tu t'attaques aux gorilles alors que tu fais un mètre douze.

— Un mètre soixante-sept ! protestai-je bêtement.

— Dans tes rêves ! Ou seulement si tu montes sur les épaules d'Ashley !

Pourquoi les grands sont-ils toujours si fiers de leur taille ? Comme s'ils y étaient pour quelque chose ! Enchanté de ma réaction, Brendan se releva sur un coude, puis son sourire s'effaça et il me demanda avec beaucoup de gravité :

— Sérieusement, qu'est-ce qui t'a pris ? Si j'étais arrivé dix secondes plus tard…

Tout bas, je lui confiai :

— C'était ma faute. J'avais mis Ashley en garde mais elle refusait de m'écouter. J'aurais dû trouver une solution.

— Tu plaisantes, là ?

Comme je secouais la tête, il saisit mes mains dans les siennes et, avec une conviction absolue, il assena :

— Le seul fautif dans cette histoire, c'est Anthony.

— Mais j'aurais dû…

— Rien du tout ! Tu n'es responsable de rien.

Nous étions assis face à face, il pressait doucement mes mains ; sa tension était palpable. Il insista :

— Tu as été extraordinaire. Tu as tenu tête à la plus grosse brute que je connaisse.

— C'était le minimum ! Ashley est un peu, enfin, jeune pour son âge. Je ne veux pas dire qu'elle est immature ! Elle est très intelligente, très mûre dans bien des domaines mais aussi tellement… innocente. Elle croit encore à la bonté des gens.

Je ne réussissais pas à m'exprimer, la culpabilité me nouait la gorge et Brendan me dévisageait si intensément.

— Et toi, tu n'y crois pas ? me demanda-t-il.

— Moi ? Je ne crois pas que les gens ne sont ni tout à fait blancs ni tout à fait noirs. J'ai connu des gens bien, et aussi… Disons que j'ai connu le contraire.

Il sembla méditer sur ce que je venais de dire. Les yeux baissés, il lâcha mes mains et se mit à suivre du bout du doigt une fente du rocher.

— Tu sais quoi ? murmura-t-il. Je ne l'ai pas vu te pousser. Si je l'avais vu poser la main sur toi, il serait à l'hôpital à l'heure qu'il est.

Il leva les yeux, me regarda bien en face ; la profondeur de son regard me coupa le souffle.

— Je l'ai su plus tard dans la journée. Il va devoir me rendre des comptes.

— Ne va pas… A quoi bon ? Je veux dire : merci, merci beaucoup mais je ne vois pas…

Désemparée, j'ai baissé la tête à mon tour. Le silence s'est étiré de longues secondes puis, sur une grande inspiration, Brendan a installé le pique-nique. Il y avait du *fu yong* aux œufs, du poulet du Général Tso, toute une variété de plats…

— A table ! a-t-il dit en me tendant une fourchette et un thé glacé.

J'ai apprécié le thé glacé.

— Merci. Je n'ai jamais beaucoup aimé les sodas.

— Oui, je sais, a-t-il glissé avec un petit sourire.

— Tu sais… ?

— Tu m'as demandé de te prendre un thé glacé, le soir où nous sommes allés écouter le groupe de Gabe.

— Brendan, justement, ce soir-là…

Je ne pouvais plus reculer. Ce serait insupportable de rentrer chez moi ce soir sans avoir éclairci la situation. Pour me donner une contenance, je secouai la petite bouteille de thé glacé, dévissai et revissai le bouchon… Puis, évitant le regard de Brendan, j'expliquai enfin :

— Ce soir, tu me parles comme tu le faisais au Met, et aussi au bar. Mais au lycée…

— Oui ?

— Tu agis comme si je n'existais pas.

Voilà, c'était sorti. D'une façon un peu trop puérile à mon goût, mais c'était dit quand même.

— Vrai, avoua-t-il. Je n'en suis pas très fier ; franchement, j'aimerais mieux ne pas parler de ça.

Jusqu'où pouvais-je insister ? Nous avions juste discuté, un soir, deux semaines auparavant. Cela me donnait-il le droit de lui demander des comptes ? D'accord, je soupçonnais que nous étions liés par une malédiction depuis près de neuf siècles — mais cela, je ne pouvais pas le lui dire ! Maladroitement, j'ai conclu :

— C'est… inattendu.

Il approuva.

— Je comprends. Ecoute, Emma, je n'aime pas beaucoup la plupart des filles du lycée.

— Voilà au moins une chose que nous avons en commun.

Il me sourit, reprit aussitôt son sérieux. Ses yeux émeraude braqués sur moi, il précisa :

— Mais toi… toi, tu es particulière.

Ce fut comme si ses paroles restaient suspendues entre nous dans l'air du soir. D'une voix douce, il ajouta :

— Tu as vu, je t'ai attendue malgré ton retard…

J'acquiesçai timidement, revivant toutes les émotions qui se bousculaient en moi chaque fois que je le trouvais adossé à cette fameuse boîte aux lettres. Le service des Postes aurait dû le prendre pour sa campagne de publicité ; rien que de le voir donnait envie d'envoyer une lettre et de renoncer définitivement aux e-mails.

— Ça ne m'a pas ennuyé de t'attendre. Et toi, tu étais embêtée de me trouver là tout de même ?

— Non. J'étais contente de te voir.

Il m'offrit son plus beau sourire, puis il s'exclama :

— Dans ce cas, pourquoi ne veux-tu pas me le dire ?

— Te dire quoi ?

Retour brutal à la case départ… Je ne comprenais rien. Que voulait-il savoir ?

— La vérité. Ton histoire.

Il semblait sincèrement blessé.

— Tu ne viens pas de Philadelphie, il n'y a rien de vrai dans ce que tu as raconté aux autres. Quel que soit ton passé, tu peux te confier à moi.

C'était donc le récit authentique de ma vie brisée qu'il désirait entendre ? La force de ma propre réaction me surprit.

— Depuis le soir du Met, c'est tout juste si tu m'adresses la parole ! Comment te parlerais-je ? D'ailleurs, moi non plus, je ne sais rien de toi ! D'où tu viens, où tu habites, qui sont tes parents !

C'était horrible, ma voix se fêlait, je parlais comme l'écorchée vive que j'étais, celle que je parvenais généralement à planquer derrière le masque d'une normalité acceptable.

— Moi, au moins, je reste cohérente avec toi ! Toi, tu changes sans cesse d'attitude. Tu me parles quand personne ne peut nous voir, comme si tu avais honte qu'on te voie avec moi. Si ça se trouve, lundi, tu me traiteras de nouveau comme une lépreuse.

— Non, Emma…

— Que tu dis.

Je croisai les bras d'un air de défi ; puis il saisit mes mains, m'obligea à me détendre et me dit avec beaucoup de douceur :

— Je ne t'ignorerai plus jamais, tu as ma parole. Tu as raison, c'est injuste d'espérer que tu te confies à moi alors que tu me connais à peine. Tu ne me dois rien, surtout après la façon dont je me suis comporté avec toi.

Son regard vert, anxieux, plongé dans le mien… D'un geste vif, il a porté ma main à ses lèvres, et ce baiser léger comme un frôlement d'aile m'a brûlée jusqu'au cœur.

— Je te jure que je ne suis pas gêné qu'on te voie avec moi. Et cela m'attriste que tu aies pu l'imaginer.

— Brendan…

Je ne sais pas ce que j'aurais dit mais il m'a interrompue.

— Je veux me racheter. Tiens, je te propose un marché.

Sa belle assurance était de retour ; ses doigts se mêlaient aux miens.

— On va terminer notre dîner et, ensuite, je te raccompagnerai chez toi comme un garçon sérieux. Tu auras passé une bonne soirée, moi aussi, et je t'inviterai de nouveau, en y mettant les formes. Demain, par exemple. Viens chez moi. Mes parents ne sont pas là ce week-end, nous aurons la maison pour nous.

Je haussai un sourcil ; aussitôt, il protesta :

— Non, Emma, pas comme ça. Nous passerons juste un moment ensemble, tu verras où j'habite, tu pourras me poser toutes les questions que tu voudras. Tu pourras même fouiller dans mes affaires si ça te dit. Allez, dis oui !

Ma colère était passée, je n'étais plus sur la défensive. Négligemment, j'ai cueilli un morceau de poulet en observant :

— Tu es plutôt sûr de toi.

— Moi ?

J'ai pris le temps de terminer ma bouchée avant d'ajouter :

— Oui ! Tu es si certain que je passe une bonne soirée et que je voudrai bien venir chez toi demain.

Je m'efforçais de jouer la nonchalance, un pari assez difficile vu qu'il tenait toujours ma main. Comme j'essayais maladroitement de piquer un morceau de brocoli de la main gauche, il me fit un large sourire, écarta ma fourchette de la sienne, et prit le brocoli pour lui. Je lui jetai un regard noir ; enchanté, il éclata de rire.

— Mais si, tu t'amuses, tu vois bien ! Bon ! Nous ne parlerons pas de ton éducation interrompue au Lycée Imaginaire, et certainement pas de mon attitude de ces deux dernières semaines. Dis-moi juste une chose, réponds par oui ou non. Tu as vraiment seize ans ?

— Oui.

— Bien ! Moi, j'ai dix-sept ans. Tu t'appelles vraiment Emma Connor ?

— Oui.

— Tu as un animal de compagnie ?

J'ai éclaté de rire.

— J'avais un chat quand j'étais petite.

Je n'ai pas précisé que Henry m'avait interdit d'en reprendre un. Il détestait les bêtes.

— Moi j'avais un chien, soupira Brendan en secouant la tête, atterré. Tu aimes les chats, j'aime les chiens : qu'est-ce que je fiche avec toi ?

Nous avons ri tous les deux, mais en mon for intérieur je me suis dit : *le plus beau garçon du monde vient de dire qu'il est « avec moi »*. Puis Brendan a fait un geste vers mon pendentif et j'ai pensé : ha ! Nous y voilà !

— D'où tiens-tu ce médaillon ?

Fini de plaisanter.

— Mon frère me l'a donné.

— Et où l'a-t-il trouvé ?

— Dans une brocante. Il m'a dit qu'il espérait qu'il me porterait chance.

Brendan connaissait la signification du blason. Cette certitude s'est imposée à moi mais, l'instant d'après, j'ai perdu la capacité d'aligner deux pensées cohérentes car, lâchant le pendentif, il se mit à frôler mon cou et ma gorge du bout des doigts. Puis il me caressa doucement la joue.

— Emma… J'espère que ton frère a raison.

Le contact de sa main sur moi, son visage aussi proche que le soir où j'avais cru qu'il allait m'embrasser, ses yeux émeraude…

Mais sa main est retombée, il a semblé réfléchir… et, tout naturellement, il a pris son soda et a bu. Une fois de plus, il avait rompu le charme.

A mon tour, je bus une gorgée en m'efforçant de ne pas me torturer (qu'est-ce que j'avais de si désagréable pour qu'il ne se décide pas à m'embrasser ?).

— Et ton frère est resté à… Philadelphie ?

J'ai secoué la tête et murmuré avec réticence :

— J'ai perdu mon frère il y a bientôt deux ans.

— Désolé, je ne voulais pas…

Il a tendu la main, effleuré de nouveau mon visage. Maladroitement, j'ai lancé :

— Bon, à ton tour : tu n'as pas eu de problèmes après la bagarre ? Avec l'équipe ?

Il sembla comprendre que j'avais besoin de changer de sujet.

— Non ; comme je suis déjà suspendu, ça limite les options de sanction. Anthony a très envie de se venger, il profite de l'entraînement pour me faire des croche-pieds. Il cherche à me pousser à bout en espérant que je lui mettrai mon poing dans la figure, ce genre de chose.

Avec un sourire satisfait, il a précisé :

— Je m'en fiche, ça m'a donné l'occasion de le faire voler dans un tas de chaises pliantes. Un accident, bien entendu.

— Si j'ai gâché votre amitié…

Il a éclaté d'un grand rire.

— Je suis obligé de le côtoyer parce que nous sommes dans la même équipe et que nos parents évoluent dans le même milieu.

Je posai alors une question anodine, mais qui sembla le mettre mal à l'aise :

— Pourquoi n'étais-tu pas en cours en fin de semaine ?

— Une histoire de famille. Au fait, l'examen de chimie, tu t'en es bien sortie ?

Il orienta la conversation sur les profs que nous aimions bien, ceux que nous n'aimions pas, et ceux que nous n'aimions *vraiment* pas. La période des contrôles.

Des sujets neutres et sans danger. Comme j'avouai que le latin était mon talon d'Achille (oui, je sais, Achille est grec), il s'écria :

— Je peux t'aider si tu veux. Mme Dell n'a pas changé l'énoncé de son contrôle depuis des années, je dois encore l'avoir dans mon classeur de l'an dernier. Je te ferai réviser.

J'avoue que la perspective d'étudier avec lui m'interpellait davantage que la possibilité de relever ma moyenne !

— Content de te donner un coup de main.

Décidément, il se montrait absolument charmant. Cependant, et malgré toutes les occasions que je lui donnais, il ne s'avançait jamais au-delà d'un certain point. A se demander s'il ne me voyait pas exclusivement comme une amie !

Mais depuis quand caressait-on la joue d'une amie de cette façon ?

Nous étions donc plus ou moins dans l'impasse quand une grosse voix a éclaté tel un orage à nos oreilles.

— Vous là-bas, les jeunes ! Descendez de là !

Le rayon puissant d'une lampe torche nous a éblouis. Un gardien du parc ! Pour une raison inexplicable, son arrivée nous sembla du plus haut comique. Il était dans tous ses états ; pendant que nous nous hâtions de rassembler nos emballages en riant sous cape, il tonnait :

— La clôture n'est pas là pour rien ! Il y a quarante mètres de vide, ici !

— Désolés…

Brendan dut m'aider de nouveau à franchir la barrière. Ricanant comme des imbéciles, nous avons dévalé le sentier.

— Il est quelle heure ? a demandé Brendan.

J'ai sorti mon portable.

— 21 h 36 !

Çà alors ! Nous étions ensemble depuis plus de trois heures. Une chance que je n'aie bu qu'une petite bouteille de thé glacé, ça aurait complètement cassé l'ambiance si j'avais dû chercher des toilettes. Surtout en pleine nuit, dans un parc !

— Il faut que je te ramène à une heure raisonnable si je veux que tu acceptes de me revoir demain.

— Et qu'est-ce que tu proposes, pour demain ?

J'ai sorti de ma poche un rouleau de bonbons à la menthe, j'en ai enfourné un dans ma bouche ; une allusion peut-être un peu transparente ? Tout naturellement, il a tendu la main pour en prendre un — impossible de savoir s'il avait saisi l'allusion.

— Attends que je t'invite comme un garçon sérieux.

— Tu parles d'un garçon sérieux ! A cause de toi, je viens de me faire incendier par un gardien du parc.

La nuit était tranquille, nous suivions les allées en écoutant les feuilles mortes craquer sous nos pas. Brendan a trouvé une poubelle pour jeter les emballages de notre repas et m'a, enfin, pris la main. Ce contact m'a réchauffée jusqu'à l'âme.

— Où habite ta tante ?

— Sur la 68e Rue, tout près de Park Avenue. Tu es dans le même secteur ?

— Non, mais je suis obligé de te raccompagner devant chez toi maintenant que je suis un garçon sérieux.

Le vent jouait dans ses cheveux, il me taquinait en serrant ma main dans la sienne. Je lui ai souri, son pas s'est encore ralenti. Cherchait-il à retarder le moment de la séparation ? Une émotion puissante se levait en moi : nous ne parlions plus, et cela avait quelque chose de solennel de s'avancer silencieusement dans la nuit tous les deux, la main dans la main. Je me sentais portée par quelque chose d'immense.

Tout a changé quand nous sommes sortis du parc. En retrouvant les rues, les lumières, la circulation, il m'a semblé que je basculais dans une autre réalité. Nous marchions plus vite, nous ne disions toujours rien ; Brendan n'avait pas lâché ma main mais je me sentais moins proche de lui. En traversant Madison Avenue, il m'a demandé :

— C'est ici ?

— Presque. L'immeuble suivant.

Alors, à peine avions-nous posé le pied sur le trottoir, il m'a attirée dans l'embrasure d'une porte. Mon souffle s'est accéléré : enfin ! enfin il me prenait dans ses bras, écartait ma frange de mon front…

— Emma… Tu as passé une bonne soirée ?

J'ai acquiescé, incapable d'articuler un mot. Sans cesser de jouer avec mes cheveux, Brendan a repris :

— Je me demandais… pour demain.

— Demain ? Je suis occupée.

C'était un mensonge stupide, la faute à trop d'émotion. Brendan s'est contenté de me serrer contre lui et de sonder mes yeux. Bien qu'intimidée, tout à coup, j'ai avoué :

— Je suis occupée… avec toi.

— Tu vois, a-t-il chuchoté, je t'avais bien dit que je pouvais me comporter comme un garçon sérieux.

Je l'ai vu incliner la tête. A l'instant même où sa bouche se posait sur la mienne, une chaleur très douce s'est répandue dans tout mon corps ; le cœur du foyer se lovait dans ma poitrine. Brendan m'a d'abord embrassée tendrement, en prenant mon visage au creux de sa main. Bouleversée, je me suis abandonnée. Et là, son baiser s'est fait plus intense.

J'avais souvent rêvé à cet instant, mais rien n'aurait pu me préparer à ce que j'ai éprouvé. Sa bouche sur la mienne, son grand corps contre le mien, sa main dans mes cheveux… tout cela me submergeait, et c'était en même temps tout naturel. Comme un retour au foyer après une longue absence. Comme si ma place était là, dans les bras de Brendan, de toute éternité. Si bien que, quand il s'est écarté, j'ai ressenti une espèce de vertige heureux rien qu'à voir qu'il était aussi étourdi que moi.

Il a posé son front sur le mien ; pendant quelques instants, nous avons juste respiré. Puis il a levé la tête pour presser ses lèvres sur mon front en murmurant :

— C'était stupéfiant.

Encore un baiser, dans mon cou cette fois, et il a soufflé à mon oreille :

— On se voit demain. Je t'envoie un texto pour te donner mon adresse. Viens aussi tôt que tu le pourras.

Il s'est redressé en reculant d'un pas. Nous avons échangé un dernier sourire, un dernier bonsoir, et j'ai flotté sans toucher le sol jusqu'à l'auvent qui abritait l'entrée de mon immeuble. Planté sur le pas de la porte, le portier en uniforme nous toisait avec ironie. Sans me préoccuper de lui, je me suis retournée vers Brendan qui me couvait des yeux depuis le trottoir. Un dernier regard, et je me suis engouffrée dans l'ascenseur.

J'avais vu des films où, après le premier baiser, l'héroïne referme sa porte et s'y adosse avec un soupir extatique. Je prenais cela pour un stupide cliché hollywoodien — et pourtant, oui, j'ai refermé la porte de l'appartement de ma tante et m'y suis adossée en soupirant de bonheur.

J'ai entendu la voix de ma tante :

— Tu as passé une bonne soirée ?

— Oui, tante Christine.

Elle émergea de la cuisine en peignoir rose et pantoufles assorties, me dévisagea un bref instant et observa :

— Je suppose qu'il y avait un garçon ?

— Oui, tante Christine.

— Il doit compter pour toi, alors.

Avec un soupir, elle s'est installée sur le canapé du salon et, tout naturellement, elle a ajouté :

— J'avais exactement ta tête la première fois que ton oncle George m'a embrassée.

Instinctivement, j'ai posé la main sur ma bouche. Tante Christine a fait la moue, comme si elle s'apprêtait à me faire des reproches, puis j'ai vu son regard vaciller et se tourner vers la photo d'elle avec l'oncle George, en vacances à Dublin. Leur dernier voyage.

L'histoire de leur rencontre était célèbre dans la famille. C'était un soir de première, à l'époque où Christine était danseuse à Broadway et George un producteur célèbre.

— Nous ne nous sommes plus quittés. Six mois plus tard, nous étions mariés.

— Oncle George était vraiment superbe.

— Oh ! oui !

C'était touchant qu'elle semble heureuse de se souvenir plutôt que triste de l'avoir perdu.

— J'ai eu beaucoup de chance de connaître un amour pareil. Alors, dis-moi, ce garçon... Il est en cours avec toi ?

— Oui... Il s'appelle Brendan Salinger.

C'était impressionnant de prononcer son nom tout haut. Et impressionnant aussi de voir les yeux de ma tante s'arrondir.

— Comment, le petit Salinger ?

— Oui. Ce n'est pas une bonne chose ?

— Ma foi, ce n'est pas une mauvaise chose en soi, ma grande. Sa famille est très… en vue, voilà tout. Je croise sa mère au conseil d'administration du lycée, et aussi dans des galas de charité.

« En vue » ? Avant que je puisse lui demander ce qu'elle entendait par là, elle m'a demandé si j'allais le revoir.

— Je vais chez lui demain, si tu es d'accord.

— Bien sûr, ma chérie. La famille d'Ashley nous a invitées à dîner, mais j'irai sans toi. Ne reste pas trop tard, tu as cours le lendemain.

Je me jetai dans ses bras et l'étreignis de toutes mes forces en chuchotant :

— Merci, tante Christine. Merci.

Hélas, dès que je me suis blottie sous ma couette, le petit nuage rose s'est dissipé et j'ai senti les angoisses familières crouler sur moi. Dire que tout m'était sorti de l'esprit, malédiction, sorcière et blason magique ! Comment était-ce possible : tous mes questionnements s'envolaient dès que j'étais auprès de Brendan, sa seule présence faisait chuter mon QI. Et pas seulement sa présence mais aussi ses yeux hypnotiques, ses lèvres… *Non, Emma, concentre-toi !*

Eh bien, c'était juré : je resterais plus lucide le lendemain, je chercherais des signes indiscutables indiquant si, oui ou non, Brendan était mon âme sœur prédestinée. Ensuite, je pourrais m'inquiéter de savoir à quoi, concrètement, me condamnait la malédiction.

Après tout, il m'avait embrassée ce soir et il ne s'était rien passé de catastrophique ! Satisfaite, je me suis roulée en boule dans mon lit douillet et j'ai aussitôt sombré dans le sommeil.

En ouvrant les yeux, encore tout engourdie, je m'attendais à voir la porte ouverte sur la perspective du couloir menant à la salle de bains. Mais ce que je vis était très différent. Je me suis redressée brusquement en contemplant le décor avec stupeur — de lourds rideaux de brocart et une chambre inconnue qui sentait la pierre humide ! Je ne portais plus mon pyjama à carreaux bleus mais une longue chemise de nuit blanche, un peu rêche, qui semblait cousue à la main.

Cette chambre caverne me fit horreur. Je m'en arrachai, la pierre glaciale du sol brûla mes pieds nus. Je me sentis totalement vulnérable. Et faible. Que se passait-il, j'étais malade ? Oui, sûrement. A chaque pas, ma nausée empirait ainsi que mon vertige. La panique enflait en moi. Il fallait absolument sortir, échapper à cet endroit. Je n'avais plus un instant à perdre !

J'ai quitté cette chambre étrange en m'appuyant aux murs ; au hasard, je me suis engagée dans un petit escalier en colimaçon ; mes ongles secs se cassaient dans les fentes entre les moellons. Mes pieds étaient trop lourds, des frissons affreux me secouaient. En bas, j'ai trouvé un couloir dallé, éclairé par un rayon de lune. En rassemblant mes dernières forces, je me suis traînée jusqu'à la lourde porte de bois qui en fermait l'extrémité. Il me semblait que si je parvenais à la franchir, je serais sauvée. Je dus lutter pour soulever une barre massive et pour faire jouer des verrous grossiers. Au bord de l'évanouissement, je tirai le battant.

Enfin l'air libre, le ciel étoilé ! Un puissant parfum de roses m'a frappée au visage, mêlé à l'odeur fraîche de l'herbe fauchée. Tremblante d'épuisement, j'ai cherché à percer l'obscurité du jardin, à l'affût du danger. Rien, pas un mouvement, pas un son. Un peu rassurée, je me suis dirigée en trébuchant vers les rosiers.

Un cri rauque et guttural ! Dans un sursaut affreux, je me suis retournée en réprimant un cri. Un groupe d'hommes se ruait vers moi, je ne distinguais pas leurs visages, juste leurs silhouettes géantes, terrifiantes. J'ai entendu la voix d'Ethan me crier :

— *Sauve-toi !*

La terreur m'a donné la force de courir. Je me penchai, filai entre les buissons odorants… mais trois nouveaux intrus se dressèrent devant moi, ils appelaient les autres de leurs voix rauques. Cernée, aux abois, je tournoyai sur moi-même, les mains brandies comme des griffes.

Quand le cercle des hommes se referma sur moi, je n'entendis plus rien que le battement assourdissant de mon propre cœur. Ils criaient mais je ne comprenais rien, je voyais seulement leurs faces grossières, leurs barbes sales, je sentais leurs mains sur moi qui me poussaient, déchiraient mon vêtement. L'un d'eux me frappa, je m'effondrai dans l'herbe douce, humide de rosée. Agrippée des deux mains à la terre noire, je parvins à relever la tête ; la meute m'entourait mais, entre leurs têtes, je vis la lune, un croissant tout simple dans un ciel très pur. Puis une douleur affreuse déchira ma poitrine.

Je me suis redressée convulsivement dans mon lit, les mains pressées sur mes côtes. Je sentais encore la douleur brûlante du couteau. Malade d'horreur, j'ai senti mon doigt glisser à travers un trou de l'étoffe de mon pyjama, juste au niveau de mon cœur. Un trou qui n'était pas là quand je m'étais endormie.

Je savais très bien ce que je venais de voir, ou plutôt de vivre : les derniers instants de Gloriana, *mes* derniers instants. Et maintenant, la malédiction rassemblait ses forces pour une nouvelle mise à mort. Je ne voulais pas affronter un sort aussi affreux ! Mon vertige s'intensifia, j'avais besoin de m'étendre… mais j'étais déjà couchée dans mon lit.

Les mains tremblantes, je saisis mon téléphone. Il était beaucoup trop tard pour appeler Angelique. Un texto, plutôt. Je dus m'y reprendre à plusieurs fois pour le composer : « Rappelle-moi asap, il y a du nouveau. Urgent ! » Puis je restai assise toute raide dans mon lit en espérant contre toute vraisemblance qu'elle me répondrait aussitôt.

Nous ne sommes pas faits pour endurer longtemps une telle terreur. Dans ma chambre bien tranquille de New York, aucun danger immédiat ne me menaçait. Je finis par me calmer un peu. Je venais de faire un cauchemar. Incroyablement violent, mais un cauchemar seulement. Je m'étais endormie en décidant d'ouvrir l'œil et de guetter tous les signes pouvant me confirmer que la malédiction était bien réelle. Mon angoisse s'était donc transposée dans mes rêves, et…

Mais non, bien sûr que non, qui essayais-je encore de tromper ? J'avais demandé un *signe* et il venait de m'être donné, aussi clair que possible. *J'étais* Gloriana. Et, maintenant, qu'étais-je censée faire de cette révélation ?

# 13

J'ai dû finir par m'endormir : je me suis réveillée recroquevillée sur moi-même, la main crispée sur mon portable. On était dimanche matin et Angelique ne m'avait pas rappelée. J'ai laissé un premier message, relativement calme :

— Angelique, c'est Emma. Tu me rappelles ?

Puis je suis allée prendre ma douche, sûre de trouver une réponse en revenant. Mais il n'y avait toujours rien, et ma seconde tentative s'est encore cognée contre sa messagerie. Deuxième message, déjà moins calme :

— Angelique, c'est encore moi. Je t'en prie, téléphone ! Il y a du nouveau et tu es la seule à pouvoir m'aider.

Mon troisième message frisait l'hystérie.

— Angelique ! J'ai rêvé de la mort de Gloriana cette nuit. C'était totalement réel, c'était… Et moi, je suis censée passer la journée avec Brendan. Et tu avais raison, c'est lui. Oui, quel choc, je sais. Tu penses que je dois y aller ? Je ne sais plus quoi faire ! Je t'en prie, je t'en prie, appelle !

J'avais désespérément besoin de la joindre avant… Bon, l'heure n'était pas aux euphémismes, avant mon *rendez-vous* avec Brendan. Tout, mais absolument tout, me poussait vers une conclusion et une seule : aussi invraisemblable que cela puisse paraître, nous étions bien des âmes sœurs, des amants poursuivis par le sort, des fiancés maudits.

En toute logique, j'aurais dû partir en courant, décider de ne jamais le revoir… mais cela, je ne pouvais même plus l'imaginer.

J'ai pourtant fourni un effort. Après mûre réflexion, j'ai passé un marché avec moi-même : si Angelique estimait que c'était trop dangereux, je n'irais pas. Pour plus de sécurité, j'ai branché le portable dans son chargeur.

Mais elle n'a pas rappelé.

Annuler à la dernière minute ? Impossible. En toute franchise, je ne *voulais* pas annuler. Plus je pensais à Brendan (et à ce que j'avais éprouvé au moment où il m'embrassait), plus il me semblait évident que j'irais le retrouver aujourd'hui. Une force me poussait vers lui, bien plus puissante que son fabuleux charme et sa séduction ravageuse de garçon magnifique : auprès de lui, je me sentais heureuse. Guérie du chagrin et des blessures de ces dernières années. Le bonheur, je l'avais connu à si faible dose que j'étais prête à tout pour en ravoir. Même à affronter une malédiction !

Voilà, c'était décidé : je rangerais tout ce que je venais de découvrir dans un coffre fermé à clé, et je filerais chez Brendan.

Ce fut tout de même un choc de trouver, en arrivant, une confirmation supplémentaire de nos hypothèses occultes — ou du moins une confirmation de la position sociale des Salinger. A l'adresse indiquée, je suis tombée, abasourdie, sur une demeure de quatre étages dans la plus pure tradition du vieux Manhattan. Une *brownstone* entière pour une seule famille, plus personne ne s'offrait ça depuis la Dépression ! La façade était austère, mais une balustrade ouvragée encadrait le perron de ses courbes gracieuses et, juste en face, il y avait un petit jardin public avec vue sur l'Hudson.

Incrédule, j'ai vérifié le numéro doré de la grille ; pas de doute, c'était celui que m'avait donné Brendan. Je comprenais mieux maintenant le petit commentaire de tante Christine : « en vue » signifiait riche, immensément. En se réincarnant dans son descendant, Archer avait donc effectivement obtenu la fortune qu'il demandait — à condition que la légende n'en soit pas une, bien sûr.

Une voix métallique, toute proche, a prononcé mon nom. Un sursaut horrible m'a fait tressaillir… avant que je n'identifie la provenance du son : un petit boîtier blanc fixé à la grille.

— Tu comptes contempler ma maison encore longtemps ou tu as l'intention d'entrer ?

Même déformée, j'ai reconnu la voix de Brendan. Il y a eu un vrombissement, un déclic. J'ai poussé la grille, qui était lourde ; quelque chose en moi s'est crispé car son poids me rappelait, obscurément, mon cauchemar et l'effort que j'avais dû fournir pour ouvrir la porte du jardin.

Il m'a semblé que, jusque-là, je n'avais pas vraiment mesuré ce que je m'apprêtais à faire. J'entrais chez Brendan, nous allions être seuls tous les deux. Juste Brendan, moi, et la conviction qu'il m'était destiné depuis des siècles. C'était… impressionnant.

Je gravissais les quelques marches du perron quand la porte s'est ouverte ; Brendan est apparu sur le seuil, très décontracté, en chaussettes, jean et sweat dézippé sur un T-shirt blanc. Moi, j'avais opté pour un pantalon gris, une chemise noire à décolleté rond et mes bottes à talons.

— Emma...

Il a entouré mes épaules de son bras, m'a attirée à l'intérieur en refermant la porte du talon et en pressant ses lèvres sur les miennes dans un baiser rapide et très doux... et toutes mes angoisses se sont envolées d'un seul coup.

— Tu es encore venue en courant ?

Il me souriait, un sourire chaleureux et intime. Courtoisement, il m'a aidée à retirer ma veste de laine et l'a accrochée à un meuble fabuleux, une sorte d'antiquité exotique dressée à côté de la porte.

— Non, j'ai pris le métro.

Je n'ai pas précisé que je m'étais trompée de station. Son regard s'est posé sur mes bottes et il a ajouté, assez gêné :

— Moi, j'apprécie le look, mais ma mère demande qu'on retire ses chaussures dans la maison. Ça t'ennuie ?

— Bien sûr que non.

Je me suis appuyée à son épaule pour me déchausser. En fait, j'étais bien contente de m'en défaire : je vivais en Converse, je n'avais pas l'habitude des talons, et mes pieds commençaient déjà à me faire mal. Dès que je me suis retrouvée en chaussettes (par chance, j'avais choisi des socquettes à pois assez craquantes), Brendan m'a saisi la main en s'écriant :

— Viens, je te fais visiter !

Si la façade m'avait impressionnée, l'intérieur me fit halluciner. Spectaculaire ! Nous avons passé la tête dans une sorte de salon d'apparat qui occupait à peu près tout le rez-de-chaussée. Une immense étendue de parquet vitrifié, des fauteuils et des canapés couverts de brocart à ramages, des portes-fenêtres donnant sur de la verdure… De retour dans le hall d'entrée (vertigineux), nous nous sommes engagés dans un escalier de merisier qui aboutissait à une cuisine ultramoderne. Changement de siècle ! C'était une cuisine comme on n'en voit qu'à la télé, avec une déco sublime et un réfrigérateur à deux portes en acier brossé. Pendant que Brendan fourrageait dans le frigo, je regardais autour de moi, médusée. Une grande jatte de céramique blanche pleine d'oranges était posée devant une fenêtre aux rideaux de lin orange ; la même couleur se retrouvait sur les coussins des chaises disposées autour d'une table blanche. J'ai compris que les fruits n'étaient pas là pour qu'on les mange, ils faisaient partie de la décoration. Cela existait donc, des fruits *fashion* ? Les bananes, c'était l'an dernier ?

— C'est celui-ci que tu aimes, non ? m'a demandé Brendan en me tendant une petite bouteille de thé glacé au citron.

— Oui, j'adore. Toi aussi ?

J'en voyais un pack au frais. Il a pris un Pepsi en répondant négligemment :

— Pas plus que ça. Juste, quand j'ai su que tu venais, j'ai demandé à Dina d'en acheter pour toi.

— Qui est Dina ?

— La gouvernante. Tu veux voir l'autre salon ?

Décidément dépassée par les événements, j'ai hoché la tête et me suis laissé entraîner vers une porte à double battant au fond de la cuisine. Une demeure de quatre étages au cœur de Manhattan ? Une gouvernante ? *L'autre* salon ? Au nom du ciel, quel besoin avait-on d'un salon de rechange ? Si jamais le premier se trouvait dans l'incapacité de remplir ses fonctions, c'était la doublure qui reprenait le rôle ?

L'explication était simple : le salon du rez-de-chaussée servait aux réceptions et la famille se réservait celui de l'étage. Il y avait là un écran géant, une chaîne ultra-compliquée protégée par une vitrine de verre, des rayonnages contenant tous les films et tous les jeux vidéo possibles… Mes pieds s'enfonçaient dans une moquette épaisse et moelleuse. Les fenêtres s'ouvraient sur un balcon qui donnait à son tour sur un jardin impeccablement tenu.

Un soupir époustouflé m'a échappé. Sans le moindre doute, je visitais là la maison la plus luxueuse que j'aie jamais vue, même à la télé. « En vue », c'était trop peu dire ; dans l'univers entier, il existait sans doute quelques autres familles aussi riches et puissantes que les Salinger, mais elles devaient se compter sur les doigts de la main. Toutes mes théories sur une prétendue destinée nous poussant, Brendan et moi, dans les bras l'un de l'autre me semblèrent tout à coup absurdes. Un rêve. Comment avais-je même pu imaginer avoir ma place auprès d'un garçon comme lui ?

— Je sais, c'est un peu tape-à-l'œil, a-t-il lâché avec une grimace. Rien que la cuisine… On pourrait imaginer que quelqu'un dans cette famille prépare des repas. Mon étage est bien plus discret.

— Ton *étage* ?

Il aurait aussi bien pu dire « mon île ». Ma petite île du Pacifique où j'aime aller me ressourcer quand le stress me gagne… Je me sentais de plus en plus crispée. Destinés l'un à l'autre… quelle oie j'étais ! Jamais, au grand jamais, ce garçon parfait, avec sa vie parfaite, ne se contenterait d'une fille telle que Emma Connor.

Brendan m'a de nouveau entraînée dans l'escalier et nous avons dépassé le troisième niveau sans nous arrêter.

— La chambre de mes parents, la chambre d'amis, le bureau de mon père. Moi, je suis au-dessus.

— En somme, tu as le penthouse !

Je cherchais à plaisanter mais ça sonnait faux, un peu piteux. Brendan ne releva pas ; peut-être n'avait-il rien remarqué. Tout en haut des marches, il poussa une porte découpée dans le même bois somptueux, un peu rosé, que l'escalier. Je me raidis en prévision du lit à baldaquin, des diamants bruts répandus ici et là sur un sol de marbre… mais lorsque je franchis la porte à mon tour, une heureuse surprise m'attendait.

Poussé contre un mur de briques nues, il y avait un lit avec une couette bleue assez négligemment jetée sur le matelas. Non seulement le lit n'avait pas de cadre sculpté, mais il n'avait pas de cadre du tout. Une télé suspendue au mur face au lit, un bureau simple et fonctionnel ; posé sur le bureau, un ordinateur portable haut de gamme avec plusieurs haut-parleurs et un fouillis de câbles. Son matériel de DJ s'empilait dans un angle de la pièce et le reste du mobilier était tout aussi ordinaire : une commode, un canapé sombre, une table de nuit. Sur les murs de plâtre blanc mat, une foule d'affiches encadrées de musiciens — du rock classique comme The Who aux DJ dont je n'avais jamais entendu parler. Au mur près du bureau, un tableau de liège avec un méli-mélo de feuilles et de photos épinglées.

Très consciente que Brendan ne me quittait pas des yeux, j'ai bouclé ma revue en examinant la collection de disques vinyle vintage et sa figurine de Han Solo posée sur une baffle. Subitement, il s'est écrié :

— Oh ! attends, attends !

Il a foncé vers son bureau et ôté quelque chose du tableau de liège.

— La photo d'une ancienne petite amie ? ai-je demandé d'un ton faussement léger.

Je m'efforçais de ne trahir aucune jalousie, je voulais à tout prix rester cool.

— Non, rien, dit-il en fourrant le papier dans sa poche.

— Oh ! Allez, fais voir ! Tu as dit : pas de secrets.

Il me saisit par la taille, murmura :

— Tout à l'heure, peut-être…

Puis il m'embrassa dans le cou. Je sentis mes genoux flageoler ; sa voix revint chatouiller mon oreille.

— Je suis vraiment content que tu sois là.

Et de nouveau, il m'embrassa. Je m'appuyais contre sa poitrine en savourant un doux contentement…

Sauf qu'un signal d'alarme se déclencha dans ma tête. C'était insensé de me sentir aussi à l'aise dans cette situation ! Vu le contexte, j'aurais dû être la première à tenir compte des avertissements des contes de fées : n'accepte pas la pomme que t'offre une vieille inconnue, ne t'aventure pas seule dans la chambre d'un garçon. Quand le Malheur veut t'attirer dans ses filets, le Malheur soigne ses mises en scène — et je me sentais trop bien avec Brendan, trop vite…

Je me suis dégagée sans la moindre grâce : j'ai littéralement bondi hors de son étreinte. Je ne voulais surtout pas lui faire de peine, mais la panique ne se commande pas. Stupéfait, il s'est écrié :

— J'ai fait quelque chose de travers ?…

— C'est juste… Enfin, je ne… Pardon.

Voilà un mois que je rêvais à ce moment et quand il se présentait enfin, j'étais incapable d'en profiter ! Brendan sembla comprendre, plus ou moins. Sans rien ajouter, il saisit son ordinateur portable et se laissa tomber sur le canapé.

— Tiens regarde, dit-il. C'est trop cool, mon grand-père m'a donné tout un lot de vieilles photos de famille, et je les ai scannées. Il y a des images extraordinaires du New York d'autrefois.

Des photos de famille, rien de tel pour casser une ambiance un peu trop intime. Un bon point pour lui ! Je l'ai rejoint sur le canapé et, tout en fouillant dans ses fichiers, il a observé avec un regard en coin :

— Comme tu me l'as fait remarquer, tu ne sais rien de moi ou de ma famille !

Dans un sens, j'en savais plus que lui ! A moins que toute cette histoire ne soit un pur délire ?

— Tiens, voilà ma mère quand elle avait seize ans. Elle était mannequin dans les années 70.

Mais bien sûr ! Très blonde, le visage fin, elle ne ressemblait en rien à son grand pirate de fils, exception faite des magnifiques yeux verts qui fixaient l'objectif avec une expression si glamour. D'autres photos défilèrent. Comme les membres de sa famille étaient souvent photographiés dans des soirées de la haute société, je reconnus un certain nombre de célébrités.

— Mon grand-père m'a aussi donné une photo vraiment ancienne, dit-il enfin.

Il cliqua sur plusieurs fichiers jpeg, les referma.

— Attends, où est-ce que… Je ne sais plus comment

je l'ai appelée. Emma, cette photo a près d'un siècle, c'est la maison qui était à l'emplacement de celle-ci.

— Cette maison est récente ?

— Enfin, récente... Mon arrière-arrière-grand-père a fait construire une première maison sur ce terrain dans les années 1900. Mon arrière-grand-père a bâti celle-ci juste avant la grande Dépression. Tiens, voilà la photo !

Il double-cliqua sur une icône. Le scan était granuleux, on voyait la cassure de la photo d'origine, mais le sujet me fut instantanément, terriblement familier. J'aurais reconnu cette maison n'importe où, sa façade remplissait mes cauchemars.

— Non...

Instinctivement, je me suis tournée vers la fenêtre. De cet étage, on voyait scintiller le fleuve Hudson. Un panorama familier, lui aussi, j'en eus tout à coup la certitude. Comme un éclair dans ma tête, une sensation, un souvenir fugace... j'eus beau tenter de m'y accrocher, il m'avait déjà échappé. C'était la première fois que je ressentais cela, mais je connaissais le nom du phénomène. Un affreux malaise me saisit car je venais de faire l'expérience du fameux « déjà-vu », d'après Angelique l'un des symptômes qui accompagnent les capacités psychiques ou magiques...

— Emma ? Tu es toute pâle.

Brendan se penchait vers moi. Je me suis détournée brusquement, incapable de le regarder en face. Carrément inquiet, il s'est écrié :

— Emma ? Tu trembles !

— J'ai rêvé de cette maison.

La petite phrase m'avait échappé, j'aurais donné n'importe quoi pour la ravaler. Et aussi pour que Brendan ne m'ait pas entendue parler de cette voix piteuse ! Je n'osais plus lever les yeux, j'avais trop peur de voir son expression. Il allait prendre l'air réservé et distant qui signifiait qu'il me considérait comme une folle. Qu'il regrettait de m'avoir invitée chez lui. Il allait trouver un moyen poli de me mettre à la porte et il ne m'adresserait jamais plus la parole.

Comme pour s'assurer qu'il avait bien entendu, il répéta :

— Tu as rêvé de la maison de cette photo ?

Ne sachant que faire d'autre, j'acquiesçai.

— Et qu'as-tu rêvé, exactement ?

Il parlait calmement, bien qu'à voix basse, en contemplant l'image.

— J'ai rêvé que j'étais dans la maison.

Je tendis le doigt, hésitai un instant et le posai sur la porte d'entrée. Oui, je connaissais cette porte. Le regard toujours fixé sur la photo, Brendan insista :

— Regarde-la bien. Tu es tout à fait sûre ?

— J'ai rêvé qu'elle brûlait.

Ma voix chevrotait lamentablement. J'ai vu Brendan serrer les paupières comme sous le coup d'une douleur subite ; il a rabattu l'écran de son portable.

— Tu te souviens que j'ai raté les cours quelques jours cette semaine ?

Il se tassait un peu sur lui-même pour se mettre à ma hauteur. Son visage était sérieux, presque tragique. J'ai hoché la tête, et il a enchaîné :

— En fait, je suis allé à Westchester voir mon grand-père. C'est le doyen de la famille, il était le mieux placé pour savoir…

Il a pris ma main entre les siennes, l'a contemplée. Je

commençais à me ressaisir. Il ne cherchait ni à prendre ses distances ni à se débarrasser de moi… et c'était lui, maintenant, qui semblait avoir du mal à me regarder en face.

— Il y a toujours eu une espèce de plaisanterie chez les Salinger, au sujet d'une sorte de… Bon, je n'arrive pas à croire que je te raconte ça… une sorte de *malédiction*. Je croyais que c'était une histoire débile qu'on se transmettait de génération en génération, par tradition, parce que…

Il a eu un geste expressif pour montrer son environnement luxueux.

— Parce que, clairement, nous avons eu beaucoup de chance ! Emma, tu vas penser que je suis complètement dingue.

Le cœur serré et les yeux dans les yeux, je lui dis :

— Je peux te promettre que non, Brendan. Je serais bien la dernière à penser que tu es dingue.

Il me jeta un regard circonspect ; ce qu'il lut sur mon visage lui donna le courage de continuer son explication.

— C'était juste une histoire qu'on racontait aux mariages et aux réunions de famille. Paraît-il, toutes les deux ou trois générations, l'un d'entre nous devait vivre une histoire d'amour extraordinaire, une passion comme dans les romans. Seulement, l'histoire était fichue d'avance, elle devait forcément se terminer en *epic fail*. Si bien que, chaque fois que l'un de mes cousins se faisait plaquer ou démolir par une fille, on rigolait en disant que c'était la malédiction de la famille. Personne, mais personne, ne prenait ça au sérieux ! Surtout pas moi…

Il releva les yeux pour évaluer ma réaction. Moi, j'étais

bien incapable de réagir, j'attendais la suite ! Rassuré par mon attitude, il enchaîna :

— La malédiction est liée au blason de nos ancêtres. On prétend que si l'un des Salinger rencontre une femme qui porte ce blason, elle est… l'amour de sa vie.

Sa voix se fit très douce sur ces derniers mots. Il rougit un peu, détourna les yeux et reprit d'un ton beaucoup plus désinvolte :

— Mon grand-père possède une bibliothèque monumentale, avec beaucoup de documentation sur la famille. J'ai eu envie de faire des recherches sur le blason parce que…

Il s'interrompit. Sa main se leva, cueillit délicatement mon pendentif ; il conclut :

— Parce que tu le portes autour du cou.

Mon médaillon me brûla la peau quand il le lâcha. J'aurais voulu m'expliquer à mon tour, lui dire que j'étais au courant de toute l'histoire, mais j'étais incapable d'articuler un mot. Jusqu'à cet instant, une voix rebelle au fond de moi s'était obstinée à clamer, envers et contre tout, que les malédictions n'existaient pas. Celle-ci n'était qu'un fantasme, une tentative assez lamentable de ma part pour me persuader qu'il existait un lien entre Brendan et moi. Mais là… la réalité de la situation croulait sur moi et j'étais muette d'horreur. Brendan venait de me résumer l'histoire lue dans les *Légendes médiévales*. Nous étions *réellement* en danger… et mon frère cherchait *réellement* à me mettre en garde.

Brendan expliqua :

— J'ai trouvé quelques mentions de l'histoire dans des vieux livres, mais ils ne faisaient que répéter ce que je savais déjà : l'un de mes ancêtres a remanié le blason de notre famille en souvenir de sa femme. Donc, je me suis décidé à interroger mon grand-père, et il m'a parlé de la maison qui s'élevait ici même, avant.

Il se renversa contre le dossier du canapé en se frottant les yeux.

— Ça n'a ni queue ni tête, ce que je te raconte.

— En fait, si.

Poussée par une impulsion subite, j'ai osé saisir sa main entre les miennes.

— Explique-moi, pour la maison…

Il tourna la tête pour jauger mon expression, laissa échapper un gros soupir et se lança :

— Mon aïeul, Robert Salinger, vivait ici, dans la maison dont tu as rêvé. Sur son lit de mort, il a confié à son petit-fils, mon grand-père, que, selon lui, la malédiction était réelle. Tout jeune, il était tombé raide dingue amoureux d'une ouvrière appelée Constance. Il l'appelait « son ange d'or », je suppose qu'elle était blonde… Bref, le coup de foudre. Ils allaient se marier, en cachette bien sûr parce que la famille n'aurait jamais été d'accord. Elle est morte à la veille du mariage.

» Le pire, c'est qu'ils croyaient avoir trompé le destin. Quand ils se sont rencontrés, elle travaillait dans une fabrique. Un jour, elle lui a avoué qu'elle avait un mauvais pressentiment : elle faisait des cauchemars horribles où elle était piégée dans un incendie. En même temps, elle ne voulait pas plaquer son job, perdre son indépendance ; elle craignait qu'on la soupçonne de ne s'intéresser qu'à la fortune de Robert. Il a protesté, a insisté pour qu'elle démissionne. Elle a fini par le faire… une semaine seulement avant qu'un énorme incendie ne détruise l'usine. Beaucoup d'autres ouvrières ont été tuées mais si la mort cherchait Constance, elle ne l'a pas trouvée ce jour-là. »

Il parlait avec amertume. Tout bas, j'ai murmuré :

— Mais elle était dans la maison quand celle-ci a brûlé.

Il ne confirma pas directement, ce qui était en soi une réponse.

— On pense qu'il y a eu un court-circuit. Un problème au niveau des fusibles. Robert pensait avoir réglé la question mais manifestement, il n'était pas très bricoleur.

Il se tut un instant puis, avec un pâle sourire, il expliqua :

— A l'époque, les petites pièces de un *penny* étaient en cuivre. Robert s'est contenté d'enfoncer des piécettes dans la boîte à fusibles ; un domestique lui avait expliqué comment faire. Fichu gosse de riche ! Il était tout fier d'avoir effectué un vrai travail manuel.

— Ça peut marcher, ça ?

— Il paraît, mais je ne te dis pas la catastrophe au niveau de la sécurité ! Le courant passe, sauf qu'il n'y a aucun moyen de le réguler. Plus de disjoncteur. Et Constance détestait se trouver seule dans la maison, elle la trouvait trop grande, trop sombre…

— Alors elle a allumé toutes les lumières…, ai-je soupiré, atterrée.

Brendan a acquiescé sombrement.

— Robert n'a pas eu la patience de faire venir un électricien, c'était plus facile de glisser un *penny* de cuivre à l'emplacement du fusible. Il s'est toujours senti responsable de la mort de Constance.

Sa voix s'éteignit, il réfléchit quelques instants, puis haussa les épaules et reprit d'une voix plus gaie :

— Les malheurs arrivent, c'est juste la vie. Tu ne crois pas ?

J'ai passé en revue tous les événements qui avaient contribué à m'emmener à ce jour, à cette heure et dans ce canapé. Effectivement, des drames pouvaient se produire…

— Constance portait le blason ? ai-je alors demandé.

Brendan m'a jeté un regard troublé.

— Oui. Une broche.

Comme la broche de mon rêve. Ce rêve où je m'étais vue blonde.

— J'espère que sa broche était un peu plus discrète que ton médaillon ; c'est comme si tu portais une enseigne au néon autour du cou ! En tout cas, mon grand-père pense que la malédiction n'est pas une légende.

— Alors l'histoire du comte Archer est réelle aussi.

J'avais murmuré ça pour moi-même.

— Tu connais son nom ? s'est étonné Brendan, soudain très tendu.

— Moi aussi, j'ai fait des recherches. J'ai toujours voulu savoir ce que signifie mon médaillon. Jusque-là, je n'avais jamais rien trouvé. Mais Angelique… tu la connais ?

— Celle qui se prend pour une sorcière ?

— Elle l'est. Elle a tout de suite compris ; elle m'a prêté de vieux livres sur les armoiries et les légendes. Sa mère est une spécialiste du Moyen Age. C'est là que j'ai lu toute l'histoire.

— Et tu ne m'as rien dit !

Je l'ai dévisagé, bouche bée.

— Tu plaisantes ? Tu me vois venir te voir à la cafétéria et m'écrier : « Hé, Brendan ! Devine ! Je suis ton âme sœur et je vais mourir à cause de toi ! » Qu'est-ce que tu aurais pensé de moi ? Et puis, j'ai lu la légende dans un livre truffé d'histoires de dragons et de licornes ; comment démêler les légendes et les véritables avertissements...

— D'accord, je vois... Est-ce que dans ces livres dont tu me parles, on révèle la raison pour laquelle les femmes qui portent nos armoiries sont forcément condamnées à une fin atroce ?

— Il semble que ça n'arrive pas à chaque génération. Enfin, je veux dire, le livre était abîmé, il manquait des pages... En revanche, je peux te dire comment le mauvais sort a été jeté.

Brendan m'a transpercée de son regard d'émeraude. Les deux mains plongées dans ses cheveux, il m'a demandé, tout troublé :

— Raconte...

J'ai respiré à fond et je me suis lancée.

J'ai conté la triste histoire d'Archer d'Aglaeon, condamné à un deuil éternel, et de Gloriana, son amour éternellement réincarné qui porte son blason.

Les conclusions à tirer du dénouement de cette histoire étaient si évidentes que je n'ai même pas eu à les formuler : Brendan et moi venions de passer près de mille ans à nous chercher, et nous étions probablement maudits.

# 14

Brendan réfléchissait, la tête entre les mains. Je n'osais plus faire un geste. N'y tenant plus, j'ai tout de même fini par tendre la main pour effleurer son bras ; il l'a saisie, si brusquement que j'ai sursauté, et il m'a lâchée comme s'il venait d'empoigner des tessons de verre.

— Je t'ai fait mal ? Désolé ! Et… je suis désolé aussi de t'avoir causé de la peine, en t'ignorant. Je savais seulement que tu m'attirais… Non, le mot n'est pas assez fort.

Il se mordait la lèvre, le regard dans le vague.

— Envoûté ! Je me sentais envoûté, a-t-il dit, finalement. Et franchement, je ne savais pas comment réagir.

La gêne s'était envolée, nous nous regardions bien en face. Le fait de tout mettre sur la table nous avait libérés.

— Dès ton premier jour au lycée, je t'ai trouvée… fascinante. Lorsque je t'ai entendue tenir tête à Kristin. Puis je me suis retourné… et je t'ai *vue*. J'ai vu ton visage.

Le regard très tendre tout à coup, il effleura ma joue du dos de la main.

— Et c'est seulement après, que j'ai remarqué ton médaillon. Je n'ai pas distingué le motif ; j'ai seulement été intrigué et agréablement surpris que tu portes un bijou si différent de ceux que choisissent les autres filles du lycée.

Il rougissait ! Tête basse, il me jeta un regard en coin en avouant :

— Je me suis mis à penser à toi tout le temps. C'était comme si je t'avais attendue toute ma vie. Ça n'avait aucun sens !

Mon pendentif semblait l'ensorceler. Une fois de plus, il a tendu la main pour le toucher.

— Je ne réussissais pas à comprendre pourquoi tu m'aimantais si fort. Après tout, j'ignorais tout de toi, sauf que… Disons que tu ne te laissais pas marcher sur les pieds, et que tu mentais…

Il vit mon expression et précisa aussitôt, contrit :

— La Congress Academy ? Je suis sûr que tu as tes raisons mais… tout de même !

Maintenant qu'il avait commencé à se confier, il déversait tout ce qu'il avait sur le cœur.

— Avant que tu ne débarques, je tirais une sorte de fierté de ne m'intéresser à aucune fille du lycée. Alors, craquer, comme ça, tout à coup, pour une petite princesse qui avait quelque chose à cacher…

» Ensuite, Anthony a commencé à la ramener. Il se vantait d'être plus rapide que son ombre ; à l'entendre, il t'avait déjà coincée dans le couloir dès le premier matin — d'ailleurs, je l'avais vu t'entreprendre. Il pensait que tu serais une proie facile. »

Je me souvenais très bien de ce jour-là… et de Brendan repoussant vivement sa chaise et se ruant hors de la cafétéria. Abasourdie, j'ai murmuré :

— Et vous vous êtes disputés.

— Tu m'as remarqué, a-t-il répliqué, assez satisfait.

— Tout le monde vous a remarqués : tu as failli lui lancer ta chaise à la tête !

Ce sourire !

— Ce que je veux dire, c'est que je n'avais aucune

raison de me mettre dans un état pareil. Il se vante sans arrêt ! Alors, je n'ai pas compris pourquoi, cette fois, ça me rendait dingue. Je lui ai dit de ne pas s'approcher de toi. Et le jour de la bagarre dans la cour, quand je t'ai vue… Ça a été plus fort que moi. Il allait te cogner, il m'a semblé que s'il posait la main sur toi, j'allais le tuer. Si j'étais arrivé une seconde plus tard…

Il secoua la tête comme pour déloger une image trop dérangeante.

— Je me suis retenu, je l'ai à peine touché parce que je ne voulais pas te faire peur. Après la soirée au Met, je pensais que tu flipperais au moindre geste de violence. Et après, quand on a parlé…

— Tu as remarqué le médaillon.

— Oui. Je suis retourné à mon casier, j'ai comparé les motifs et les pièces du puzzle ont commencé à se mettre en place. Avant, je n'avais pas même pensé à la malédiction des Salinger.

— Mais quand tu posais des questions à Cisco sur moi, et quand tu es venu avec nous au concert de Gabe. Pourquoi… ?

Je fus surprise de le voir baisser les yeux, très gêné.

— Eh bien… Il me semblait que je me débrouillais assez bien pour te cacher à quel point tu me plaisais…

J'ai pensé à ces journées passées à espérer un mot, un regard.

— … Et puis tu as lu ce sonnet.

D'un geste nerveux, il s'est ébouriffé les cheveux. Je me suis revue debout, au fond de la salle de cours, en train de formuler tout haut ces incroyables mots d'amour.

— C'était comme si tu me parlais, à moi…

— C'était un peu ça…

La pudeur revenait s'emparer de nous, paralysante. Nous n'osions plus nous regarder. Très vite, en mangeant ses mots, Brendan expliqua :

— J'espérais que tu allais dire ça. C'est peut-être ridicule, mais c'est ainsi. Et j'étais si…, je crois que je peux dire « intrigué ». Je n'ai jamais rencontré une fille comme toi. Alors, oui, j'ai demandé à Cisco de me parler de toi. Je voyais bien que vous étiez devenus très proches, tous les deux, et je savais que je pouvais lui faire confiance. Il n'irait pas me trahir.

Il avait eu honte de s'intéresser à moi. Il aurait *préféré* que cela ne se produise pas.

— Emma, ne m'en veux pas.

D'un geste merveilleusement tendre, il a repoussé mes cheveux derrière mon oreille.

— Tu finis toujours par penser que ça me gêne qu'on nous voie ensemble, n'est-ce pas ? Je cherchais juste à te protéger de moi ! Tout le monde y serait allé de sa rumeur, si nous nous étions affichés.

J'ai fui son regard.

— Sans doute… Allez, continue.

— Non. Ça me dérange vraiment que tu penses que j'ai honte de me montrer avec toi. Tu sais, le soir du concert… tout était si simple. Je ne m'attendais pas à ce que ce soit si facile de discuter avec toi. Ou à ce que tu me plaises autant. Tout allait trop vite, je perdais pied. Alors j'ai préféré fuir, faire comme si tu n'existais pas.

Penaud, il contemplait le tapis. Que c'était étrange, une réponse aussi… banale, humaine ! Tout à coup, il n'était plus question de malédictions ou de sorcières, juste de la pudeur bien normale d'un garçon de dix-sept ans.

Pour toute réponse, je n'ai trouvé qu'une plaisanterie maladroite :

— Tu ne pouvais pas tout simplement tirer mes tresses ? J'aurais eu moins de mal à gérer !

Il a tiré, délicatement, une mèche de mes cheveux et il m'a souri avec un peu de tristesse.

— C'est mieux comme ça ?

— Beaucoup mieux.

Tant de choses devenaient claires, à présent que nous parlions enfin ! Mon imagination ne me jouait donc pas de mauvais tours quand j'avais cru…

— Tu m'aurais embrassée ce soir-là, n'est-ce pas ?

— Tu ne devinerais même pas à quel point j'en avais envie, soupira-t-il. Il m'a fallu tout mon self-control pour me retenir.

Son regard pesa sur moi, troublé et assombri.

— Emma… Tu comptes déjà tellement pour moi. C'est si fort, presque trop. Tu crois vraiment qu'il se passe quelque chose qui nous dépasse ?

— Je sais bien que cela paraît invraisemblable, mais c'est la seule explication qui tienne compte du blason, des rêves, des avertissements…

— Oui, c'est ce que… Attends, quels avertissements ?

— Tu jures de ne pas me traiter de folle ?

J'ai rassemblé mon courage et je me suis lancée à mon tour, avouant tout — les globes des lampadaires qui explosaient sur mon passage, l'hypothèse d'Angelique selon laquelle mon frère cherchait à m'avertir d'un danger imminent, et mes visions cauchemardesques…

— J'ai vu mon frère dans mes rêves, j'ai entendu sa voix. S'il se donne la peine de me mettre en garde, c'est peut-être que la tragédie n'est pas inévitable ?

— A condition que nous n'approchions pas l'un de l'autre. Voilà ce qu'il essaie de te dire. Emma, elle est là, la solution. Il faut que je disparaisse du lycée.

— Non !

Mon cri est venu du fond de mon cœur. Ou de mes tripes. C'est dans un second temps seulement que j'ai cherché des arguments.

— Ecoute, Brendan, il manquait des pages à cette légende. L'histoire s'arrêtait court, la fin n'était… pas écrite…

Fébrile, je me creusais la tête en essayant de me rappeler ce fichu poème. Où était Angelique, avec son infaillible mémoire photographique, quand j'avais besoin d'elles ?

— Les derniers vers parlaient de rompre le maléfice. *Si tu cherches à te libérer, il te faudra une âme généreuse pour…* Enfin, je ne sais plus, quelque chose qui rime avec « reuse »…

Furieuse de ne pas retrouver les mots justes, je tapai du poing sur le canapé.

— Il était question de se débarrasser de la malédiction. Ça veut forcément dire que le moyen existe ! Et Angelique est sûre que nous avons notre chance — parce que nous avons identifié le danger.

Brendan secoua la tête.

— Emma, notre chance d'échapper au destin, c'est de ne plus nous voir.

Comment, il pliait ? Il renonçait ? Impossible ! Un instant plus tôt, je ne savais pas moi-même dans quelle voie m'engager mais son attitude réveilla ma détermination.

— Je refuse.

— Ne me rends pas les choses difficiles. Dans quelque temps, te quitter me deviendra absolument insupportable.

Il comptait pour moi ! Ne le comprenait-il pas ? J'ai respiré à fond et, les yeux dans les yeux, je lui ai assené :

— Tu me croiras si je te dis que ces deux derniers jours ont été les plus heureux de ces dernières années ?

— La vie était dure à… Philadelphie ?

— Keansburg, en fait. Keansburg, dans le New Jersey.

Ma voix se remettait à chevroter. Cette histoire serait bien plus difficile à raconter que celle de Gloriana et Archer ! J'ai pris mon courage à deux mains et je lui ai tout dit : l'abandon, la mort brutale d'Ethan, les dispositions désastreuses prises par ma mère quand elle avait su qu'elle ne serait plus là bien longtemps. Mes réticences à venir m'installer chez ma tante Christine, parce que je craignais d'être un fardeau mais aussi de lui porter malheur puisque tous ceux que j'aimais disparaissaient.

Il m'a écoutée, silencieusement et sans un geste. Une fois seulement, quand je parlais de la mort de ma mère, il a posé sa main sur la mienne. Une fois, il a dit qu'il comprenait ; je venais de le prévenir que je ne parlerais sans doute jamais plus de cette période de ma vie. Je ne supportais pas de revisiter certains souvenirs.

Il resta de marbre, mais le vert de ses yeux s'assombrit quand j'en arrivai à Henry. Aux cris, aux menaces et aux coups, à la tension qui, tel un brouillard suffocant, vous saisissait à la gorge sitôt franchie la porte. Pour terminer, je lui ai raconté l'accident. Comment Henry était venu me chercher au lycée, complètement ivre, trop pour tenir un volant. Puis j'ai préféré abréger la scène qu'avait faite mon beau-père devant l'entrée principale de mon lycée, et j'ai sauté directement aux raisons pour lesquelles j'avais finalement placé à Vince A tous mes espoirs d'une nouvelle vie.

Voilà, j'avais terminé et je me sentais vidée, affreusement triste. Je me suis tue, Brendan n'a rien dit. Ce récit sordide allait tout gâcher entre nous. Comme avec tant de mes amis de Keansburg !

Enfin, il a parlé.

— Et après avoir survécu à tout ça, tu tiens vraiment à sombrer à cause de moi ?

— Si je ne te voyais plus, c'est là que je sombrerais.

— Je ne suis pas un tel cadeau.

— Tu es ce qui m'est arrivé de mieux depuis longtemps. Tu veux me priver de ce bonheur ?

— Je ne veux te priver de rien, mais ton médaillon t'annonce le pire.

Je me sentis submergée de souffrance. Ce n'était pas rationnel d'avoir mal à ce point, pas si vite. Mais qu'y faire ? Toutes mes blessures se rouvraient, un cri enflait à l'intérieur de moi : *tous ceux que j'aime me quittent !*

— Je dois m'en aller ? demandai-je.

Je n'ai pas bougé du canapé, en espérant très fort que Brendan me retienne. Il est resté muet mais il a plongé la main dans sa poche pour en sortir un morceau de papier froissé : le papier qu'il avait détaché de son tableau de liège.

— Regarde…

Il m'a tendu le papier sans me regarder, tête basse. Abasourdie, j'ai reconnu mon écriture… et le mot que je lui avais laissé pour le remercier de m'avoir prêté son sweat.

— Je suis vraiment mordu… et si nous passons davantage de temps ensemble, ça va empirer.

— C'est pareil pour moi.

Cette fois, j'ai pris le risque de me lever. Et là, enfin, d'un geste désespéré, il m'a attirée sur ses genoux.

— Je ne peux pas.

En sentant ses bras se refermer sur moi, j'ai pensé : *Sauvée, sauvée !* Il m'a chuchoté :

— Ce que je ressens pour toi… je ne savais même pas que c'était possible.

— Moi non plus…

— Et tu n'as pas peur ?

— Pas suffisamment pour disparaître de ta vie.

J'ai posé ma joue sur sa poitrine, j'ai entendu battre son cœur plus vite.

— Ça ne devrait pas me rendre aussi heureux…

Longtemps, je suis restée blottie dans ses bras en acceptant peu à peu ce qui nous arrivait. Brendan a rompu le silence en premier :

— Merci de m'avoir dit la vérité. Je sais que c'était dur.

Ses doigts se sont mêlés aux miens, il a posé un baiser sur mes cheveux.

— Je comprends pourquoi tu ne voulais en parler à personne. Et je comprends aussi pourquoi tu es la seule fille que je connaisse sans profil sur Facebook. Bon calcul !

Il réfléchit un bref instant et conclut :

— En fait, tu es une fille très intelligente, même si tu es nulle en latin.

— Ne m'en parle pas !

Après tant de gravité, cet éclat de rire m'a fait un bien

fou. Brendan aussi a retrouvé le sourire, et l'envie de me taquiner.

— Tu es une *puella pulcherina*.

— Une *puella*, c'est une fille alors je suis, quoi… une fille en situation d'échec scolaire ?

Il éclata de rire.

— Non, une fille très belle.

Je crois bien que j'ai rougi. M'entendre décrire de cette façon… ce serait difficile de m'y faire.

— Et ceci, dit-il en continuant son cours, est un *basium*.

Il prit mon visage entre ses mains et me donna le baiser dont j'avais tant besoin. Quand ses lèvres se sont pressées sur les miennes, neuf siècles de désir ont mis le feu en moi, allumés distillés par une seule étreinte. Les mains de Brendan, à la fois si fortes et si douces, caressaient mon dos, empoignaient mes cheveux ! Je me suis pressée contre lui, toute frémissante. Nos souffles se mêlaient, nos bouches se cherchaient. J'ai entendu Brendan gémir…

Sans savoir comment, j'ai basculé sur ses genoux et il m'a suivie, sans cesser de m'embrasser. Des étincelles jaillissaient de ses doigts, je les sentais courir sur ma peau. Bientôt, il a empoigné ma ceinture pour me soulever contre lui, j'ai tâtonné, dénudé son épaule, senti jouer ses muscles sous son T-shirt.

Aucun malaise, juste de la joie, de l'ivresse. Une houle. J'étais prête à me laisser emporter…

Mais tout à coup, Brendan a pris du recul. Dans ses prunelles, l'incendie s'est calmé ; il ne brûlait plus, il me guettait, indécis.

Eperdue, j'allais protester quand, avec beaucoup de douceur et beaucoup moins de passion, il a posé ses lèvres sur les siennes. Puis il s'est écarté de moi pour de bon avec un grand soupir résigné, et s'est rassis sur le canapé.

— Il y a un problème ? ai-je demandé bêtement.

— Non…

Il a saisi ma main pour me redresser aussi.

— Il se fait tard. Je vais m'occuper du dîner.

Je devais avoir l'air complètement abasourdie. Brendan s'est penché pour m'embrasser la joue en murmurant à mon oreille :

— Ce n'est pas parce que tu es mon âme sœur que je dois précipiter les choses.

Son souffle chatouillait la peau sensible de mon cou, mon corps le réclamait. Mais Brendan avait raison, bien sûr. Alors, j'ai fourni un effort pour émerger de l'état second dans lequel m'avaient plongée ses baisers.

— En fait, c'est justement *parce que* tu es mon amour prédestiné que je ne dois rien précipiter, précisa-t-il. Même si j'en ai très, très envie.

Réprimant un soupir, je l'ai regardé reprendre son ordinateur portable pour ouvrir un site de livraison de plats à domicile.

— Bien ! Tu as envie de quoi ?

De lui, bien sûr… Que c'était difficile de revenir sur terre !

— Je devrais prévenir ma tante.

La perspective de descendre dans les profondeurs de la maison chercher mon sac me décourageait d'avance. Brendan m'a tendu son téléphone, j'ai passé mon coup de fil. Tante Christine achevait de dîner chez les parents d'Ashley. Nous avons parlé quelques instants, puis j'ai raccroché en annonçant :

— Elle est O.K. pour que je reste mais je dois rentrer après le dîner. De toute façon, je ne veux pas prendre le métro trop tard.

Brendan a levé les yeux au ciel.

— Mais tu ne vas pas prendre le métro ! Je te raccompagnerai en voiture.

— Hé ! Je n'ai pas besoin d'un baby-sitter, il ne va rien m'arriver entre ici et la 68e Rue.

Il m'a enlacée et embrassée dans le cou avec tant de conviction qu'une onde de plaisir m'a parcourue jusqu'aux orteils.

— Je ne suis pas ton baby-sitter. Je suis ton amoureux et tu vas devoir t'habituer à être traitée en princesse.

On m'avait déjà traitée en princesse : la princesse de la première moitié du conte — quand Cendrillon se charge de toutes les corvées, ou bien quand Blanche-Neige est tyrannisée par sa marâtre. En revanche, j'ignorais tout des émotions de la deuxième partie, celle qui succède à la rencontre avec le prince, au soulier de vair, et au baiser qui réveille la Belle d'un sommeil de cent ans.

Plus tard, en refermant la porte de l'appartement de ma tante, j'étais encore sous l'emprise du dernier baiser de Brendan. Un baiser donné sur la banquette arrière d'une voiture. Oui, il n'avait eu qu'un coup de fil à passer pour qu'une belle berline vienne se ranger devant sa porte, prête à nous emmener chez moi. Si j'avais habité sur la côte Ouest, il aurait probablement affrété un jet !

— Je suis rentrée ! ai-je lancé en déposant mes clés dans le petit plat en forme d'ange posé sur la console de l'entrée.

J'ai trouvé tante Christine dans la cuisine, occupée à doser le vermouth de son martini.

— Tu as passé une bonne soirée, ma grande ?

— Oui, ai-je soupiré avec un sourire un peu trop heureux.

Elle a goûté son martini avec une moue critique.

— C'est tout de même drôle, toi et le petit Salinger.

— Drôle ?

Je me hérissai tout de suite, sur la défensive. Drôle qu'un garçon comme Brendan puisse s'intéresser à moi ? Ma propre tante réalisait que ça ne tenait pas debout ?

Elle prit la bouteille de vodka et, avec une concentration aiguë, en versa un filet dans son verre.

— Pas drôle au sens de « comique », précisa-t-elle. Drôle dans le sens « intéressant ».

— Je ne te suis pas.

Je me suis laissée tomber sur une chaise. De nouveau, son martini arracha à ma tante une grimace ; elle essaya un nouveau dosage en ajoutant encore quelques gouttes de vermouth, goûta… et jeta le tout dans l'évier.

— Je n'ai jamais su préparer le martini aussi bien que ton oncle George, soupira-t-elle. Que disions-nous ? Ah, oui… Tu ne t'en souviens sans doute pas mais quand tu étais toute petite, je vous prenais quelquefois pour le week-end, Ethan et toi. Quand il arrivait à tes parents de partir tous les deux.

— Si, je me souviens bien !

C'était la belle époque, avant que notre père ne décide de refaire sa vie Dieu sait où. Nous passions des week-ends magiques, à aller au Radio City Music Hall voir des spectacles, comme le *Christmas Spectacular*, à construire des forteresses avec les coussins du canapé de notre tante… De bons, d'excellents souvenirs.

— Eh bien, un de ces week-ends-là, nous sommes allés

très loin dans Central Park, jusqu'à un terrain de jeux, au niveau de la 60e Rue Ouest. Tu y tenais absolument. Et là, nous avons retrouvé les Salinger. Laura et moi, nous participions à l'organisation d'un gala de charité et je me souviens qu'elle faisait beaucoup d'histoires. En tout cas, vous avez passé l'après-midi à jouer ensemble, Brendan, Ethan et toi.

Quelle bombe elle venait de lâcher… Et ça, l'air de rien, tout en reprenant la confection de son martini. J'en suis d'abord demeurée muette ; puis, accrochée au dossier de ma chaise, j'ai dit :

— Quel âge est-ce que je pouvais avoir ?

— Ma foi, c'était avant le départ de ton idiot de père. Trois, peut-être quatre ans ?

Ma tante disait toujours « ton idiot de père » quand il lui arrivait de parler de lui — ce qui ne se produisait pas souvent.

— Attends la suite…, précisa ma tante avec un étrange petit rire. Quand l'heure est venue de rentrer, tu as poussé des hurlements ! Tu nous as dit — tiens-toi bien — que tu n'étais venue que pour Brendan, qu'avant de venir dans cette partie du parc tu *savais* qu'il y serait et que c'était pour ça que tu nous avais poussés jusque là-bas. Tous les deux, vous avez fait une crise interminable. Vous ne vouliez plus vous quitter !

Elle riait, à présent. Par chance, elle ne me regardait pas : j'étais sûrement livide.

— Nous nous plaisions déjà…

— On peut le dire ! Ton idiot de père n'a pas beaucoup apprécié.

— Comment ça ?

D'un côté, j'avais très envie de couper court à la

discussion pour me réfugier dans ma chambre : je voulais pouvoir traiter, au calme, toutes ces nouvelles informations. Cependant, une autre part de moi, plus lucide, mesurait l'opportunité qui m'était offerte d'en apprendre davantage. Tante Christine n'était pas très loquace ; qui sait combien il lui faudrait de nouveau rater de cocktails avant de se livrer aux mêmes réminiscences avec tant de liberté ?

— Il n'a jamais approuvé, ajouta-t-elle.

Qui, quoi ?

— Eh bien, ma chérie, toutes ces choses curieuses que font les jumeaux, votre façon de communiquer sans paroles ou votre langage secret.

— Oui… Je me souviens qu'il nous criait de parler comme tout le monde…

Moi qui pensais très rarement à mon père, je retrouvais tout à coup une foule de souvenirs. Je le revoyais, au beau milieu d'un supermarché, en train de nous gronder très fort, Ethan et moi, parce que nous discutions dans notre langage. Tout penauds, nous cherchions à comprendre ce que nous avions fait de mal. Notre langage nous semblait parfaitement innocent !

— Ou bien, renchérit ma tante, quand tu devinais qui téléphonait avant qu'on ne décroche. Il ne supportait pas ça ! Ta mère aussi était douée pour deviner.

Là, j'ai littéralement eu froid dans le dos.

— Je faisais… quoi ?

— Le téléphone sonnait et on entendait une petite voix annoncer : « C'est oncle Dan ! » ; ton idiot de père jurait que, ta mère et toi, vous aviez un boîtier qui affichait l'origine des appels. Il était sûr que vous vous fichiez de lui.

J'ai serré les poings si fort que mes ongles creusaient des demi-lunes dans ma paume. Dans ma tête, c'était un véritable déchaînement…

— Enfin, c'est loin, tout ça, soupira ma tante en apportant la dernière goutte à son martini. Ma chérie, il est tard. Je vais dormir et tu ferais bien de m'imiter. Bonne nuit !

Elle posa un baiser sur ma tempe et sortit de la pièce en traînant un peu les pieds. Je suis restée figée, les yeux hagards. Brendan et moi, nous nous sentions déjà reliés l'un à l'autre au temps où nous marchions à peine ? Quand j'étais gosse, je faisais des prédictions ? J'avais hérité ça de ma mère ? « Née sorcière » ! C'était exactement ainsi que m'avait définie Angelique.

Une impulsion subite me souleva de ma chaise. Je me ruai sur mon sac pour vérifier mon portable. Toujours pas de message ! J'avais quatorze SMS d'Ashley réclamant des détails sur mon rendez-vous avec Brendan, mais Angelique demeurait muette.

Le lendemain matin, au réveil, j'ai enfin appris la raison de son silence : sa mère se servit de la feuille de contacts de la classe pour appeler tante Christine et lui demander si je pouvais apporter ses livres et ses devoirs à sa fille en fin de journée. Notre sorcière avait la grippe.

J'avais menti à Ashley la veille au soir : je lui avais dit que je devais arriver tôt au lycée pour rendre une dissertation. Ça ne me plaisait pas du tout de lui raconter des histoires mais je n'aurais pas pu supporter ses questions ce matin. J'avais trop besoin de réfléchir.

Ecouteurs aux oreilles, mains dans les poches de ma grosse veste de laine, j'ai pris seule le chemin du lycée, bien décidée à faire le point. En tout premier lieu, et en écartant les aspects surnaturels de notre relation, Brendan était mon amoureux. Miraculeux mais vrai. Je fournis un effort pour ravaler le sourire béat qui éclairait mon visage et revins à mon bilan.

Etait-ce l'effet de la malédiction ? Chaque fois que j'étais auprès de lui, comme par hasard, j'oubliais tout le reste. Sa présence effaçait tous mes soucis, comme le fait de risquer ma vie et éventuellement mon âme.

Pour couronner le tout, j'étais une sorcière. Moi ! J'ai contemplé mes mains en agitant les doigts comme si je m'attendais à sentir des pouvoirs mystérieux courir dans mes veines. Rien, ou juste le froid de l'hiver new-yorkais ; j'ai vite remis mes mains au chaud et repris mon chemin.

Brendan, la malédiction... Curieux : je ne me serais pas imaginée en fille prête à renoncer à tout pour un garçon. Pas après avoir vu ma mère faire tous les mauvais choix pour garder Henry ! Mais Brendan n'était pas n'importe qui et je n'avais pas le sentiment de renoncer à quoi que ce soit : il me semblait au contraire que je recevais mille fois plus que je ne pouvais perdre. En tout cas, chaque pas vers le lycée me rapprochait de mon destin, de notre destin commun. Il ne me restait plus qu'à trouver le moyen de nous préserver de la mort.

# 15

Arrivée au lycée avec une heure d'avance, je suis montée dans la salle d'histoire encore déserte et j'ai cherché à me changer les idées en m'attelant à la première déclinaison latine. Les autres sont arrivés peu à peu. D'abord Jenn qui m'a saluée d'un bref grognement ; en voyant ses yeux rougis, j'ai compris qu'elle n'était pas suffisamment en forme pour me demander comment s'était passé mon week-end. Dans un sens, tant mieux. Je voyais mal ce que j'aurais pu lui dire. « Ce week-end ? Oh ! j'ai fait mes devoirs, j'ai regardé un film et j'ai communié avec mon âme sœur… »

La première sonnerie a retenti, j'ai enduré le cours d'histoire, puis le cours de math. Puis, alors que je me dirigeais vers la salle d'anglais, j'ai commencé à paniquer. J'allais retrouver Brendan, publiquement, devant tous les autres ; comment allait-il se comporter ? Et à l'heure du déjeuner, comment faire ? Est-ce qu'il voudrait s'asseoir à côté de moi ? Au pire, puisque Angelique n'était pas là, je pourrais toujours retourner auprès de Jenn et Cisco…

Bien entendu, Brendan n'était pas encore à sa place quand nous sommes entrées dans la salle d'anglais, Jenn et moi. Ma panique s'est encore intensifiée : devrais-je lui dire bonjour ? Il faudrait trouver la juste intonation. Je me souvenais encore de mon humiliation quand il m'avait snobée, le lundi, après notre sortie au Met. Si, aujourd'hui, il me repoussait, je ne m'en relèverais jamais.

Je fixais la porte en essayant de capter le bruit de son pas. Difficile, avec le niveau sonore qui régnait dans la salle. M. Emerson est entré. Toujours pas de Brendan. Le cours a commencé. Et, là, enfin… il est arrivé, tranquillement, dans sa tenue habituelle (son uniforme, enfilé n'importe comment), avec le résultat habituel (un look irrésistible). Il n'a eu droit à aucune réflexion sur son retard. Nos regards se sont cherchés ; je me crispais dans l'attente d'une réédition du scénario tristement familier mais un sourire fabuleux a illuminé son visage et il m'a murmuré en se glissant à sa place :

— Salut, beauté.

Mon cœur s'est mis au galop. J'ai respiré à fond en m'efforçant d'effacer mon expression extatique de *toon*. Un regard furtif à la ronde… et j'ai compris qu'une de mes camarades au moins avait noté notre échange ; pourtant, Kristin ne braquait pas sur moi son habituel rayon laser de killeuse. Au contraire, elle semblait curieusement satisfaite.

Alors, le menton calé entre mes bras croisés sur la table, j'ai écouté M. Emerson nous expliquer les points qu'il estimait mal compris dans nos devoirs sur le *Songe d'une nuit d'été*. Tout en écoutant d'une oreille distraite, et de loin, je contemplais Brendan ; quelques heures auparavant, j'avais enfoui les doigts dans sa tignasse indomptable…

Dès la fin du cours, il s'est tourné vers moi en s'accoudant sur mon bureau.

— Dis, on sort déjeuner ?

— D'accord.

Quel soulagement ! Je me suis dépêchée de fourrer mes affaires dans ma sacoche.

— Super. Il y a un petit restaurant génial à quelques… Oui, m'sieur ?

Surprise, j'ai levé les yeux. Notre prof d'anglais se dressait devant nous avec hostilité.

— Mademoiselle Connor, monsieur Salinger, descendez au bureau de la proviseure, je vous prie. Tout de suite.

Brendan me jeta un regard rassurant.

— Monsieur Emerson, s'il s'agit de la blague que l'équipe de basket aurait faite à ceux de Regis High School, je peux vous assurer qu'Emma n'a rien à voir…

— Salinger ? Contentez-vous de faire ce qu'on vous demande.

Il venait d'élever la voix, chose inhabituelle pour lui. Sans insister, Brendan m'a tendu la main. Je l'ai prise avec prudence, espérant que ma paume n'était pas moite.

Encore un moment dont j'avais souvent rêvé — nous deux, main dans la main, dans les couloirs de Vince A. Sauf que dans mes fantasmes, nous ne descendions pas au bureau de la proviseure… Brendan a-t-il remarqué la haie d'honneur de regards et les chuchotements qui nous ont accompagnés ? En tout cas, il n'en a rien laissé paraître. Quant à moi, j'avais beau regarder droit devant moi, je ne réussissais pas à fermer mes oreilles. Or, tout le monde y allait de son commentaire.

— Je rêve ! Salinger tient la main de la nouvelle ! On dit que c'est une sorcière, non ?

— Qui, Emily Connor ? Avec Salinger ? Depuis quand ?

— Il se décide enfin à sortir avec quelqu'un et c'est

celle-ci qu'il choisit ? Mais enfin, je suis mille fois mieux qu'elle !

— La pétasse. Elle n'a pas compris à qui elle s'attaquait.

Ce dernier commentaire m'a tout de même fait tourner la tête… et j'ai croisé le regard glacial de Kristin.

En tout cas, de toute ma vie, je n'ai jamais été si soulagée d'arriver enfin dans le bureau d'un proviseur ! Ce bureau se trouvait juste à côté du fief de la dame grise. Une nouvelle surprise nous y attendait : nous n'étions pas les seuls invités ; tante Christine était déjà installée dans l'un des sièges de cuir, et une blonde spectaculaire aux yeux verts occupait l'autre. Entre elles deux, trônait Anthony, accompagné d'un colosse qui était forcément son père (même carrure, même visage, son clone trente ans plus tard). Le colosse semblait absolument furieux.

— Asseyez-vous, je vous prie, fit la proviseure.

Un froid sourire étira ses lèvres mandarine.

On avait apporté des sièges supplémentaires. Je me suis perchée sur une chaise pliante, à côté de ma tante, Brendan s'est installé près de sa mère en levant les yeux au ciel. Anthony regardait droit devant lui avec un doux sourire ; il jouait si bien le garçon calme, respectueux et gentil que je me suis surprise à chercher l'auréole au-dessus de sa tête. Je commençais à comprendre ce que nous faisions ici.

— Bien. Monsieur Salinger, a lancé la proviseure en pianotant sur le clavier de son ordinateur, il y a quelque chose que vous voudriez me dire au sujet de lundi dernier ?

Elle a fait pivoter son écran vers nous. Elle venait de déclencher une vidéo… de la fameuse bagarre, bien sûr. Dans une version qui ne ressemblait pas du tout au souvenir que j'en gardais ! Le clip avait subi un montage soigné, ou plutôt un élagage radical. On me voyait adossée à la porte des cuisines, Anthony me tournait le dos. De cet angle, on ne devinait absolument pas qu'il s'apprêtait à me frapper.

Brendan a jailli dans l'image. Même dans un contexte se prêtant aussi peu aux émois, j'ai été impressionnée par sa puissance et sa coordination. Il a saisi Anthony à la gorge, l'a fait basculer par-dessus son épaule ; le pauvre garçon est tombé lourdement sur le dos. Fin de la vidéo.

La proviseure l'a repassée, comme si elle cherchait à s'énerver encore davantage. A la fin, elle s'est exclamée :

— J'ai reçu ce lien par mail ce matin ! Vous imaginez ma surprise ! Des agressions dans *mon* lycée ? Brendan, qu'avez-vous à dire pour vous justifier ?

Caruso père avait d'excellents réflexes ; il a aussitôt sauté sur ses pieds en tonnant :

— Il n'y a pas de justification possible ! Ce garçon a attaqué mon fils, vous en avez la preuve sous les yeux. C'est une réelle déception pour moi, je connais les Salinger depuis des années…

Le père d'Anthony était un avocat assez célèbre. Et également un excellent acteur ! Il s'est tourné vers la mère de Brendan pour ajouter avec une gravité émouvante :

— Je suis désolé, Laura. En tant que parents, nous ne pouvons pas tout faire. Quelle preuve supplémentaire nous faut-il, surtout vu les antécédents de votre fils ?

Outré, Brendan s'est exclamé :

— Vous auriez voulu que je ne bouge pas ? J'aurais dû rester les bras croisés pendant que votre fils tabassait une fille ? Vous n'allez pas me dire que je vais être puni pour ça !

— Brendan, lui glissa sa mère d'un ton pincé en lissant son tailleur Chanel, si une jeune fille t'a semblé en danger, tu aurais dû aller chercher un professeur, pas faire justice toi-même.

— Mais bien sûr. La minuscule Mme Ouilette, par exemple !

Notre prof de physique.

— Quoi qu'il en soit, reprit la proviseure, je ne peux tolérer la violence à Vincent Academy.

— Je ne l'admets pas non plus, répliqua Brendan. C'est bien pour ça que je suis intervenu.

Il était calme, aimable, mais très insolent. Il ajouta même, avec un sourire :

— Au fond, nous avons le même objectif !

La proviseure le toisa froidement, puis se désintéressa de lui pour se tourner vers moi.

— Quel est votre rôle dans cette affaire, mademoiselle Connor ?

— Je…

Bon, comment présenter les choses ? Je jetai un regard angoissé à ma tante : était-elle furieuse au point de me renvoyer à Keansburg ? Je ne voulais pas en arriver à prononcer le nom d'Ashley, ni à mêler ma petite cousine à ce désastre… Son expression m'a un peu rassurée : elle ne semblait pas en colère mais agacée.

— Quelle importance ? s'enquit Brendan. Emma n'a levé la main sur personne, elle n'a enfreint aucune règle. Il n'y a aucune raison pour qu'elle ait des problèmes.

— Elle est tout de même à l'origine de ce scandale !

s'est écriée sa mère. Il serait utile de savoir pour quelle raison.

Ce fut comme si elle venait de me gifler. Au fond, oui, j'étais la cause, l'élément déclencheur. Je ne l'avais pas cherché, je voulais juste aider Ashley, rétablir la vérité… mais tout était bien parti de moi.

— D'après ce que me dit mon fils, il s'agirait d'une querelle d'amoureux, annonça M. Caruso. Anthony et cette jeune fille seraient sortis ensemble, Brendan l'aurait agressé par jalousie.

— Quoi ? Moi et Anthony ? Sûrement pas !

C'était sorti tout seul. La mère de Brendan me lança un regard polaire tandis que Brendan étouffait un éclat de rire. Impatientée, la proviseure observa :

— En tout cas, cette vidéo montre bien Brendan qui lève la main sur Anthony.

C'est alors que ma tante s'est manifestée pour la première fois depuis le début de l'audience.

— En voilà assez. Cette vidéo restitue-t-elle la scène complète ? Certainement pas. Je propose d'aller sur Facebook : on y trouve plusieurs versions, téléchargées par les élèves qui se trouvaient dans la cour. Elles vont nous éclairer !

Je vis la proviseure poser lourdement le regard sur Anthony ; un regard très soupçonneux, tout à coup. Puis elle invita tante Christine à la rejoindre de l'autre côté du bureau pour ouvrir son compte Facebook. Je n'en revenais pas : j'avais dû apprendre à ma tante à se servir de son lecteur de DVD, et je la découvrais assez dégourdie pour se créer un profil fictif sur Facebook !

Elle fit une recherche rapide ; quelques instants plus tard la bagarre complète défilait à l'écran. On voyait très bien le moment où Anthony me bousculait délibérément et, même si on n'entendait rien de notre dialogue, le portable qui filmait avait capté des bribes de commentaires effarés ou ravis. Bref, on suivait très bien le déroulement de l'affaire. Moi qui croyais avoir fait preuve de beaucoup de dignité, j'avais l'air terrorisée.

La proviseure a serré ses lèvres orange et croisé les mains sur ses genoux. Après un instant de réflexion, elle a lancé :

— Ma foi, voilà qui change tout. Madame Salinger, madame Considine, veuillez emmener vos enfants dans l'antichambre quelques instants.

J'avais déjà de sérieux ennuis, il aurait été plus prudent de me taire mais il me semblait indispensable de demander :

— Excusez-moi, madame, vous savez qui vous a envoyé cette vidéo ?

— Cela ne change rien, mademoiselle Connor, mais le message était anonyme, a-t-elle répondu sèchement.

Bon, c'était bien un coup monté. Sur ce, j'ai suivi ma tante qui cherchait gentiment à m'entraîner. En passant, j'ai croisé le regard d'Anthony ; les mots qu'il a articulés tout bas auraient fait rougir n'importe qui.

Dans la salle d'attente, deux clans se sont constitués, tante Christine et moi d'un côté, Brendan et sa mère de l'autre. La dame grise devait être sortie déjeuner, son siège était vide, un chandail gris soigneusement plié sur le dossier. Penchée à l'oreille de son fils, la mère de Brendan dévidait une interminable tirade à voix basse. Il était temps de commencer à m'excuser.

— Tante Christine, je suis vraiment désolée…

Elle m'interrompit d'une voix sévère mais chaleureuse, dont elle ne cherchait pas du tout à modérer le volume.

— Moi, j'aurais surtout voulu que tu viennes me parler de cet incident. Tu n'es pas obligée de tout affronter toute seule !

— C'est vrai. Je te prie de m'excuser, je ne voulais pas t'embêter…

C'était si difficile… Sur le moment, je me serais sentie coupable de la déranger avec mes histoires ; maintenant je me sentais coupable de ne pas l'avoir fait. J'ai cherché le regard de Brendan mais il fixait le plafond, avachi au fond de son siège, pendant que sa mère continuait à fulminer en sourdine. J'ai juste capté les mots « De quoi est-ce que j'ai l'air maintenant, je te demande un peu », et j'ai eu l'impression qu'il se retenait de rire.

— Emma, je me sens dans une situation impossible.

Ma tante se tordait les mains. Ça m'a fait un choc : par définition, tante Christine contrôlait toujours la situation ! Désemparée, elle a soupiré :

— Au fond, je ne vois pas pourquoi tu mériterais une punition. Un garçon te harcelait, ton petit ami est intervenu…

Parmi tous mes motifs de perplexité, j'ai pioché une question au hasard.

— Comment connais-tu Facebook ?

— Oh ! Ma chérie ! s'est-elle écriée avec un petit rire. Voilà une éternité que j'ai un compte ! En tant que membre du Conseil d'administration, si je veux savoir ce qui se passe réellement entre ces murs… ! J'ai un profil très fréquenté, on me communique toutes sortes d'informations. C'est utile à bien des égards — comme savoir quand les professeurs ont besoin d'une évaluation, tirer d'embarras ma nièce et son petit ami…

Encore un point pour elle. Malheureusement, son sourire s'effaça bien vite, et elle revint à ses préoccupations.

— Nous verrons ce que décidera ta proviseure, mais il ne me semble pas que je devrais t'interdire de sortie, ou…

Elle fut coupée par un fracas métallique… Cela provenait du mur juste derrière nous. Nous avons tous sursauté. Apparemment, quelqu'un venait de faire voler une chaise, dans le bureau de la proviseure.

— Dehors, tout de suite ! cria-t-elle.

La porte s'ouvrit à la volée et Caruso Senior parut, traînant son affreux rejeton par la peau du cou. Quand ils passèrent devant moi, je vis Brendan se ramasser sur lui-même, prêt à bondir.

— Excuse-toi, ordonna M. Caruso.

Ce que cracha Anthony n'avait rien d'une formule de repentir.

— J'ai dit, excuse-toi !

Ce grondement menaçant… je comprenais mieux de qui Anthony tenait son sale caractère. Au lieu d'obéir, il se mit à rire, un rire horrible, en s'écriant :

— Oh ! Emma, pardon, je suis si, si désolé !

Puis, avec une rapidité vraiment inquiétante, il a changé de visage et soufflé avec un sérieux absolu :

— En fait, non. Et je ne regrette pas non plus ce que je vais te faire.

Son père l'a retenu juste à temps. Brendan s'était précipité ; la grosse main de M. Caruso l'a stoppé net, d'une poussée en pleine poitrine.

— Du balai, Salinger. C'est moi que ça regarde.

Puis il a saisi son fils au collet et l'a traîné dehors. Tandis qu'ils s'éloignaient, j'ai entendu la grosse voix de l'avocat gronder :

— Nous montons vider ton casier ; ensuite, tu ne mettras plus les pieds ici. J'ai fait ce que j'ai pu pour t'aider mais c'est fini. Tu vas passer de brèves vacances à la maison pendant que nous te choisirons un internat. Et au second semestre…

Je suis retombée sur ma chaise, un peu étourdie. « C'est fini » ? Je préférais ne pas savoir quelles bêtises Anthony avait déjà faites !

La proviseure nous a rappelés dans son bureau. Il y avait une marque très nette à mi-hauteur du mur, et une chaise pliante brisée rangée dans un angle de la pièce. Nous avons eu droit à un sermon. Brendan et moi n'étions pas officiellement exclus, on nous demandait juste de quitter l'établissement jusqu'à la fin de la journée, le temps de laisser retomber l'effervescence autour de cette histoire. Bravo ! De cette façon, tout le monde pourrait commenter l'événement sans se préoccuper de savoir si nous les entendions… et entamer une deuxième tournée dès notre retour. La proviseure devait bien se douter que l'effervescence ne retomberait pas avant des semaines !

J'ai eu droit à un avertissement, Brendan était « en probation » (à cause de ses ennuis au basket) ; quant à Anthony, il était renvoyé.

Tante Christine et Mme Salinger ont échangé des adieux assez froids ; avant de suivre sa mère, Brendan m'a glissé un bref « Je t'appelle ». Ma tante a filé : elle était déjà en retard pour une réunion. Lentement, assez secouée par la scène que je venais de vivre, je suis montée au casier d'Angelique prendre ses livres et j'ai quitté le lycée à mon tour. Tante Christine m'avait demandé d'être de retour pour le dîner, afin que nous puissions parler des événements de la journée. Comme elle avait également promis à Mme Tedt que j'apporterais les livres d'Angelique, je devais encore m'acquitter de cette mission.

Notre première journée en tant que couple, à Brendan et moi, venait de se révéler d'un romantisme bouleversant.

# 16

J'ai mis près d'une heure à arriver chez Angelique, dans le quartier West Side de Manhattan. Son immeuble ressemblait à tous les buildings qui étaient venus altérer le profil de New York dans les années 70. A l'intérieur, pas de corridor de pierre mal éclairé par des torches, mais un couloir beige, des néons et une porte d'appartement métallique peinte en rouge.

J'ai sonné, elle m'a ouvert affublée d'un immense T-shirt qui proclamait « I Love Florida ! » en lettres orange vif.

— Ah, bon, t'aimes la Floride ? ai-je dit ironiquement.

— Oh ! Tais-toi, c'est douillet.

Elle avait la voix enrouée, le nez pris. Je l'ai suivie dans un salon clair et spacieux, meublé de canapés de tissu couleur de sable et de bibliothèques de bois pâle. Un drôle d'antre pour des sorcières ! Il fallait y regarder de près pour repérer les petits cristaux posés un peu partout. J'ai laissé choir ses livres dans un fauteuil bleu vif et l'ai suivie dans la cuisine.

— Je regrette d'avoir été injoignable, m'a-t-elle dit en se versant un jus d'orange et en se perchant sur le plan de travail. Je suis au lit depuis vendredi. J'ai juste regardé mes messages aujourd'hui.

— C'est sûrement M. Emerson qui t'a passé ses microbes.

— Mais oui ! Il ne prend jamais d'arrêt maladie. Enfin,

désolée de n'avoir pas été plus présente, j'ai l'impression que tu aurais eu besoin de mes lumières.

Je me suis adossée à la fenêtre d'un petit air désinvolte. Il s'était passé tant de choses que je ne savais même pas par où commencer.

— J'ai survécu. Tu te sens mieux ?

— Oublie ça, m'a ordonné Angelique. J'ai la grippe, ce n'est pas intéressant. Je veux savoir ce que j'ai raté.

— Eh bien, il y a eu quelques rebondissements…

Je me suis laissée tomber sur une chaise et j'ai commencé le récit de mon rendez-vous avec Brendan, avec toutes les révélations qu'il nous avait apportées. Angelique n'a guère fait de commentaires, mais quand j'en suis arrivée à la confirmation de mon statut de sorcière, elle a brandi les poings en poussant un cri de guerre — qui s'est terminé en quinte de toux.

— Je le savais !

Sans cesser de tousser, elle a glissé à bas du plan de travail.

— Je savais que je ne me trompais pas sur ton compte. J'ai tout de suite senti quelque chose chez toi mais quand nous avons su pour la malédiction, j'ai supposé que c'était ça.

— Tu n'avais pas tort ; excuse-moi si je ne saute pas de joie.

J'avais beau faire la tête, Angelique semblait toujours aussi euphorique.

— Non mais rends-toi compte ! Il y a quelques semaines, tu ne croyais même pas aux manifestations occultes ; maintenant, tu admets que tu es une sorcière !

J'ai haussé les épaules avec lassitude.

— La semaine prochaine, j'aurai probablement une

licorne apprivoisée. Que veux-tu que je te dise : en ce moment, il n'y a que les explications les plus dingues qui tiennent la route. Et je ne t'ai même pas raconté ce qui s'est passé aujourd'hui.

— Comment, il y a encore autre chose ?

Un peu remise de sa crise, elle a sorti deux bouteilles d'eau minérale du réfrigérateur et m'en a tendu une en s'asseyant en face de moi. Avec un peu plus d'entrain, j'ai lancé :

— Tu ne te demandes pas pourquoi je suis venue chez toi en plein dans les horaires des cours ?

— Tiens, oui, c'est bizarre.

— Habituellement, tu es plus rapide à la détente. Ta grippe te grippe les circuits.

— Bon, alors, pourquoi as-tu séché les cours ? Le lycée a brûlé ? Tu as croisé Frankenstein ?

— Tu n'es pas très loin du compte…

Je lui ai raconté la grande scène chez la proviseure. Enthousiasmée, elle s'est écriée :

— Dire que j'ai raté ça ! J'ai vraiment mal choisi mon moment pour tomber malade. Tu crois que c'était qui, le mail avec le lien de la vidéo ? C'était un coup monté contre toi et Brendan, c'est évident.

— Oui, bien sûr. Seulement, ça a mal tourné. A mon avis, c'était Anthony en personne, ou…

Je m'arrêtai court en me souvenant de l'expression si satisfaite de…

— Kristin ! ai-je hurlé. Mais c'est dingue, cette fille en a vraiment après moi !

Angelique approuva vigoureusement de la tête.

— Oui ! Elle a toujours été assez déplaisante mais avec toi, elle se surpasse !

— Je ne sais pas du tout ce que je dois faire. Plus j'essaie de bien faire, plus la situation empire.

— Ignore-la. C'est ce que je fais depuis la deuxième semaine de l'année dernière.

— Ce n'est tout de même pas ça, le « danger » dont Ethan a voulu m'avertir ?

J'avais croché des guillemets dans l'air en prononçant le mot « danger ». Elle a secoué la tête avec conviction.

— Franchement, j'en doute ! Mais tu sais quoi ? J'ai une idée.

Elle a sauté sur ses pieds en s'écriant :

— Viens dans ma chambre. On va jeter un sort.

J'ai repoussé ma chaise sans grand enthousiasme.

— Comment ? Pour quoi faire ? C'est un sort qui m'a créé tous ces ennuis ! Enfin, pas ce moi-ci, le moi de mon ancienne vie… enfin, tu vois ce que je veux dire !

— Non, ce n'est pas pareil, tu vas voir.

Tout au bout d'un couloir jaune soleil, sa chambre ressemblait enfin à ce que j'attendais d'une sorcière. Des murs violets avec des étoiles lumineuses collées un peu partout, une lourde tenture tissée de symboles occultes au-dessus du lit, d'épaisses bougies avec des cataractes figées de cire, de gros vieux livres plein les étagères et, près du lit, une jatte de verre remplie de pétales séchés. Très satisfaite, j'ai retiré mes chaussures pour m'asseoir en tailleur sur son couvre-lit de velours noir en demandant :

— Alors, c'est quoi, ce sort ?

Elle avait pris un bloc sur son bureau pour griffonner quelque chose. D'un air judicieux, elle a annoncé :

— Nous allons amplifier tes pouvoirs. Ou plus précisément, nous allons les libérer. Comme ça, quel que soit le danger qui te menace, tu auras ta chance de le vaincre.

— Mais comment ?

Sa réponse ne me rassura pas du tout :

— Je ne sais pas, moi, ce n'est pas une science exacte.

Elle prit une jolie boîte de bois dans un tiroir et en sortit des cristaux de roche en ajoutant :

— Nous savons que tu es en sécurité pour le moment, mais je voudrais te donner des armes supplémentaires.

— Et comment sais-tu que je suis en sécurité ?

Le regard qu'elle braqua sur moi me fit un peu peur.

— Tu portes toujours ton pendentif, dit-elle. Tu te souviens, dans ton rêve ? Tu avais perdu le blason avant l'incendie. Il s'est arraché de ton revers et il a roulé dans la rue.

— Mais comment fais-tu pour te souvenir de tout ! C'était mon rêve et, moi, je ne me rappelais même plus.

Pour toute réponse, elle m'a souri d'un petit air satisfait en tapotant son front de l'index. J'ai grogné :

— Je vois, ta fameuse mémoire…

Elle disposa des bougies blanches en cercle sur le plancher, les alluma une à une. En se penchant sur la dernière, elle éternua si violemment qu'elle souffla la flamme. J'ai posé sur elle un regard critique.

— Tu es sûre que tu es suffisamment en forme ?

— Mais oui !

Elle m'a fait signe de m'asseoir en face d'elle dans le cercle de petites flammes. Dès que j'ai été en place, elle s'est penchée pour poser un objet minuscule dans ma paume. Curieuse, je l'ai examiné ; c'était un tout petit joyau bleu.

— Un saphir, expliqua-t-elle. Il amplifiera tes pouvoirs. Maintenant, serre-le dans ta main et concentre-toi.

— Sur quoi ?

— Essaie juste de contacter ta sorcière intérieure. Pense à ce trésor en toi que tu voudrais déverrouiller.

Je serrai les paupières et m'efforçai de me mettre en phase avec je ne sais quelle puissance intérieure. J'entendis Angelique scander :

— *J'en appelle à la Déesse pour libérer l'esprit de cette sorcière, Aujourd'hui et pour les jours à venir Qu'elle soit préservée du mal qui la menace Qu'elle soit bénie, Livre-lui le pouvoir qui lui revient de par sa naissance.*

J'ouvris les yeux et vis qu'elle me tendait son bloc.

— Maintenant, dis-le, toi.

J'ai contemplé les mots griffonnés sur la page. J'aurais dû trouver toute cette mise en scène ridicule, mais c'était le contraire qui se produisait : je me sentais tout à coup très forte et très sûre de ce que je faisais. Tout en serrant la petite pierre au creux de ma main, j'ai répété :

— *J'en appelle à la Déesse pour libérer mon esprit, Aujourd'hui et pour les jours à venir Que je sois préservée du mal qui me menace Que je sois bénie, Livre-moi le pouvoir qui me revient de par ma naissance.*

Le silence est retombé... et il ne s'est strictement rien passé. Pas de chaleur subite, pas le moindre coup de tonnerre ; aucune manifestation signifiant que l'incantation avait eu un effet quelconque. Je n'entendais que mon souffle et la respiration rauque d'Angelique. Frustrée, j'ai fini par murmurer, en serrant la petite pierre dans ma main :

— Allez, envoie-moi un signe !

C'est alors que j'ai senti une brise. Un tourbillon venait de naître au niveau du plancher, il s'élevait en spirale. J'ouvris les yeux et inspirai vivement, saisie : nous étions assises au cœur d'une petite tornade. Les pétales de rose séchés, soulevés de leur jatte, flottaient autour de nous en nous inondant de leur parfum. Les feuilles de notes empilées sur le bureau d'Angelique voletaient en cercles, nos cheveux bouffaient comme un plumage. C'était très doux et merveilleusement beau. Puis un souffle plus puissant éteignit les bougies, les ténèbres s'abattirent sur nous, et tout ce qui flottait retomba au sol dans un léger froissement.

Angelique alluma une petite lampe ambrée — le déclic de l'interrupteur me parut assourdissant — et souffla, en repoussant ses cheveux de ses yeux :

— Dis donc… Ton premier sortilège.

— Ta fenêtre n'était pas ouverte… ?

Muette, elle secoua la tête. J'ai laissé tomber le petit saphir sur le sol. Le regard fixé sur les pétales et les papiers répandus tout autour de nous, j'ai murmuré :

— Maintenant, j'ai un peu peur.

— Il ne faut pas ! s'exclama Angelique. Tu voulais un signe, tu l'as eu ! Et ce n'était même pas un sortilège puissant. Oh ! Emma, tu as un potentiel époustouflant. Je suis si contente de ne pas m'être trompée sur ton compte !

Elle semblait très heureuse et me contemplait avec fierté.

— Je vais défaire mon sort de protection, ajouta-t-elle. J'y ai beaucoup réfléchi et je pense qu'il empêche ton frère de te parler. Il ne faut pas te priver de ses avertissements !

Je contemplais toujours le saphir, incapable d'admettre ce que je venais de vivre. Trois semaines auparavant, si on avait voulu me parler sérieusement de sorcellerie, je me serais écroulée de rire. A présent, même dépassée par les événements, j'étais envahie par l'excitation.

— Alors, ça y est, je suis une sorcière ?

— Tu as toujours été une sorcière, répliqua Angelique. Seulement, maintenant, tu le sais.

Elle se remit à tousser et je finis par remarquer combien son visage était pâle et fatigué. Tout ce mysticisme commençait à me passionner, j'avais très envie de lui poser un million de questions, mais il était l'heure de la laisser se reposer.

Le temps de rentrer chez moi, les cours étaient terminés et ma boîte vocale pleine à craquer de messages urgents d'Ashley, Jenn et Cisco. J'eus à peine le loisir de retirer mon uniforme que mon portable sonnait de nouveau.

— Téléphone, ici ! me suis-je écriée en étendant la main.

Quelle surprise, il ne bougea pas d'un millimètre. J'ai soupiré :

— Tu es une sorcière, Emma, pas un chevalier Jedi !

Et j'ai bondi pour décrocher. C'était Cisco.

— J'ai vu Anthony vider son casier. Il s'en va !

— Oui !

Il eut droit à une description détaillée de la scène dans le bureau de la proviseure, qu'il ponctua d'exclamations stupéfaites et ravies. Puis ce fut son tour de me décrire le départ d'Anthony.

— Tu l'aurais vu, il était fou de rage. Je m'attendais à voir la fumée lui sortir des oreilles comme dans un dessin animé.

— Quand je pense que je ne le verrai plus jamais ! Quel bonheur ! Maintenant, il ne me reste plus qu'à gérer les rumeurs du lycée.

Il a cessé de rire.

— Bon, je ne sais pas si je dois te le dire mais il me semble qu'il vaut mieux.

— Quoi encore ?

— Tu veux savoir la dernière ? Rumeur, je veux dire.

— Mais oui, au point où j'en suis !

Il me semblait qu'à ce stade, seule une menace surnaturelle pouvait encore me déranger. Je me trompais.

— Bon, c'est évident que c'est signé Kristin, et il y a plein de versions différentes : on raconte que tu as couché avec Brendan *et* avec Anthony, que Brendan a honte de se montrer avec toi, et aussi que Brendan se sert de toi. Toutes les variations possibles sur le thème.

— Mais c'est répugnant !

— Je trouve aussi. Puisque nous sommes sur le sujet : Brendan… ?

Je me sentis un peu coupable de ne pas m'être confiée plus tôt.

— Oui, Brendan, tu as raison, nous sommes ensemble. Nous avons plus ou moins passé le week-end à deux et, voilà, c'est officiel.

« Ensemble », le mot semblait un peu faible pour ce qui nous unissait, mais je n'en trouvais pas d'autre.

— Je le savais ! Espèce de sournoise, cachottière ! Quand je pense que tu ne m'as rien dit !

Je dus écarter l'appareil de mon oreille, il jubilait et fulminait en même temps.

— Je ne t'ai pas vu aujourd'hui et, vendredi, il ne s'était encore rien passé. Tout est arrivé très vite !

— Tu peux le dire !

J'ai donc répété :

— Tout est arrivé très vite !

Cisco a éclaté d'un grand rire, il m'avait déjà pardonné. J'ai eu chaud au cœur de voir à quel point la grande nouvelle lui faisait plaisir. J'ai tout de même soupiré :

— Bon, je sens que la journée de demain sera intéressante.

— Emma, depuis que tu es arrivée à Vince A, toutes les journées sont intéressantes !

J'ai répondu par un gémissement désespéré. Autant j'avais hâte de revoir Brendan, autant ça me tuait d'avance de savoir que je serais, une fois de plus, le centre d'intérêt de tout le lycée.

Mon coup de fil terminé, j'ai un peu tourné dans l'appartement en cherchant ce que je pourrais inventer pour faire plaisir à tante Christine. J'aurais bien préparé quelque chose pour le dîner, ça la changerait, elle, la reine du repas à emporter ! Je voulais me racheter ; quand je pensais à tous les efforts qu'elle avait faits, en me prenant chez elle et en me faisant entrer à Vince A, j'avais honte de moi. Je bouleversais déjà son existence, je n'avais pas le droit de lui causer des soucis en plus. La nièce d'un membre du conseil d'administration se doit d'avoir un comportement irréprochable !

En tout cas, pour le repas, c'était fichu : en furetant dans la cuisine, je n'ai trouvé que du pain, une grande part de brie, des fruits, vingt variétés de thé… et bien entendu de quoi préparer des martinis. J'aurais pu essayer de lui préparer son cocktail mais il valait mieux qu'elle ne me trouve pas un shaker à la main. A moins que je ne veuille saborder définitivement mon image !

Non, je ne pouvais que retourner dans ma chambre et rattraper les cours manqués aujourd'hui. Je me suis donc plongée dans mon livre d'histoire et j'ai travaillé d'arrache-pied jusqu'au retour de ma tante une heure plus tard.

— Bien ! Commandons le dîner et discutons un peu de ce qui s'est passé aujourd'hui.

Plantée sur le seuil de ma chambre, elle semblait déterminée à aller au fond des choses. J'ai baissé la tête en m'attendant au pire, mais une fois notre commande passée (des salades Caesar du restaurant du coin), le ton s'est beaucoup radouci.

— Emma, je te l'ai déjà dit : je veux que tu viennes me trouver si tu es en difficulté, au lycée ou ailleurs. Ce garçon te harcelait depuis longtemps ?

— Il ne me harcelait pas vraiment, ai-je avoué sans entrain. En fait, ce jour-là, c'est moi qui suis allée le chercher. Il répandait des rumeurs épouvantables… sur Ashley.

Les yeux de ma tante ont jeté un éclair. Il y a eu un énorme silence, puis elle a demandé d'une voix réellement impressionnante :

— Et que disait-il ?

Au supplice, je me suis tortillée sur ma chaise.

— Je t'en prie, ne dis rien à oncle Dan et tante Jess ! S'il te plaît ! Elle mourrait de honte.

— Emma !

Cette fois, il n'y avait plus rien à faire. J'ai avoué :

— Anthony a joué un sale tour à Ash. Et ensuite, il a dit à tout le monde qu'il… enfin, voilà, quoi. Avec elle.

Elle me toisa, perplexe. Comme je me taisais en baissant le nez, elle a fini par lancer avec un brin d'agacement :

— Tu as un vocabulaire, Emma, sers-t'en !

— D'accord. Il est allé raconter partout qu'il avait couché avec elle. C'était un mensonge. C'est ce qu'on voit dans la vidéo : moi, en train d'essayer de lui faire rétablir la vérité.

— Et comment les deux garçons en sont-ils venus à se battre ?

— Anthony est devenu assez… agressif, et Brendan est intervenu.

Le visage figé, tante Christine réfléchit quelques instants en tambourinant du bout des doigts sur la table.

— Très bien, je ne dirai rien aux parents d'Ashley. Quant à toi, Emma, je te le répète : ne cherche plus à tout régler toute seule. Je sais que tu avais le sentiment de ne pouvoir compter sur personne à Keansburg ; j'aimerais que tu sentes que je suis là pour toi.

Et là, ce fut horrible : sa voix se fêla, juste un peu mais assez pour que je sente combien je lui avais fait de la peine. Atterrée, j'ai murmuré :

— Je suis vraiment désolée ! Je sais que tu as dû jouer de ton influence pour me faire entrer au lycée, et cette histoire ne fait rien pour ton image…

— Emma, ma chérie, je me fiche de mon image ! La mère de ton petit ami, en revanche…

— J'ai remarqué !

Je redoutais déjà le moment où je me retrouverais dans le champ de vision de Laura Salinger. Quelle chance j'avais de vivre avec une Christine Considine ! Emue, je suis allée l'embrasser en répétant :

— Je suis vraiment, vraiment désolée. Je te promets que si j'ai de nouveaux problèmes, je t'en parlerai. Plus de secrets !

J'ai tout de suite eu honte parce que le plus grand secret de tous, je le gardais pour moi.

Nous avons dîné toutes les deux ; ma tante semblait rassérénée et même assez joyeuse. Puis j'ai parlé longuement au téléphone avec Ashley, et je me suis blottie au fond de mon lit avec mon ordinateur portable. Entre deux vidéos, je cherchais à faire bouger des objets avec mes nouveaux pouvoirs. Sans résultat. En fait, je tuais le temps en attendant un appel de Brendan.

Vers 21 h 30, la fatigue des trois derniers jours m'est tombée dessus, je me suis endormie sans m'en apercevoir. Quand j'ai ouvert les yeux, mon réveil de chevet indiquait 4 heures du matin. Machinalement, j'ai pris mon portable... j'avais un message, un texto de Brendan, envoyé vers 22 heures.

« Tu peux parler ? »

Bravo, il pouvait vraiment compter sur mon soutien ! Furieuse contre moi-même, j'ai répondu aussitôt que je m'étais endormie, qu'on se verrait demain, et j'ai ajouté : « J'espère que tu n'as pas trop d'ennuis ! » Le regard froid de Laura Salinger me hantait encore. Ecueil en vue ! Dans un sens, j'aurais aimé n'avoir pas de problème plus grave. Le plus urgent était encore de régler mes soucis surnaturels ; ensuite, je pourrais m'inquiéter d'amadouer la mère de mon amoureux.

Je me suis remise au lit et j'ai commencé à formuler mon plan défensif. Chaque jour, j'écouterais les informations locales — et la météo ! J'éviterais les quartiers peu sûrs, je n'irais plus dans le parc la nuit. Si une menace quelconque se profilait à l'horizon, je resterais chez moi en faisant semblant d'avoir la grippe. Je me protégerais si bien que cette fichue malédiction n'aurait aucune prise sur moi !

En m'endormant, je me sentais assez fière de ma stratégie et de ma prudence.

# 17

Je lui avais tout raconté au téléphone la veille au soir, mais Ashley trouva encore une foule de questions à me poser sur le chemin du lycée. En fait, c'était la même question, formulée de plein de façons différentes :

— Il embrasse vraiment bien ?

Ma chère petite Ash pouffait, les yeux brillants, et moi je rougissais en pensant aux lèvres douces et aux yeux si tendres de Brendan. Cette fois, les questions incessantes de ma cousine ne me dérangeaient pas, bien au contraire : elles m'empêchaient de penser au moment où je serais obligée d'affronter les regards et les commentaires dans les couloirs de Vince A.

Juste avant de traverser, je me suis arrêtée et tournée vers elle, en lissant mes cheveux.

— Bon, je suis comment ?

Je savais que Brendan m'attendrait sur le trottoir. Non pas grâce à mes nouveaux pouvoirs, mais parce qu'il m'avait envoyé un texto très tôt ce matin.

— Tu as l'air heureuse !

Elle a sorti l'un des centaines de gloss qui s'entrechoquaient dans sa sacoche. J'ai eu beau protester que je ne me maquillais jamais pour aller en cours, elle me l'a collé d'autorité dans les mains en décrétant :

— Ce n'est pas pour toi, c'est pour Brendan ! C'est

un baume à lèvres au citron. Si tu dois continuer à l'embrasser, autant éviter les gerçures.

— Très subtil, Ash, bravo !

Ce matin, Brendan ne s'appuyait pas contre la boîte aux lettres mais directement à la façade du lycée. Ecouteurs sur les oreilles, mains enfoncées dans les poches de son blouson, il hochait doucement le menton, la tête renversée en arrière et les yeux clos. Je ne sais pas comment il a perçu notre approche, mais il a ouvert les yeux et m'a fait un beau, un merveilleux sourire.

Près de moi, Ashley a laissé échapper un sifflement discret.

— Oh ! Emma... Demande-lui s'il a un cousin de mon âge.

J'ai éclaté de rire. Brendan s'est redressé en retirant son casque, j'ai entendu une bouffée de musique avant qu'il n'éteigne son iPod. Intrigué, il m'a interrogée d'un coup de menton.

— C'est juste ma cousine qui dit n'importe quoi. Brendan, je te présente Ashley. Ashley, Brendan.

— Salut, a murmuré Ashley, assez impressionnée.

Puis elle m'a jeté un regard étincelant et s'est sauvée en piaillant :

— Demande-lui, pour les cousins !

— Quels cousins ? a demandé Brendan en haussant ses sourcils noirs.

— Je t'expliquerai.

— Et tu envisages de me dire un vrai bonjour ? Ou pas ?

Il faisait semblant d'être vexé. Les mains autour de son cou, je l'ai courbé jusqu'à moi pour pouvoir l'embrasser. Taquin, il a mordillé ma lèvre inférieure.

— Voilà le genre de bonjour qui m'intéresse ! Mmm... quel parfum ?

— Je crois que je vais retourner au coin de la rue pour pouvoir te dire bonjour de nouveau, ai-je murmuré, le souffle court.

Il a ri, tout heureux. Puis il s'est souvenu de nos problèmes et il m'a demandé avec inquiétude :

— Alors ? Tu t'es fait incendier par ta tante ?

— Pas vraiment, non...

— Ça n'a pas l'air de te réjouir. Tu aurais préféré ?

— Non ! C'est juste que je me sens si coupable. En fait, oui, j'aurais préféré qu'elle me punisse un peu.

— Je veux bien échanger avec toi ! Ma mère est dans tous ses états, je ne l'avais plus vue aussi furieuse depuis mes quatorze ans.

— Qu'est-ce que tu avais fait à quatorze ans ?

— On passait le week-end à notre chalet de ski et, avec des copains, on a fracturé la serrure de la piscine municipale pour y faire du skate-board. Ce sont les flics qui m'ont ramené chez moi.

— Quoi ?

Il a haussé les épaules comme s'il venait juste d'avouer qu'il n'avait pas sorti la poubelle.

— Ce n'était pas une telle affaire, je m'en suis tiré avec une interdiction de sortie. Mais, cette fois, c'est son image qui est en jeu alors elle réagit comme si j'avais posé une bombe.

— Je suis désolée de t'avoir entraîné dans cette histoire.

Décidément, je ne pouvais plus dire trois phrases sans m'excuser.

— Emma, stop. N'y pense même plus.

Avec beaucoup de détermination, il m'a attirée contre lui pour poser un baiser sur le bout de mon nez.

— Ecoute, c'est terminé ! Le comportement d'Anthony hier montre que ce n'est pas moi, le sauvage. Je crois que ma mère, au fond, sent bien que j'ai fait le bon choix. En fait, je ne suis pas vraiment puni, nous avons passé un contrat : je suis juste obligé — galère ! — de faire le DJ pour le fichu bal de Thanksgiving.

— C'est une punition, ça ?

Je pensais : « On t'envoie faire la fête pour te punir ? Et si tu as un zéro en physique, on t'offre une voiture ? »

— Oui. Ces bals sont nuls, ce sont juste de grosses compétitions pour savoir qui dépensera le plus, ou qui décrochera le ou la partenaire glamour. Ma mère sait que je déteste ces soirées, mais quand je les anime, elle marque des points face aux autres parents. C'est le principe : « Je suis au conseil d'administration alors c'est bon pour mon image que, toi, tu t'impliques dans les activités du lycée. »

— Désolée…

— Emma, je t'en prie, arrête. Ecoute, on se tire d'ici pour le déjeuner, d'accord ? On file dès la fin du cours d'anglais.

— D'accord.

Parfait : j'échapperais aux regards et aux ragots, et j'aurais une grande heure seule avec Brendan ! Cette perspective me donna le courage de franchir la porte. C'était presque l'heure ; nous nous sommes quittés dans le hall pour nous rendre à nos casiers respectifs.

Je triais rapidement les livres dont j'aurais besoin pour la matinée quand j'ai remarqué un morceau de papier coincé dans la fente de mon casier. Je m'en suis emparée en souriant : Brendan avait dû passer par là avant d'aller m'attendre dehors !

Sauf que ce papier ne venait pas de Brendan.

Car, en le dépliant, j'ai vu qu'il ne contenait qu'un seul mot : *salope*.

J'ai pris une grande inspiration, et froissé le papier pour ne plus voir l'insulte. Aucune chance de reconnaître l'écriture, c'était en caractères d'imprimerie. D'ailleurs, je connaissais l'auteur : si Kristin n'était pas descendue jusqu'ici en personne, elle avait poussé quelqu'un à le faire à sa place.

Plusieurs possibilités me sont venues à l'esprit. Je pouvais aller la trouver tout de suite et lui tendre le papier en disant : « Quelqu'un a mis ça dans mon casier mais clairement, c'est pour toi. » Ou alors, je pouvais le glisser à mon tour dans son casier. Ou le montrer à la proviseure.

Non, le mieux était encore de ne pas réagir. Si je ripostais, ce serait l'escalade, elle investirait encore plus d'énergie, encore plus de hargne dans la petite guerre débile qu'elle menait contre moi. Dégoûtée, j'ai secoué la tête. Tout ça pour un Anthony ! Autant déclencher un génocide pour une voiture mal garée.

J'ai refermé mon casier, et fait un détour par les toilettes pour y jeter le papier au panier. Et c'est là que j'ai entendu une voix dans la première cabine.

— Ça m'étonnerait qu'Emma revienne, elle n'osera plus se montrer ici.

Interdite, j'ai fait volte-face. Sous la porte, j'ai reconnu les semelles rouges Louboutin.

On tirait la chasse. Je me suis précipitée dans la cabine du bout, j'ai fermé la porte sans bruit et reculé tout au fond pour qu'elles ne voient pas mes chaussures. Mon cœur battait si fort qu'il me semblait qu'elles allaient l'entendre.

— Oh si, elle reviendra. Cette fille est immunisée contre la honte.

Une autre cabine s'ouvrit, il me sembla reconnaître la voix d'Amanda, satellite mineur de Kristin. Son malheureux problème de peau faisait d'elle une alliée précieuse : elle ne risquait pas de lui faire de l'ombre sur le plan physique et, bien entendu, ses parents étaient fabuleusement riches.

— Tu peux le dire, a ricané Kristin. Anthony ne s'y est pas trompé. Dire qu'elle a eu le culot de piquer sa crise pour sa petite pouffiasse de cousine.

Je retenais mon souffle. C'était une chose de savoir qu'elle racontait des horreurs sur mon compte, et tout à fait une autre de les entendre.

— Je n'arrive pas à croire qu'elle soit allée cafter Anthony pour cette bagarre débile, a lancé une troisième voix. Le faire renvoyer, c'est tout de même énorme !

Celle-là, c'était Kendall. Ah, on croyait donc que j'étais allée trouver la proviseure ? Kristin revint à l'attaque.

— Moi, ce que je n'arrive pas à croire, c'est que Brendan se soit laissé prendre à son numéro de sainte-nitouche. Elle lui a probablement déjà donné une bonne centaine de MST.

Les deux autres ont éclaté de rire. A travers les bruits des robinets, j'ai entendu la voix de Kendall soupirer langoureusement.

— C'est dommage, il est trop génial ! Tu te souviens quand je me le suis fait dans ta maison des Hamptons l'été dernier ?

Illogique, sans doute, mais ça m'a fait mal. Je savais pourtant que Brendan n'était pas un ange, et ce qu'il avait pu faire avant de me rencontrer ne me regardait en rien… mais tout de même. Et pourquoi justement Kendall, si spectaculaire avec ses longs cheveux blonds roux et ses jambes de danseuse ?

— Il s'encanaille, ricana Amanda. *Emma*, franchement.

— Elle n'est pas mal, a protesté Kendall avec une générosité surprenante.

Puis, pour ne pas fâcher la reine, elle se hâta d'ajouter :

— Bon, rien de spécial…

— Kendall, il sera à toi avant les vacances de Noël, a promis Kristin, satisfaite.

— J'y compte bien ! Il faudra juste que je le passe à l'eau de Javel pour le décontaminer. Ou alors, tiens, j'irai avec lui sous la douche.

Les autres se sont esclaffées et, avec une haine stupéfiante, Kristin a articulé :

— C'est une moins-que-rien et il se lassera vite. A moins qu'elle ne se retrouve en cloque, bien sûr ! Je crois que c'est pour ça qu'elle a quitté son ancien lycée : elle est tombée enceinte et elle n'avait aucune idée, qui était le père.

J'ai baissé la tête en essayant de ravaler mes larmes. La porte a claqué derrière elles, leurs voix joyeuses se sont éloignées. Quand j'ai été bien sûre que la voie était libre, j'ai vite passé de l'eau sur mon visage rouge vif, et je suis allée en cours à mon tour, en me forçant à garder la tête haute.

J'avais affronté pire. Elles ne pouvaient pas m'atteindre, pas à un niveau profond. Enfin si, mais je pouvais ne pas le montrer. Je ne leur donnerais pas cette satisfaction. A moi de me façonner un masque impassible, et de tenir le coup jusqu'au cours d'anglais.

Par miracle, on ne m'interrogea pas une seule fois de toute la matinée. Si j'avais été obligée de parler devant tout le monde, je crois bien que je me serais mise à pleurer.

— Je tiens à te dire que je ne crois aucune des rumeurs, m'a glissé Jenn sur le chemin de la salle d'anglais.

— Merci ! me suis-je écriée avec reconnaissance. Et merci de marcher avec moi.

Elle a jeté un regard rapide à la ronde pour s'assurer que personne ne nous écoutait.

— Kristin était une vraie copine, avant. Je t'assure, on s'amusait bien. Elle a beaucoup changé, c'est son obsession pour Anthony qui l'a rendue méchante. Je crois qu'il a été sa première fois, ça vous marque.

Comme je ne trouvais rien à répondre, elle a soupiré :

— En tout cas, essaie de ne pas prendre ça trop à cœur. La plupart des autres savent bien qu'elle dit n'importe quoi. Elle a probablement répandu des rumeurs sur leur compte aussi, un jour ou l'autre !

— Je ne comprends plus : tout le monde la trouve odieuse, mais elle reste toujours aussi populaire ?

— Elle fait des fêtes démentes, ils veulent tous être invités. Et puis ça ne s'explique pas, c'est le genre de fille qui a toujours le monde entier à ses pieds. Pour ce qui se passe en ce moment… s'ils disent comme elle, je crois que c'est surtout parce qu'ils sont contents qu'elle se soit choisi une nouvelle cible, et que ce ne soit pas tombé sur eux.

— La loi de la jungle.

Je suis arrivée en cours d'anglais complètement vidée, même la perspective de retrouver Brendan ne me remontait plus le moral. J'aurais voulu enfouir ma tête dans mes bras, ne plus parler à personne — dormir, peut-être. Pour me donner une contenance, je me suis plongée dans mon cahier en faisant semblant de réviser. Pour la première fois depuis mon arrivée à Vince A, ma tête ne s'est pas automatiquement tournée vers la porte quand Brendan est entré. Je me suis aperçue subitement qu'il était assis devant moi. Les bras croisés sur le dossier de son siège, il me regardait avec inquiétude.

— Emma, ça va ? Tu as l'air… contrariée.

— La matinée a été longue.

Pas très convaincant, je sais. Il s'est contenté de faire la moue en déclarant :

— On parlera au déjeuner.

Puis il a pivoté vers le tableau parce que M. Emerson venait d'entrer en se mouchant bruyamment. Sérieusement, ce type avait besoin de prendre de la vitamine C, ou des vacances, parce qu'il devenait franchement ignoble.

Dès que nous avons posé un pied hors du lycée, Brendan a voulu savoir ce qui n'allait pas. Moi, je préférais nettement ne pas entrer dans les détails !

— C'est juste… il y a beaucoup de rumeurs qui circulent sur mon compte. Et sur toi, et sur Anthony, et… c'est désagréable. Les gens me regardent, on parle de moi. Une fois de plus.

— Tu n'as rien fait de mal. Qu'est-ce qu'on pourrait bien dire sur toi ?

Il parlait d'une voix égale mais je sentis sa colère. Et moi, j'en avais ma claque des tensions, de toutes les tensions ! A bout, j'ai soupiré :

— Non, on s'en fiche. Oublie ça.

Si je lui expliquais tout, il faudrait parler de la rumeur

selon laquelle nous couchions ensemble. Je mesurais mal son état d'esprit mais, moi, en tout cas, je me sentais incapable d'aborder le sujet. Pas en plus de tout le reste !

— Allez, insista-t-il, enjôleur. On a dépassé le stade des secrets, non ?

Si. Il avait raison. Excédée, j'ai pris une grande inspiration et j'ai déversé tout ce que j'avais sur le cœur.

— Eh bien, apparemment, la population entière du lycée croit que je couchais avec Anthony. Enfin, on dit tout et le contraire, à chacun de choisir la version qui l'arrange. Soit je couche avec toi, soit tu as honte de te montrer avec moi… Ah, j'oubliais, j'aurais aussi quitté mon dernier lycée parce que j'étais enceinte. Ce dernier point, c'est Kristin tout craché, et je suis absolument certaine qu'elle a aussi envoyé la vidéo tronquée à la proviseure.

— Je vois.

Les muscles de sa mâchoire s'étaient crispés. Il ajouta :

— Et comment sais-tu qu'on dit tout ça ?

— Je les ai entendues ce matin aux toilettes. Il y avait Kristin, Amanda et Kendall, qui s'est d'ailleurs vantée d'avoir couché avec toi.

— Elle en parle encore ?

Je ne sais pas ce que j'avais espéré, un démenti, un éclat de rire. Il semblait juste surpris qu'elle attache la moindre importance à l'épisode. Le cœur gros, je me suis contentée de hocher la tête et de marcher un peu plus vite. Brendan m'a jeté un regard en coin.

— L'été dernier, j'étais dans les Hamptons avec des copains, et ils parlaient tous d'une fête qu'ils ne voulaient surtout pas rater. J'y suis allé avec eux, c'était chez Kristin. Kendall ne m'intéressait pas plus que ça, mais elle insistait lourdement.

— Je vois…

Je serrais les dents. C'était bizarre : ce récit me dérangeait autant que tout ce que j'avais entendu ce matin. Brendan se pencha vers moi, troublé.

— Je t'en prie, dis-moi que tu t'en fiches.

Il lâcha ma main pour entourer mes épaules.

— Je ne t'avais pas encore rencontrée. Dis-moi que ça ne te dérange pas.

— Ça me dérange un peu, ai-je avoué.

— Emma, je me fiche radicalement de Kendall. Je te jure, je n'ai jamais repensé à elle. Pour être tout à fait franc, je n'ai même pas pensé à elle la première fois. Elle était là, voilà tout.

— Je pense que ça m'horripile parce que j'ai entendu ça après avoir trouvé un petit mot dans mon casier…

Brendan s'arrêta de marcher.

— Quelqu'un a laissé un mot dans ton casier ?

— Oui.

— Un mot qui disait quoi ?

Il semblait furieux. Inquiète, j'ai voulu écarter la question d'un geste mais il s'est obstiné.

— Emma, c'était quoi ?

— Un seul mot : salope.

Je n'avais encore jamais vu une expression pareille dans son regard.

— Je vais avoir une petite discussion avec Kristin.

— Brendan, non ! On a déjà suffisamment d'ennuis, ça ne servirait à rien…

Je n'arrivais même pas à cacher ma panique.

— Kristin est comme elle est, on n'y peut rien ! Et

d'ailleurs, Anthony a aussi bien pu laisser le papier avant de partir.

— Peut-être, mais elle n'a pas le droit de parler de toi.

— Brendan, je t'en prie, oublie ça. Ces histoires m'ont bousculée, c'est vrai, mais c'est fini maintenant.

— Ça me met hors de moi : avec moi, ils n'osent pas, je m'en tire sans dommage ; mais toi, ils te harcèlent…

— C'est parce que les filles sont diaboliques. Les lycéennes sont des démons, sincèrement.

Mon diagnostic lui arracha un sourire. Son beau visage s'adoucit, il saisit mes deux mains dans les siennes.

— Cette fille est une telle… Elle s'ingénie à t'empoisonner l'existence.

— Tant que je t'ai, toi, je peux tout supporter.

— Ce n'est pas comme si nous n'avions pas d'autres soucis !

Il m'a prise contre lui en posant la paume sur mon médaillon. J'ai fermé les yeux, émue par le contact de sa main.

— Si je pouvais renoncer à toi, je le ferais. Si je pensais que c'est mieux pour toi.

— Non, ce serait pire !

La seule idée d'affronter une journée sans lui me broyait le cœur. J'ai pris ma voix la plus persuasive pour insister :

— Ecoute, s'il te plaît, ne fais rien. Tôt ou tard, ils finiront par se lasser !

Il me contempla un instant en se mordant la lèvre… puis il se mit à rire tout bas en me berçant contre lui.

— Je veux bien, mais seulement si tu m'accordes quelque chose en échange.

— Quoi donc ? ai-je demandé avec prudence. Je te

préviens : je refuse d'entrer par effraction dans une piscine pour faire du skate-board.

— Tu préférerais sûrement. Non, ce que je veux... c'est que tu viennes avec moi à ce fichu bal de Thanksgiving.

— Quoi ?

Il m'a souri en suivant la ligne de ma joue du bout du doigt.

— Tu m'as très bien entendu. Je t'invite au bal de Thanksgiving.

— Mais tu n'as pas envie d'y aller.

— Effectivement. J'y réfléchissais ce matin. Je ne suis jamais allé à une de ces soirées avec une fille avec qui... avec une amoureuse.

Je haussai un sourcil.

— Une amoureuse ?

— Ne m'oblige pas à tout t'expliquer. Ecoute, j'ai envie de faire passer un message, je veux montrer aux autres combien je tiens à toi.

Cette voix, ce regard... Emue, j'ai tout de même protesté :

— Tu imagines : une soirée entière enfermés dans une salle avec ces crétins ?

— Justement ! Fais ça pour moi, ne me laisse pas seul avec eux. Si on nous voit ensemble, les rumeurs finiront peut-être par se calmer.

— Tu n'as pas tort.

— Tu comprends, s'ils s'en prenaient juste à moi, je m'en ficherais. Mais je refuse qu'on parle de toi, tu refuses que j'aille leur dire ma façon de penser... on est dans l'impasse. Laisse-moi au moins t'emmener !

— Bon... Très bien. Enfin, si ma tante m'autorise à y aller.

Il y avait aussi la question de ce que je pourrais bien

me mettre ! Un bal à Vince A, c'était forcément en robe longue et dans le conte qu'était ma vie, il n'y aurait pas de petites créatures des bois pour me la coudre. Pas de marraine la fée ! Ashley pourrait peut-être me prêter quelque chose ?

— Génial ! Je suis carrément content d'y aller, maintenant !

Brendan s'adossa à un arbre et je me blottis dans ses bras en soupirant :

— Je n'ai pas suffisamment vu Kristin, cette semaine ; une dose supplémentaire vendredi soir m'aidera à tenir tout le week-end.

Il éclata de rire et promit :

— Tu ne la verras même pas. Tu seras en cabine avec moi comme une fille dans une vidéo de Jay-Z.

— Il n'est pas question que je vienne en Bikini et manteau de fourrure.

— Non ? Je suis déçu. Alors un petit short très court ?

— C'est un bal déguisé ?

— Non.

— On est bien au mois de novembre ?

— Oui, et alors ? Je te réchaufferai, moi.

Du bout de l'index, il souleva mon menton et, cette fois encore, toutes mes angoisses s'évanouirent dans le néant dès que nos lèvres se touchèrent.

Brendan avait ce talent : ses baisers effaçaient les souvenirs comme le petit appareil des Men in Black. Nous avons tous deux perdu la notion du temps : au lieu du petit restaurant où il voulait m'emmener, nous avons dû manger des hot dogs en quatrième vitesse et retourner au lycée en courant. Mon humeur avait changé du tout au tout, je flottais de cours en cours ; cela m'a à peine dérangée quand, en cours de chimie, j'ai surpris les commentaires désobligeants que Kristin faisait à sa voisine sur mes cheveux.

Disons que ça m'a tout de même un peu agacée. Avec sa peau d'Oompa Loompa, elle se permettait de se moquer de mon look ? Un instant, j'ai envisagé de lui jeter un sort mais je me suis dit que, avec ma chance, il rebondirait forcément sur moi. De toute façon, j'étais de plus en plus convaincue que mon dernier (et unique) effort dans ce sens n'aurait pas fonctionné sans la présence d'une sorcière expérimentée. Je n'ai donc pas répliqué. J'avais des problèmes plus sérieux que Kristin.

A la dernière sonnerie, j'ai trouvé Brendan qui m'attendait près de mon casier. Enchantée, je me suis écriée :

— Qu'est-ce que tu fais là ?

— Je m'accorde une minute avec toi avant l'entraînement de basket.

Aïe ! Je n'avais pas pensé à ça. Brendan avait plus ou moins fait renvoyer l'un des meilleurs joueurs, on allait nécessairement lui demander des comptes ! Inquiète, j'ai demandé :

— Ils vont t'en vouloir ?

— Non. Personne n'aimait Anthony. L'équipe aura plutôt envie de me nommer capitaine… dès que je ne serai plus suspendu.

Bon, c'était déjà un souci de moins. Il a ajouté :

— Alors je veux un baiser, et ensuite il faut que je file.

Il riait. Il était tendre, charmant, irrésistible. Je me suis jetée dans ses bras en pensant combien c'était difficile de se souvenir que nous étions au lycée ; difficile de ne pas céder à des passions assez peu scolaires !

— Je t'appelle ce soir, a-t-il promis en me mordillant

le cou. Essaie de rester éveillée après 19 heures, pour une fois.

Je me sentais si heureuse que je serais volontiers restée éveillée jusqu'au jeudi suivant ! J'ai retrouvé sur le trottoir Ashley qui commençait sérieusement à s'impatienter.

— Alors ? Tu as demandé, pour les cousins ?

— J'ai oublié. Je le ferai demain, promis.

— Merci ! Ecoute, je ne l'avais encore jamais vu d'aussi près, il est fabuleux ! La veine que tu as de pouvoir l'embrasser ! Et il paraît qu'il fait le DJ pour le bal ?

— Les nouvelles vont vite.

— Oui, du moment qu'il est question de Brendan Salinger ! Et puis, ma copine Vanessa fait partie du comité d'organisation, c'est elle qui me l'a dit.

Je l'ai dévisagée, incrédule.

— Kristin a laissé une *freshman* participer au comité ?

— Bon, la mère de Vanessa offre le buffet.

Elle semblait assez contrariée et elle avait raison ; mais voilà, au lycée, tout se résumait à des rapports de pouvoir. La mère de Vanessa était un chef assez connu, elle travaillait dans un grand restaurant de Manhattan ; sa contribution ajoutait un certain lustre à la soirée, ce qui ouvrait à sa fille l'accès à un événement dont elle aurait normalement été exclue.

— Eh bien, moi, j'irai à la soirée avec le DJ. C'est bien ce que tu allais me demander ? Et d'ailleurs…

J'ouvrais la bouche pour lui demander de me prêter une tenue quand elle m'a interrompue en sautant littéralement sur place.

— J'y serai aussi ! On est toute une bande à y aller avec Vanessa ! Oh ! Emma, je ne sais pas pourquoi tu pensais que tu ne pourrais pas te faire une place ici :

tu es sortie une fois avec Cisco et, maintenant, Brendan en personne est ton petit copain ! Dis, il faut qu'on aille t'acheter une robe.

— Je ne peux pas t'en emprunter une ?

Elle avait des tonnes de fringues. Et même si elle était plus petite que moi (de partout), je réussissais généralement à me faufiler dans ses vêtements.

— Pas question, ma chérie ! Il te faut un truc fabuleux ! On ira shopper, ce sera génial. De toute façon, je n'aime plus la robe que j'ai achetée, j'en veux une autre.

— Bon, attends tout de même que je demande à tante Christine.

Je n'en ai pas eu l'occasion ; à peine la clé dans la serrure, Ashley s'est précipitée à l'intérieur en hurlant :

— Alerte shopping ! Tout le monde sur le pont ! Brendan invite Emma au bal de Thanksgiving la semaine prochaine !

Tante Christine, paisiblement installée à la table de la cuisine, a fermé son livre et retiré ses lunettes en levant les yeux vers nous. Je me suis hâtée de tempérer la proclamation de mon infernale petite cousine.

— Enfin, si tu es d'accord, j'aimerais bien y aller…

— Oui, bien sûr que tu peux y aller.

Toujours assez gênée, j'ai précisé :

— Sa mère oblige Brendan à faire le DJ, en fait ; je serai surtout là pour lui tenir compagnie. On n'a pas du tout besoin de faire du shopping, je peux emprunter quelque chose à Ashley.

Ma tante a évalué mes formes, puis celles d'Ashley.

— Non, ma chérie, je pense que nous pouvons faire mieux. Nous irons chez Bendel ce week-end.

— Tu es sûre ? Ça m'ennuie de…

— Absolument sûre.

Toujours aussi sereine, elle a repris son livre et tourné une page de son doigt à l'ongle verni de rose. J'avais vraiment l'impression de profiter de sa gentillesse ; honteuse, j'ai murmuré :

— Merci beaucoup… Je ne mérite pas…

— Ma chérie, si, tu le mérites, soupira-t-elle. J'aimerais que tu saches à quel point je suis heureuse de t'avoir ici avec moi. Cela dit, ajouta-t-elle, si je pouvais faire la connaissance de Brendan pour de bon dans des circonstances un peu plus plaisantes…

— Il est génial…

— Je n'en doute pas. Et il me fait l'impression d'un jeune homme auprès de qui tu seras en sécurité. Il semble prêt à se jeter devant un bus pour toi.

J'acquiesçai mais, au fond, je n'en menais pas large. Prédestination ou pas prédestination, nous ne couperions pas au rituel de la présentation aux parents. Ça ne m'ennuyait pas de présenter Brendan à ma tante, bien au contraire ! Mon souci, c'était Laura Salinger. Cette femme me terrifiait au moins autant que la malédiction.

# 18

Incroyable : à la fin de la semaine, les rumeurs commençaient déjà à se calmer. Bien entendu, Kristin continuait à alimenter le moulin mais, elle, j'étais résignée à ce qu'elle me tourmente toute l'éternité. L'important, c'était que les autres se lassent de relayer ses dernières trouvailles. Kristin était ma dame Eleanor des temps modernes : spécialisée dans la démolition des réputations plutôt que dans l'assassinat pur et simple. Sa dernière création ? Une rumeur selon laquelle j'aurais trompé Brendan avec au moins six garçons du lycée Xavier. Inutile de préciser que nous ne sortions ensemble que depuis une semaine, et qu'un tel abattage aurait été physiquement impossible en cinq jours. Disons qu'elle avait au moins le mérite de la constance dans la bêtise.

Brendan avait sa méthode pour tuer les rumeurs : il s'affichait obstinément à mes côtés. Et ça marchait. Vraiment, il s'y entendait à naviguer dans ces eaux infestées de requins — vous savez, le genre de requins qui portent des sacs Dior.

Et puis je suis allée chez Bendel… Moi qui ne croyais pas possible de me sentir plus décalée qu'à Vince A, je me suis vraiment fait l'effet d'une extraterrestre quand, le samedi, nous sommes allées m'acheter une robe avec tante Christine, Ashley, et sa mère, ma tante Jess. Dans le miroir de la cabine d'essayage, j'ai découvert une pauvre fille tassée sur elle-même dans une robe qui ne lui ressemblait en rien. Les oripeaux déjà essayés s'amoncelaient autour d'elle.

Des trucs pour les bals de debs. Trop pastel. Trop bouffants. Une des robes était cousue de nœuds, tellement de nœuds qu'on aurait pu la trouver au comptoir où l'on emballe tout dans du papier cadeau ! Et vu le prix du ruban, chaque nœud devait coûter dans les cent dollars pièce.

La robe de cocktail que j'avais sur le dos n'avait pas de frous-frous mais elle était rouge, couverte de sequins, et dénudait une épaule. Avec un gros soupir, j'ai ouvert la porte pour me présenter à l'inspection en ronchonnant :

— Dites, ce n'est pas parce qu'on est en novembre que je dois mettre du rouge. J'ai l'air d'une call-girl.

— Une call-girl très très chère, alors, a pouffé ma tante Jess.

Bien entendu, Ashley a hurlé de rire. Il a fallu le regard le plus désapprobateur de tante Christine pour les faire taire.

— Attends ! s'est écriée Ashley. Je sais ce qu'il te faut.

Voyant mon expression, elle a ajouté :

— Fais-moi confiance !

Je ne me suis pas sentie rassurée pour autant. Je voyais d'ici ce qu'elle allait me rapporter : du rose bonbon. Par pitié, au moins, qu'elle évite le strass !

— Repasse celle-ci pour voir ?

Tante Jess venait de tirer de la pile une meringue à la jupe bouffante, étincelante de blancheur. De plus en plus hostile, je me suis enfermée pour l'enfiler. En ressortant pour me montrer, j'ai bougonné :

— Je ressemble à une boule de neige.

Et ma cicatrice se voyait plus que jamais. Pourquoi ne cousait-on pas de manches longues aux robes du soir ? Pourquoi avaient-ils décidé d'organiser un bal « habillé » ? Pourquoi, mais pourquoi ne pouvais-je pas porter un jean et mon chemisier noir !

Nettement plus perspicace que ma tante Jess, que cette sortie semblait beaucoup amuser, ma tante Christine me glissa :

— Nous te prendrons des gants. Tu sais bien, ces gants qu'on met pour l'opéra et qui montent jusqu'aux coudes.

Ouf ! Brendan savait, pour l'accident, mais il n'avait pas encore vu ma vilaine cicatrice. J'ai remercié ma tante d'un sourire et je suis retournée dans la cabine pour retirer ma pièce montée. Je me demandais si j'avais le droit de me rhabiller normalement quand on a frappé plusieurs coups irréguliers à la porte. En ouvrant, je me suis trouvée nez à nez avec Ashley. Ou plutôt avec une énorme pile de robes soutenue par les petites jambes d'Ashley. Et toutes les robes étaient noires.

— Oh ! Ash ! Je t'adore !

Là, tante Christine n'était plus d'accord !

— Le noir, c'est pour les vieilles et les veuves. A ton âge, il faut porter des couleurs gaies !

— Tu peux parler !

C'était sorti tout seul. J'ai ouvert des yeux ronds, choquée par ma propre insolence. Tante Christine était veuve et, techniquement, elle était vieille aussi… mais la couleur dominante de sa vie était le rose ! Tante Jess s'est écroulée de rire ; franchement, par moments, je la trouvais plus gamine que sa fille. Avec beaucoup de dignité, tante Christine a contemplé son tailleur fuchsia, puis elle a concédé :

— Tu n'as pas tort. Ma foi, le plus important, c'est qu'Emma se sente à l'aise. Voyons ce que tu nous apportes.

Nous avons accroché les robes dans la cabine, et mon regard s'est tout de suite braqué sur un modèle sans manches, avec un bustier et une jupe de tulle artistement déchiquetée. Elle était à la fois classique et originale, je l'adorais. Je l'ai immédiatement enfilée ; en me tournant pour qu'Ashley puisse remonter la fermeture Eclair, j'ai croisé les doigts et espéré qu'elle serait aussi géniale sur moi que sur le cintre.

Oui ! Phénoménale !

— Je voudrais m'habiller comme ça tous les jours !

Euphorique, je tourbillonnais sur moi-même, faisais la révérence au miroir. Cette fois, mon reflet m'enchantait. J'avais toujours vécu en jean ; l'*autre* grande occasion de mon existence, le mariage de ma mère avec Henry, m'avait juste valu une robe bain de soleil jaune pâle (ils s'étaient mariés à la mairie). Dans un angle du miroir, j'aperçus tout à coup le visage de tante Christine. Elle souriait, mais elle se tamponnait également les yeux avec un mouchoir rose. Horrifiée, je me suis écriée :

— Tu pleures ? Ça t'ennuie vraiment que je mette du noir ?

— Ma chérie, non ! C'est juste que quand tu es arrivée, tu étais si… Tu t'es tellement épanouie, et je suis si contente de te voir heureuse.

Les larmes aux yeux, j'ai enjambé une robe vert menthe pour serrer ma tante dans mes bras. Ashley est intervenue avec autorité :

— O.K., c'est fini, on ne pleure pas sur les pelures. Emma, j'ai des escarpins qui seront parfaits avec ta robe.

Ce soir-là, du fond de mon lit, j'ai longuement contemplé LA robe suspendue au revers de ma porte. Pour le grand soir, j'aurais les escarpins d'Ashley (pour les chaussures, nous faisions vraiment la même pointure), une étole à tante Jess, et des gants et des boucles d'oreilles que m'offrait tante Christine. Ça me dérangeait de me l'avouer mais, en fait, j'étais très excitée à l'idée d'entrer dans une soirée au bras de Brendan. Je me suis endormie avec le sourire.

Le lendemain, j'ai su en ouvrant les yeux qu'Angelique avait annulé son sort de protection.

Ce rêve, je ne m'en suis souvenue que parce que Angelique m'avait proposé de tenir un journal, pour noter chaque détail de mes aventures nocturnes avant qu'elles ne sombrent dans mon subconscient. Cette fois, j'étais assise dans la cuisine de notre ancienne maison, face à Ethan. Sur la table entre nous, il y avait une sorte d'échiquier. Ethan m'expliquait les règles du jeu ; il avait dû me les expliquer déjà plusieurs fois parce qu'il s'énervait que je n'aie pas encore compris.

Il répétait, en me montrant les carrés sombres du plateau :

— Mais, Coccinelle, si tu prends ce chemin, ce sera plus difficile de gagner.

— C'est ce chemin que je veux.

En disant cela, j'ai plaqué mon médaillon sur l'un des carrés noirs. Le plateau ne cessait de changer, il était en pierre, puis en bois, puis en mosaïque ou en verre, mais je m'obstinais à maintenir mon pendentif à la même place. Et j'ai dit :

— Je me fiche que ce soit plus difficile.

— Tu pourrais perdre la partie, me prévint mon frère. Tu pourrais tout perdre.

— Je m'en fiche.

— C'est dangereux, Emma. Tu ne peux vraiment pas t'éloigner de lui ?

— Je ne peux pas.

— Bon. Si tu tiens absolument à en passer par là, tout dépend de lui, maintenant. Il lui faudra une détermination à toute épreuve.

Les yeux bruns d'Ethan, si semblables aux miens, me fixaient avec une intensité insoutenable. Il insista :

— Il est assez fort ? Tu es vraiment sûre de toi ?

— Je crois, oui.

Je haussai les épaules avec désinvolture. Implacable, Ethan lança :

— Il ne suffit pas de croire. Tu dois être plus forte, vous le devez tous les deux. Ce n'est pas un jeu.

A ces mots, l'échiquier disparut ; nous n'étions plus dans la cuisine mais debout dans la roseraie de mes rêves.

— Il doit être fort. Vous ne verrez rien venir. Il doit être prêt à tout risquer. Il le sera ?

Comme je le contemplais, interdite, il ouvrit la bouche pour ajouter quelque chose… et se mit à chanter un tube de Madonna. Tout s'effaça ; sous mes paupières lourdes, je contemplais une mince tranche horizontale de ma chambre à New York ; mon radio-réveil diffusait Borderline. Ma main s'est abattue sur le bouton, j'ai fermé les yeux très fort en m'efforçant de retomber dans mon rêve… mais il s'était évanoui.

Je n'ai pas ressenti la panique habituelle. Au contraire,

bizarrement, je me sentais plus déterminée, comme si la malédiction n'était qu'un obstacle comme un autre : un obstacle que je pourrais surmonter si je parvenais seulement à déchiffrer ces avertissements si obscurs.

Brendan était reparti pour Westchester vendredi, juste après les cours ; il écumait toujours la bibliothèque de son grand-père à la recherche de tout ce qui pourrait nous éclairer sur la légende d'Aglaeon. Il avait prévu de revenir le dimanche pour me sortir — un vrai rendez-vous d'amoureux. La plupart des couples de notre âge s'efforçaient de trouver un équilibre entre leur scolarité et leur vie sentimentale ; nous, nous devions jongler entre les sorties à deux et les grandes révélations occultes.

— A mon retour, je veux faire les choses dans les règles, avait-il dit au téléphone. Jusqu'ici, je suis un petit copain lamentable.

J'avais beau lui répéter le contraire, rien n'y faisait.

— Laisse-moi m'occuper de toi ! Je veux qu'on se voie tranquillement, sans ragots, sans malédictions ; rien d'autre que toi et moi, ensemble.

Ce dimanche-là, nous sommes donc sortis selon une tradition très new-yorkaise : pour un brunch. Quand j'ai vu les prix mentionnés sur le menu, mes yeux sont devenus aussi ronds que les bagels frais empilés dans la corbeille.

— Ils font les meilleurs *eggs Benedict* de New York, affirma Brendan en tartinant du fromage frais sur un bagel au sésame.

Tout bas, je me suis dit que pour trente-cinq dollars, ils pouvaient aussi offrir le taxi du retour. Tout haut, j'ai dû avouer que les *eggs Benedict* étaient extraordinaires. Je les ai adorés, et j'ai adoré Brendan encore davantage. Je ne l'avais encore jamais vu aussi décontracté, il semblait prendre un plaisir énorme à être juste un garçon comme les autres, de sortie en amoureux. Nous avons parlé non-stop, sans jamais évoquer un seul de nos problèmes. Tout en l'écoutant m'expliquer avec enthousiasme qu'il allait peut-être décrocher une place de DJ dans un nouveau club (tant qu'il ne consommait pas d'alcool sur place, ils se fichaient qu'il soit mineur), j'ai décidé de ne pas lui parler de mon dernier rêve. Pourquoi gâcher un aussi bon moment ?

En sortant, sur le trottoir, j'ai noué impulsivement les bras autour de sa taille. C'était si stupéfiant de pouvoir toucher Brendan, l'inaccessible icône, chaque fois que j'en avais envie ! C'était vertigineux, il me venait parfois des envies de réagir comme Ashley, en trépignant et en sautant sur place !

— Merci pour ce brunch.

Ma voix s'étouffait dans son blouson. Il a eu un petit rire en me serrant contre lui.

— Tout le plaisir était pour moi. Je veux faire plus de trucs comme ça avec toi. Au fait ! Je voulais te demander…

Comme je le serrais toujours dans mes bras, il m'a doucement tirée par le blouson pour pouvoir voir mon visage. J'ai résisté en pressant ma joue contre sa poitrine. Je n'avais pas envie de le lâcher si vite !

— Quoi donc ?

— Mes parents voudraient te rencontrer. Officiellement, ou en tout cas autrement que dans le bureau de la proviseure. C'est O.K. pour toi ?

Je me suis figée. Un amour prédestiné ? Je pouvais gérer. Une malédiction ? Sans problème. Des rumeurs horribles et des ennemis au lycée ? Je pouvais régler ça avant le petit déjeuner. Amadouer Laura Salinger, en revanche... Insurmontable ! Inquiète, j'ai demandé :

— Ils sont au courant, pour nous ?

— Emma, bien sûr qu'ils savent qu'on est ensemble ! Pourquoi crois-tu qu'ils veulent te rencontrer ?

Il faisait semblant de ne pas comprendre. A contrecœur, j'ai relâché mon étreinte et je me suis plantée devant lui.

— Tu sais très bien ce que je veux dire. Pour ta mère, la dernière fois, j'étais juste une fille de ta classe que tu as défendue parce qu'elle allait se faire assommer. Depuis, tu leur as dit... le reste ?

Brendan poussa un bref soupir.

— Ils savent ce que nous pensons, oui. Mon grand-père leur a téléphoné hier soir et il leur a tout dit.

J'ai enfoui mon visage dans mes mains.

— Mais pourquoi ? Je ne veux pas qu'ils me voient comme ton ticket pour l'enfer !

Une idée subite m'a frappée ; j'ai relevé la tête.

— Ils étaient comment avec tes précédentes copines ?

Ce regard noir ! Manifestement, je venais de le vexer.

— Emma, sérieux, tu crois vraiment que j'ai déjà amené une fille à la maison pour la présenter à mes parents ?

Ben... oui, bien sûr que je le croyais ! Brendan était le garçon le plus désirable de la planète. Il m'assurait que Kendall n'avait pas compté pour lui et je voulais bien le croire, mais un jour ou l'autre, une fille plus dégourdie que la moyenne avait bien dû réussir à se faire inviter chez les Salinger !

— Ecoute, je ne leur présenterais pas n'importe qui. Les filles avant toi n'étaient que... Juste des filles.

— Très bien, je te crois.

Nous avons repris notre chemin. J'ai cherché un sujet de conversation qui lui ferait oublier ce projet ; en vain.

— Emma, allez…

Il a attrapé au vol la capuche de mon blouson, m'a gentiment attirée contre lui. Evidemment, j'ai fondu dès que ma joue a retrouvé sa place contre sa poitrine. Je l'ai senti poser un baiser sur mes cheveux ; il a murmuré :

— Ils te traiteront comme ma petite amie, voilà tout. Même si nous savons tous les deux que tu es beaucoup plus.

Ses bras se sont resserrés autour de moi et il a ajouté :

— Et par la même occasion, je voudrais rencontrer ta famille. Tu vois qu'il m'arrive de vouloir faire les choses dans les formes. On organise quelque chose ?

J'ai hoché la tête. Puisque tante Christine tenait à le revoir…

— Je viendrai déjà te prendre vendredi soir pour le bal, et ta tante pourra m'interroger sur ma moralité et mes intentions.

Il me fit un large sourire ; malgré moi, je me suis mise à rire en me dégageant de ses bras.

— On ferait bien d'y aller, le film commence dans une demi-heure.

Le cinéma se trouvait à vingt blocs au moins. Bien décidée à ne pas être en retard pour une fois, je me suis mise à marcher d'un pas vif. Le carrefour était tout proche ; en descendant du trottoir, j'ai tendu instinctivement la main pour prendre celle de Brendan. Mon geste n'a rencontré que le vide. Surprise, je me suis retournée ; à la traîne d'une bonne dizaine de mètres, il consultait quelque chose sur son portable. Il m'a lancé :

— Si nous le ratons, il y a une autre séance dans une heure et demie.

— Mais viens ! Dis donc, pour un sportif, quel fainéant ! On peut très bien arriver à temps !

Je traversais à reculons, toujours tournée vers lui. Il a relevé la tête en me souriant… puis son regard a changé. J'aurais même juré qu'il changeait de couleur.

— Emma, attention !

Il a crié mon nom une nouvelle fois en jetant sa sacoche loin de lui ; il s'est précipité vers moi à une vitesse stupéfiante. D'instinct, j'ai tendu les mains, je l'ai senti saisir mon bras, il m'a tirée à lui d'une secousse si brusque que j'ai cru que mon épaule se disloquait. Mon pied a heurté le bord du trottoir, l'espace a basculé autour de moi et j'ai percuté le pavé, les mains en avant.

Un rugissement de moteur, un grand souffle, le bruit assourdissant d'un Klaxon… Le taxi qui fonçait pour passer à l'orange m'a manquée de quelques centimètres. Sous le choc, je suis restée immobile, à plat ventre sur le trottoir, en sentant mes paumes commencer à me brûler.

Brendan s'est accroupi près de moi, le bras autour de mes épaules.

— Emma, ça va ?

— Oui… oui.

Pour la première fois, Brendan semblait dépassé par les événements.

— C'est grave ? Montre-moi.

Avec autant de précautions que si j'étais une figurine de verre filé, il m'a aidée à me relever. J'ai regardé mes mains ; mes paumes semblaient être passées sur une râpe.

— Je suis désolé, Em. Je t'ai tirée trop fort et…

— De quoi est-ce que tu t'excuses ? Sans toi, je serais une bosse sur le pavé.

Un tremblement nerveux s'installait dans mes jambes. Je commençais à prendre conscience que je venais d'échapper à la mort, et de justesse ! A voir son visage, Brendan pensait la même chose que moi. Tout pâle, il est allé chercher sa sacoche, en a tiré une bouteille d'eau et, avec précaution, il s'est mis à verser un filet sur mes mains. Ça faisait un mal de chien. Instinctivement, j'ai reculé… et une douleur horrible a surgi dans ma cheville droite.

— Je crois que c'est foulé !

— Emma, je suis tellement désolé…

Complètement désemparé, il me regardait sautiller sur mon pied gauche en grimaçant. A bout, j'ai crié :

— Mais arrête de t'excuser ! Tu viens de me sauver la vie !

— C'est une façon de voir les choses, a-t-il répliqué. Une autre serait de dire que c'est à cause de moi qu'on en est là.

— On en est là parce que nous sommes à New York. Ce n'est pas moi qui vais t'apprendre comment conduisent les taxis new-yorkais.

Je prenais un petit air supérieur en espérant le faire sourire, mais il a secoué la tête, abattu. J'ai insisté :

— Allez, Brendan !

J'ai posé la main sur sa joue… et fait une nouvelle grimace. Il n'avait pas dû se raser ce matin. D'un ton sévère, j'ai lancé :

— Pas de grand trip de culpabilité, je te prie. Ce n'est pas ta faute. Il n'est pas question de la malédiction des Salinger.

Rien à faire, il fuyait mon regard. Ses yeux verts restaient fixés sur mes paumes, il était livide et semblait complètement désespéré.

— Je suis comme une bombe à retardement…

— Et pas de mélo non plus. Si un pigeon me fait sur la tête, tu prendras ça sur toi aussi ?

— Ça ne te tuerait pas.

— Ce n'est pas sûr. Tu as regardé les pigeons que vous avez ici ?

Toujours rien. Je commençais sérieusement à m'énerver.

— Ecoute, je te le répète : tu viens de me sauver. Pour la deuxième fois. Ce taxi, je ne l'ai même pas vu venir !

Ma propre phrase fit comme un écho dans ma tête : pas vu venir… *vous ne verrez rien venir…*

— Oh ! Non…

— Quoi ? Emma ?

— Brendan… Tu crois que… c'était ça ?

Je fis un geste vers l'asphalte où j'avais failli finir en ligne jaune. Brendan me dévisageait, perplexe.

— De quoi est-ce que tu parles ?

— Mais écoute ! Disons que tu as raison, disons que la malédiction vient de frapper. Et si c'était ça, le grand danger prédestiné ? Et si tu venais de le court-circuiter ?

Il n'eut aucune réaction. Son beau visage était comme figé dans la pierre.

— Impossible. Ça ne peut pas être aussi facile.

Je me suis mordu la lèvre.

— Je dois te dire quelque chose, mais il ne faudra pas m'en vouloir de ne pas t'en avoir parlé plus tôt. Voilà : j'ai fait un autre rêve. Mon frère m'a plus ou moins prévenue qu'il allait se passer quelque chose, et il a justement employé ces mots-là : *Vous ne verrez rien venir.*

— Nom de Dieu, Emma ! Il fallait me le dire tout de suite !

— On était si bien… C'était tellement bon de me sentir normale…

Je baissais les yeux, gênée et aussi très triste. Avec une douceur bouleversante, il a pris mon visage entre ses mains en murmurant :

— S'il te plaît, ne me cache rien. Il y a eu autre chose ?

— Une chose, oui.

Il ferma les yeux, prit une inspiration et plongea de nouveau son regard troublé dans le mien.

— Bon, vas-y. Dis-moi tout.

— Je crois bien que je suis une sorcière.

Il m'avait fallu du courage pour l'avouer. Je ne sais pas à quelle réaction je m'attendais. Pas à cet énorme éclat de rire, en tout cas. Que je n'ai pas apprécié. Même si ça faisait dix minutes que j'essayais d'arracher un sourire au coupable !

— Emma, tu traînes trop avec Angelique !

Sans cesser de rire, il m'embrassa gentiment les cheveux. Furieuse, je tapai du pied, et piaillai aussitôt de douleur : dans le feu de l'action, j'avais oublié ma foulure. C'était tout de même horripilant ! Les amants maudits, il admettait sans problème ; mais l'idée que j'aie pu hériter d'un brin de pouvoir surnaturel, il trouvait ça comique ?

— Ecoute, reprit-il, nous avons découvert des choses stupéfiantes, il y a de quoi déstabiliser n'importe qui. Et les filles du lycée n'arrêtent pas de te persécuter, on se croirait au procès des sorcières de Salem, alors…

— Pas du tout, ce n'est pas ça ! Si je pense que je suis une sorcière, c'est parce que… Eh bien, Angelique l'avait senti. Elle a eu raison pour tout le reste ! Et j'ai fait souffler le vent en jetant un sortilège chez elle.

En quelques mots, je lui ai décrit la scène. Il semblait toujours aussi sceptique.

— C'est arrivé quand Angelique était près de toi. Ça m'étonne qu'elle en soit capable, mais c'était probablement elle, pas toi.

Il a même fait un geste désinvolte, comme pour écarter une idée absurde.

— Si, c'était moi !

— Bon, on en parlera plus tard. Ta cheville te fait très mal ?

Il chercha encore à me verser de l'eau sur les mains. Je le repoussai avec colère.

— Pourquoi est-ce que tu veux bien croire tout le reste, et pas ça ?

— Je trouve juste plus urgent…

Ce ton raisonnable ! Cette fois, je suis vraiment sortie de mes gonds.

— Ne change pas de sujet ! C'est toi qui répètes toujours : pas de secrets.

— Eh bien, tu avais raison tout à l'heure !

Il avait crié à son tour, hors de lui. Saisie, j'ai eu un mouvement de recul. Je ne l'avais encore jamais vu dans cet état de rage contre moi.

— Moi aussi, j'ai peut-être envie de croire, pendant une seconde, qu'on est normaux ! J'ai passé une partie de mon week-end à faire des recherches sur cette malédiction, j'ai lu et relu la même histoire, encore et encore…

Sa voix tremblait ; il passait nerveusement la main dans sa tignasse. Bref, il avait perdu le contrôle.

— J'ai lu le journal intime de mon aïeul, je sais ce

qu'il a enduré quand il a perdu Constance. J'ai entrevu ce que je pourrais souffrir, moi aussi ! Alors je voulais juste être heureux avec toi aujourd'hui, sans qu'il soit question de te condamner à une mort précoce ou bien à devenir la cible de toutes les petites garces du lycée. Sans devoir te tirer de sous les roues d'un taxi fou, ou découvrir que tu es une sorcière et moi un… Je ne sais même pas ! Un démon peut-être. Pourquoi pas, puisque je ne t'apporte que du malheur !

J'ai reculé, profondément blessée.

— Et tu crois que ce n'est pas dur pour moi ?

— Je n'ai pas dit ça.

— Je n'ai pas cherché ce qui nous arrive.

Amèrement, j'ai croisé les bras ; soudain, je ne sentais plus mes mains.

— C'est ma vie qui est en jeu, pas la tienne !

A ces mots, la colère de Brendan est retombée d'un coup. Il a fait un geste vers moi, contrit… et j'ai reculé encore. Pour la première fois, je refusais qu'il me touche.

— Emma, non, pardonne-moi. Je n'aurais pas dû crier et…

Je me suis détournée. J'aurais aimé le planter là et m'en aller, mais je n'ai pas pu. Et pas uniquement parce que je pouvais difficilement assumer une heure de marche sur une cheville foulée : quelque chose en moi a protesté, je n'ai pas réussi à faire le pas qui m'éloignerait de lui.

— Je regrette, Emma. Je serai plus fort, je te le promets.

J'avais très envie de m'accrocher à ma colère. Dans un sens, j'aurais trouvé ça plus facile, mais le regard vert de Brendan était si triste que je n'ai pas pu continuer à lui en vouloir. Cette fois, quand il m'a ouvert les bras, je me suis blottie contre lui.

Tout en caressant mes cheveux, il a murmuré :

— Je passe mon temps à te défendre ou à te faire des excuses. Il m'arrive de temps en temps d'être normal, je te le jure ! Ou en tout cas pas aussi nul.

— Tu n'es pas nul du tout… Rien n'est simple pour nous. Ce n'est pas comme s'il existait un mode d'emploi !

— C'est juste que s'il t'arrivait quelque chose, je ne me le pardonnerais jamais.

Il m'a serrée plus étroitement contre lui, j'ai senti la force, l'énergie de son corps élancé. Si je pressais assez mon visage contre son blouson, j'allais entendre battre son cœur.

— Emma, je t'aime. Je peux le dire ? Ce n'est pas trop tôt ?

Mon cœur en frissonna. Nous savions tous deux que ce qui nous arrivait — l'amour — mais, jusque-là, nous n'avions pas encore prononcé le mot. J'ai levé les yeux vers Brendan, j'ai vu son visage transfiguré par la tendresse. Comme un écho, j'ai murmuré :

— Je t'aime…

Il a prononcé mon nom tout bas et il s'est penché pour m'embrasser, un baiser long, tendre et nostalgique. Et quand nous nous sommes écartés l'un de l'autre, nous n'étions plus tout à fait les mêmes.

— Eh bien… Je crois que je vais rencontrer ta tante un peu plus tôt que je ne m'y attendais.

Comme je le regardais sans comprendre, il a précisé :

— Il n'est pas question de te renvoyer chez elle avec les mains en sang et une cheville foulée. Je veux lui expliquer ce qui s'est passé.

J'ai failli protester ; mais il avait raison, bien sûr.

— Bon, allons-y, ai-je admis dans un soupir. Où est le métro le plus proche ?

— Si on prenait plutôt un taxi ? Ta cheville.

— Mais non, je vais très bien. Je suis cool. Regarde ma démarche de maquerelle !

Il s'est mis à rire, mais il a tout de même fait signe à un taxi et il m'a soulevée comme un bébé pour me poser sur la banquette. Le trajet était assez long, j'ai eu tout le temps d'évaluer la situation et j'ai perdu toute envie de rire. Ça me gênait vraiment d'emmener Brendan chez tante Christine sans prévenir. Je la mettais devant le fait accompli, je profitais encore une fois de sa gentillesse. J'ai essayé de l'appeler, mais elle n'a pas répondu. Le pire scénario serait qu'elle soit sortie, et qu'elle trouve Brendan chez elle en rentrant. Qu'est-ce qu'elle irait penser ?

Le temps d'arriver à l'appartement, ma cheville me faisait vraiment mal. En glissant ma clé dans la serrure, j'ai entendu la télé ; ma tante était donc à la maison ! Nous l'avons trouvée dans le salon en train de regarder un montage des interventions policières les plus hallucinantes dans tous les pays du monde. Maintenant qu'elle savait se servir de son lecteur, ma tante si cultivée se passionnait pour ce que la télé avait de plus trash. Allez comprendre !

C'est là que Brendan a montré toute la valeur d'une excellente éducation. Tout en me soutenant discrètement, il a tendu la main droite à ma tante et expliqué :

— Bonsoir, madame. Je suis Brendan. Pardon de ne pas nous être annoncés. Nous avons essayé de téléphoner pour vous prévenir que nous arrivions. Je suis désolé, je vous rencontre encore une fois dans des circonstances désagréables… Emma a eu un petit accident.

Un peu lassée par tant de savoir-vivre (ma cheville me faisait vraiment un mal de chien), j'ai bougonné :

— Tu parles comme si j'étais incontinente. Je suis tombée, voilà tout.

J'ai montré mes paumes. Ma tante a posé sur nous un regard médusé, avant de bondir pour filer à la salle de bains. Le temps que je la rejoigne à cloche-pied, l'eau oxygénée était déjà sortie, avec tout un jeu de pansements.

— Je te jure, ce n'est pas grave…

Les lèvres serrées, elle s'est mise à presser délicatement sur mes paumes des compresses saturées d'eau oxygénée. Dans le but de la rassurer (et aussi parce que je n'avais pas l'habitude qu'on soit aux petits soins pour moi), j'ai protesté :

— Je peux le faire ! Sérieusement, tante Christine, ça aurait pu être bien pire. Un taxi me fonçait dessus ; sans la présence d'esprit de Brendan, il m'aurait percutée de plein fouet.

Sans un mot, elle m'a tendu le flacon d'eau oxygénée ; j'en ai versé un peu sur mes plaies, en détournant la tête pour qu'ils ne me voient pas grimacer. Ma tante a recouvré ses couleurs et sa voix en même temps.

— Ces taxis sont une calamité ! L'un d'entre eux a failli me renverser devant Barneys, juste avant Noël.

J'ai jeté un regard appuyé à Brendan comme pour lui dire : « Tu vois ? Ça arrive à tout le monde ! » — regard qu'il a choisi de ne pas relever. J'ai ajouté :

— Vraiment, j'ai eu de la chance que Brendan ait de si bons réflexes.

Pour la première fois, tante Christine s'est tournée vers lui. Resté dans le couloir, il se dévissait le cou pour suivre le déroulement des soins par-dessus son épaule.

— Mais oui ! *Brendan,* dit-elle en lui tendant la main. Heureuse de te revoir dans un contexte, disons, différent. Je te remercie d'avoir pris soin de ma nièce.

— Je vous en prie. Je vous remercie d'avoir permis à Emma de passer la journée avec moi. Et aussi de l'autoriser à venir à la soirée du lycée.

Brendan devenait carrément charismatique, quand il était sur le mode séduction. Dès qu'il se tourna vers moi, en revanche, son sourire s'effaça : je venais de retirer ma botte et ma chaussette, et ma cheville traumatisée ressemblait à un Picasso période bleue.

— Oh ! Em, ça doit te faire souffrir !

D'une enjambée, il est venu s'agenouiller près de moi pour tâter ma cheville avec précaution. Par chance, je m'étais offert une pédicure la veille au soir.

— Essaie de bouger ton pied…

Je fis ce qu'il me demandait. Ensuite, il voulut que je remue les orteils. Soulagé, il conclut :

— Je ne crois pas qu'il y ait de fracture.

Touchée par son inquiétude, je lui souris… et basculai tout au fond de ses yeux verts hypnotiques… Un long instant plus tard, nous avons pris conscience d'un autre regard : celui que ma tante posait sur nous. Aussitôt, Brendan a repris contenance.

— Je ne suis pas médecin, bien sûr, a-t-il dit après s'être éclairci la gorge, mais je me suis cassé la cheville au foot et j'ai vu plein de blessures au basket ; il me semble que le cas d'Emma n'est pas trop grave. Un peu de glace, peut-être ? Bien, je vais vous laisser en famille. Je suis content de vous avoir rencontrée, madame Considine.

Avec un sourire tout simplement angélique, il a serré une dernière fois la main de ma tante, m'a lancé un clin d'œil, et s'est éclipsé. Le déclic de la porte d'entrée m'a semblé très bruyant, vu l'épaisseur du silence. Les bras croisés, ma tante me dévisageait par-dessus ses verres à double foyer.

— Tant de ravages rien qu'en t'écartant de la route d'un taxi emballé ?

— Mais oui, je t'assure ! Je suis descendue du trottoir en me retournant pour parler à Brendan ; le taxi est passé à l'orange, à toute allure. Brendan m'a attrapée et tirée en arrière, mon pied a cogné le trottoir. Regarde !

Pour appuyer mes dires, j'exhibai ma botte barrée d'une profonde éraflure au niveau des orteils.

— D'accord, ma chérie, d'accord. Je voulais juste être sûre… Tu comprends, je me fais du souci pour toi. On ne peut pas dire que tu aies eu les meilleurs modèles masculins.

— Justement, j'ai un radar très aiguisé pour détecter les losers. S'il y a une chose qui ne doit pas t'inquiéter…

Apparemment rassurée, elle s'est mise à coller de petits pansements un peu partout sur mes paumes en soupirant :

— C'est tout de même insensé : depuis que tu connais ce garçon, des catastrophes se produisent.

— Hé ! Ce n'est jamais lui, la catastrophe !

Voyant que j'étais prête à me fâcher, ma tante s'est hâtée de faire machine arrière.

— Non, tu as raison. Je trouve juste qu'il se passe beaucoup de choses, ces derniers temps.

— Beaucoup ? Deux fois, seulement. Ce n'est qu'une… coïncidence.

Je me braquais, sur la défensive ; c'était injuste envers elle mais je n'y pouvais rien. Elle a hésité, puis s'est tout de même décidée à dire ce qu'elle avait sur le cœur.

— Franchement, vous m'inquiétez, tous les deux. Entre vous, ça a l'air bien sérieux pour deux adolescents qui sortent ensemble depuis, quoi, une semaine ?

J'ai pensé : deux adolescents qui s'attendent depuis près de mille ans. En espérant la faire sourire, j'ai lancé :

— Nous nous connaissons depuis des années, c'est toi qui me l'as dit.

— Ça ne compte pas, a-t-elle répliqué très fermement. Tu l'as rencontré à ton arrivée à Vince A. Je trouve que c'est un peu rapide pour donner son cœur.

— Tu ne dois pas non plus te faire de souci pour ça. Je maîtrise mes émotions, je t'assure.

J'essayais de parler aussi fermement qu'elle, sauf qu'elle avait raison : c'est tout juste si je n'avais pas offert mon cœur à Brendan sur un plateau.

Elle m'a toisée avec méfiance.

— Tu ne vas pas te retrouver enceinte, ou fuguer, ou te marier en cachette, ou… ?

— Je t'en prie ! Fais-moi un peu confiance !

Horriblement gênée, je me suis caché le visage dans les mains ; résultat, un de mes morceaux de sparadrap s'est collé à mon menton. Enfin, enfin, ma tante a bien voulu parler d'autre chose.

— Bon, voyons cette cheville de plus près, à présent. Avec un peu de chance, il te suffira de la bander et tu pourras porter des talons vendredi soir.

L'orage était passé. Lasse, tout à coup, j'ai contemplé mes paumes et leur quadrillage de pansements.

— Et puis j'aurai des gants. Merci, tante Christine.

Maladroitement, je me suis hissée en m'accrochant au porte-serviettes, et me suis distraitement dirigée vers ma chambre en boitant.

Bien plus tard dans la soirée, après un échange serré de messages avec Angelique (toujours aux prises avec sa grippe), je me suis mise au lit pour étudier le site du magazine *People* à la recherche d'idées de coiffures pour vendredi. Comme mon outillage se résumait à une brosse, un fer et un séchoir, mes options étaient assez limitées.

J'ai ajusté le sac de glace sur ma cheville (heureusement déjà moins enflée), et j'ai oublié mes cheveux pour passer en revue ma journée avec Brendan. Une journée sévèrement abrégée par les événements, mais une journée productive tout de même. Nous nous aimions, voilà, c'était dit. J'ai revécu, encore et encore, cet instant magique des aveux. Nous venions pourtant d'avoir notre première dispute, mais quelle importance ? Brendan avait juste perdu les pédales un petit moment. Il m'avait juré d'être plus fort à l'avenir.

Fort ? Je me suis redressée brusquement.

Non !

Je suis descendue du lit, j'ai sautillé le temps de tirer mon journal des rêves de dessous le matelas. Par un réflexe que je n'ai même pas cherché à analyser, j'ai éteint ma lampe et ouvert le petit carnet tout contre mon ordinateur pour pouvoir le lire à la lueur de l'écran. Là, griffonné de mon écriture désordonnée du matin, il y avait l'avertissement d'Ethan. *Il est assez fort ?* J'ai levé les yeux, contemplé le vide et chuchoté :

— Je t'en prie, je t'en prie, sois assez fort.

Et, tout à coup, je me suis mise à avoir vraiment peur.

# 19

Le lendemain matin, ma cheville était passée de Picasso à Seurat, avec des taches noires et bleues encerclant une articulation en forme d'œuf. J'ai mis une bande, et je me suis de nouveau sentie coupable quand ma tante m'a tendu de l'argent pour prendre un taxi. Marcher ne m'emballait pas plus que ça mais tout de même…

Je terminais à peine mon petit déjeuner quand on s'est mis à tambouriner à la porte. Puis une voix étouffée s'est élevée de derrière le battant. C'était Ashley.

— Mais ouvre !

— Cette petite vit intensément, a observé ma tante en quittant la cuisine.

Agacée, j'ai pris mon blouson pour suivre Christine à cloche-pied. Je n'étais même pas en retard, inutile de… Mes pensées se sont arrêtées net en découvrant le tableau qui m'attendait dans le salon. Ashley et Brendan se tenaient sur le seuil. Ma pauvre tante ne semblait pas savoir si elle devait sourire ou s'énerver ; quant à ma petite cousine, elle vibrait d'excitation. Brendan… était irrésistible, comme toujours.

— Regarde qui j'ai trouvé devant l'immeuble, pouffa Ashley.

— J'ai pensé que tu aurais peut-être besoin d'un coup de main ce matin. J'aurais dû me douter que ta cousine serait sur la brèche, dit Brendan.

Ashley se pâma, en extase.

— On marche ensemble jusqu'au lycée ? ai-je demandé, perplexe.

— Pas exactement. Il y a une voiture en bas. Compliments de la corporation Salinger !

Il me fit un sourire rayonnant tandis qu'Ashley articulait, en exagérant bien, le mot « limousine ».

— Voilà qui est gentil, a observé ma tante avec une certaine raideur. Un peu excessif, peut-être, mais gentil. Passe une bonne journée, ma chérie, et fais bien attention à ta cheville.

Dès que la porte s'est fermée derrière nous, Brendan m'a débarrassée de ma sacoche. Un peu dépassée par les événements, j'ai dit :

— Ecoute, j'apprécie, bien sûr, mais…

Ashley s'était précipitée pour appeler l'ascenseur. Elle ne pouvait pas nous entendre ; j'ai tout de même baissé la voix pour demander :

— … est-ce que tu joues les baby-sitters à cause de… enfin, ça ?

J'ai fait un geste vers mon pendentif.

— Tes seins ? Je ne te mentirai pas : sur toi, même le chemisier d'uniforme me donne des idées. Cela dit, non ; je m'inquiète surtout pour ta cheville.

Il souriait gentiment, très pince-sans-rire. Troublée, je l'ai secoué par la manche.

— Allez, réponds-moi vraiment.

— Alors c'est non.

Il m'a tenu la porte de l'ascenseur, nous sommes descendus ; une limousine noire nous attendait effectivement devant l'immeuble. Ashley s'est jetée à l'intérieur avec l'enthousiasme d'un chiot qu'on emmène en promenade ; moi, je l'ai suivie plus posément, en objectant :

— Merci beaucoup. Dis... tu ne trouves pas qu'une limousine, c'est un peu *too much* ?

— Pourquoi ? Je voulais que tu puisses étendre ta jambe.

Il est monté à son tour, en ajoutant tout naturellement :

— Au fait, je te raccompagne aussi après les cours.

— Enfin, c'est juste une foulure !

— La dernière fois que je me suis foulé la cheville, ça a duré des mois parce que je voulais absolument marcher avant d'être guéri. Emma, j'ai enfin trouvé une chose que je peux faire pour toi, alors, je t'en prie... laisse-moi faire !

Brendan me suppliait ? J'ai dit oui, et j'ai eu droit matin et soir à une voiture avec chauffeur, porte à porte, gracieusement offerte par Salinger Industries. Le vendredi, je suis arrivée à la conclusion que j'avais bien fait de ranger ma fierté dans ma poche. Si je m'étais obstinée à faire les trajets à pied, je n'aurais eu aucune chance de porter les escarpins d'Ashley.

Il y avait un autre petit bonus ; le vendredi soir, le chauffeur a laissé son char en double file sur la 68$^{e}$ Rue pour aller boire un café, et nous nous sommes retrouvés seuls à l'arrière, Brendan et moi.

— Je devrais monter, ai-je murmuré.

Ce n'était pas la première fois que je le disais mais nous étions si bien, blottis dans les bras l'un de l'autre sur l'immense banquette de la limousine ! J'ai pourtant précisé :

— Je dois me préparer. Faire quelque chose de mes cheveux.

— Tes cheveux sont très beaux comme ils sont.

Les doigts de Brendan dans mes cheveux, son souffle dans mon cou, sa bouche qui me taquinait, douce et passionnée. Quelques minutes plus tard, j'ai encore chuchoté :

— Il faut vraiment que j'aille m'habiller…

Mais je me suis contredite aussitôt en faisant courir mes ongles sur sa nuque. J'avais vite découvert que c'était l'un de ses points les plus sensibles ; avec un soupir, il a pressé ses lèvres sur les miennes, et sa passion m'a emportée.

— Il faut… Je devrais monter…

Je n'arrivais plus à penser clairement. Le visage de Brendan pressé dans mon cou, ses cheveux contre ma joue… Quoi ? Comment ? Monter où ? Pour quoi faire ? Je ne voyais plus aucune raison d'être ailleurs qu'ici, dans ses bras.

— Nous avons encore des heures devant nous, murmura-t-il dans mon cou tandis que sa main remontait le long de ma cuisse.

Je me suis dégagée à contrecœur. Me préparer, c'était juste un prétexte. Nous arrivions à un degré d'intimité trop élevé pour moi ; si je ne mettais pas les freins tout de suite, je n'aurais peut-être plus la force de le faire. Et il n'était pas question pour moi de perdre ma virginité à l'arrière d'une limousine !

Brendan s'est affalé contre le dossier :

— Tu as raison. Et, en fait, nous n'avons pas *vraiment* des heures devant nous : j'ai oublié ma platine à la maison, je n'ai pas pu tout installer avant les cours ce matin.

Avec un sourire d'excuse, il rejeta ses cheveux en arrière.

— Ça t'ennuie beaucoup si nous arrivons avec une petite demi-heure d'avance ? Le temps d'installer mon matériel.

— Dans ce cas, il faut vraiment que j'aille me préparer !

Je me penchais pour prendre ma sacoche à mes pieds quand Brendan m'a saisi la main. Surprise, je l'ai vu sortir quelque chose de sa poche.

— Tiens. Tu vas en avoir besoin.

Il posa un baiser rapide sur ma joue, et une petite boîte au creux de ma main. Une petite boîte de bijoutier habillée de velours. Comment ? Que se passait-il ?

— J'ai envie que tu portes quelque chose qui te rappelle ce que tu représentes pour moi. Enfin, en plus de…

Avec une petite grimace, il a posé le doigt sur mon pendentif. J'ai ouvert la boîte… et j'ai eu du mal à reprendre mon souffle car, resplendissante dans son nid de velours noir, il y avait une bague Claddagh d'or blanc, avec un saphir en forme de cœur.

— Brendan, c'est trop beau…

J'osais à peine la toucher de peur de ternir le métal précieux. Deux mains serraient le cœur de saphir coiffé d'une minuscule couronne de diamants.

— Il faut la porter avec le cœur dans ce sens…, dit-il en la sortant de son écrin pour la glisser à mon doigt.

Il tapota la pointe du cœur, tournée vers moi.

— … pour montrer que tu es prise.

J'ai contemplé la bague avec un sourire ému en murmurant :

— Je sais… Ma mère avait une Claddagh.

Une idée subite m'a frappée et j'ai détourné mon regard de la bague pour demander :

— Mais pourquoi un saphir ? Je l'adore, je n'ai jamais rien eu d'aussi beau mais… pourquoi ?

Une expression indéfinissable passa sur le beau visage de Brendan, mais il se contenta de dire :

— Il m'a juste semblé qu'elle te plairait.

— Elle me plaît ! Merci, vraiment. Et moi qui n'ai rien pour toi…

Il rit et embrassa mes lèvres, puis ma main.

— Si tu savais tout ce que tu m'as donné !

Je ne l'avais encore jamais vu aussi heureux. Taquin, il a tiré une mèche de mes cheveux.

— Il faut que je te laisse partir !

J'ai regardé l'horloge du tableau de bord futuriste de la limousine, et glissé la main autour de son cou.

— Il nous reste tout de même le temps pour ça, ai-je murmuré en l'attirant vers moi pour un dernier baiser.

Une demi-heure plus tard, j'ai enfin franchi le seuil de l'appartement. Le temps d'échanger quelques mots avec ma tante (en lui laissant entendre, honte à moi, que nous avions été retardés par les embouteillages), j'ai bondi sous la douche, histoire de commencer à opérer ma métamorphose en My Fair Lady.

J'ai séché mes cheveux en un temps record, en me faisant un look *wavy* qui changeait de ma coiffure habituelle. J'avais entendu les autres filles parler de se faire maquiller par un professionnel ; moi, j'entendais bien me contenter de mon propre talent ! Et quand je me suis regardée dans mon miroir, à la fin, je me suis sentie assez satisfaite du résultat. A part mes faux cils qui n'arrêtaient pas de se décoller… Je les ai retirés, j'ai corrigé mon ombre à paupières *smoky* et complété le tableau avec un gloss à lèvres *nude*.

— Pas mal ! ai-je estimé en lançant une moue à mon reflet.

Tante Christine venait tout juste de m'aider à zipper ma robe quand on a sonné à la porte. Il était en avance ! Vite, j'ai enfilé les escarpins Ferragamo d'Ashley, saisi mes gants, fait un pas pour tester ma cheville… elle avait l'air de tenir. Pour plus de sécurité, j'ai glissé une paire de petites ballerines de satin dans mon sac avec mes clés, mon portable et mon gloss. Puis j'ai jeté l'étole de tante Jess sur mes épaules et je me suis préparée à faire mon entrée.

J'entendais les voix de Brendan et tante Christine dans le salon. Tête bien droite, épaules jetées en arrière, je me suis avancée en espérant éblouir Brendan, le mettre à genoux… mais c'est moi qui suis restée bouche bée. Je me souvenais encore très bien du bouleversement qui s'était opéré en moi quand je l'avais vu pour la première fois ; je retrouvais le même vertige. *Beau, séduisant, renversant…* O.K., pour décrire Brendan, j'aurais trouvé un milliard de mots valables pour passer le *SAT Reasoning Test* ; mais, honnêtement, le seul terme qui le définisse pour de bon, là, maintenant, c'était *sexy*. Oui, il était — pince-moi, je rêve — incroyablement sexy.

Ses yeux verts étincelaient, ses joues étaient colorées par le froid. Sous son manteau déboutonné, il était entièrement vêtu de noir, de sa chemise au col ouvert à son costume craquant ; il portait un borsalino, et on l'aurait dit tout droit sorti d'un film sur des stars du rock qui se font passer pour des gangsters. Les stars du rock tiennent-elles des petits bouquets à la main ? Je fondis délicieusement quand il vint vers moi pour m'offrir un pompon de roses minuscules en me glissant tout bas :

— Tu es absolument superbe.

Tante Christine voulait prendre une photo, et même plusieurs. Nous avons tout de même fini par nous échapper. Comme Brendan me couvrait de compliments, j'ai osé dire :

— C'est toi qui es stupéfiant.

En passant la main sur le revers de son veston, j'ai pensé que, sur toute la côte Est, pas un seul homme ne lui arrivait à la cheville ce soir. Il s'est incliné à demi en répliquant :

— C'était un vrai challenge : il fallait que je sois à ta hauteur.

J'ai secoué la tête. S'il voulait que nous fassions la paire, il allait devoir sérieusement s'enlaidir ! En m'ouvrant galamment la portière, il m'a pris mes gants et les a lancés négligemment sur la banquette.

— Non, attends, j'en ai besoin !

Fébrile, je me suis précipitée pour les récupérer. Il a scruté mon visage, son regard est allé se poser sur les gants ; lentement, avec douceur et sans détacher ses yeux des miens, il s'est penché pour embrasser mon poignet, à la naissance de la cicatrice. J'ai détourné la tête ; je ne voulais pas voir son dégoût au moment où il découvrirait ma balafre dans toute sa laideur. De sa main libre, il a amené mon visage vers le sien. Une fois prise dans son regard, je ne pouvais plus m'en dégager.

— Tu veux bien faire quelque chose pour moi ce soir, Emma ? C'est très important.

Ses lèvres tièdes se promenaient sur mon bras. J'ai approuvé de la tête, étourdie par l'intensité de ses yeux.

— Voilà : souviens-toi que tu es tout ce qui compte pour moi.

Il embrassa de nouveau mon poignet, ramassa mes gants sur le siège et me les rendit.

La gorge serrée d'émotion, j'ai pris son visage entre mes paumes et je l'ai embrassé de tout mon cœur et de toute mon âme. A chaque frôlement de ses lèvres sur les miennes, je me suis sentie tomber plus profondément amoureuse de cet être parfait qui, pour une raison inexplicable, avait décidé de me choisir, moi, et de m'aimer.

Ce cliquetis ? Le chauffeur tapotait discrètement sur la vitre de séparation. Brendan leva la tête.

— Alerte ! Nous y sommes. Tu es prête ?

Nous avons quitté le confort douillet de la limousine ; la nuit était très froide, un vent glacé balayait l'avenue. Pendant que je frissonnais sur le trottoir, Brendan a sorti du coffre une grosse valise noire — sa platine. Puis il a saisi ma main gantée dans la sienne et nous avons gravi les marches.

Nous arrivions avant la fête, les lumières étaient éteintes, le hall du lycée sombre et caverneux. Je ne sais pas pourquoi cette atmosphère bizarre m'a fait penser à mon rêve, celui où je me tenais devant la maison en flammes. J'ai fermé les yeux en secouant la tête pour déloger ces idées sinistres. J'arrivais à une soirée, pas au jugement dernier !

Le bal se tenait dans la salle de gym, dans l'annexe au fond de la cour. Tout était si classe, à Vince A, que je m'attendais à un décor digne de la série *My Super Sweet 16* ; mais c'était comme toutes les soirées de tous les lycées du pays : des ballons argentés, un buffet sur de longues tables à tréteaux décorées de petites bougies, beaucoup de chaises pliantes. Le comité organisateur n'avait pas tout à fait terminé ses préparatifs, le pauvre Austin courait partout comme un dératé et Kristin supervisait, plantée au milieu de la piste de danse.

— Non, j'ai dit de mettre la table du tirage au sort *ici* !

La première chose que nous avons entendue en entrant, c'est sa voix qui lançait des ordres. Une rousse minuscule (il m'a fallu une seconde pour reconnaître Vanessa) s'est mise à traîner une grande table pliante sur toute la longueur de la salle ; elle avait l'air furieuse. Le tirage au sort ? Oui, il y avait tout de même quelques petites différences avec les soirées lycéennes habituelles : le grand prix du tirage au sort était un abonnement de saison pour les Yankees. A Keansburg, on gagnait au grand maximum un iPod Shuffle.

— Non, j'ai changé d'avis, remets-la où elle était, décréta Kristin un instant plus tard en balayant une poussière imaginaire de sa robe (rouge, très décolletée).

Elle tourna le dos à sa malheureuse assistante. La coiffure de la pauvre Vanessa commençait à lui tomber sur les oreilles ; je me suis demandé combien de fois Kristin l'avait obligée à déplacer cette table.

Sans lâcher ma main, Brendan a marché tout droit vers son poste de DJ. Je l'ai regardé installer rapidement et efficacement son matériel ; intérieurement, je comptais les secondes avant que Kristin et sa cohorte de lemmings ne décident de s'intéresser à notre présence. Par chance, Kristin avait quitté la salle dès notre arrivée. Sans doute pour retaper son maquillage…

— Emma, je te débarrasse ?

J'étais si crispée dans l'attente du premier coup de

semonce que je ne m'étais même pas aperçue que Brendan m'avait rejointe.

— Comment ?

— Tes affaires. Je peux les mettre sur l'étagère.

Il me montrait un petit casier, sous le bureau décoré par le comité pour ressembler à une cabine de DJ.

— Ah, oui, merci.

Quand la petite cape glissa de mes épaules, je me sentis très nue... et c'est à cet instant, bien entendu, que j'ai croisé le regard de Kristin. De retour à sa place, les lèvres re-glossées en rose bébé, elle souriait d'un air autosatisfait. J'avais envie de détourner les yeux mais j'étais fascinée, aussi : je n'avais encore jamais vu un visage à la fois aussi satisfait et aussi fielleux. C'était comme si elle venait d'inventer une expression totalement nouvelle, rien que pour illustrer à quel point elle avait envie de m'écraser sous les roues de sa voiture. A se demander si c'était elle qui conduisait le fameux taxi ?

Son regard me balaya de la tête aux pieds, fit le voyage retour des pieds à la tête, puis elle se tourna vers Amanda et lui chuchota quelque chose à l'oreille, sur quoi elles se mirent à rire, les yeux braqués sur moi. On a beau se dire qu'on est au-dessus de ce genre de manœuvres, comment ne pas se sentir visée ! Un peu décontenancée, j'ai lissé ma jupe en glissant à Brendan :

— Tu es sûr que j'ai l'air O.K. ?

Surpris, il se retourna, ouvrit la bouche pour répondre... Son regard se posa sur Kristin, qui venait de prendre le bras d'un type que je ne connaissais pas, avec une petite barbiche. Il a poussé un soupir.

— Emma, tu ne te compares tout de même pas à

elles ? On ne compare pas un diamant avec… je ne sais pas, une pelure de patate.

Je me suis surprise moi-même en éclatant de rire. Mon malaise, la sensation si familière d'être une intruse, s'évanouit… disons, à quatre-vingts pour cent.

— Excuse-moi, je dois me concentrer pendant trois minutes…

Il mit son casque et se mit à bricoler sur son ordinateur. Assise sur une chaise pliante au plus près de la cabine, j'ai fait semblant de me concentrer, moi aussi, sur mon téléphone. La musique a éclaté subitement dans la salle. J'ai levé les yeux ; Brendan ajustait les niveaux en se référant à son écran d'ordinateur. Cela m'a semblé prendre une éternité ; mais, enfin, il a retiré son casque et il est venu s'asseoir près de moi.

— Tu veux danser ?

J'ai jeté un regard rapide à la ronde ; il n'y avait pas encore beaucoup de monde.

— Pas tout de suite, merci.

D'un mouvement du menton, il m'a montré sa cabine.

— Il y a quelque chose que tu voudrais entendre ?

De l'autre côté de la salle, Kristin écoutait attentivement ce que lui disait le blond à barbiche. Avec espoir, j'ai demandé :

— Tu as du Slayer ?

Vingt minutes plus tard, la salle était bondée. Je ne sais pas combien de mes petits camarades étaient arrivés seuls ou accompagnés mais Brendan avait raison : cette soirée était une vitrine, ils venaient pour se montrer. Je n'avais jamais vu autant de diamants au mètre carré. Moi, je contemplais avec bonheur ma bague de saphir. Etait-elle déjà en train d'amplifier mes pouvoirs ?

Désœuvrée, j'ai voulu tester mon hypothèse. J'ai fixé une des bougies du buffet en cherchant à l'éteindre à distance. La flamme a vacillé, s'est évanouie ; j'ai eu un hoquet de surprise… avant de remarquer la petite brune plantée tout près et qui venait d'éternuer. Un coup pour rien ! Finalement, c'était peut-être bien Angelique, qui avait fait lever le vent dans sa chambre.

Je me suis obstinée tout de même, choisissant des objets au hasard et m'efforçant de les déplacer par la seule force de ma volonté. Bizarrement, mon regard tombait souvent sur Kristin et, presque chaque fois, je trouvais ses yeux braqués sur moi. Comme si elle me surveillait.

J'ai attendu qu'elle sorte (sans doute pour se passer une nouvelle couche d'enduit sur la façade) pour proposer d'aller nous chercher à boire. Je ne voulais pas risquer de la croiser ! Au retour, chargée de deux cocktails sans alcool agrémentés de bulles, je me suis immobilisée quelques instants pour admirer Brendan en pleine action. Quelle classe ! Il chauffait cette salle trop grande et trop haute comme un maître, ses mains semblaient douées d'une vie propre, il passait du MP3 au vinyle avec une aisance incroyable et la musique ne s'arrêtait jamais. Quand je l'ai rejoint, il s'est penché hors de son perchoir pour m'embrasser la joue, a pris son verre avec reconnaissance et l'a vidé d'un trait.

— Merci ! Il commence à faire chaud !

Il a retiré sa veste et fait pulser les chansons suivantes d'une main : l'autre était posée sur mon dos. Moi, qui ne savais pas ce qu'on éprouvait quand on était reine de sa promo, en cet instant, je me disais qu'on ne devait pas se sentir mieux que moi. Puis Brendan a lâché sa platine pour cliquer quelque chose sur son ordinateur, et il m'a prise dans ses bras.

— Tu vois ? Finalement, on n'est pas si mal !

Il m'a bercée contre lui, je me suis abandonnée en lui souriant. J'aurais dû me douter que ce bonheur ne durerait pas !

— Brendan, tu devrais te concentrer sur ton travail au lieu de te laisser distraire.

Inutile de me retourner, je savais déjà qui venait de gâcher ce délicieux moment d'intimité.

— Il y a quelqu'un ? Je vous parle ! a insisté Kristin, encore plus sèchement. Enfin, Brendan, tu es ici pour fournir de la musique et tu ne t'en occupes pas du tout !

Je me suis retournée, incrédule.

— C'est curieux, a observé Brendan, pensif, j'aurais juré qu'il y avait de la musique.

J'ai failli me mettre à rire : il la contemplait du haut de sa cabine comme un insecte curieux. Plantée là, la tête levée vers nous, elle louchait presque de colère. En espérant marquer un point, elle a précisé :

— N'oublie pas que tu n'es pas un invité mais une sorte de domestique.

D'un ton léger, il a conclu :

— Je n'ai entendu personne se plaindre.

— Eh bien, moi, je me plains !

Elle a croisé les bras sous sa poitrine, aussi rembourrée que si elle sortait d'une Build-a-Bear Workshop[2]. J'ai noté qu'elle soulevait légèrement les bras pour augmenter encore le volume de ses seins copieusement enduits d'huile pailletée. Elle ne renonçait donc jamais ?

2. Une idée originale qui permet d'assembler et customiser soi-même sa peluche. Le concept a généré des millions de dollars.

— Plainte notée.

Sans me lâcher, Brendan a pressé son casque à son oreille et lancé une piste sur un disque vinyle. Mais Kristin n'en avait pas encore terminé. Elle me faisait penser aux anciennes épidémies de peste : on n'en voyait jamais le bout.

— Je suis responsable de l'organisation de cette soirée et je ne suis pas satisfaite !

Comme il ne s'occupait plus d'elle, elle a saisi son poignet pour écarter le casque de son oreille. Elle voulait juste l'obliger à l'écouter, mais quand je me suis rendu compte qu'elle se permettait de le toucher… j'ai vu rouge. Brendan a dû lire dans mes pensées : j'ai senti une pression apaisante autour de ma taille, et il a dégagé son poignet, tranquillement, en observant :

— Tu as de la chance d'être une fille. Enfin, une fille… je verrais bien d'autres mots pour te décrire…

Elle a accusé le coup, furieuse et humiliée, puis son regard s'est braqué sur moi et, à ma stupéfaction totale, elle m'a fait un signe de l'index comme si elle appelait son chien.

— Toi. Avec moi.

De plus en plus incrédule, j'ai articulé :

— Pardon ?

— Oh ! Ça ne se pardonne pas, a-t-elle lâché avec un ineffable sourire de mépris. Viens, tu vas te rendre utile.

— Je ne fais pas partie de ton misérable petit comité.

— Effectivement. Tu n'as strictement contribué à rien depuis ton arrivée, à part à faire chuter la qualité du lycée.

Cette fois, c'est Brendan qui a craqué. Sa paume s'est abattue sur sa console, si violemment que la musique a bégayé ; sa voix était réellement menaçante quand il a ordonné :

— Dégage d'ici tout de suite.

Je me suis hâtée d'intervenir.

— Kristin, garde tes insultes pour toi et dis juste ce que tu veux.

— Un travail très simple, je pense que tu pourras t'en sortir. Il s'agit juste d'aller au sous-sol chercher un autre carton de billets de loterie. Nous avons presque terminé le premier. Mes amies n'ont pas envie de salir leur robe mais, toi, tu ne risques rien.

Avec une retenue remarquable, Brendan s'est contenté de lever les yeux au ciel.

— File, tu me déconcentres. Demande à une de tes petites crétines de t'apporter ce dont tu as besoin et laisse ma copine tranquille.

Elle n'a pas du tout apprécié ! Cette rage dans ses yeux quand Brendan m'a appelée « sa copine » ! D'un ton faussement conciliant, elle a répliqué :

— Comme tu voudras ! Moi, lundi, j'irai juste trouver la proviseure pour lui dire que tu n'as fait que jouer une playlist minable, et que tu as passé la soirée à peloter… ça. Et j'avouerai que je suis encore bouleversée par la façon dont tu nous as menacés, mon cavalier et moi, quand je suis allée te demander de te remuer un peu !

Puis, battant des cils avec un sourire angélique, elle a précisé :

— Je ne pense qu'à la bonne tenue de la soirée !

— Raconte ce que tu veux, a grincé Brendan. Ne te gêne pas pour moi.

Pas si vite ! Kristin bluffait peut-être, mais Brendan

avait déjà eu deux avertissements ; un de plus et il serait à la porte. Résignée, j'ai soupiré.

— Très bien, où est ta fichue boîte ?

— Emma, non ! Tu n'as pas d'ordres à recevoir d'elle.

— Je vous donne une minute pour reconnaître où est votre intérêt. Prends bien ton temps, Brendan, et explique-lui… très… lentement, si tu veux qu'elle comprenne.

Un dernier sourire, aussi faux que les précédents, et elle s'est éloignée en ondulant des hanches. Le dos tourné à la piste et parlant bas (comme si on pouvait m'entendre avec la musique !), j'ai soufflé :

— Tu as déjà eu suffisamment de problèmes cette année. Tu n'as pas besoin d'une autre convocation chez la proviseure.

— Attends, si tu cèdes maintenant, c'est fini ! Elle saura qu'elle peut nous faire chanter, quand elle voudra et pour tout ce qu'elle voudra.

— Brendan, il s'agit juste d'apporter un carton. Ce n'est pas une telle histoire.

— Si. C'est s'écraser devant Kristin. Je préfère y aller moi-même plutôt que te laisser faire ça.

D'un ton persuasif, j'ai insisté :

— Ecoute, elle veut juste donner des ordres et se sentir supérieure. Nous, on sait que c'est une tache. Il n'est pas question que tu te crées de nouveaux ennuis pour moi.

— Je n'aurai pas d'ennuis.

— Bien sûr que si. Si tu te retrouves seul avec elle, elle te poussera à bout ou elle t'accusera de je ne sais quelle horreur. Et comment crois-tu que je m'en sortirai ici si tu es renvoyé ?

Je croisai les bras et le toisai, sûre de mon argument.

Il voulut encore protester, bien sûr ; sans l'écouter, je me suis tournée vers la piste. Kristin revenait, le visage illuminé d'une odieuse satisfaction. Elle savait qu'elle avait gagné !

— Bon, lui ai-je dit avec tout le mépris dont j'étais capable, où est ta petite boîte ?

— Au sous-sol, près des casiers. Je te montre. Tu n'as qu'à aller la chercher et la rapporter à la loterie.

J'ai pris mon sac sur l'étagère sous le bureau. Puisque je m'éloignais de la musique, autant en profiter pour appeler Ashley ! Je ne comprenais pas ce qu'elle fichait, elle devait venir ce soir mais je ne l'avais pas encore aperçue. La main de Brendan s'est posée sur ma nuque, il m'a chuchoté :

— Emma, tu n'as pas à me protéger.

— Laisse-moi faire ça pour toi.

Je me suis haussée sur la pointe des pieds pour l'embrasser. Comme ça énervait visiblement Kristin, j'ai pris tout mon temps.

— Je sais où est le sous-sol, ai-je lâché en la rejoignant. Tu n'es pas obligée de m'accompagner.

— Oh ! C'est un vrai plaisir.

Elle a traversé la piste par le milieu en fendant la foule des danseurs ; j'ai marché près d'elle en faisant semblant de ne pas voir les regards abasourdis de nos camarades de classe. En me voyant avec mon ennemie jurée, Jenn est restée bouche bée. Je me suis contentée de hausser les épaules. Je lui donnerais tous les détails lundi… et de son côté, elle pourrait m'expliquer pourquoi elle tenait la main d'Austin !

En longeant la table de la loterie, j'ai remarqué la boîte de tickets aux pieds de Kendall, encore aux trois quarts pleine. En nous voyant, Kendall a sauté sur ses pieds, l'air inquiet.

— Kristin, je ne crois pas…

Kristin l'a rembarrée sur un ton ! C'était donc bien un jeu de pouvoir : Kendall n'avait pas besoin de tickets, Kristin voulait uniquement jouer les petits chefs.

Même dans un couloir désert, ma camarade marchait encore la tête haute et ondulait des hanches comme si elle était le point de mire de tous les regards. Elle a déverrouillé la porte de l'escalier du sous-sol et l'a poussée du talon (vertigineux) de son escarpin en me lançant :

— Après toi !

— La boîte est près des casiers ?

— Je te l'ai déjà dit : tous les trucs inutiles dont personne ne veut vont au sous-sol.

Sans relever cette référence si élégante à l'emplacement de mon casier, je me suis engagée dans l'escalier glacial. La surprise m'a fait dire tout haut :

— Quoi, ils coupent le chauffage pendant la nuit ?

Je suis descendue très vite en me frottant les bras. La musique se répercutait dans l'escalier de béton, réduite à une pulsation informe. Mon souffle se transformait en buée, l'endroit était sinistre et je voulais en finir avec cette histoire le plus vite possible. Sur la dernière marche, je me suis tournée vers les casiers… pas de boîte. J'ai fait volte-face ; en haut de l'escalier, hilare, Kristin se penchait par-dessus la rampe. Elle m'a hurlé un mot ordurier, a bondi en arrière… Un instant plus tard, j'ai entendu la porte claquer.

Je suis remontée au triple galop (ma cheville n'a pas apprécié !), j'ai tourné la poignée, je l'ai secouée, en vain. Elle m'avait enfermée, j'étais coincée au sous-sol !

Furieuse, j'ai tambouriné contre l'épaisse porte métallique en criant son nom.

— Très bien, tu as marqué un point ! Maintenant laisse-moi sortir !

Pas de réponse. Sachant que je ne faisais qu'ajouter à sa jubilation, j'ai encore frappé en hurlant :

— Il gèle ici, ouvre !

Je n'entendais rien derrière la porte, seulement les vibrations qui se déversaient des baffles de Brendan ; la porte vibrait littéralement sous mes doigts. Hors de moi, grelottante, j'ai croisé les bras en pressant mon sac du soir sur mon cœur.

Et mon sac m'a apporté la solution.

— Emma, quelle crétine : tu as un portable !

Je suis redescendue pour m'éloigner du bruit et j'ai retiré mes gants pour envoyer un texto à Ashley et Brendan :

« SOS enfermée au sous-sol, STP viens m'ouvrir !!! »

Ma cheville me faisait un mal de chien. A regret, j'ai retiré les escarpins et je les ai rangés dans mon casier. Les petits chaussons souples devraient me suffire pour le reste de la soirée. Pas de réponse à mon message ; j'ai appelé Ashley… et abouti directement à sa boîte vocale.

— Hé, Ash, c'est Emma. Tu es arrivée à la fête ? Ecoute, c'est idiot : Kristin m'a enfermée au sous-sol ! Tu veux bien venir me chercher ?

Frustrée, j'ai claqué la porte de mon casier en accrochant le cadenas à l'anneau sans le fermer. Puis, adossée au mur pour reposer ma cheville, j'ai tenté de joindre Brendan. Il aurait peut-être mis son portable sur vibreur ? Cette situation était vraiment trop débile ; plus le numéro de

Brendan sonnait dans le vide, plus je m'énervais. Bien entendu, j'ai aussi fini par avoir sa messagerie.

— Brendan, c'est Emma. Kristin m'a enfermée au sous-sol, tu viens m'ouvrir ? Je ne peux pas sortir et il gèle, je suis toute seule…

Mon instinct m'a fait tourner la tête… et j'ai enfin compris pourquoi il faisait si froid. Juste à côté de l'entrée du labo de chimie, la sortie de secours était entrouverte, un objet que je ne distinguais pas l'empêchait de se verrouiller. Une voix familière, partagée entre la rage et l'hilarité, a clamé :

— Non, tu n'es pas toute seule !

Je me suis retournée d'un bond mais je n'ai rien pu faire. Deux mains se sont plaquées sur mon cou et m'ont précipitée contre les casiers avec une violence folle.

# 20

Griffer ses mains, les arracher, respirer ! La paroi métallique vibrait dans mon dos. Un claquement sec : mon portable, tombé au sol. Anthony grondait :

— Il est où, ton sauveur, maintenant ?

Ses yeux bleus injectés de sang ; l'alcool de son haleine, écœurante.

— Hein, tu te croyais intouchable ? Je t'ai posé une question !

Nouveau choc contre les casiers, nouvelle réverbération. Ses doigts crispés sur ma gorge ; une douleur sourde derrière ma tête, là où j'avais heurté un angle de métal. Un cri étranglé, c'était ma voix ? J'étouffais sous les mains énormes qui serraient mon cou.

Ses lèvres sèches qui fondent sur les miennes, ma bouche, envahie par sa langue. Une explosion de refus, serrer les lèvres, tousser, grogner, chercher à hurler. Cette odeur rance, fétide, d'alcool et de sueur. J'ai secoué la tête de toutes mes forces, lancé des coups de pied frénétiques, griffé son visage. Arrh, mes ongles se sont enfoncés dans sa joue. Je n'avais plus qu'une seule idée : lui faire du mal, pour qu'il me lâche. Une rage folle me donnait des forces, je n'y voyais plus rien mais j'ai cherché ses yeux, réussi à le faire saigner. Oui ! Un sursaut du grand corps qui m'écrasait, un mouvement de recul, il pressait la main sur son visage en sang. D'instinct, j'ai levé brutalement le genou, il s'est plié en deux avec un grognement, j'ai réussi à le repousser.

Il gémissait des insultes. Etourdie, les jambes flageolantes, j'ai voulu courir vers la sortie. Sa main a jailli, trop rapide, il m'a saisie aux cheveux, ma tête est partie brutalement en arrière, ma cheville a cédé et je me suis écroulée à terre.

Je me retrouvais à ses pieds, à hoqueter en cherchant à reprendre mon souffle. Il me dominait de toute sa hauteur, bloquait tout le passage, ses bras touchaient les casiers d'un côté, le mur de l'autre. J'ai vu une trace de sang, mon sang, sur le métal près de son pouce, et une nausée m'a envahie. Il hurlait :

— Tu as gâché ma vie !

— Tu l'as gâchée tout seul.

Ma voix n'était qu'un coassement mais la conscience du danger me donnait une lucidité aiguë : je percevais absolument tout, chaque détail, chaque son. Prudemment, j'ai tâté l'arrière de ma tête et senti mes cheveux poisseux. Presque rien, je tiendrais le coup. Maintenant, où trouver une arme ? Mon cadenas ? Si je parvenais à le décrocher… ?

— Anthony ! Qu'est-ce que tu fais ?

Une voix aiguë, terrifiée, qui vrillait les oreilles dans ce couloir de béton ; Anthony s'est redressé. Avec un sourire imbécile, il a regardé sa main, qui serrait encore une mèche de mes cheveux. Au ralenti, j'ai vu cette mèche emmêlée flotter jusqu'au sol et Anthony se tourner vers Kristin en riant. Il s'est carrément mis à rire !

— Je fais ce que je veux, Krissy.

Son regard menaçant pesait sur elle qui me contemplait, les yeux écarquillés d'horreur. Je me suis mise à reculer, centimètre par centimètre, vers la sortie de secours.

— Ce n'est pas ce qu'on avait dit ! a-t-elle crié en tapant sur le sol de son pied chaussé d'un soulier de vair. Tu devais juste lui faire peur, et l'obliger à aller voir la proviseure pour qu'on te laisse revenir.

— Ça n'aurait pas marché. Aucune chance.

— Mais c'est ce que tu m'as dit ! C'était ton idée, ton plan !

Avec une concentration extrême, je rampai en arrière sans bruit. Dressés l'un en face de l'autre, ils ne pensaient plus qu'à la scène grotesque qu'ils se jouaient. Cette fille paniquée qui grimaçait en agitant les mains, c'était vraiment Miss Autosatisfaction, notre Kristin ? Elle semblait faire un gros caprice, le tableau aurait presque été comique si elle n'avait pas eu si peur. Elle venait seulement de comprendre qu'elle avait conclu un pacte avec le diable.

— Les plans changent.

Il la contemplait, hostile. Subitement, j'ai senti que j'allais tousser, j'ai réussi à me retenir par miracle. Avec des précautions infinies, je me suis remise debout. Maintenant, est-ce que j'allais pouvoir marcher ?

— Non, Anthony, suppliait Kristin. Je vais avoir des ennuis. Tu vas me faire renvoyer !

Elle se jeta sur lui, tambourina de ses petits poings sur son poitrail. Il ne réagit même pas. Elle ne pensait qu'aux retombées possibles pour elle, se lamentait, cherchait encore à exiger, à donner des ordres.

— Je n'étais pas d'accord pour ça. Oublie tout, maintenant, c'est terminé, on arrête.

— Je te dirai quand c'est terminé !

Il a ponctué cette réponse d'une claque, rapide mais puissante. Le sang a instantanément jailli du nez de Kristin, de grosses gouttes ont éclaboussé son décolleté, taché sa robe. Abasourdie, elle a dévisagé Anthony un instant, puis, d'un geste de petite fille, elle s'est couvert le visage de ses mains. Déjà, il la poussait, tous muscles bandés sous sa chemise noire. D'une voix effrayante, il a articulé :

— Ne me dis plus jamais ce que je dois faire.

Terrifiée, elle a sangloté plus fort ; les larmes se mêlaient au sang sur son visage. Anthony a lâché :

— C'est ça, pleure. C'est tout ce que tu sais faire.

Il refaisait ce geste que je connaissais bien, appuyé des deux mains de part et d'autre de sa tête pour la piéger entre ses bras massifs. Elle m'a jeté un regard affolé, suppliant. *Non ! Ne pense pas à moi, ne lui rappelle pas ma présence.* Tout se passait si vite, je cherchais encore mon équilibre quand j'ai vu mon portable à terre, juste devant moi. Les mains tremblantes, les yeux rivés au dos d'Anthony, je me suis penchée, mes doigts se sont refermés sur le petit boîtier argenté. *Pas un bruit, file dehors, appelle les flics, appelle Brendan.*

Je me précipitais vers la porte quand mon portable a sonné.

Anthony s'est retourné d'un bond. Dans un éclair, j'ai vu ses yeux déments et, sans réfléchir, j'ai saisi mon cadenas et le lui ai jeté de toutes mes forces au visage. Un impact, un grognement sourd… Je poussais déjà la lourde porte, gravissais les marches comme une fusée. Le trottoir, la rue. La porte latérale de l'école — verrouillée. Les petites fenêtres illuminées, beaucoup trop haut ; l'accès extérieur du gymnase — verrouillé !

La musique de Brendan secouait les murs, il y avait une foule d'élèves juste de l'autre côté du battant, des professeurs ! Je pourrais hurler, ils ne m'entendraient pas.

L'entrée principale, alors ? Mais si Anthony s'y était posté pour m'attendre ? Il n'avait pas encore jailli de l'escalier… Non, il fallait filer le plus loin possible. Courir n'importe où, me cacher, appeler à l'aide.

J'essayais de rester le plus lucide possible : je savais que je jouais ma vie. Trouver des adultes qui me protégeraient. Prendre la Vᵉ Avenue. Aller au Met ! Il y avait toujours des gens sur les marches, à cette heure ; Anthony n'oserait pas m'attaquer devant des témoins.

Je débouchai sur l'avenue. D'un côté, le long mur de pierre de Central Park, de l'autre, les demeures cossues ; au loin, le Met, tout blanc sous ses projecteurs. Personne en vue, un silence irréel uniquement meublé par le tonnerre de mon cœur emballé et les foulées presque silencieuses de mes ballerines de satin. J'ai couru sans même oser jeter un regard en arrière.

Une longue minute s'était écoulée quand j'ai capté un troisième son : de légers chocs rythmiques sur le pavé. Cette fois, je me suis tournée à demi et mon sang s'est glacé — loin derrière moi, une silhouette massive. Qui courait de toute sa vitesse. Anthony.

— Tu fais bien de courir ! Allez, plus vite !

Sa voix féroce était encore lointaine mais son avertissement m'a donné des ailes. Depuis un bon moment, je ne sentais même plus la douleur. Appeler à l'aide ! Téléphoner ! Ma main s'était engourdie à force de se crisper sur mon portable, et j'avais trop peur de le lâcher, ou de perdre de la vitesse. Une seule défaillance et il me rattraperait. Et pas un taxi, pas une voiture, c'était ça, la ville-qui-ne-dort-jamais ? C'est alors que le téléphone s'est remis à sonner. Je l'ai ouvert à deux mains, sans ralentir, et j'ai entendu la voix affolée de Brendan.

— Où es-tu ! J'ai eu ton message. Em, tu vas bien ?

— Anthony va me tuer !

Je hurlais, à bout de souffle.

— Où es-tu ? a-t-il hurlé en retour.

J'ai hoqueté :

— Le Met. Il y aura… du monde.

— J'appelle les flics. J'arrive.

Il a coupé. J'ai fermé le portable en le serrant de toutes mes forces et je me suis forcée à aller encore plus vite. Insensiblement, à chaque foulée, le musée blanc se rapprochait. Ne pas regarder derrière moi, tenir bon, ne pas perdre une seconde. Je volais presque sur le trottoir désert et voilà que les réverbères devant moi s'éteignirent un à un ; leur lumière vacilla, mourut. Je me précipitais dans un tunnel de ténèbres.

Enfin, le Met ! J'ai gravi le talus, tourné à l'angle en cherchant fébrilement des yeux les groupes qui devaient s'y trouver. N'importe qui, ceux du lycée, des fêtards inconnus, des SDF, même. Il me fallait un témoin, quelqu'un devait me voir !

Personne. La nuit était trop froide, les habitués s'étaient mis à l'abri. Quant à moi, ce n'était pas la température qui me faisait trembler. Je me suis retournée. *Il* avait perdu du terrain mais fonçait toujours sur moi et j'ai su qu'il ne s'arrêterait jamais.

Soudain, mes muscles se sont tétanisés. Impossible de bouger, je ne savais plus que faire. Continuer de fuir le long de la V^e^ Avenue ? C'était tout droit, je serais une proie facile entre le mur et les maisons. Feinter, rebrousser chemin, retourner à Vince A ? D'elle-même, ma tête s'est tournée vers les profondeurs du parc. Les bosquets sombres et silencieux. Je pourrais le semer sous les arbres. Je connaissais bien ce secteur.

J'ai pris ma décision et filé en diagonale à travers la pelouse ; je me suis enfoncée dans les buissons. Voilà, j'étais invisible. Je pouvais rester sur les arrières du musée, attendre le passage d'un gardien, d'un promeneur noctambule. Frissonnante, je me suis adossée au bâtiment en essayant de respirer moins fort et en guettant le pas lourd de mon prédateur. Mais je n'ai rien entendu d'autre que le vent qui faisait crisser les feuilles mortes.

Mon portable a sonné de nouveau, le son s'est répercuté sur la paroi de pierre. Une vraie fanfare. Vite, je l'ai ouvert et j'ai chuchoté.

— Brendan, il n'y a personne ici. Le Met est désert. J'ai peur. Je ne sais pas si je l'ai semé.

— Je ne suis pas loin. Où es-tu ?

Il respirait fort, il devait courir pour me rejoindre. *Oh ! Par pitié, viens vite…* J'ai chevroté :

— Derrière le Met. Il a dû entendre… Je vais le semer dans le parc.

Anthony avait forcément entendu la sonnerie, il me cherchait. Je me suis faufilée entre les arbres en cherchant à me perdre dans la nuit.

— Emma, je t'en prie, sors du parc. Je te rejoins tout de suite.

Il parlait avec douceur, pour ne pas m'effrayer davantage, mais je percevais très bien son angoisse. Les taillis s'épaississaient, je froissais des branches au passage, *il* allait m'entendre ; très prudemment, je suis revenue sur le sentier et j'ai dépassé l'obélisque en regardant derrière moi. Rien.

— Je crois que je l'ai semé !

— Où es-tu, exactement ?

— Pas loin de Belvedere Castle.

Je marchais à reculons en surveillant l'allée déserte et sinueuse.

— Je te retrouve là-bas. Ne raccroche pas. Tu ne vois personne, pas de gardiens ?

— Non. Attends, je vois juste…

Je plissai les yeux en essayant de mieux distinguer… une ombre… quelqu'un ? Impossible à dire. Puis la silhouette a bougé. Oui, elle courait, elle fonçait droit sur moi. D'une voix étranglée, j'ai conclu :

— Il est là.

Je fuyais de nouveau comme un lièvre. Sur l'allée, puisque c'était plus facile. De nouveau, je sentais la douleur. A chaque pas. Je m'injuriais en silence, mesurant bien mon souffle. Fille stupide, cliché stupide, filer dans un parc désert avec une cheville foulée ! Maintenant, vite, trouver quelqu'un, n'importe qui. Belvedere Castle : ma sortie avec Brendan, le gardien qui nous avait mis dehors ! Le château était tout proche, dressé sur son promontoire, éclairé par ses projecteurs. J'ai changé de cap.

En moins d'une minute, serrant les dents, je montai quatre à quatre ces marches que nous avions gravies si tranquillement avec Brendan, deux semaines auparavant. Nous étions si heureux, ce soir-là, et voilà que je fonçais dans ce même escalier comme une folle, les poumons en feu, le ciel m'était tombé sur la tête, mon univers s'effondrait…

J'ai débouché sur l'esplanade de pierre et je me suis jetée contre la porte de l'observatoire, tordant la poignée, tambourinant sur la grille Arts déco, sanglotant et suppliant qu'on m'aide. Je cognais si fort que mes paumes éraflées se sont remises à saigner. Et enfin, enfin, quelqu'un est venu. Un homme moustachu, d'un certain âge, a tourné à l'angle du bâtiment, une lampe torche à la main. Il portait l'uniforme des gardiens du parc ; à mes yeux, il était le plus beau des anges gardiens.

— C'est fermé, mademoiselle, a-t-il dit d'une voix sévère.

Puis il m'a mieux regardée et il s'est approché, anxieux.

— Vous êtes en difficulté ? On vous a fait du mal ?

— Oui, je vous en prie, aidez-moi.

Cette voix rauque, c'était la mienne ? Je n'arrivais plus à respirer, j'agitais les mains sans parvenir à m'expliquer.

— Il me suit. Il m'a attaquée, j'ai couru…

— C'est fini. Tout va bien, maintenant.

Il parlait d'une voix douce ; je devais vraiment avoir l'air d'une folle. Il m'a fait un sourire rassurant, et il a pressé un bouton sur la radio fixée à son baudrier.

— Dites, c'est Yanek à Belvedere…

Et, soudain, ses yeux de brave homme se sont retournés dans leurs orbites.

Sa mâchoire s'est affaissée d'une façon absolument horrible.

Je l'ai regardé s'effondrer sur le sol comme un pantin désarticulé et j'ai levé les yeux vers son agresseur.

— Tu es si prévisible, Emma.

Il se moquait de moi en prenant une voix aiguë, en agitant les bras pour mimer la panique. Il a enjambé le corps inerte du gardien et jeté négligemment de côté la pierre tachée de sang qu'il serrait dans sa main. Horrifiée, j'ai hurlé :

— Tu es complètement fou !

J'ai reculé, mais il faisait deux pas en avant pour chacun de mes pas en arrière. D'un ton presque raisonnable, il a corrigé :

— Non, je suis désespéré. C'est différent.

Puis son visage a changé, j'ai vu ses dents luire à la lumière vacillante des lampadaires. Il grondait comme un animal.

— A cause de toi, je suis obligé de tout quitter.

— Non ! Je peux tout arranger. Je peux aller voir la proviseure.

Gagner du temps. La police n'était pas loin, Brendan allait me trouver. Je reculais toujours, trébuchant sur les marches qui menaient aux rochers, et j'essayais de toutes mes forces de le convaincre. Amer, il a lâché :

— C'est un peu tard pour ça. Je suis foutu.

Il a voulu se jeter sur moi mais j'ai eu de la chance : il a buté sur une marche et manqué s'étaler. Très vite, en m'efforçant de parler le plus sincèrement possible, j'ai protesté :

— Mais non, bien sûr que non. Ma tante fait partie du conseil d'administration, la mère de Brendan aussi. On te fera réintégrer. On fera tout ce qu'il faudra.

— Comme si je pouvais encore y retourner… Non, tout ça, c'est fini.

J'ai jeté un regard rapide à la ronde en évaluant mes options. Le pauvre gardien ne bougeait pas mais sa radio clignotait en émettant des sons confus ; quelqu'un finirait forcément par venir à sa recherche. Brendan était en route, la police aussi. Que faire ? Rester ici et encaisser les coups jusqu'à l'arrivée des secours ? Essayer de gagner du temps ?

— Tout peut encore redevenir comme avant !

Négocier, inventer. C'est fou la créativité qu'on se découvre quand un psychopathe est en train de franchir les derniers mètres qui vous séparent de lui.

— Ecoute, ce sera toi le héros. Tout le monde te donnera raison. Moi, je changerai de lycée, je retournerai d'où je viens. Tu pourras tout expliquer à ta façon.

— Tout le monde est déjà au courant.

Il était si près que je voyais en gros plan chaque détail de son visage. Il avait une coupure encrassée de sang au-dessus du sourcil ; j'avais dû mieux viser que je ne l'avais cru avec mon cadenas ! J'ai fait une nouvelle tentative :

— Moi, je crois juste qu'ils seront impressionnés, parce que tu ne t'es pas laissé marcher sur les pieds. Moi en tout cas, ça m'impressionne.

J'aurais aimé mettre de la coquetterie dans ma voix mais elle était trop aiguë, je ne la maîtrisais plus. Buté, il a répété :

— Tu as tout gâché, je suis foutu. C'est ta faute.

Son visage avait repris cette expression… Comme l'autre fois, juste avant l'arrivée de Brendan… mais, ce soir, Brendan n'arrivait pas. Je pleurais ; je n'avais plus la force de me retenir.

— Je peux tout arranger. Je te jure. Laisse-moi.

Personne ne viendrait donc me sauver ?

J'ai levé les bras pour me protéger ; trop tard, tout a viré au noir. Un instant seulement de ténèbres intégrales, apaisantes, puis la douleur a explosé dans ma joue, j'ai vu des taches brillantes, senti le goût du sang dans ma bouche.

Et voilà que ses mains se refermaient de nouveau sur mon cou. Les maillons d'argent de ma chaîne s'incrustaient dans ma peau, m'étranglaient bien plus efficacement que les gros doigts maladroits d'Anthony.

Mon souffle, un raclement aigu, mes doigts sans forces qui palpaient ma gorge. Mes yeux exorbités, plus de sensation sur ma peau.

Puis un soulagement subit, une immense inspiration ! La chaîne venait de céder. Avec un petit tintement, le médaillon est tombé sur les pierres et il a roulé au loin.

Je me suis effondrée en inspirant désespérément l'air froid qui brûlait ma gorge meurtrie. Angelique avait dit que nous saurions reconnaître le moment du plus grand danger : celui où, d'une façon ou d'une autre, je perdrais mon pendentif. Et mon pendentif venait de me quitter, pour attendre le moment de retrouver mon âme dans un nouveau corps. J'allais vraiment mourir.

De ma voix rauque, j'ai hurlé pour appeler à l'aide. J'ai tenté de me relever ; Anthony m'a cueillie comme une poupée de chiffon et jetée sans le moindre effort contre la balustrade de fer forgé. Mon épaule a encaissé le choc, tout de suite éclipsé par une boule de douleur nauséeuse au ventre : un coup de poing.

Aveuglée, j'ai frappé de toutes mes forces, en visant d'instinct sa pomme d'Adam. Je me suis battue de mon mieux, cognant des poings et des pieds, tirant ses cheveux, griffant son visage — ça ne servait à rien, je ne faisais qu'attiser sa rage. Un nouveau choc. Cette fois, tout a été noir un peu plus longtemps, et l'explosion plus aiguë, plus douloureuse. L'onde de choc a résonné plus longtemps dans ma tête.

— Emma !

La voix m'est parvenue à travers les lumières qui éclataient devant mes yeux. Le feu d'artifice s'est éteint, je me suis accrochée à la balustrade ; j'avais réussi à ne pas tomber.

Un effort de volonté : il fallait *voir* ! Quand le flou s'est éclairci, Anthony et Brendan se tordaient devant moi sur les dalles, Brendan sur Anthony. Il l'immobilisait comme il l'avait fait dans la cour mais cette fois, il ne retenait pas ses coups : son poing s'est écrasé sur le visage d'Anthony avec une force brute, j'ai entendu un craquement et un cri aigu, horrible.

Fou de douleur, fou tout court, Anthony a eu un sursaut si brutal que Brendan a perdu l'équilibre ; le poing du monstre a jailli vers son menton, il a basculé en avant. Je n'en croyais pas mes yeux, Brendan était forcément le plus fort, mais voilà qu'Anthony bondissait sur ses pieds, lui lançait un grand coup de pied dans le ventre. Non, je ne voulais pas, pas Brendan à terre à la merci d'Anthony qui levait le pied pour lui écraser la tête sous son talon ! J'ouvrais la bouche pour hurler, malade d'horreur, quand le pied de Brendan l'a cueilli derrière le genou. Anthony s'est abattu comme une masse.

Brendan était debout ! Mais Anthony aussi. Fébrile, j'ai essuyé le sang qui coulait dans mes yeux et cherché une arme, n'importe laquelle. Anthony ne devait pas faire du mal à Brendan. Je ne le permettrais pas.

Quelque chose brillait sur les dalles. Mon portable ! Je me suis précipitée à genoux pour composer le 911.

— Au secours, nous sommes à Belvedere Castle, il nous agresse ! Il a assommé le gardien, venez vite !

J'ai crié tout ça d'un trait et j'ai laissé tomber le téléphone sans couper la communication : je venais de voir une branche arrachée à un arbre, son extrémité éclatée dans un bouquet d'esquilles aiguës. Je l'ai saisie comme un couteau et je me suis approchée d'Anthony par-derrière. Il portait une épaisse chemise polaire ; de toutes mes forces, j'ai enfoncé le bout le plus aiguisé entre ses omoplates. Le bois a déchiré le tissu, sa peau, sa chair avant de se briser dans ma main. Il s'est abattu sur les genoux avec un grand mugissement, sa main battant l'air derrière lui pour tenter de m'arracher mon arme improvisée.

Enfin, au loin, des sirènes ! Le regard vert de Brendan a trouvé le mien ; pendant une seconde, nous avons cru que c'était terminé.

Anthony avait entendu la même chose que nous. Sa tête s'est dressée comme celle d'un animal aux abois ; il s'est relevé en titubant, s'est rué en avant comme un taureau en poussant Brendan de côté. De ses bras massifs, il s'est hissé par-dessus le mur de pierre, puis la clôture ; et il a pris pied sur les rochers.

— Emma, éloigne-toi, mets-toi en sécurité, a ordonné Brendan. Je m'occupe de lui. Il n'est pas question qu'il s'échappe.

Et il a filé sur les traces d'Anthony. J'ai crié, je l'ai supplié de revenir ; j'ai essayé de le suivre. Je ne pouvais pas franchir les obstacles. Ils se trouvaient à deux mètres de moi mais leur combat aurait aussi bien pu se dérouler sur une autre planète. Accrochée aux barreaux, j'ai assisté, horrifiée, à un affreux pugilat à poings nus sur ce surplomb, quarante mètres au-dessus de l'étang.

Brendan était rapide, mais Anthony n'avait plus rien à perdre. Il était moins précis mais terriblement fort, une force de fauve. Une sorte de folie est venue décupler mes forces. J'ai sauté de nouveau et, cette fois, j'ai réussi à me hisser à mon tour par-dessus le mur. Je suis retombée lourdement sur ma cheville foulée, la douleur m'a arraché un cri ; j'ai vu la tête de Brendan pivoter vers moi, vu Anthony profiter de l'aubaine : son poing a percuté le menton de Brendan qui a perdu l'équilibre... qui est tombé à trois pas du vide.

Le tableau s'est figé.

Les poings serrés, haletant, Anthony était une silhouette sombre, voûtée, démoniaque ; d'un coup de pied, il pouvait précipiter Brendan au bas des roches.

Je n'avais qu'une seconde pour réagir : je me suis précipitée derrière lui, plus loin sur le surplomb. Comme aimantée, la tête d'Anthony s'est tournée vers moi.

Aussitôt, Brendan s'est relevé en criant :

— Emma, non !

Pour couvrir sa voix, j'ai hurlé :

— Par ici ! Anthony, pauvre crétin, par ici !

Il me regardait sans bouger. Sa poitrine se soulevait comme une forge, sa grosse main essuyait son nez en sang. A son tour, Brendan a cherché à détourner son attention.

— Anthony, c'est moi que tu veux, pas elle. Quoi, tu ne peux pas te battre contre un homme ? Il te faut une fille ?

Le monstre ne l'écoutait pas, il marchait vers moi, en s'arrangeant pour nous garder tous deux à l'œil. Et voilà que, dans sa démence, il s'est mis à *jouer* avec nous, faisant semblant de charger, puis de changer d'avis. De foncer sur l'un pour jouir de la terreur de l'autre. Il avait oublié sa propre situation, les sirènes de la police ; il n'y avait plus en lui qu'un désir démoniaque de vengeance.

J'étais à un bout du surplomb, Brendan à l'autre. Il lui suffisait de courir vers l'un de nous, de nous pousser… Et il faisait mine de se précipiter, puis se redressait avec un sourire moqueur. Nous étions pris au piège. Derrière lui, je voyais le visage de Brendan crispé de rage et d'impuissance.

Les réverbères, les rêves, la conviction que je serais celle qui romprait la malédiction… tout s'était effondré. Nos beaux espoirs n'étaient qu'un mensonge, une tromperie de plus. J'avais eu droit à tous les avertissements mais je m'étais tout de même précipitée au-devant du danger, et la partie était perdue.

Une rafale de vent a fait claquer les cheveux blonds tachés de sang d'Anthony. Les yeux luisants, il a choisi sa cible : moi. J'ai voulu m'écarter de sa route mais mes jambes ne répondaient pas ; c'était comme un rêve, quand tout se passe au ralenti et qu'on est impuissant.

Une poussée violente m'a lancée sur le côté, ma cheville a cédé, je me suis effondrée sur la roche. Mes oreilles se sont débouchées, le temps s'est de nouveau accéléré ; j'ai vu une masse indistincte rouler devant moi et basculer dans les ténèbres et le vide. Il y a eu un cri guttural, une éclaboussure… et puis le silence. Un silence sur lequel surfaient les sirènes, un silence rythmé par mon souffle rauque contre le rocher. J'étais seule sur le surplomb.

# 21

J'ai senti mon cœur se déchirer, fibre à fibre. Je n'arrivais pas à admettre… Brendan m'avait écartée de la trajectoire d'Anthony. Et maintenant il n'était plus là. Il venait de basculer dans le vide à ma place.

Avant que la dernière fibre ne lâche, j'ai entendu une respiration explosive. Une respiration qui grinçait comme sous le coup d'un effort violent. Je me suis traînée jusqu'au vide et j'ai vu… une main aux jointures ensanglantées agrippée à une saillie du rocher. J'ai murmuré le nom de Brendan en lui offrant mes bras. Mais, en fait, je ne savais même pas si je m'apprêtais à aider Brendan, mon amour, ou bien Anthony, le monstre.

— Prends ma main !

Un corps suspendu, une main qui griffe la paroi, qui réussit à trouver une prise ; sa tête s'est renversée en arrière et j'ai vu… des yeux verts lumineux, levés vers moi, sous un nuage de cheveux noirs.

— Brendan…

Une nouvelle expiration rauque ; ses pieds raclaient toujours la paroi mais les semelles lisses de ses souliers de ville dérapaient sur la roche. J'ai saisi son poignet et tiré, un effort d'une violence inouïe, les muscles brûlants, l'impression de m'arracher les bras, mais je n'avais pas la force de le hisser jusqu'à moi. *Je n'avais pas assez de force !* J'ai cherché à m'arc-bouter sur le rocher ; hélas, ma cheville me faisait trop mal, elle cédait chaque fois que j'essayais de m'y appuyer.

J'ai dit entre mes dents serrées :

— Tiens bon. Les secours arrivent, tiens juste… Tiens bon.

La main de Brendan a glissé, très légèrement, des miennes.

— Emma…

Il ne semblait plus y croire. Il n'allait pas renoncer ? J'ai hurlé :

— Non ! Brendan ! Je ne te perdrai pas. Aidez-moi, quelqu'un !

C'était la fin, nous allions tomber tous les deux. Au lieu de tirer Brendan à moi, j'étais entraînée inexorablement vers le vide.

— Ça servait à quoi de m'avertir ! Ethan, fais quelque chose ! Où es-tu ? Vite !

La main de Brendan glissait toujours, elle allait m'échapper.

— Je vous tiens ! a lancé une voix.

Une voix jeune, masculine. La police ! Je ne les avais même pas entendus arriver. Toute tendue vers Brendan, j'ai cependant senti une chaleur près de moi, vu une main se fermer sur le poignet que je ne tenais pas. Nous avons tiré ensemble… et hissé Brendan sur le surplomb.

Enfin.

Il s'est abattu contre la roche. Ses jambes dépassaient encore dans le vide, je l'ai empoigné, aidé à ramper. Là, il a roulé sur le dos, épuisé, et je me suis effondrée contre lui en riant et pleurant à la fois.

Plus rien ne comptait que lui, sa présence, son corps tuméfié mais vivant, bien vivant. Il était là, près de moi, je pressais mon visage dans son cou et son col était humide de mes larmes. Il s'est redressé à demi pour me serrer dans ses bras et j'ai entendu sa voix, rauque, méconnaissable :

— Merci…

Il dévisageait notre sauveur par-dessus mon épaule ; j'ai perçu son mouvement de recul. Surprise, j'ai relevé la tête ; il semblait abasourdi.

— Vous… vous êtes… Je vous connais ?

Le policier s'était relevé, lui aussi. Il a posé la main sur mon épaule et l'a serrée avec gentillesse.

— Je suis content d'avoir été là.

Je me suis tournée vers lui mais je n'ai vu qu'une silhouette noire qui se découpait sur les lumières de l'esplanade et le ballet des lampes torches près du mur. Tiens, les renforts étaient arrivés.

Tourné vers les nouveaux venus, Brendan a crié :

— Nous sommes ici !

Péniblement, il s'est relevé pour leur faire signe, puis il m'a aidée à me redresser à mon tour. Nous nous sommes avancés, lentement ; je tenais à peine debout et, pour la première fois, il peinait à me soutenir.

Derrière la lumière éblouissante, une voix tendue a lancé :

— Approchez-vous. Les mains bien en vue.

— Il y a un policier ici avec nous !

Toujours tourné vers les officiers embusqués derrière le mur, Brendan a fait un geste vers notre compagnon. J'ai tourné la tête… Où était-il ? Troublée, j'ai appelé :

— Monsieur ? Vous êtes là ?

Brendan aussi jetait des regards interdits tout autour de nous. Impatienté, le porte-parole des policiers a crié :

— J'ai dit, avancez ! Que je voie vos mains !

— Mon amie a une foulure. Elle ne peut pas marcher, répondit Brendan.

— Les mains en l'air, tout de suite !

Un baiser rapide sur ma tempe, et Brendan a obtempéré. J'ai fait de même, en m'appuyant contre lui. Notre attitude dut rassurer le responsable, car sa voix se radoucit et plusieurs silhouettes s'avancèrent vers nous.

— Ça va, mademoiselle ?

J'ai hoché la tête, incapable d'articuler un mot. Ma gorge me faisait trop mal, trop d'émotions se bousculaient en moi. Je n'en pouvais plus, je voulais me coucher, me rouler en boule, oublier… Comme dans un rêve, j'ai réalisé que le chef de l'escouade avait sorti son arme et qu'il la braquait sur Brendan. Dans un sursaut qui dut brûler mes dernières réserves, je me suis jetée devant lui.

— Ce n'est pas lui ! L'autre… Anthony, je crois qu'il… Il est tombé de la falaise.

L'arme s'est abaissée, mais l'homme ne l'a pas rengainée pour autant. Des mains solides m'ont soulevée par-dessus le mur. L'esplanade, si désespérément déserte tout à l'heure, était pleine de monde ; j'ai vu des brassards, des mallettes et des civières… et une silhouette assise, tête basse. Le gardien, M. Yanek, était conscient, un homme en blouse blanche se penchait sur lui.

— Il s'en sortira ?

Oui.

J'en aurais pleuré de soulagement. L'officier qui me soutenait (il était trapu, moustachu, rassurant au possible ; d'après son badge, il s'appelait Lynett) m'a fait un bon sourire.

— Il aura un sacré mal de tête et quelques points de suture, mais il va s'en sortir.

Puis il a fait la grimace en nous dévisageant tous les deux.

— Quant à vous… On va vous examiner aussi. On dirait que la soirée a été rude ?

— Assez rude, oui…

Dès que je parlais, une douleur horrible éclatait dans ma mâchoire et montait jusqu'à mes yeux. Un autre policier entraîna Brendan vers les civières, le personnel paramédical nous examina sous toutes les coutures, les policiers nous interrogèrent, cela prit un temps interminable. Entourée d'uniformes de toutes parts, je répondais de mon mieux ; de son côté, j'entendais Brendan demander (exiger, plutôt) de me voir pour s'assurer que j'allais bien.

Je racontais l'agression pour la troisième fois quand je vis l'officier Lynett revenir vers moi.

— Vous avez une sacrée poigne, dites ! Votre petit copain dit que vous avez réussi à le soulever, quand il était accroché aux rochers.

— Non, il y avait un autre policier, c'est lui qui a fait remonter Brendan.

Instinctivement, je venais de secouer la tête ; grossière erreur : un étau horrible emprisonna mes tempes et ma voix sonna bizarrement à mes oreilles, comme si je m'entendais parler de très loin.

— Je n'ai pas compris où il est parti, je n'ai même pas pu le remercier…

— Mademoiselle, il n'y avait pas de policier près de vous…

Il était si gentil, et pourtant son attitude m'a mise hors de moi.

— Mais si ! Je n'ai pas vu son visage mais...

Brendan m'a rejointe, se faufilant entre deux policiers. Il boitait, il avait les traits tirés et sa chemise noire portait encore la trace de la semelle d'Anthony, mais il était là. J'en ai oublié ce que je cherchais à dire. Diplomate, il s'est interposé en expliquant :

— Emma a reçu plusieurs chocs à la tête. Je crois qu'elle ne sait plus très bien où elle en est.

— Mais il était là ! Tu sais bien, toi, qu'il était là.

Il ne semblait pas m'entendre. Accroupi près de moi, il me dévisageait attentivement et son expression s'assombrissait d'instant en instant. Quand il a écarté mes cheveux emmêlés de mon cou, ses yeux se sont écarquillés d'horreur.

— Vous avez vu ça ? a-t-il crié à l'infirmier. Vous allez l'emmener à l'hôpital, dites ? Vous êtes sûr qu'elle va bien ? Vous pouvez regarder de nouveau ?

— Nous l'emmenons à l'hôpital, oui. Vous y allez tous les deux.

Par pure gentillesse, car il m'avait déjà examinée de pied en cap, l'homme a pris la peine d'étudier de nouveau les marques autour de mon cou.

— Je ne pense pas que ce soit grave, mais on fera de nouveaux examens sur place. Vous, vous aurez droit à une radio, je suis quasiment sûr que vous avez une côte cassée. Pour la demoiselle, ce sont des ecchymoses, des coupures. Peut-être une commotion cérébrale.

— Et ça ?

Un policier venait de remarquer la balafre de mon bras. J'ai soupiré.

— Un accident de voiture, il y a quelques mois.

Mes émotions échappaient complètement à mon contrôle : subitement, je pleurais parce que ma robe, la première robe que j'aie jamais aimée, était toute déchirée.

— Mademoiselle Connor, vous avez autant de vies qu'un chat.

J'entendis l'officier Lynett affirmer ça avec une conviction étonnante. Je voulus hausser les épaules… mais cela faisait trop mal. Assise là, sur ma civière, le cauchemar terminé, l'adrénaline qui m'avait dopée se diluait dans mes veines et, de nouveau, je sentais *tout*. Chaque coupure, chaque bleu, chaque douleur résonnait en moi comme dans une grande caisse vide. Les échos s'amplifiaient, de plus en plus douloureux, et toute cette souffrance semblait se concentrer dans ma tête.

— Mademoiselle, c'est à vous ? J'ai vu briller quelque chose près des marches…

Une jeune policière s'approchait au petit trot, elle tenait à la main un objet que je ne distinguais pas. Une griffe de glace s'est plantée dans mon cœur. Non. Pas mon pendentif. Je voulais que ça se termine. Que la malédiction ne revienne plus jamais, jamais me chercher. Qu'elle ne réussisse pas à m'arracher la vie ! Qu'elle ne me poursuive pas jusqu'à ce que, Brendan et moi, nous soyons morts tous les deux !

— C'est à vous ? répéta la jeune policière.

J'ai baissé les yeux vers sa main ; elle tenait mon portable.

Seulement mon portable. Tout poussiéreux et éraflé.

— Oh… Oui.

Je grelottais de nouveau. De soulagement autant que du froid qui m'engourdissait, malgré la couverture qu'on m'avait posée sur les épaules. L'infirmier voulut me faire m'allonger, me couvrir mieux. La lutte était finie mais je ne pouvais pas encore m'abandonner, je continuais à me débattre d'instinct ; et puis, il fallait tirer au clair cette histoire de policier disparu dans la nuit. Celui qui m'avait aidée à sauver Brendan. Je me suis redressée d'un élan… et suis retombée aussitôt, sûre que ma tête allait éclater.

Vaguement, je m'entendais gémir ; j'éprouvais une sensation de mouvement. Peut-être simplement le vertige. Non, c'était réel, on emportait ma civière le long de l'allée en spirale, tout était mouvant, incertain, mais je gardais un repère : Brendan qui refusait de se laisser porter pour pouvoir marcher près de moi en me tenant la main. Brendan qui tenait absolument à monter dans mon ambulance.

Pendant qu'on m'installait, je l'entendis demander :

— Et Anthony, vous avez trouvé…

— Nous avons lancé un avis de recherche fondé sur votre description mais… c'est une sacrée chute. Je ne pense pas qu'il ait survécu.

J'ai serré les paupières en secouant la tête pour ne plus rien entendre.

— Nous allons vous donner un analgésique, a dit une voix.

J'ai fait oui sans ouvrir les yeux ; la lumière me faisait trop mal, elle m'éclatait la tête. J'ai senti une piqûre dans mon bras et enfin, enfin, tout s'est effacé.

Une bande étroite de lumière, une pulsation douloureuse derrière mon front ; quand j'ouvris davantage les yeux, la douleur m'aveugla. Une main serrait la

— Je l'ai. L'infirmière me l'a donnée. Ils te l'ont juste retirée pour le scanner. Ta bague n'est pas perdue.

Il a ri tout bas en murmurant :

— Cette bague…

Malgré l'euphorie provoquée par les analgésiques, j'ai perçu dans sa voix une note insolite. Il savait quelque chose qu'il ne me disait pas et, moi, je voulais *tout* savoir, tout de suite. Péniblement, j'ai demandé :

— Pourquoi est-ce que tu es bizarre ?

— Quoi ? a-t-il protesté avec un petit rire gêné. Je ne suis pas bizarre.

— Tu ne sais pas mentir. Tu es bel et bien bizarre.

— Franchement, c'est pas le moment. Il faut que tu te reposes.

Il prenait une voix apaisante, caressait doucement mon front. Encore un peu et il allait m'endormir complètement, le manipulateur. Mes pensées se sont un peu éclaircies et j'ai lancé :

— *Plus de secrets !*

C'était devenu notre code. Brendan a poussé un énorme soupir exaspéré, mais il a capitulé tout de même.

— Tu te souviens ? Tu m'as demandé pourquoi je t'avais pris un saphir ? Eh bien, je ne m'en suis pas rendu compte tout de suite mais ton frère…

Mon frère… Comme sa voix s'est adoucie sur ce mot !

— C'est ton frère qui m'a guidé pour choisir ta bague.

Il a réfléchi quelques instants, le regard lointain. Son pouce caressait doucement mon bras. Puis il a repris, presque à voix basse :

— Après notre… Je ne veux pas appeler ça une dispute alors je dirai « désaccord », dimanche dernier, je m'en suis voulu d'avoir refusé d'entendre ce que tu disais sur les sorcières. Alors j'ai eu envie de te faire un cadeau, juste une petite chose que tu pourrais porter et qui te rappellerait combien tu comptes pour moi.

— Une bague, c'est une petite chose ?

— Oui, c'est une petite bague, répondit-il sur le ton de l'évidence. J'allais te prendre une améthyste, ta pierre de naissance, mais la nuit avant ma visite chez le bijoutier, j'ai fait un rêve. Un garçon me disait de choisir un saphir, parce que tu en aurais besoin pour t'aider à développer tes pouvoirs.

— Angelique me l'avait dit aussi. Les saphirs amplifient les pouvoirs des sorcières. Nous en avions un le jour où j'ai fait souffler le vent.

Il a approuvé gravement.

— Le lendemain, sans que je lui demande rien, le bijoutier m'a spontanément montré des bagues ornées d'un saphir. Je me suis dit que ça faisait beaucoup de messages qui allaient dans le même sens, et que je ferais bien d'en tenir compte.

Il se tut un instant, et reprit avec un effort :

— Emma, le garçon, dans mon rêve… il ressemblait exactement à… Non, il *était* le policier qui t'a aidée à me faire remonter sur les rochers. Je sais que ça paraît fou, complètement dément mais, Emma… je suis sûr que c'était lui. Je l'ai reconnu parce que… Enfin, parce qu'il te ressemblait de manière troublante.

Je l'ai dévisagé sans comprendre puis, soudain, le déclic, la dernière pièce du puzzle qui se met en place. D'une toute petite voix, j'ai demandé :

— Ethan ?

— Je crois que oui. Je crois que, quand nous étions là-haut, sur la falaise, en danger de mort, le saphir t'a aidée à puiser dans je ne sais quels pouvoirs. Ou, au moins, il t'a aidée à penser que tu pouvais agir. Et tu l'as fait venir.

— Il a cherché tant de fois à me mettre en garde… Et quand j'ai eu besoin d'un vrai coup de main…

Mes yeux se mouillaient de nouveau… J'ai essayé de maîtriser mes larmes mais ça m'a fait horriblement mal à la tête. Je ne contrôlais plus rien, je pleurais sans même pouvoir cacher mon visage crispé, je n'avais pas la force. Brendan a saisi un mouchoir en papier, il a voulu m'essuyer le nez et je me suis sentie mourir de honte. Ça ne suffisait pas qu'il me voie toute cabossée, il fallait encore qu'il me mouche comme un bébé ?

— Donne-moi ça, ai-je sangloté en lui prenant le mouchoir.

Il a eu l'élégance de changer de sujet.

— Ta tante est là aussi, elle est juste sortie passer un coup de fil. On te garde en observation pour l'instant mais tu pourras rentrer chez toi d'ici à quelques heures.

— Elle est là ? Elle est en colère ?

Il haussa les sourcils, surpris et amusé.

— En colère ? Mais non, espèce de folle, elle est très inquiète pour toi ! Je crois qu'elle n'arrive pas à décider si elle me déteste parce que je suis toujours dans le voisinage quand il t'arrive une catastrophe, ou si elle m'apprécie parce que je fais toujours ce que je peux pour t'aider.

— Elle t'apprécie, c'est obligé !

Ce cri du cœur m'a fait tousser, avec une horrible grimace parce que j'avais vraiment très mal à la gorge. Dès que j'ai eu recouvré ma voix, j'ai demandé :

— Et toi ? Ta famille est arrivée ?

— Pas encore. Mes parents sont en route. Je n'ai pas grand-chose mais, comme je suis mineur, je dois les attendre pour sortir d'ici.

Il embrassa le bout de mes doigts et conclut d'un ton désabusé :

— Ils ont dû affréter un hélicoptère parce qu'ils étaient à une soirée au Smithsonian, à Washington. Je ne sais pas combien de temps il nous reste avant leur arrivée.

J'ai saisi sa main et je l'ai serrée de toutes mes forces.

— Quand je pense que j'ai failli te perdre…

J'ai de nouveau cherché à toucher son visage ; gentiment, il s'est penché pour que je puisse l'atteindre. Comme je pleurais de nouveau, il m'a séché les joues, très doucement, avant de me donner un mouchoir neuf.

— Dis, tu crois que nous avons rompu…

Je n'osais pas le dire de peur de nous porter malheur. Dans ses yeux, j'ai vu briller la même émotion, le même espoir.

— N'y pense plus pour l'instant.

— Si, dis-moi ! Tu crois que nous avons rompu le sort, vaincu la malédiction ?

— Je l'espère, a-t-il murmuré. Emma, quand je suis arrivé là-haut, il s'acharnait sur toi… J'ai senti mon cœur éclater. Je croyais que c'était fini.

— C'est là que ça devait se terminer. Mais tu m'as sauvée.

Je m'étais transformée en fontaine, il me semblait que mes larmes ne se tariraient jamais. Brendan n'osait plus me regarder en face.

— Sans moi, tu n'aurais jamais été en danger. Tout est ma faute. J'ai manqué te faire tuer.

— Non ! Non, tu m'as sauvé la vie.

Il porta de nouveau ma main à ses lèvres.

— C'est toi qui m'as sauvé. De toutes les façons possibles. Tu as changé ma vie.

Il s'est levé péniblement, en plaquant la main sur ses côtes. Puis il a posé, très doucement, ses lèvres sur les miennes.

— Je t'aime, Emma. Pour l'éternité.

# 22

Avec une commotion cérébrale et une fracture, je ne suis guère sortie de mon lit de toute la semaine. Au bout de quelques jours, j'en avais vraiment marre de ma chambre.

— J'ai l'impression d'être en prison !

Brendan m'a juste répondu qu'on m'avait enfermée parce que j'étais « dangereusement sexy ». J'ai levé les yeux au ciel (un mouvement déconseillé quand on a des maux de tête), mais je dois avouer que c'était agréable de m'entendre décrire de cette façon. Surtout alors que j'avais l'air de sortir d'un ring de boxe. Bref, ce n'était pas le moment d'affronter la circulation new-yorkaise, pas avec mon plâtre et ma vue qui se brouillait complètement par moments. Et aussi en sachant que les recherches au fond de Turtle Pond n'avaient ramené… que des tortues. Anthony était toujours porté disparu.

Cette pensée me terrifiait car Brendan avait déjà repris les cours. Il y a des gens qui font tout avec une facilité insolente, même guérir ! Au téléphone, la veille de sa rentrée, je n'avais cessé de répéter :

— J'ai peur qu'il t'agresse dans le métro, ou qu'il t'attende au coin de la rue…

— Emma, tout va bien !

Il riait comme si mon inquiétude était absurde, et très attendrissante. J'avais insisté :

— Mais on ne sait pas où il est !

— Bon, je ne voulais pas te le dire pour ne pas t'inquiéter, mais mon père a engagé des professionnels. Des gardes du corps. C'est juste pour quelque temps, je ne les vois même pas ; ils sont censés nous surveiller pour s'assurer qu'Anthony ne s'approchera pas de nous.

— Nous ? Tous les deux ?

— Oui, ils doivent te couvrir aussi. Et tu sais quoi ? Tu plais à mon père. Il dit que tu as du cran.

J'avais rencontré les parents de Brendan à l'hôpital. Un couple surprenant, l'illustration de l'attraction des pôles opposés ! La mère de Brendan était si froide et convenable que je ne m'attendais pas du tout à ce père chaleureux, sympathique… et même un peu paillard. Le genre qui raconte des blagues lourdes.

— Bon, nous avons des gardes du corps, ai-je soupiré. J'aimerais pouvoir dire que ça m'ennuie mais en fait, je me sens mieux. Tu seras en sécurité, au moins jusqu'à ce qu'on retrouve Anthony.

Brendan affirmait que sa réapparition au lycée n'avait pas fait de vagues. J'ai compris à quel point il minimisait les choses quand Cisco m'a décrit le séisme déclenché par son retour. Bien entendu, Brendan s'est contenté de répéter que tout se passait « bien », et de m'apporter ses notes et mes devoirs pour que je puisse me tenir à jour : la période des contrôles approchait. Perspective démoralisante ! Avant la commotion cérébrale, le latin me donnait *déjà* l'impression que ma tête éclatait.

Puis, un jour, entre les pages de mon livre, j'ai trouvé un petit cadeau : l'examen du premier trimestre, passé haut la main par Brendan l'année précédente. Tricher, moi ? Une fille au cerveau endommagé a bien le droit de prendre des raccourcis !

Toujours aussi charmeur, Brendan apportait un petit quelque chose, café ou pâtisserie, à tante Christine chaque jour en venant me voir après les cours. Il l'appréciait sincèrement, mais il faisait aussi campagne pour nous assurer son soutien. Et il progressait dans son estime, elle commençait à admettre que ce soit si sérieux entre nous ; le fait que Brendan ait été prêt à plonger du haut d'une falaise pour me sauver avait considérablement aplani le chemin. Je n'aurais jamais imaginé qu'elle serait si difficile à convaincre ; le petit copain d'Ashley serait sans doute obligé de régler la dette du tiers-monde avant de pouvoir poser un pied chez nous.

Pour commencer, j'avais si mal partout que je me fichais de tout le reste, mais dès que mes douleurs se sont apaisées, j'ai découvert une foule de sujets de contrariété. Notre histoire avait beaucoup plu aux médias new-yorkais. Du moment que le nom des Salinger était lié à un événement ! Un après-midi, Ashley m'a téléphoné pour m'annoncer de sa voix la plus aiguë que nous avions les honneurs de la célèbre page six du *New York Post*.

Incrédule, j'ai allumé mon ordinateur pour chercher l'article. Et j'ai trouvé le gros titre : *Le fils du milliardaire risque sa vie pour une demoiselle en détresse.*

— Oh non…

Ils s'étaient servis des photos de nos cartes d'élèves. Avec son sourire insouciant et ses cheveux en pétard, Brendan n'aurait pas déparé dans une revue de mode… et moi, dans le bulletin d'un institut pour débiles légers. J'ai survolé l'article ; en résumé, il expliquait qu'un ancien élève, mentalement instable, m'avait agressée, et que Brendan m'avait tirée d'affaire. Puis j'ai vu la conclusion : *Les autorités pensent qu'Anthony Caruso a quitté le pays. Son père, le célèbre avocat Ron « Piranha » Caruso, est actuellement questionné par la police.*

Les émotions se bousculaient dans ma tête. Souhaiter la mort d'Anthony ? Ça me mettait mal à l'aise. Mais, pour être tout à fait franche, j'avais un peu espéré que la police le retrouverait. Anthony en liberté, c'était une menace à vie ! Qui sait s'il n'allait pas refaire surface ? Et quand, personne ne pouvait le dire. Dans deux semaines ? Deux ans ? Est-ce qu'il allait se présenter à ma porte le jour de mes trente ans, après avoir couvé sa haine ?

Les médias ont fini par se décider à parler d'autre chose. Tant mieux, car j'en étais arrivée à attendre avec impatience qu'une people arrêtée pour délit de « conduite sous l'état d'un empire alcoolique » détourne l'attention de mon affaire. Je suis retournée en cours, moi aussi, et j'ai affronté, sans plaisir, les regards braqués sur moi et les commentaires faits derrière mon dos. Juste histoire d'alimenter les ragots, j'avais encore des traces de coups bien visibles sur la figure.

Bref, ma vie n'était pas idéale… Mais, au moins, il ne se produisait plus rien de désastreux. L'événement le plus traumatisant de mes journées, c'était peut-être de casser les lacets de mes Converse. Un bonheur. On ne se doute pas à quel point c'est merveilleux, la routine, tant qu'on n'a pas connu la terreur à l'état pur.

Puis, un samedi, une vingtaine de jours après la *Castagne on the Rocks* (pour citer un gros titre), Angelique vint me rendre visite.

Je traînais sur mon lit pour reposer ma cheville encore fragile, et je faisais semblant de réviser mon latin (en fait, je lisais *Pink Is The New Blog*) quand j'ai entendu sa voix dans le salon. Tante Christine adorait Angelique ; pour elle, le look de mon amie (très sorcière quand elle n'avait ni l'uniforme du lycée, ni la grippe), était juste théâtral. Ma tante adorait le théâtre.

Angelique a passé la tête par la porte de ma chambre. Elle venait de faire refaire ses racines blondes et d'ajouter quelques mèches blanches et bleu marine à ses cheveux noir corbeau. Sur elle, c'était génial.

— Salut, Em, ça va pour toi ?

Ce sourire, ce visage rayonnant… Que lui arrivait-il ? D'habitude, elle n'était pas le genre de fille ravie de la crèche qui sautille en descendant la rue. Je refermai mon ordinateur et me redressai dans mon nid de coussins.

— Encore des maux de tête de temps en temps mais, en gros, ça va.

— Bon, je n'ai pas eu l'occasion de te le demander à ton retour : toi et Brendan, vous avez reparlé de la malédiction ?

Et, hop, dans le vif du sujet !

— Un petit peu, à l'hôpital, mais pas depuis. Le pendentif s'est envolé, je n'ai plus fait de rêves ou vu de signes… Et je dois t'avouer que, quelque part, j'ai l'impression de perdre Ethan une seconde fois.

J'ai détourné la tête pour cacher les larmes qui piquaient mes paupières. Angelique n'appréciait guère l'émotivité et, depuis le drame, la mienne était à fleur de peau. Le pauvre Brendan devait affronter au moins une crise par après-midi.

— Donc, il n'y a rien eu pour indiquer que la malédiction serait encore active ? insista Angelique.

— Non, rien du tout. Mais je vais te dire ce qui m'inquiète le plus : le médaillon, justement.

J'ai levé les mains au plafond, frustrée, en clamant :

— Il m'a quittée et je ne sais pas si je dois être soulagée ou me préparer au combat. C'était Anthony, notre grand danger ?

Elle a sorti quelque chose de son sac : j'ai reconnu le gros livre rouge vif : *Sortilèges pour la nouvelle sorcière*. Très grave, elle m'a dit :

— Je vais te répondre mais d'abord, jure-moi que tu feras tout ce qu'il faut pour développer tes pouvoirs.

— Ecoute, finalement, je ne crois pas que je sois une vraie sorcière. Ce qui s'est passé chez toi… ça ne s'est jamais reproduit. Voilà des semaines que j'essaie de déplacer des objets avec mon esprit et je n'arrive à rien.

— Tu es sorcière, pas télékinésiste !

Dans un grand tintement de bracelets, elle a rejeté en arrière ses cheveux Technicolor. Perplexe, j'ai demandé :

— C'est quoi, la différence ?

— La différence, Emma, c'est que tu ne peux pas déplacer les objets par la pensée.

— Attends, ce n'est pas vrai ! Je l'ai bien fait dans ta chambre !

— Non, tu as fait un sortilège dans ma chambre. Tu as exigé tes pouvoirs et ensuite, tu as exigé un signe. Et d'après ce que tu m'as raconté, tu as invoqué l'esprit de ton frère de la même façon. Quand tu l'as appelé à ton secours, tu as lancé un sortilège. Le saphir t'a sûrement aidée, mais c'est parti du fond du cœur, et c'était bien un effet de tes pouvoirs.

— Alors… je ne peux pas déplacer les objets ?

— Mais enfin, ce n'est pas une fin en soi ! Quel intérêt… Emma, sérieusement, tu dois t'appliquer à développer ton talent.

D'un geste assez solennel, elle déposa le livre rouge sur mon ordinateur portable et croisa les bras, le visage grave.

— Jure-moi que tu le liras.

— Je le jure.

Elle se détendit, retrouva son sourire. Intéressée, j'ai demandé :

— Il y a du nouveau ? Qu'est-ce que tu voulais me…

— Oh ! c'est une nouvelle extraordinaire, fantastique.

Dans un tourbillon de jupe noire, elle s'est précipitée sur son gros sac et s'est laissée tomber sur le bord du lit, en repoussant mes pieds pour faire de la place.

— Tu es de bonne humeur, ai-je noté d'une voix neutre.

— Je crois que tu vas l'être aussi. Regarde !

Les yeux étincelants, elle a plongé la main dans son sac et en a sorti… un exemplaire des *Légendes médiévales* de Hadrian. Avec sa façon de brandir le gros livre à deux mains en inclinant la tête, je m'attendais presque à voir des rayons éblouissants jaillir de la couverture. Je me suis écriée :

— Pas possible ! Il y a la fin de la légende ? Dis-moi qu'on ne risque plus rien !

— Laisse-moi juste te lire la fin de l'histoire.

— Angelique, je vais craquer ! Je t'en prie, juste un oui ou un non.

— Il vaut mieux que je lise.

C'était à devenir folle mais je me suis résignée, en me disant qu'elle ferait une autre tête si les nouvelles n'étaient pas bonnes ! J'étais *presque* sûre que ce que j'allais entendre me plairait. Mais elle n'en finissait plus de tourner les pages à la recherche du bon chapitre !

— Au fait, a-t-elle ajouté, une amie de ma mère dit que Hadrian a un descendant, un expert de l'occulte, qui vit à New York. J'ai envie de le contacter. Je me demande combien de ces légendes sont fondées sur une réalité. Il faut être logique ! Si ton histoire y est, on doit se demander que penser des autres contes. Je veux bien parier que Hadrian était un sorcier et que c'était son livre des ombres.

Mon Angelique était survoltée. J'ai demandé :

— Qu'est-ce que c'est qu'un livre des ombres ?

— Une sorte de croisement entre un journal intime et un manuel de formation pour les sorcières. Nous en tenons tous un, il contient toutes nos découvertes, nos expériences…

Elle se tut, pensive, et murmura :

— Je me demande… Il aurait juste choisi une forme très littéraire, très poétique…

Elle creusait son idée, le regard dans le vague. A bout de nerfs, je l'ai poussée du pied.

— On s'en fiche, des ombres ! Je meurs, moi. Et peut-être même littéralement ; alors, je t'en prie, dis-moi ce qu'il y a à la fin de ce poème !

— Désolée. Voilà, c'est là.

Elle s'est éclairci la gorge. J'ai subitement eu l'impression qu'on me versait un seau d'eau glacée sur la tête. J'étais terrifiée de ce que j'allais entendre. Elle a repris le poème au début.

*— Si ton amour porte l'emblème de ta Maison,*
*Prends garde car ce lien sera rompu de force.*

*Ensorcelé d'amour à perdre la raison, Le temps vous est compté dès la première amorce. Si tu veux du malheur un jour vous libérer, Sache qu'il te faudra une âme généreuse. Cette malédiction ne cède pas aux souhaits, Ton égoïsme alors condamna l'amoureuse. Es-tu maintenant prêt à payer la gabelle Pour sauver sa vie ? Prends pour toi le fardeau du destin de ta belle Et te sacrifie. Il te faudra la force du corps et du cœur, Deviens son armure et brise le malheur, Appelle à toi la force, prends bien garde à ces vers, Le chemin du salut te sera découvert.*

Voilà, c'était terminé et mon cerveau restait paralysé. Comme je la contemplais sans réagir, elle a bondi sur place en s'exclamant :

— Tu ne comprends pas ? C'était *Brendan* la clé, depuis le début ! Il devait faire ce qu'Archer n'a pas su faire : penser à toi plutôt qu'à lui. Faire ce qui était mieux pour *toi.* Il devait risquer sa peau… et il l'a fait !

Sur un ton très différent, elle a ajouté :

— Je dois t'avouer que, depuis, je le trouve un peu plus supportable.

— Donc la malédiction est… levée.

Je ne reconnaissais pas ma voix. Angelique a hoché la tête avec énergie.

— Je suis sûre que oui. Mais, attends, ce n'est que le commencement. Ce livre est complètement dément ! D'après lui, vous deux, c'est l'amour véritable, le truc qui n'arrive qu'une fois tous les cent ans. C'est tellement rare que ça en devient magique. Il y a une histoire, attends que je la retrouve…

Elle parlait tout en feuilletant fébrilement le vieux livre. Je me suis dressée sur les genoux.

— Attends, attends une seconde. Mets en pause ! La… malédiction… est… levée.

J'ai pris soin de bien articuler chaque mot… le ciel ne m'est pas tombé sur la tête. Est-ce que j'allais oser y croire ? Je me souvenais encore de cet instant où nous nous étions crus sauvés, à Belvedere Castle… Juste avant qu'Anthony ne cherche à s'enfuir, juste avant… la chute. Cette fois encore, le salut pouvait m'être refusé au dernier moment.

— Oui, Emma, a confirmé Angelique avec un sourire de triomphe. De mon avis d'experte, et en tant que sorcière la plus intelligente que tu connaisses, tu n'es plus maudite.

J'ai fondu sur elle, je l'ai serrée sur mon cœur de toutes mes forces.

— Merci…

— Emma, ma grande… Les embrassades, ce n'est pas mon truc.

Elle me tapotait le dos, toute raide. Je l'ai relâchée en tendant des mains suppliantes.

— Je peux t'emprunter le livre ? Je t'en prie, il faut que j'aille voir Brendan.

— Je croyais que vous aviez rendez-vous dans la soirée ?

— Normalement, oui, mais ça ne peut pas attendre.

— Hé, a-t-elle protesté, outrée, nous avons énormément de travail ! Nous devons commencer avec les sortilèges de base, les plantes…

— Angelique, c'est son histoire aussi. Je dois lui dire que nous ne risquons plus rien.

— Bon ! Très bien !

Elle a capitulé dans un grand geste théâtral ; de son air le plus sévère, elle m'a remis les *Légendes médiévales*… et aussi le livre rouge de sortilèges.

— Je te laisse aussi celui-ci. On se voit lundi.

Elle s'est levée en jetant son sac vide sur son épaule. Moi, je me dépêchais d'enfiler mes Converse, les seules chaussures que je puisse porter avec ma chevillière. A la porte, Angelique s'est retournée pour lancer négligemment :

— Tu me liras les deux premiers chapitres pour lundi. Nous en discuterons au déjeuner.

— Tu me donnes des devoirs ? ai-je demandé, incrédule.

Elle a acquiescé avec beaucoup d'aplomb et m'a quittée en me saluant dignement de la main ; à travers la porte, je l'ai entendue souhaiter une bonne soirée à tante Christine. Hystérique, j'ai composé le numéro de Brendan, tout en cherchant un sac assez grand pour emporter le livre chez lui.

Sa voix grave et sexy a répondu très vite.

— Bonjour, mon amour.

— Il faut que je te voie tout de suite. ! Tout va bien, et même mieux que bien, mais je dois te voir ! Ça ne peut pas attendre !

— Viens. J'allais t'appeler dès que je serais passé sous la douche. Mes parents sont sortis plus tôt que prévu, je suis tout seul. Je t'envoie une voiture.

— Pas le temps, je prendrai un taxi. J'arrive !

Pour aller encore plus vite, j'ai déversé le contenu de ma sacoche de cours sur le plancher et j'y ai religieusement rangé les *Légendes* de Hadrian. Maintenant, il s'agissait d'avoir l'air tout à fait naturel. Je suis allée sortir ma veste d'hiver du placard de l'entrée en lançant :

— Dis, tante Christine ?

— Oui, ma chérie ?

Elle regardait encore la télé. J'allais finir par me faire du souci pour elle !

— Tu sors déjà ?

— Oui. Angelique m'a rappelé un travail à faire, et Brendan est super bon en latin. Moi, pas tellement.

— D'accord. Je suppose que tu as encore beaucoup de cours à rattraper.

Elle n'imaginait pas ce que j'allais rattraper ! Je l'ai embrassée sur la joue, je suis sortie très vite et j'ai fait signe au premier taxi. Le métro aurait été plus rapide et moins cher mais (sans même parler de ma cheville) j'avais peur de me faire piquer ce livre si précieux. Assise toute droite sur la banquette de mon taxi, ma sacoche serrée contre mon cœur, j'ai subitement pris conscience de mon apparence. Mon pantalon de jogging… et mes chaussures aux lacets dépareillés ! J'aurais tout de même pu faire un effort, enfiler quelque chose d'un peu plus présentable…

Brendan m'attendait devant chez lui ; je n'ai même pas eu le temps de protester qu'il payait déjà le chauffeur. Ses cheveux encore humides lui tombaient sur les yeux ; il souriait, très intrigué.

— Alors ? Il se passe quelque chose ?

— Je te le dirai quand nous serons là-haut.

Il a absolument tenu à me porter jusqu'à son étage. J'aurais parfaitement pu monter toute seule mais je n'ai pas beaucoup protesté. Je n'étais pas revenue chez lui depuis ma première et mémorable visite, et sa chambre m'a surprise : c'était un capharnaüm complet. Assez gêné, il a avoué :

— Ouais. J'allais ranger un peu mais…

Avec un baiser rapide, il m'a posée sur le lit, en poussant discrètement du pied deux manettes de console.

— Ce n'est pas grave !

Je souriais en contemplant la pagaille ; je venais seulement de comprendre que, le jour de ma première visite, il avait tout rangé pour me faire une bonne impression.

— Alors, c'est quoi, le truc si urgent ? Ce n'est pas que ça m'ennuie d'avoir plus de temps avec toi, mais…

Ses grandes mains ont entouré ma taille, il s'est penché sur moi. J'ai dû faire un effort pour le repousser.

— Non, attends.

Aujourd'hui, il y avait plus important que les baisers ! J'ai balayé quelques revues du lit, déposé ma sacoche sur l'espace ainsi libéré, et j'en ai sorti les *Légendes médiévales*. Impressionné, il a demandé :

— C'est LE livre ?

Il comprenait si vite ! J'ai fait oui de la tête.

— Je veux te lire quelque chose.

J'ai trouvé la page et je me suis lancée. Comme un métronome, mon cœur battait au rythme du poème. A la fin du dernier vers, j'ai levé un regard triomphant vers mon amour.

— On peut y croire ? a-t-il demandé tout bas.

— Il a eu raison pour tout le reste !

Sans répondre, il m'a pris le livre des mains pour relire la conclusion. Puis ses yeux verts se sont levés vers moi, inexpressifs. Prête à éclater de bonheur, j'ai posé mes mains sur les siennes en m'écriant :

— Tu ne comprends pas ? C'était toi, la clé ! Tu m'as sauvée ; tu t'es sacrifié pour me sauver.

Il secouait toujours la tête, incrédule.

— Ça ne peut pas être aussi simple…

— Simple ! Mais si, c'est vraiment tout simple : il m'a suffi d'être poursuivie par un psychopathe à mes trousses, de me battre avec lui et de manquer me faire étrangler ; ensuite tu as dû te bagarrer à ton tour, tu as failli mourir à ton tour et, oh, n'oublions pas que j'ai aussi dû invoquer un esprit pour nous venir en aide. Non, tu as raison, c'est vraiment trop simple. Et en plus, j'ai dû aller au bal du lycée.

Un petit sourire naquit sur ses lèvres et illumina peu à peu son visage.

— Alors, tout va bien ? Tu es en sécurité ?

Il a posé le livre pour me reprendre dans ses bras et, cette fois, je n'ai pas résisté. Blottie contre lui, j'ai soupiré :

— Je crois que c'est un combat que nous pouvons laisser derrière nous. Tant que tu n'oublies pas de me faire passer en premier !

— Petite sorcière, a-t-il dit avec tendresse.

Il a réfléchi un instant et observé :

— Ça ne me pose aucun problème de te faire passer avant tout le reste. Ce n'est pas cher payé si ça me permet de te protéger et te garder toujours avec moi.

— *Toujours.* Voilà un mot qui me plaît.

J'ai soupiré en me perdant dans les profondeurs de son regard émeraude. Le temps ne nous était plus compté ! Délicatement, comme s'il explorait notre nouvelle liberté, Brendan m'a caressé la joue, a pris mon visage entre ses mains. Puis mon âme sœur, mon cher amour prédestiné, mon éternel amoureux, a posé ses lèvres sur les miennes. Il m'a serrée très fort et je me suis accrochée à lui en écoutant battre son cœur à mon oreille.

— Brendan ? Ça veut dire qu'on va vivre heureux pour l'éternité ?

Il m'a souri en posant un baiser sur mon front.

— Pour l'éternité. Enfin, aussi heureux qu'on peut l'être tant qu'on est encore au lycée.

Et il m'a de nouveau embrassée.

# Les amies, c'est compliqué (Angelique a le dernier mot)

En repartant de chez la tante d'Emma (je l'adore), j'ai eu envie de rentrer chez moi à pied. Pour rejoindre mon quartier du West Side, je n'avais que Central Park à traverser. Avec la fine poussière de neige qui le recouvrait, le parc finissait par être assez joli. Pittoresque. Et comme il faisait très froid, je savais que je ne croiserais pas grand monde. J'avais besoin de réfléchir, et j'en étais arrivée au point où je ne supportais plus de prendre le métro. Trop de monde, trop d'émotions !

J'ai toujours eu une sensibilité assez fine. Depuis toujours, je vois les auras, cette lueur chatoyante qui gaine les gens de lumière. La première dont je me souviens était verte : c'était celle de ma mère, j'étais toute petite et elle me consolait parce que ma grand-mère venait de mourir. Seulement voilà, depuis quelque temps, c'était bien plus que de simples auras : je m'étais mise à ressentir les émotions des autres comme si c'étaient les miennes.

Le seul fait de côtoyer une sorcière comme Emma, avec un potentiel aussi stupéfiant (bien qu'encore inexploité), boostait mes capacités. Je ne comprenais pas pourquoi, je ne pouvais que constater le phénomène. J'en venais à me demander si je ne développais pas un don d'empathie : capter les émotions des autres, je connaissais, mais jusqu'ici, elles ne me sautaient pas à la figure ! Un trajet en métro finissait par me faire l'effet d'une série de coups de masse en plein cœur ; la dernière fois, j'avais pris toute la culpabilité d'un type qui venait de tromper sa femme. C'était si fort que j'ai dû descendre avant mon arrêt, en larmes. Et je ne pleure *jamais* !

Je me suis dirigée vers la Ve Avenue, assez contrariée, en me répétant qu'il était normal qu'Emma choisisse de foncer chez Brendan plutôt que de s'exercer à maîtriser ses pouvoirs avec moi. J'avais un peu de mal à me convaincre. Bon, je ne lui avais pas encore parlé de mon éventuel don d'empathie : elle avait eu suffisamment de nouveautés à encaisser ces derniers temps.

La première fois que j'ai vu Emma face à Brendan, sa réaction ne m'a pas surprise. Tout le monde avait la même (enfin, tout le monde sauf moi). Je voyais bien ce qu'il avait d'attirant, je n'étais pas aveugle. Il se tenait à l'écart du troupeau, il était plus riche que Midas, et plutôt beau gosse dans un style assez évident, un peu voyou. Oui, je comprenais parfaitement mais je n'approuvais pas pour autant.

En entrant dans le parc par la grille de la 67e Rue, je pensais aux milliers de fois où j'avais vu des filles de notre classe se traîner aux pieds de Brendan. Celles qui avaient la « chance » de l'intéresser ne le voyaient qu'une fois ; le plus souvent, elles étaient complètement effondrées quand il les renvoyait. Je l'avais rangé dans la catégorie des don juan à la manque, doués de toute la profondeur affective d'un dé à coudre. Disons qu'il n'était pas mon genre : je suis plutôt le genre qui s'intéresse à l'éclairagiste pendant que toutes les autres filles hurlent pour attirer l'attention du chanteur du groupe.

Bref, je l'ai eue vraiment mauvaise quand ma meilleure amie à Vince Academy, la seule personne en dehors de ma famille à qui je puisse parler de sorcellerie et d'occultisme, est tombée sous le charme à son tour. Pire encore : pour lui, elle n'était pas la distraction d'un soir comme toutes les autres, il était absolument fou d'elle ! Reliés dans l'au-delà, leurs destins inextricablement noués, deux âmes sœurs dans le sens le plus littéral du terme. Ce qui signifiait, que ça me plaise ou non, que Brendan, le symbole de tout ce que je détestais à Vince A, faisait désormais partie de ma vie. Catastrophe !

Eh bien, je ferais un effort, pour Emma. Décidément, j'avais bien fait de marcher : le calme et le silence de cette journée d'hiver m'apaisaient. Bon, c'était juré : je serais patiente, même quand elle prendrait ce petit air rêveur qui voulait dire qu'elle pensait à lui. Il lui avait tout de même sauvé la vie, ce qui posait une grosse croix dans la colonne des plus. Et je ne doutais pas un instant qu'il recommencerait, si le besoin se faisait sentir. Mille fois s'il le fallait ! Il l'aimait, c'était évident mais tout de même, quel dommage ! De tous les garçons sur cette terre, son âme sœur n'aurait pas pu être un peu plus… geek ? Avoir un copain que j'aurais au moins envie de rencontrer ?

Bon, de la patience, donc. Mais c'était dur. Je venais de laisser Emma en tête à tête avec un exemplaire en parfait état des *Légendes médiévales* de Hadrian. Il y avait dans ce livre des centaines de contes : vu qu'on y trouvait la racine de ses propres débuts dans l'occulte, je voulais bien parier que la plupart de ces récits (et peut-être tous !) avaient un fond de vérité. Mais bien sûr, au lieu de tenter de les percer à jour, ou même seulement de feuilleter les *Sortilèges pour la nouvelle sorcière*, il avait fallu qu'elle file chez Brendan.

Oui, d'accord, je comprenais. Enfin, je faisais de mon mieux pour comprendre. Je savais qu'ils s'attendaient depuis neuf siècles, qu'il y avait entre eux ce lien dément, intense... Je devinais que ça devenait plus énorme à chaque réincarnation (et bien sûr, cette fois, ils étaient revenus dans des corps en proie aux passions de l'adolescence). C'était tout de même dingue : comment peut-on supporter de passer tous ses loisirs à se regarder tout chavirés dans le blanc des yeux ? Franchement, il y avait de quoi rendre jaloux n'importe qui ! Remarquez, dans un sens, c'était assez comique de voir le grand méchant Brendan transformé en agneau. Si seulement ce n'était pas tombé sur mon amie !

Je faisais des efforts surhumains pour ne pas reprocher son bonheur à Emma. Je voulais juste qu'elle prenne au sérieux ses obligations de sorcière ! Et si je m'inquiétais, ce n'était pas juste de la façon dont ses pouvoirs m'affectaient, moi ! Il y avait des histoires réellement inquiétantes dans Hadrian ; avec l'énergie occulte que dégageait Emma, elle avait intérêt à bien cerner la question. Et ça valait aussi pour Brendan ! Si mes souvenirs étaient bons (et avec ma mémoire photographique, ça ne faisait pas un pli), sa richesse, sa force, et même sa belle petite gueule étaient le résultat direct de la malédiction d'une sorcière. Lors de sa réincarnation, Archer voulait être beau ! Brendan avait donc quelques étincelles de magie, lui aussi ; autour de lui, les sortilèges fonctionnaient puissance dix. Les tourtereaux seraient bien avisés de se documenter un peu au lieu de se faire des bisous tout l'après-midi.

Tout en marchant dans les vallons blanchis de Central Park, j'ai vu un couple s'arrêter pour s'embrasser sous un arbre nu. Ça m'a rappelé un conte qui m'avait profondément secouée dans Hadrian, de quoi vous graver au fer rouge dans la tête l'importance vitale, pour une sorcière, de se montrer responsable et de bien peser ses mots. Si les *Légendes médiévales* étaient vraiment un livre des ombres, nous ne savions pas encore à quel point la magie peut être redoutable.

« — L'amour ? Mais qu'est-ce que c'est, l'amour ? demanda Avelina.

Elle interrogeait dans son miroir le reflet d'Elizabeth, sa mère, qui se tenait debout derrière elle. La mère et la fille s'aimaient tendrement ; chaque soir, elles devisaient ainsi tandis qu'Elizabeth brossait longuement les longs cheveux d'Avelina.

— Chère fille, pourquoi cette question ? Aurais-tu une raison de te croire amoureuse ?

Elizabeth s'efforçait de cacher son inquiétude car elle n'était point stupide et voyait bien, depuis quelque temps, les regards avides ou admiratifs des hommes se poser sur sa fille. Pour sa part, elle avait toujours espéré qu'Avelina choisirait pour époux Colin, le fils doux et charmant de leur voisin. Mais Elias, le père de la jeune fille, ne manquait aucune occasion de la faire parader devant Gilbert, un commerçant de la ville devenu fort riche après l'incendie qui avait détruit le magasin de son principal concurrent.

— Je sais seulement, répondit la jeune fille, que j'ai

passé des heures à parler avec Colin et que cela ne m'a pas suffi.

Troublée, elle baissa la tête en demandant :

— C'est cela, l'amour ? Je pense à lui si souvent !

Elizabeth sentit son cœur gonfler de joie car sa fille semblait insensible à l'attrait des richesses. Si elle épousait Colin, un garçon si gentil, si travailleur, celui-ci la chérirait toujours. Prudente, elle demanda :

— Et Gilbert ?

— Il est comme les rats dans notre cave ! Je crois bien qu'il ne mange que le fromage et les restes tombés de la table !

Avelina avait un cœur d'or mais elle montrait souvent une indépendance, une impudence même, surprenantes chez une si jeune fille. Elizabeth faillit la gronder puis elle se ravisa, car sa fille n'avait dit que la vérité. Elle dut même se pencher pour cacher son visage car elle était prise d'une grande envie de rire !

— Chère enfant, ne répète jamais cela à ton père. Gilbert est son ami.

— Gilbert volerait son œuf à une poule ! s'écria Avelina.

La mère et la fille éclatèrent de rire. Elizabeth reprit son sérieux la première ; elle croisa le regard de sa fille dans le miroir. Comme elles se ressemblaient ! Il lui semblait se revoir au même âge.

— Et qu'en est-il de Colin ? demanda-t-elle.

— J'espère qu'il viendra me voir demain, chuchota la belle Avelina en se tordant les mains. Il m'avait dit qu'il viendrait dès son retour de la ville. Je crois que je mettrai ma robe bleue, il ne l'a pas encore vue. Nous irons peut-être nous promener le long du torrent.

Un doux sourire éclaira le visage patient de sa mère.

Elizabeth n'avait jamais connu l'amour. Elle avait épousé Elias sans grande tendresse, pour ne pas rester vieille fille, et parce qu'il lui offrait le confort et la sécurité. Sans la venue d'Avelina, elle aurait regretté cette union chaque jour de sa vie. Voilà pourquoi elle espérait tant qu'Avelina choisirait l'amour plutôt que la richesse ! La mère de Colin, son amie, ne lui avait-elle pas confié que son fils rêvait de demander la main de la jeune fille ?

Dans le couloir où il se tenait l'oreille pressée contre la porte de la chambre, Elias réprima une exclamation de fureur et s'éloigna sans bruit. Il avait bien fait de chercher à surprendre leurs propos ! Non, c'était impossible ! La beauté de sa fille représentait son unique espoir de devenir riche, plusieurs des hommes importants de la ville la voulaient pour épouse. Et sa femme, dans sa stupidité, l'encourageait à se jeter dans les bras d'un petit fermier comme Colin !

« A quoi bon avoir une fille aussi fraîche si je ne puis en tirer profit ? » rageait-il.

Le riche commerçant Gilbert lui avait offert un bon prix, mais Avelina persistait à repousser ses avances. Quand il venait la courtiser, elle conversait poliment avec lui mais restait résolument froide et distante. Mais quand Colin se présentait… ! Ce balourd de Colin, qui avait mis des jours à retrouver son cheval, échappé lors de sa dernière visite à la ville, Colin le simplet, incapable d'attacher correctement sa monture !

Ce soir-là, Elias tenta une fois encore de faire entendre raison à sa fille.

— Ma chère Avelina, avec Gilbert, tu vivras dans l'aisance et la félicité. Sais-tu bien ce que c'est d'être pauvre et d'avoir froid l'hiver ?

— Si j'ai froid, je préfère avoir à mes côtés un mari qui me plaira, pour qu'il me réchauffe.

Une fois de plus, son impudence lui valut une gifle sonore. Elias était fort habile à punir l'impertinence car il s'était exercé tout au long de la jeune vie d'Avelina. Les larmes aux yeux, celle-ci quitta la pièce. Ce que voyant, Elizabeth se jeta aux genoux de son mari pour plaider sa cause.

— Mon cher époux, pourquoi forcer votre fille ? Colin est un garçon bon et aimable, elle serait heureuse auprès de lui.

— Son bonheur alourdira-t-il ma bourse ? se moqua Elias en la repoussant.

Elizabeth était soumise, de nature autant que par habitude, mais, cette fois, ce fut plus qu'elle n'en put endurer. Ses yeux bleus jetèrent un éclair, et elle s'écria :

— Vous ne pourrez l'obliger à épouser Gilbert.

Elle reçut pour toute récompense une marque sur la joue identique à celle que portait déjà sa fille et Elias, hors de lui, quitta la maison. S'il était si furieux, c'était que sa femme avait dit vrai : il ne pouvait pas forcer Avelina à épouser Gilbert, pas plus qu'il ne pouvait jeter la lune dans les bras du soleil. Pourtant, Gilbert avait parlé un jour d'un stratagème pour détourner le cœur d'Avelina du jeune fermier.

— Quand on s'y connaît, on trouve le moyen, avait-il glissé au père de la jeune fille. Des moyens sombres et secrets, pour lesquels vous serez amplement récompensé.

Eh bien, le moment était venu de tenter ces tactiques, pensa Elias en prenant le chemin de la maison du commerçant.

Celui-ci habitait un peu en dehors du village, comme

un gentilhomme dont il cherchait à singer les manières. Elias arriva à sa porte à la nuit noire, mais il n'hésita pas à soulever le heurtoir car il savait que l'homme lui serait reconnaissant de l'avoir informé à temps des intentions de son rival. Si reconnaissant qu'il lui offrirait peut-être un cheval de ses écuries pour le retour… et pourquoi pas pour de bon !

Le domestique ensommeillé se fit tirer l'oreille pour le laisser entrer, mais Elias argumenta si bien qu'il se retrouva bientôt en présence du maître de maison, qui se tenait en bonnet de nuit devant son feu presque éteint.

— Que venez-vous me déranger à une heure pareille ? Avez-vous perdu l'esprit ? demanda Gilbert, en fronçant son long nez et sa petite moustache clairsemée.

— Mon cher, je viens vous mettre en garde. Si vous désirez réellement épouser mon Avelina, le temps vous est compté. Si nous n'agissons pas ce soir, le fermier Colin la demandera demain en mariage, et elle ne le refusera pas.

Gilbert braqua sur lui ses yeux myopes, fronçant le nez et frottant ses mains roses.

— Elias, cher Elias, entrez donc. Nous avons beaucoup de choses à nous dire. Sachez que je souhaite de tout mon cœur qu'Avelina soit ma femme. Je vous montrerai de la façon la plus concrète combien j'apprécie cet avertissement.

Les deux rusés complices tisonnèrent le feu et s'installèrent pour comploter à la lueur des flammes qui dansaient sur les riches étoffes et le beau mobilier de la salle. « Moi aussi, je pourrais avoir tout cela », pensait Elias en promenant avidement les mains sur le coussin de satin de son siège. Gilbert s'était levé pour ouvrir un coffre, d'où il sortit une cassette aux coins de cuivre. Elias suivait chacun de ses gestes avec un intérêt passionné. Quand le commerçant ouvrit la cassette avec une petite clé qu'il sortit de sa poche, il fut déçu de voir qu'il n'en tirait que le tronçon d'une lanière de cuir et une bourse de velours. De sa voix stridente, Gilbert reprit :

— Je me doutais que nous aurions enfin recours à ceci.

Excité par tant de mystères, Elias demanda :

— Que ferons-nous ? Allons-nous menacer Colin ? L'enlever et l'envoyer au loin ?

— Cher Elias, repartit Gilbert avec mépris, pensez-vous que je m'abaisserais à des méthodes aussi brutales ?

— Dans ce cas, engageons un mercenaire !

Gilbert se contenta de rire et, s'agenouillant devant une table basse, il sortit du petit sac de velours une bougie noire qu'il alluma. Des flammes jumelles se reflétèrent dans ses yeux noirs, et ses lèvres minces s'étirèrent dans un sourire inquiétant.

— Vous êtes-vous parfois interrogé sur ma bonne fortune ? demanda-t-il à mi-voix.

— Vous êtes un homme avisé, répondit Elias sans comprendre.

— Sans doute, sans doute, souffla l'autre, mais Fitzpatrick a dû fermer boutique quand son magasin a brûlé, et tous ses clients se sont tournés vers moi.

Elias ouvrit les mains dans un geste expansif.

— La fortune vous a souri !

— La fortune ! cracha Gilbert en sortant de son sac une coupe noire, ainsi qu'un petit morceau de parchemin. J'ai découvert qu'on peut asservir la fortune. J'ai désiré ses clients comme je désire votre fille, et j'ai fait le nécessaire pour les avoir.

La frayeur s'empara d'Elias. Les lèvres engourdies, il articula :

— Avez-vous prié le ciel de frapper le magasin de Fitzpatrick de sa foudre ? Car on dit bien que c'est la foudre qui a fait partir le feu.

— Pas le ciel !

Un petit rire haut perché échappa à Gilbert. Avec une application extrême, il traça le nom de Colin sur le petit parchemin qu'il plaça dans la coupe avec le fragment de cuir.

De plus en plus inquiet, Elias demanda :

— Que faites-vous là, Gilbert ?

— Ma fortune, à ma manière.

Délicatement, il poussa du doigt le morceau de lanière pour le montrer au père d'Avelina.

— Voici un morceau de la bride de Colin l'imbécile. Je l'ai coupée, et son cheval s'est enfui ! Je pressentais que j'aurais besoin d'un objet lui appartenant, pour prouver à Avelina que je suis celui qu'elle attend.

Le commerçant baissa la tête et, tout en regardant Elias de sous ses sourcils trop clairs, il articula :

— Demain, Avelina ne souhaitera jamais revoir Colin. Quant à vous, vous ne manquerez d'aucun des plaisirs de ce monde.

Comme il lui tendait sa main, Elias s'en empara avec avidité.

— Maintenant, répétez après moi, ordonna Gilbert en tendant sa main libre vers la coupe.

Elias se hâta de prendre la même pose et le commerçant s'écria :

— *Deviens ce que ton cœur redoute*
*Sème l'angoisse où tu aimais*

*Donne-lui souffrance et doute*
*Deviens ce qu'elle redoutait.*

Une odeur âcre jaillit aux narines d'Elias. Interdit, il vit une fumée s'élever du parchemin au fond de la coupe noire. La flamme de la bougie s'allongea bizarrement, en fouettant l'air comme un serpent.

— *Par moi tu verras dans son cœur*
*De quoi rompre votre bonheur*
*Changer son amour en rancœur*
*Froide elle sera, par sort moqueur.*

La flamme se tordit, s'enroula sur elle-même dans une explosion de fumée, et bondit tout à coup au plafond comme une flèche éblouissante. Comme une réponse, la coupe s'emplit à son tour de feu.

Gilbert lâcha la main d'Elias et ouvrit grand les bras, la tête renversée en arrière ; il riait comme un démon.

— Quoi, qu'est-ce ? balbutia le père d'Avelina en se hâtant de reculer devant ce spectacle effrayant.

Les flammes prirent une teinte noire bleutée et s'éteignirent, comme aspirées par les cendres au fond de la coupe. Il n'y avait plus trace ni du morceau de bride, ni du parchemin.

— Qu'est-ce ? C'est moi qui décide de mon sort ! cria Gilbert.

Il retourna vers son coffre et en sortit un petit sac qui sonnait d'une façon fort musicale. D'un geste désinvolte, il le jeta à Elias.

— En guise d'acompte, pour la belle Avelina. Demain, avant midi, il n'y aura plus dans son cœur la moindre tendresse pour Colin. Amène-moi ici ma jeune épouse et tu recevras encore de l'or.

Puis, se frottant les mains, il insinua :

— J'ai hâte d'entamer ma lune de miel !

Elias empocha le sac et salua l'autre homme, assez emprunté. Il avait obtenu ce qu'il espérait et plus encore, mais il avait grand hâte de quitter la maison. Gilbert le rappela, ses yeux perçants brillant comme les braises de sa cheminée.

— Elias ! Tu es venu sur tes deux pieds, n'est-ce pas ? Prends donc un de mes chevaux pour rentrer chez toi... cher beau-père...

Elias le remercia et descendit aux écuries. La terreur ressentie en découvrant que Gilbert s'adonnait à la magie noire était déjà oubliée, il ne pensait plus qu'à profiter de l'aubaine en choisissant la meilleure de toutes les montures. Il rentra chez lui au galop, enivré de visions de bons repas, de beaux vêtements et de voyages à la capitale.

Le lendemain matin, Avelina s'assit à la fenêtre, lissant à chaque instant les plis de sa robe bleue, la plus belle qu'elle possédât. Elle pensait à Colin, se demandait si aujourd'hui peut-être... Elle rêvait qu'un jour, elle serait assise comme cela à la fenêtre de la petite ferme à attendre son époux.

« Elle ne semble pas hostile au petit fermier », s'inquiéta Elias qui la surveillait.

Il la vit inspecter sa joue encore rougie dans un petit miroir, puis lui jeter un regard de rancune.

« Elle me semble plutôt hostile à moi ! »

Les manœuvres de Gilbert s'étaient-elles retournées contre eux ?

Puis Colin se présenta, vêtu de son meilleur habit. Elias le salua à peine, et regarda avec mépris l'étoffe rude de sa veste en pensant qu'il n'en couvrirait pas son nouveau cheval. Résolu à aller jusqu'au bout de l'expérience, il autorisa pourtant Avelina à sortir se promener avec le jeune homme.

— J'espère que vous n'avez pas rencontré de difficulté, cette fois, au retour de la ville ? demanda Avelina.

Ils étaient arrivés près du torrent, l'eau culbutait en contrebas en chantant, les feuillages se penchaient sur le petit ravin si pittoresque, des roches rondes s'alignaient sur la rive et crevaient la surface blanche d'écume. Longtemps, ils contemplèrent le jeu de l'eau brillante entre les rochers ; Avelina souriait de voir les yeux si chaleureux du jeune fermier prendre au soleil une couleur de miel.

— Ma chère Avelina, j'ai rencontré un seul désagrément : un homme détestable que j'aurais aimé vous montrer pour entendre ensuite vos commentaires.

Colin souriait en la regardant avec tendresse.

— Ma chère, ma très chère, je pourrais endurer tous les voyages si je savais que le retour me ramène près de vous.

Avelina sentit son cœur se gonfler. Enfin, Colin se déclarait ! Il prit ses mains entre les siennes, et elle fut bouleversée par la tendresse et la chaleur de ses paumes calleuses de travailleur. Colin était si différent de son père, si différent de Gilbert ! Un homme bon, juste et sincère. Quand elle se montrait impudente, il ne la rabrouait pas mais riait, enchanté par ses traits d'esprit. Il l'aimait telle qu'elle était et pour tout ce qu'elle était. « C'est donc cela, l'amour, pensa Avelina, émue. Voilà à quoi on peut le reconnaître. »

— Avelina, si tu le veux…

Il s'interrompit subitement. Une expression étrange passa sur son visage, son corps se mit à trembler, puis à se tordre comme une feuille au vent ; un instant plus tard, il tomba dans l'herbe comme un arbre abattu.

— Colin ! cria Avelina, épouvantée.

Elle se jeta à genoux près de lui, chercha à le rappeler à lui-même. Inconscient, il grimaçait encore de douleur.

Tout à coup, il s'apaisa. Il y eut un long silence… puis il ouvrit les yeux et Avelina eut un haut-le-cœur : c'était comme si la pupille noire engloutissait l'iris couleur de miel et même le blanc de son œil. Comme un chat, il bondit alors sur ses pieds et saisit férocement le menton de la jeune fille.

— Colin ! Que faites-vous ?

— Tu m'obéiras, ordonna-t-il.

Il parlait d'une voix terrible, une voix d'un autre monde.

— Tu surveilleras tes paroles ! Tu te plieras à mon moindre désir !

Elle protesta comme elle le put tandis qu'il la malmenait ; les larmes qui ruisselaient sur ses joues baignèrent bientôt la main qui la brutalisait. Il gronda :

— Tu oses souiller ma peau de tes larmes ?

Terrifiée, elle réussit à se dégager et recula.

— Colin, de grâce…

— Oui ! Tu me supplieras ! Tu plaideras ta cause.

Il était si effrayant qu'elle recula encore.

— Tu te soumettras ! tonna-t-il.

Il eut un élan vers elle. Affolée, elle voulut lui échapper. Le bord du sentier était boueux, elle glissa, trébucha… et tomba avec un cri de désespoir à travers l'arc-en-ciel posé sur le torrent. »

Une mémoire photographique, ça a du bon et du moins bon. Côté plus, les études ne me posaient aucun problème ; côté moins... je n'allais jamais oublier cette histoire, et notamment la façon affreusement réaliste dont Hadrian décrivait la chute d'Avelina. Comment elle s'était écrasée sur les rochers, comment le torrent l'avait emportée... Comment Colin, revenu à lui à l'instant même où elle mourait, s'était tué parce qu'il se sentait responsable du désastre...

Et je n'oublierais surtout jamais la bêtise de Gilbert et sa totale irresponsabilité en matière de magie ! Rien n'est plus dangereux qu'un sortilège mal formulé ; Avelina était effectivement devenue froide envers Colin, froide à tout jamais et envers tout le monde. Rayée de la carte !

Je suis ressortie du parc de mon côté de Manhattan. J'étais chez moi dans le West Side, Emma s'accordait beaucoup mieux aux quartiers chic du Upper East Side. Je me suis retournée pour contempler l'étendue enneigée du parc et les ombres très allongées des quelques promeneurs. Il y a seulement quelques semaines, la pauvre Emma avait dû fuir ici, pourchassée par un fou, au péril de sa vie. Tout haut, j'ai décidé :

— Bon, elle en a vu de toutes les couleurs. Laisse-lui un peu de répit, Angelique. Donne-lui un petit week-end en tête à tête avec (soupir !) Brendan !

Mais je me suis juré que, lundi, nous commencerions son apprentissage ; c'était indispensable, pour elle comme pour moi. Elle m'avait peut-être transformée en empathique, elle avait conjuré un esprit sans même l'avoir cherché... qui sait de quoi elle serait un jour capable !

# Remerciements

Merci à Dave Ciancio, mon mari, mon soutien inconditionnel, pour son amour et sa compréhension lorsque je disparais pendant des heures, enfermée dans mon petit monde à moi.

Merci à mon merveilleux agent, Lynn Seligman, pour sa patience et ses suggestions avisées, ainsi qu'au Dr Elizabeth Stone pour les inestimables conseils qu'elle me prodigue depuis des années.

Merci à mon éditrice, Tara Gavin, pour son enthousiasme et son soutien, ainsi qu'à toute l'équipe de Harlequin TEEN qui m'a aidée à concrétiser mon rêve.

Un grand merci à mes premières lectrices, Cyndi Lynott, Catharine McNelly, Dawn Yanek, Maggie Mae Mell, Jennifer Urbealis, Angela Nigro et Sandra Tedt — elles ont lu les premiers jets, parfois épouvantables, et m'ont donné leur avis précieux.

Merci à Jonathan Berstein, Trent Vanegas, Jason Pettigrew, Rachel Hawkins, Lynn Messina et Nancy Holder pour leur inappréciable soutien depuis le début !

Un énorme merci à ma mère pour tous ses encouragements et la foi qu'elle a en moi année après année. Je t'aime, maman. Et enfin, merci pour tout à toute ma formidable famille — Evelyn, George, Auntie, Connie, Ann Maris, ma tante Babe, Jessica, Jodi, Karen et les Ciancio.

## Déjà parus dans la collection DARKISS
par ordre alphabétique d'auteur

| | |
|---|---|
| P.C. Cast | La prophétie maudite<br>Chamane |
| Laura Anne Gilman | Noire magie |
| Julie Kagawa | La princesse maudite<br>Le passage interdit *(exclusivement en e-book)*<br>La captive de l'Hiver<br>Le serment d'une reine |
| Caren Lissner | La vie (pas) très cool de Carrie Pilby |
| Gena Showalter | Dark attirance<br>Les fiancés de l'ombre<br>Le pacte de sang |
| Cara Lynn Shultz | Envoûtement |
| Rachel Vincent | De toute mon âme<br>La voleuse d'âmes<br>Sauve mon âme !<br>La rose et l'ombre<br>Le Faucheur d'âmes *(exclusivement en e-book)*<br>Survivante |
| Allison van Diepen | Les secrets d'une blogueuse amoureuse |
| Maria V. Snyder | Le poison écarlate<br>Le souffle d'émeraude<br>Les secrets d'opale<br>Inside Out : Enfermée |

Composé et édité par les

*éditions* HARLEQUIN

Achevé d'imprimer en Allemagne
par GGP Media GmbH, Pößneck
en février 2012

Dépôt légal en mars 2012